Bright

브라이트
Bright

제시카 정 지음
강나은 옮김

RHK
알에이치코리아

나의 골든 스타에게,
우리 언제나 영원히 빛나도록 해요.

1

그들은 말했다.

'웃어. 너희는 수많은 여자아이들이 간절히 꿈꾸는 삶을 살고 있는 거야! 웃으면 훨씬 더 예쁘기도 하고. 그러니까 더 부드럽게, 더 달콤하게 미소 지어봐. 얼음공주가 되어선 안 되잖아.'

"레이첼! 이쪽 봐주세요!"

"웃어주세요!"

나의 샴페인 빛 스틸레토 힐이 땅에 닿기도 전에 연이은 카메라 플래시가 나를 향해 터졌다. 어깨끈이 없는 하트 모양 네크라인의 반짝이는 랩드레스를 입은 나는 옷매무시를 살며시 가다듬으며 레드카펫에 올라섰다. 내 뒤쪽에 미나가 서 있고, 나머지 일곱 명의 멤버들도 막 도착한 리무진에서 내려 마치 여왕들처럼 손을 흔들었다. 우리를 본 팬들은 사진 기자들의 벽을 뚫고 조금이라도 우리에게 다가오려 애쓰며 소리를 질렀다.

"단체 사진 될까요?"

한 사진 기자가 소리쳐 물었다.

이미 수천 번은 해본 대로, 우리는 사진을 찍는 대열로 섰다. 각자 자기의 장점이 돋보이려면 어디에 서야 하는지를 본능적으로 알고 있었다. 키가 큰 편인 아이들과 작은 편인 아이들이 조화를 이루도록 자리 잡아, 누구도 너무 크거나 작아 보이지 않게 할 줄도 알았다. 포즈를 취하자 카메라들이 수없이 찰칵거리면서 모든 각도에서 우리의 모습을 담았다. 아홉 명이 모두 모이면 어떤 기운 같은 것이 뿜어나왔다. 언젠가 누군가가 우리 사진을 SNS에 올리고는 이렇게 적어둔 것을 본 적이 있다.

'이 모습이야말로 파워 그 자체!'

나는 그것을 가끔 생각한다. 파워. 멤버들과 함께 있을 때 힘이 나는 것과는 거리가 먼 기분을 느끼던 세월도 있었지만, 지난 오년 반이 흐르는 사이에 많은 것이 변했다.

멤버들과 나는 천천히 레드카펫을 걸어 나갔다. 립글로스로 반짝이는 입술, 눈부신 로즈골드 빛깔 의상. 종종 멈추어 허리에 손을 짚고 포즈를 취하는 우리는 말 그대로 태양처럼 빛났다. 상하이 반도 호텔의 유리문에 다다랐을 때 나는 어깨 너머로 고개를 돌렸다. 내 쪽으로 플래시를 터뜨리는 카메라를 향해서 윙크하며 마지막 미소를 선사했다.

플래시 전구만 보아도 헤드라이트 앞에 선 사슴처럼 얼어버리는 연습생이었던 내가 많이도 발전했다. 더는 카메라가 무섭지 않았다.

이제 나는 카메라를 가지고 논다.

'웃어.'

나 때문에 삶이 바뀌었다는 한 팬의 말을 처음 들었을 때, 나는 울었다.

걸스 포레버로 데뷔한 지 일 년쯤 지나, 컴백곡 〈스위트 포 유Sweet For You〉로 활동하고 있을 때였다. 뮤직비디오는 공개 첫날의 조회 수만 오천만을 넘었고, 우리가 뮤직비디오에서 착용한 파스텔 톤 버킷 모자와 진주 테 선글라스는 일주일 만에 모든 곳에서 품절되었다. 그 팬은 만 열한 살쯤이었을 것이다. 처음 DB 엔터테인먼트에 연습생으로 들어갔을 때의 나처럼 말이다. 멀쑥한 그 여자아이는 자신감이 좀 없었지만 나를 만난 것이 기뻐서 함박웃음을 지었고, 눈동자가 제 티셔츠에 큐빅으로 쓰인 내 이름 '레이첼 김'만큼이나 반짝거렸다.

"너무 감사해요, 레이첼."

직접 만든 포스터에 내 사인을 받으면서 여자아이가 작은 목소리로 말했다.

"감사하긴!"

나는 마주 보며 미소를 짓고, 사인용 금빛 펜으로 서투르게 내 이름 레이첼을 적었다. 먼저 'R'을 커다랗게 쓰고 'ACHE'를 이어

쓴 다음, 마지막으로 고리를 만들면서 'L'을 써서 별 꼬리를 달았는데, 이것이 나중에 팬들도 잘 아는 나만의 사인으로 확정되었다.

내가 사인을 마친 포스터를 돌려주자, 노란 조끼를 입은 진행 요원이 팬에게 이동하라는 압박을 주었다. 하지만 소녀 팬은 외쳤다.

"잠깐만요!"

진행 요원은 못마땅한 표정을 짓긴 해도, 팬이 할 말을 마저 하도록 내버려두었다. 여자아이는 숨을 한 번 들이쉰 다음 진지한 눈으로 나를 보면서 말했다.

"저요, 이제 막 미국에서 서울로 이사를 왔어요. 레이첼처럼요. 적응하기 정말 힘들었는데, 레이첼이 무대에서 노래하는 걸 보면 좀 덜 외로워요. 레이첼은 자기가 사랑하는 일을 하는 거잖아요. 저도 반짝반짝 빛날 수 있는 제 길을 찾을 수도 있을 거란 기분이 들어요. 정말 레이첼 덕분에 내 인생이 바뀌었어요."

그 아이는 환히 웃으며 사인을 해줘서 고맙다고 말했다. 사인을 한 번 더 보며 "으아아!" 하고 기쁨의 비명을 지르더니, 이렇게 덧붙였다.

"이게 저한테 얼마나 큰 의미인지 상상도 못 할 거예요!"

그 말을 마지막으로, 팬은 가슴에 포스터를 안고 멀어졌다. 손을 흔들어 작별 인사를 하는 내 뺨엔 굵은 눈물이 흘러내렸고, 목이 메어 마른침을 삼켰다. 사실 그 팬의 말과는 반대인데 말이다. 자기가 한 말이 '나'에게 얼마나 큰 의미였는지를, 그 팬은 상상도 못할 것이다.

그 뒤로 오 년하고도 절반이 지난 지금, 나는 이제 팬사인회에서 울지 않는다. 사인회 내내 감정을 조절하면서 얼굴에 기분 좋은 미소를 띠는 법을 안다. 그런데도 가끔은 현실이 믿기지 않아서 자신을 꼬집어보고 싶어진다. 내가 어떻게 여기까지 왔지?

연습생 기간은 어렵다는 말 정도로는 표현할 수 없었다. 가혹하고 힘들었으며, 살아오며 한 선택 중 무엇이 잘못되어 이 지경에 이르렀을까 자책하는 일도 한두 번이 아니었다. 마침내 데뷔를 한 뒤에도, 나를 압박하던 것들은 더욱 무거워질 뿐이었다. 고된 연습, 쉴 없이 이어지는 라이브 공연, 새벽 모닝콜로 촬영장에 도착해서는 이틀간 쉼 없이 찍게 되는 뮤직비디오. 더욱이 갑작스레 매일매일 이십사 시간을 붙어 지내게 된 팀 멤버들과 이런 일정을 함께 해내야 했다. (솔직히 이것도 아주 만만찮은 일이었다.)

하지만 결국 그 모든 일은 겪어낼 만한 가치가 있었다. 음악에는 정말로 마법이 있고, 음악을 통해 세상 사람들을 만나는 일에도 마법이 있다. 케이 팝 아이돌이 된다는 것은 나 자신보다 더 큰 무언가의 일부가 된다는 뜻이었다.

오늘 밤 군중들의 열기는 대단했다. 상하이는 이번 '글로GLOW 아시아 투어'의 마지막 도시였다. 몇 주마다 새로운 도시로 이동하면서 몇 달 동안이나 이어진 정신없는 해외 순회공연을 해내며 가끔은 내 침대가 그리웠다. 하지만 오늘 밤의 무대에서 내가 깨달은 바가 있다면, 한국으로 돌아가면 이 순간이 많이도 그리우리라는 것이었다. 일월인 지금부터 가을까지는 투어가 없어, 오늘 밤 공연은 우리가 서는 커다란 무대로서는 당분간 마지막인 셈이었다. 그것이 공연 때 에너지에서도 느껴졌다. 우리는 무대에서 백십 퍼센트를 보여주었고, 팬들은 그 넘치는 에너지를 열광적인 환호로 고스란히 돌려주었다. 이제는 우리가 자축할 시간이었다.

나는 상하이 반도 호텔의 연회장을 둘러보았다. 프로모션 팀에서 작정하고 공을 들인 듯했다. 눈물방울 모양의 크리스털로 된 근사한 샹들리에가 천장에 줄을 지어 무도회장을 밝히고, 웨이터들이 광택 나는 턱시도 차림으로 샴페인 잔이 담긴 은빛 쟁반을 들고서 군중 사이를 오가고, 벽을 울리며 쿵쿵거리는 음악 속에서 사람들이 춤을 추고 어울린다. 무도회장 한쪽은 작은 롤러스케이트장으로 탈바꿈되어 있다. 야광 쟁반에 담긴 채 내 주위를 떠다니는 선명한 핑크와 형광 노랑 빛깔의 칵테일은 우리의 최신 싱글 〈글로GLOW〉에 대한 오마주다. 아주 신나는 이 곡은 지난여름 차트를 장악했다. 한쪽 벽에 프로젝터로 띄우고 있는 것은 오늘의 파티를 위해 편집된 〈글로〉의 뮤직비디오 속 이미지들이다. 야광 볼링장, 반딧불이들이 날아다니는 들판, 꼭대기를 향해 올라가는 대관람차와 그곳에선 마치 생일 케이크의 촛불처럼 내려다보이는 반짝이는 도시 불빛. 지금이 한겨울이고 오늘 밤 기온이 섭씨 삼 도라는 것을 잊기에 충분하다.

샴페인 잔을 향해 손을 뻗는데 뒤에서 누가 내 이름을 불렀다.

"레이첼 씨!"

붉은색 각진 안경을 쓴 호리호리하면서도 건장해 보이는 남자가 따뜻한 미소를 지으면서 다가와 악수를 청했다.

"저는 소어SOAR 방송국의 기획팀 차장 박현배라고 합니다. 오늘 레이첼 씨를 마주칠 수 있을까 했는데 영광이네요."

소어는 한국에서 가장 큰 방송사 중 하나다. 우리는 몇 번 소어의 티브이 프로그램에 나간 적이 있지만, 비즈니스는 늘 소속사인 DB 엔터테인먼트가 관리하니 소어 관계자를 만날 일은 없었다.

"네, 처음 뵙겠습니다."

나는 악수를 하며 인사를 건넸다. 그가 주머니에서 수줍게 펜을 꺼냈다.

"실례가 아니었으면 좋겠는데요, 딸이 레이첼 씨 엄청난 팬이라서 제가 부탁도 안 해보고 집에 가면 딸한테 혼날 것 같아요. 사인 하나만 해주실 수 있을까요? 이름은 박미영입니다."

"그럼요, 당연히 해드려야죠."

지난 몇 년 동안 수천 번 (어쩌면 수백만 번일까?) 사인을 했지만 나는 여전히 사인을 거절하기가 어렵다.

내가 냅킨에 사인을 해서 돌려주자 박현배 씨는 싱글벙글한 얼굴로 말했다.

"이건 오늘 밤 목숨 걸고 지키겠습니다."

그는 사인된 냅킨을 접어서 윗옷 주머니에 넣고는 믿음직하게 두드렸다.

"레이첼 씨, 미영이만 레이첼 씨 팬인 게 아니라 제 아내랑 저도 완전히 팬입니다. 목소리가 너무 좋으세요."

이제 내가 고마워 싱글벙글할 차례였다.

"정말 감사합니다."

그가 궁금한 눈빛으로 두 눈썹을 치켜올리며 말했다.

"라디오 방송에 참 잘 어울리실 것 같아요. 혹시 라디오 디제이

맡으실 생각 있으실까요? 저희 회사에서 곧 각계각층 예술가들과 일대일 대화를 나누는 라디오 프로그램을 새로 시작할 겁니다. 그런데 레이첼 씨가 디제이로 제격이란 판단이 들어요."

나는 눈이 번쩍 뜨였고, 한 번 더 환히 웃으며 말했다.

"디제이를 맡을 수 있다면 저도 정말 좋겠어요. 저희 소속사에 연락하시면 분명 구체적으로 논의하실 수 있을 거예요."

나는 확실하다는 듯 말했지만 실제로 어떨지는 잘 몰랐다. 하지만 DB에서도 당연히 관심이 있지 않겠는가? 소어의 라디오 방송은 엄청난 수의 청취자를 거느리고 있고, 내가 예술가들의 창작 과정에 관한 깊고 친밀한 대화를 즐기는 동시에 걸스 포레버를 홍보할 수 있다면 그야말로 윈윈이 아닌가?

"좋습니다. 또 연락드리겠습니다!"

박현배 씨는 나와 건배한 다음, 자신과 어서 이야기를 나누고 싶어 하는 다른 방송계 사람들에게 휩쓸려 갔다.

나는 이제 디저트 바에 가볼까 아니면 댄스 플로어에 나가볼까 저울질하고 있는데, 미나가 우아하면서도 시선을 사로잡는 걸음걸이로 나에게 다가왔다. 미나는 샴페인을 들지 않은 쪽 내 손을 잡고는 말했다.

"여기 있었네!"

미나에게는 누군가가 특별한 칭찬이나 주목을 받을 때마다 경보가 울리는 레이더가 있는 것 같다. 이번에도 내가 박현배 씨와 건배를 마치자마자 어디서인지 불쑥 내 앞에 나타났으니 말이다. 하지만 미나는 환하게 미소를 지었고, 황홀한 음악 속에서 반짝이는 미나의 눈빛에는 너무나 매력적인 무언가가 있었다. 미나가 하는 일이라면 무엇이든 함께하고 싶어지게 하는 힘 같은 것 말이다. 그래서 미나가 "우리 춤추자!"라고 말했을 때 나는 손에 든 샴페인을 모두 들이켠 다음 지나가는 웨이터의 쟁반에 빈 잔을 내려놨고, 미나는 나를 빙글빙글 돌리며 댄스 플로어로 이끌었다.

미나는 오늘 몹시도 세련된 차림이었다. 와이드 핏 바지가 돋보이는 반짝이는 슈트를 입었고, 애쉬브라운 빛 머리카락을 느슨하고도 고상하게 틀어 올렸다. 나는 미나의 춤 동작을 따라 했고, 우리는 웃으며 함께 춤을 추었다. 미나는 그야말로 모두의 마음을 사로잡는 매력이 있고, 춤을 출 때는 더욱 그랬다. 하나도 애쓰지 않는 듯 자연스러운데도 빛이 난다. 이 공간의 모든 카메라가 우리를 향하기 시작했다.

나는 잠시 믿어보았다. 그 카메라들이 포착하는 지금 이 모습이 진짜라고, 한때 적이었던 여자아이들 사이에 자라난 진짜 우정의 모습이라고 말이다. 언젠가 나는 이렇게 말할 수도 있지 않을까?

'우리가 이런 사이가 될 줄 누가 알았겠니, 미나야. 우리가 서로를 얼마나 싫어했었는지 기억해? 네가 연습생 숙소에서 날 취하게 만들고는 식탁에서 춤추는 모습을 동영상으로 찍었던 일은 어떻고? 하, 그때가 꼭 전생처럼 멀게 느껴지지 않아?'

하지만 변하지 않는 것들도 있는 법이다. 다음 생이 와도 변하지 않는 것들이.

DB 엔터테인먼트에서 가장 인기 있던 케이 팝 아이돌 제이슨 리와 우리의 삼각관계 소문이 시들해지는 데는 아주 오랜 시간이 걸렸다. 사실 그 삼각관계란 미나와 내가 데뷔하기 전에 DB 엔터 테인먼트가 꾸며낸 자작극에 불과했다. 미나와 나는 보이그룹 넥스트 보이즈NEXT BOYZ를 떠난 제이슨 리의 솔로 활동을 밀어주기 위한 완벽한 홍보 도구였다. 두 예비 케이 팝 스타가 제이슨 리의 사랑을 받기 위해 서로 다툰다고 알려지면, 이미 스타였던 제이슨 리가 얼마나 더 매력적인 존재로 느껴지겠는가? 물론 미나는 그것이 짜고 치는 쇼라는 것을 처음부터 알았다. 반면 아무에게서도 전해 듣지 못한 나는 실제로 제이슨과의 사랑에 푹 빠지게 된 다음에야 그 사실을 알았다.

결국 어떻게 되었냐고? 걸스 포레버가 데뷔한 후, 그 삼각관계 쇼에서 얻을 걸 다 얻었다고 판단한 DB 엔터테인먼트는 가짜 화해 장면을 연출했다. 우리는 '유출'된 것처럼 꾸며진 동영상 속에서 서로를 안고 울면서, 다시는 남자 때문에 우정을 망치지 않겠다고 맹세했다. 그 뒤로 지금까지 언론에서 미나와 나의 사이는 좋게만 그려졌기에, 나는 그 이미지를 반드시 유지하고 싶다.

그런데도 나는 이런 순간이면 순진한 아이처럼 상상을 즐기게 된다. 우리가 이미지나 좋은 기삿거리를 위해서가 아니라 실제로, 정말로 서로를 좋아해서 즐거운 시간을 보내고 있다는 상상을.

커다란 음악 소리 가운데 미나가 내게 소리쳤다.

"오늘 드레스 선택이 아주 용감무쌍하네, 패셔니스타. 귀여운 허벅지 드러난 것 좀 봐!"

아무렴, 상상은 그대로 깨졌다.

끝없이 이어지는 춤과 샴페인 잔의 행렬 속에서 이 밤이 행복하고도 몽롱하게 지나가고 있었다. 무도회장에 가득한 DB 엔터테인먼트의 낯익은 얼굴들과 처음 보는 사람들이 모두 열렬히 나와 인사하고 싶어 했다.

"오늘 콘서트에서 정말 잘했어, 레이첼!"

"어쩜, 레이첼은 목소리가 점점 더 사랑스러워져요."

"너무 대단했어요. 말 그대로 타고난 스타예요."

사람들과 춤추고 어울리며 몇 시간이 지났을까, 나는 이만 쉬러 가고 싶어졌다. 걸스 포레버에서 영은, 지윤, 선희처럼 내성적인 편인 멤버들은 이미 우아하게 파티를 빠져나가 각자의 호텔 방으로 돌아간 반면, 미나, 리지, 은지는 어느새 롤러스케이트장에 가 있었다. 소리 지르고 웃으며 스케이트를 타는 그 아이들의 옷가지가 마치 반짝반짝 눈부신 파라솔처럼 펼쳐졌다. 한편 아리와 수민이는 아니나 다를까 디저트 바에서 칵테일을 홀짝이며 무언가로 언쟁하고 있었다. 둘은 똑같은 시기에 연습생 생활을 시작한 동갑내기로, 언제는 둘도 없는 친구였다가 또 언제는 한쪽이 울 때까지 독한 말을 쏘아붙이곤 한다. 그런 모습이 꼭 결혼한 지 오래된 말썽 많은 부부 같아, 솔직히 좀 귀엽다.

나는 어서 호텔 방으로 올라가서 자쿠지 욕조에 몸을 담그고 싶었다. 지금 신고 있는 끈 달린 지미 추 스틸레토도 정말 좋았지만, 어서 신발을 벗어버리고 거품 난 욕조 물에 발가락을 담그고 싶었다. 아로마테라피 입욕제를 푼 따뜻한 물에 들어가 얼굴에 마스크 팩을 얹는다면, 이번 투어를 마무리짓는 완벽한 방법이 되겠지.

무도회장을 나가려는데, 또 누군가 내 이름을 불렀다. 돌아보니 우리의 뮤직비디오가 비춰지고 있는 벽에 누군가 기대 서 있었다. 여러 색과 빛이 그 사람의 얼굴 위에서 장난스럽게 춤을 추었다.

"제이슨 오빠?"

나는 놀라서 내뱉었다.

입꼬리가 올라가더니 개구쟁이 같은 미소를 지은 제이슨이 고개를 갸웃하며 말했다.

"너무 오랜만이어서 얼굴도 못 알아보는 거야?"

못 알아보긴. 매끈한 흰 슈트에 선명한 초록색과 금색의 운동화를 신은 제이슨을 나는 곧바로 알아보았다. 어떻게 못 알아볼 수 있을까.

미나와의 삼각관계 사건 이후, 제이슨과 나의 사이는 나빠졌다. 내 마음이 더는 제이슨을 믿지 못했다. 하지만 시간이 흐르며 천천히, 우리 사이의 차가운 얼음은 녹기 시작했다. 문자메시지가 오갔고, 남들의 눈을 피해 커피 데이트를 했다. 그러다 마침내 화해했고, 우리는 다시 시작할 수 있었다. 아니, 적어도 그러려고 노력했다. 하지만 걸스 포레버가 데뷔하고 제이슨이 DB 엔터테인먼트에서 가장 주목받는 솔로 가수로 떠오르면서 데이트할 시간은커녕 잘 시간도 없었다. 그토록 바쁜 각자의 스케줄로 인해서 우리 사이는 소원해졌다. 더불어 나와 제이슨의 무대 뒤 키스가 담긴 동영상역시 어느 정도는 우리가 헤어지는 이유가 되었다. 제이슨에게는 어땠는지 몰라도 나에게는 말이다. 미나의 협박이 머리 한구석에자리 잡고 있으니, 제이슨과 함께 있을 때면 늘 마음이 불안했다.

사실 미나는 그 동영상을 퍼뜨리지 않았다. 그리고 내가 제이슨과 만난 일 년 반 동안 미나의 협박이 자주 생각나기는 했어도, 결국 우리는 떠들썩한 연예 기사의 방해 없이 충분히 서로를 만나볼 수 있었다. 어쩌면 미나는 내가 생각했던 것만큼 나를 해치려 한 적이 없었는지도 모른다.

제이슨이 손가락으로 딱 소리를 내며 말했다.

"육 개월 전 오렌지 뮤직 시상식. 우리가 마지막으로 본 게 거기 서였지?"

"맞을 거야."

요즘 우리는 이런 행사나 시상식에서만 마주칠 수 있다. 이제 보니 제이슨은 지난 육 개월간 머리카락을 길러 짤막한 꽁지머리를 한 모습이었다. 하지만 머리카락을 말끔히 이마 뒤로 빗어 넘긴 채 반짝이는 눈빛으로 웃는 환한 얼굴은 그야말로 케이 팝 아이돌답게 싱그러웠다.

"오빠가 상하이에 있을 줄이야. 아주 좋아 보이는데."

나의 말에 제이슨은 씨익 웃었다.

"너도 마찬가지야. 그리고 내가 여기를 어떻게 안 와. 이런 파티는 놓치지 않지."

지나가는 웨이터의 쟁반에서 핑크빛 샴페인 두 잔을 집어 든 제이슨은 한 잔을 나에게 건네고 물었다.

"잠시 오랜 친구랑 밀린 이야기 좀 나누는 것 어때?"

욱신거리는 두 발이 내게 항의했지만, 나는 제이슨이 반가웠다. 조금이라도 연애 감정이 남아 있는 것은 아니지만, 여전히 잘 지내기를 바라고 근황이 궁금했다. 나는 샴페인 잔을 받고 제이슨을 따라서 발코니로 나갔다. 일월의 밤공기가 차가워서 우리의 숨결이 작은 구름을 만들었지만, 발코니 곳곳에 히터가 있기도 했고 북적거리는 무도회장의 열기를 식혀주는 차가움이 반갑기도 했다.

"투어 아주 성공적이었다면서. 기분 좋겠다."

제이슨이 발코니 난간에 기대어 말했고, 나는 웃으며 대답했다.

"고마워. 지금까지가 우리가 한 투어 중 최고였어."

다른 사람이 들었다면 으스대는 소리처럼 들렸겠지만, 제이슨은 이해할 터였다. 지난날들에 향수를 느끼며, 나는 샴페인을 한 모금 마시고는 말했다.

"처음 데뷔했을 때 말야, 모든 게 신나고 새롭기도 했지만 내가 뭘 하고 있는지 하나도 모를 때도 많았어. 연습생 시절도 힘들었지만, 엄청나게 많은 사람들 앞에서 스포트라이트를 받는 일도 참……."

"힘들지, 방식은 다르지만."

제이슨이 내 말을 대신 끝맺고는 웃었다. 그리고 덧붙였다.

"나도 그 시절 기억나."

나는 제이슨이 나를 '늑대 소녀'라 부르던 때를 기분 좋게 떠올리면서 밤하늘의 달을 올려다보았다. 그 시절 제이슨 곁에 있을 때마다 느꼈던 설렘과 두근거림이란 얼마나 커다란 감정이었던지. 첫사랑만큼 우리를 취하게 만드는 것이 있을까?

"네가 잘돼서 너무 좋다, 레이첼."

제이슨이 내 어깨를 살며시 잡았다 놓고는 이어서 물었다.

"네 다음 계획은 뭐야? 아까 너 소어 관계자랑 이야기하더라.

'레이첼 김의 퀴즈쇼' 같은 걸 기대해도 되는 거야? 프로그램 진행자 일도 시작해보는 건가? 뭔지는 몰라도 너도 네 커리어의 다음 단계를 준비하고 있겠지?"

웃음이 튀어나온 나는 소어 방송국의 라디오 프로그램 이야기를 해주었다. 걸스 포레버는 여전히 전성기고, 나는 우리가 오랫동안 더 활동할 수 있기를 바란다. 하지만 이 직업이 영원히 지속되지 않는다는 사실 역시 모두가 안다. 케이 팝 스타 이후의 내 삶은 어떠할까? 갑작스레 이런 질문을 마주하게 되다니. 요란한 파티 음악이 발코니 문 너머로 들려오는 지금 이 순간 생각하기에는 너무 거대한 질문 같았다.

"오빠는 어떤데? 요즘 어떤 일 하고 있어?"

그 생각으로 마음이 어지러워지자, 나는 오히려 제이슨에게 질문을 던졌다.

제이슨은 어깨를 펴면서 미소를 짓는 것으로 우선 응답했다.

"네가 먼저 물어봤으니까 자랑 좀 할게. 네 앞에 있는 이 사람이 바로 김해영 작가 새 영화의 서브 남주란다."

나는 깜짝 놀랐다.

"정말이야? 난 김해영 작가 영화 볼 때마다 울어! 우리나라에서 제일 대단한 시나리오 작가잖아. 우아, 정말 잘됐다."

"고마워."

설렘으로 빛나는 얼굴로 제이슨이 말했다.

"연기 준비를 세나가 많이 도와주고 있는데, 그래도 긴장돼. 이렇게 제작 규모가 큰 작품에서 연기하는 건 처음이라서 말이야."

"잘할 거야. 세나 씨도 그 영화에 출연해?"

제이슨 리와 원세나가 서로 사귀고 있음을 공식적으로 발표한 지 일 년이 좀 넘었다. 한국에서 십 대 때부터 유명한 드라마 배우였던 원세나는 제이슨 만큼의, 혹은 그 이상의 스타 파워를 지녔다. 팬들의 지지를 받는 귀여운 이 커플에게 언론은 '국민 커플'이란 별명을 붙였다.

아이돌의 삶과 연애는 쉽게 공존할 수 없으니 차라리 혼자인 편이 더 나은 것을 알면서도, 나는 한편으로 연애 감정이 그리웠다.

잠시 그런 생각에 빠졌던 나는 제이슨의 말에 정신이 들었다.

"아냐. 세나는 벌써 새 드라마에 캐스팅됐거든. 사실 우리 영화는 아직도 여자 주인공 맡을 배우를 물색하고 있어. 그러니까 혹시 너 관심 있으면……."

제이슨이 의미심장하게 두 눈썹을 올렸다. 나는 웃음을 내뱉고 나서 말했다.

"응, 생각해볼게. 나 초등학교 삼 학년 때 담임 선생님이 아마 빛나는 추천서를 보내주실 거야. 내가 학교 연극에서 토스트 역할을 맡은 적 있다고 오빠한테 얘기했나?"

"토스트 역할? 우아아아. 레이첼 김 씨, 김해영 작가의 영화에 출연하기에는 너무 경력이 세신 거 아닌가요."

우리는 둘 다 웃었고, 파도처럼 어떤 감정이 내게 밀려왔다. 그 모든 일을 거친 후에도 아직 친구일 수 있는 우리 사이에 대한 고마움이었다. 수많은 방식으로 끝날 수 있었던 우리가 이런 종류의 끝에 이르렀다는 것이 기뻤다.

나와 같은 생각을 하는 것인지, 제이슨이 말했다.

"때마침 이렇게 만나다니 반갑다."

"그러게. 그런데 이제 난 따뜻한 물에 발 좀 담가야겠어. 이 힐 때문에 죽을 것 같아."

제이슨이 웃었다.

"건배하고 오늘 밤 마무리하는 거 어때? 넌 토스트 전문이니까.
(영어로 건배와 토스트가 같은 단어ᵗᵒᵃˢᵗ인 것을 이용한 말장난 – 옮긴이)"

나는 썰렁한 농담에 어이없단 표정을 지었지만, 샴페인 잔을 들어 올리며 말했다.

"새로운 한류 스타 제이슨 리를 위하여."

제이슨도 웃으며 잔을 올렸다.

"너와 나, 그리고 다가오는 우리의 앞날을 위하여."

우리는 잔을 부딪치고 샴페인을 마셨다.

귀국을 위한 짐을 싸야 할 호텔 방으로 돌아오면서, 새로운 다짐이 마음속을 흘렀다. 돌아가면, 내가 원하는 것이 무엇인지 더 깊이 생각해본 다음 계획을 세워볼 것이다. 제이슨의 말 중 하나는 분명히 옳았다. 나도 삶의 다음 단계에 관해 슬슬 생각해보아야 하는 때에 이르렀다는 것. 운이 좋다면 DB 엔터테인먼트의 도움으로 걸스 포레버 이후로도 커리어를 이어갈 수 있겠지만, 걸스 포레버 이후의 날들이란 아직은 내게 상상조차 막막했다.

2

우리의 팬 '앤에버'는 미국 중앙정보국도 울고 갈 만큼 대단한 추적 기술을 지녔다. 우리가 인천국제공항 입구를 나서자마자 이미 수많은 앤에버들이 우리의 이름을 외치고 있었다.

앤에버+EVER 라는 애정 어린 팬클럽 이름은 팬들이 스스로 지었다. 우리 그룹의 이름을 이용한 언어유희면서 (걸스 포레버 뒤에 팬클럽 이름을 붙이면 '영원히 for ever and ever'라는 뜻이 담기도록 한 것 – 옮긴이) 우리 곁에 영원히 있겠다는 뜻도 담고 있다. 가끔 앤에버들은 우리 가까이에 있고 싶다는 이유만으로 우리와 같은 비행기의 표를 사기도 한다. 그렇게 하는 팬들은 대부분 좋은 사람들이다. 우리를 봐도 존중하는 태도로, 적정 거리 이상 다가오지 않는다. 말조차 걸지 않는다. 그저 우리와 같은 공간에 있는 것에 만족하면서, 소리 없는 응원을 보낸다.

사실 이번에 한국으로 오는 비행기에서 스트레칭을 하려고 자리에서 일어났을 때도, 반쯤 열린 일등석과 이등석 사이의 커튼 너머로 앤에버 몇 명이 보이는 것 같았다. 나는 미소를 지었고, 그들의 얼굴이 기쁨으로 환해지는 것을 보며 내 자리로 돌아왔다.

하지만 지상에 내려온 지금은 훨씬 더 많은 팬들이 사방에서 우리를 둘러쌌다. 경호원들은 우리가 공항을 안전히 빠져나갈 수 있도록, 팬과 우리 사이의 일정 거리를 확보하려 애썼다. 그 와중에도 팬들은 계속해서 사진을 찍고 환호성을 질렀다.

"걸스 포레버 영원히!"

"언니, 사랑해요!"

"스타일 아이콘 레이첼!"

"패셔니스타 포레버!"

나를 향해 들려오는 소리들에 미소를 지었다. 나는 오늘의 옷차림이 특히 마음에 들었다. 넬 크레머의 클래식 핏 재킷, 밑단이 거칠게 처리된 보이프렌드 핏 청바지를 입고, 굽이 높은 앵클 부츠를 신었다. 자연스러운 컬의 머리카락을 어깨에 늘어뜨리고, 둥글고 까만 선글라스를 머리에 얹어 마무리했다.

한국 연예계에서 공항 패션은 매우 중요하다. 팬들이 우리를 볼 수 있는 기회는 대체로 콘서트처럼 무대 의상을 갖추어 입었을 때뿐이다. 반면 공항에서는 각자 개인만의 스타일로 옷을 입은 모습을 볼 수 있다. 케이 팝 스타들의 공항 패션만을 주제로 하는 핀터레스트 보드와 인스타그램 계정들도 수없이 많은데, 그중에 내 사진이 유독 널리 공유된다는 것을 알고 있다. 걸스 포레버 모든 멤버들의 패션이 멋지지만, 나만큼 많은 시간을 쏟아가며 의상 스타일링을 즐기는 멤버는 없다. 나에게 공항은 일종의 런웨이다.

공항에서 빠져나와 우리를 기다리는 세 대의 승합차로 가는 길에, 나는 어깨에 멘 카멜색 프라다 호보 백을 바로잡으면서 얼굴을 찌푸렸다. 이 가방은 우리가 첫 일 위를 했을 때 처음으로 스스로에게 사준 비싼 선물이었다. 그때가 한 백 년 전쯤인 양 느껴진다. 아직도 아끼는 가방이기는 하지만 오늘의 옷차림에서 딱 하나 아쉬운 부분이었다. 장거리 이동에 들고 다닐 만한, 그리고 지금 내 취향에 맞는 가방을 사려고 마음먹은 지 오래되었지만 '바로 이거다' 싶은 가방을 아직 만나지 못했다.

레아는 내가 남자 보는 눈보다 가방 고르는 눈이 더 까다롭다고 했다. 맞는 말일지도 모른다.

승합차에서, 선희가 독서 중인 책을 소리 내어 읽기 시작했다. 백작과 하녀를 주인공으로 한 유난스러운 사극 로맨스인데, 미사여구가 지나치다는 생각이 들면서도 그 불운한 연인들의 이야기에 나도 모르게 빠져들었다. 세상이 떼어놓으려 하는데도 진실한 사랑의 강력한 힘에 끌려 서로에게 다가가게 되는 두 사람의 이야기였다. 현실의 사랑도 그렇기만 하다면 얼마나 좋을까.

"프란시스코의 손에 이끌려 침실로 가며 사샤는 몸이 떨렸다……."

"으으, 선희야, 좀."

영은이가 불평했다. 운전 중인 매니저 종석과 백미러로 눈이 마주친 나는 같이 웃음을 참았다. 종석은 우리의 스케줄을 짜고 이곳저곳으로 데려다주는 여섯 매니저 중 한 명이다. 마치 우리가 이십 사 시간이 아니라 삼십칠 시간을 살기라도 하는 듯 빡빡한 일정을 짜는 매니저 팀장과 달리 늘 쉬는 시간을 확보하려 애써주고, 자신의 반려견인 용감무쌍한 오스트레일리언 셰퍼드 이야기로 우리를 웃겨준다. 그리고 내가 멤버들의 장난에 어이없어 웃다 보면 종석 역시 웃고 있다.

이후로 몇 번의 좌회전과 우회전 뒤 청담동 부촌에 위치한 우리의 숙소에 도착했고, 마침 하늘에서 눈송이가 하나둘씩 느긋하게 내려오기 시작했다.

서울의 겨울은 새로운 시작의 기운을 품은 마법 같은 계절이다. 어쩌면 우리 가족이 처음 서울로 이사 온 때가 겨울이어서 그렇게 느끼는지도 모른다. 그때 엄마는 이삿짐 상자 더미에 고개를 묻은 채 아빠에게 부탁했다. 하루 동안 나와 레아를 좀 데리고 나갔다가 오라고. 집 안 이곳저곳을 돌아다니며 정신없게 하는 아이들 없이 짐을 풀고 집을 정돈하고 싶다고. 그래서 아빠는 우리를 시내의 야외 스케이트장에 데려갔다. 그때 올려다보았던 회색 하늘에는, 스케이트장을 둘러싸고 높이 솟은 시청, 서울 도서관, 더 플라자 호텔 같은 건물들이 하얀빛과 은빛으로 반짝였다.

엄마가 소중하게 수집한 스노볼 중 하나에 들어와 있는 것만 같았다. 서울로의 이사, 새 학교 입학, DB 연습생 생활의 시작 등으로 잔뜩 긴장했던 내 마음이 모두 녹아내렸다. 안전하다는 기분이 들었다.

이제 나는 스노볼, 하면 전혀 다른 것이 떠오른다. 스노볼은 언론 매체가 걸스 포레버의 숙소를 부르는 말이다. 청담동 한복판에 있는 작고 완벽한 세계. 물론 실제로는 그리 아름답고 평화롭지 않은데도, 그 말은 우리 숙소의 별명이 되어버렸다. 하늘은 새파랗고 현관 앞길에 얇게 쌓인 흰 눈이 햇빛에 반짝이는 오늘 같은 날이면 그 이름이 잘 어울린다고 느껴지기도 한다.

"으으, 어서 봄이 왔으면 좋겠다. 얼굴에 감각이 없어."

수민이가 후드로 머리를 더 꽁꽁 감싸며 승합차에서 내렸다. 미나가 현관문 비밀번호를 눌렀고 모두가 집으로 들어갔다.

아아, 도착했다, 즐거운 우리 집에.

뭐, 어느 정도는 그렇다.

한때 내게 '우리 집'이란 냉장고에 붙은 채소 모양 자석들처럼 낯익어서 편안한 것들로 가득한 아파트를 의미했다. 가족사진이 줄지어 걸린 벽, 거실 바닥에 앉아 뉴스를 보면서 빨래를 개는 엄마, 새벽에 복싱장에 가려고 샤워하며 노래하는 아빠, 밤새 수다를 떨려고 토끼 슬리퍼를 신고 살금살금 내 방에 와서 곁에 눕는 레아.

하지만 이제 '우리 집'이란 바닥에서 천장까지 트인 거실 창과 밤이면 반짝이는 한강 영동대교가 보이는 커다란 발코니가 있는 이곳이다. 걸어 들어갈 수도 있을 만큼 큰 식료품 장은 매니저가 고급 간식과 음료수로 채워둔다. 물론 고급스럽고 화려하지만, 지낸 지 오 년 반이 지났는데도 온전히 '우리 집'이란 느낌이 들지는 않는다. 뭐, 화장실이 두 개뿐인 탓으로 돌려보자. 여자 아홉 명이 사는 집에 화장실 두 개라니. 도대체 누구 생각이었을까?! 분명 남자였을 것이다.

미나와 리지, 은지가 귀국 첫 샤워를 누가 먼저 할지 가위바위보로 결정하는 사이, 나는 부엌으로 직행해서 핫초코를 타 먹을 물을 끓였다. 선희와 영은이는 차를 우렸다.

아일랜드 식탁 앞 스툴에 앉으며 아리가 물었다.

"참, N&G 소식 들었어?"

나는 N&G 멤버들을 정말 좋아한다. 우리보다 몇 년 먼저 데뷔했고, 서로 꽤 친해졌다. N&G 멤버들은 우리 팀의 큰오빠들, 또는 사촌 오빠들 같은 존재다.

"못 들었는데. 무슨 일 있어?"

내가 묻자, 아리가 휴대폰 화면을 넘기더니 직접 읽어주었다.

"'케이 팝 보이그룹, 로열 블루ROYAL BLUE의 서브 유닛으로 출발한 그룹 N&G, 남일과 강민이 다가오는 여름에 여러 가수들과 한 무대에 설 것이라고 오늘 발표했다. 작년에 전 소속사 DB 엔터테인먼트와 결별한 후 처음으로 갖는 무대가 될 것이다.'"

지윤이는 식료품 장에서 녹차 맛 빼빼로를 꺼내면서 말했다.

"에이, 새로운 소식도 아니네. 지난주에 우리랑 대만에서 만났을 때 강민 오빠가 얘기해줬어."

하지만 나에게는 새로운 소식이었다. 이 팀은 작년 한 해 활동이 전혀 없었다. 신곡도 나오지 않았고, 티브이에서도, 공연 무대에서도 볼 수 없었다. 이인조 그룹으로서 선보일 새 음악에 공을 들이느라 그랬으리라 짐작되었을 뿐이다. 그러니 올해 여름 드디어 그들의 무대를 본다는 것은 신나는 소식이었다.

N&G에게 일어난 일은 중대한 사건이었다. 작년 N&G는 자신

들에게 십삼 년짜리 계약을 하게 한 DB 엔터테인먼트를 고소했다. 사실 십삼 년간 회사에 묶이는 계약서를 쓸 수밖에 없었던 것은 걸스 포레버를 포함해 DB 소속 아티스트 모두 마찬가지였다. 놀랍게도 N&G는 승소했다. 그래서 결국 회사의 모든 아티스트가 더 짧은 기간으로 새로운 계약서를 쓰게 되었다. 이제 우리는 한 번에 칠 년씩만 계약을 하게 된다.

다만, 그 계약에도 '선택 사항'이라는 명목으로 삼 년의 연장 계약 조건이 있고 사실상 동의할 수밖에 없으므로, 실질적으로는 여전히 십 년의 계약이 되는 셈이다. 약속된 칠 년이 끝나가는 무렵이 되면 DB 엔터테인먼트는 그 아티스트가 행복한 가족으로서 삼 년 더 회사에 머물기로 막 결정한 것처럼 언론에 간단한 보도를 낸다. 실제로 그 '결정'이란 오래전에, 연습생이던 아티스트가 이에 관해 목소리를 낼 힘이 없을 때 이루어진 것인데도 말이다. 물론 그럼에도 N&G가 얻어낸 결과에 대단한 의미가 있음은 말할 것도 없다. 멍하니 핫초코에 우유를 붓고 저으면서, 나는 남일과 강민이 우리 모두에게 얼마나 큰일을 해준 셈인지를 생각했다.

"레이첼!"

휴대폰을 보고 있던 아리가 놀란 목소리로 내 이름을 불러, 나는 핫초코를 재킷에 흘릴 뻔했다.

"넬 크레머 인스타에 레이첼 네 사진 떴어!"

넬 크레머?! 그 이름 하나에 N&G 생각은 깡그리 증발해버렸다. 나는 넬 크레머가 디자인한 청색 의상 라인을 패션지《엘르》의 양면 화보에서 본 뒤로 넬 크레머의 열렬한 팬이 되었다.

"혹시…… 이번 주 '영감을 주는 것들' 포스트로 내 사진이 올라온 거야?"

나는 경건함에 가까운 목소리로 속삭여 물었다.

"맞아!"

아리가 휴대폰을 돌려서 보여준 넬 크레머의 계정에는 오늘 아침 인천 공항에서 찍힌 내 사진이 있었다.

"우아, 진짜 대박."

지윤이가 초록색 빼빼로를 마치 시가처럼 문 채 말했다. 나는 믿지 못하는 눈길로 휴대폰 화면을 볼 뿐이었다. 사진 아래에 적힌 넬 크레머의 글이 보였다.

'제가 디자인 한 파란 재킷을 입은 레이첼 김의 캐주얼한 패션이 너무 맘에 들어요! 완벽한 여행 패션인 듯. 다음 여행으로 파리에서 열리는 내 봄 패션쇼로 오는 건 어때요? (웃는 얼굴 이모티콘 – 옮긴이) 초대할게!'

이럴 수가. 심지어 나를 태그까지 했다. 이거 실화야?

"무슨 일이야?"

우리가 시끄러운 이유를 알고 싶은지, 젖은 머리의 미나가 다가왔다.

"레이첼 언니의 오늘 공항 사진이 많이 공유됐는데, 넬 크레머가 자기 인스타그램에다가도 공유했어요!"

나보다 더 신이 난 것 같은 모습으로 선희가 설명했고, 내가 덧붙였다.

"나를 봄에 열리는 파리 패션쇼에 초대했어!"

그에 미나는 차분히 대답했다.

"우아, 축하해. 욕실 비었어."

샤워를 하고 나와 보니 미나, 리지, 은지, 선희가 소파에 누워 티브이 버라이어티 쇼를 보고 있었다. 연예인들이 한국 곳곳으로 짧은 여행을 떠나는 〈레츠 고 캠핑〉이라는 오락 프로그램인데, 출연자들이 시끌벅적하게 게임을 하거나 기막히는 상황 속에서 좌충우돌하는 장면이 꼭 나왔다.

"레이첼 언니, 와서 봐요! 미나 언니 나왔던 회 재방송이에요."

선희가 내게 말했고, 미나는 불평했다.

"꼭 이거 봐야 해? 난 저녁밥으로 물고기 잡으러 들어갔던 게 아직도 악몽에 나온단 말이야. 그날 내가 벌레를 얼마나 많이 만졌는지 알아?"

지난 기억에 몸서리치며 미나가 리모컨으로 손을 뻗었지만, 리지가 먼저 집어 미나의 손이 닿지 않는 머리 위로 들어 올렸다. 리지는 화면을 정지시키고는 미나에게 말했다.

"봐봐, 너 귀엽게 나왔다."

미나가 눈이 반쯤 감긴 채, 팔에 앉은 모기를 때리면서 얼굴을 찡그리는 모습이 정지 화면에 떠 있었다.

"봐! 다음 앨범 커버로 어때?"

"참 재미있다, 그래."

미나는 이렇게 쏘아붙이고 다시 리모컨으로 손을 뻗었고, 그 모습을 보며 은지와 선희가 소리 내어 웃었다. 그때 미나가 선희에게 획 돌아서서 말했다.

"너 언니한테 그게 무슨 태도야?"

웃음이 멈춘 선희의 두 볼이 빨갛게 달아올랐다. 하지만 선희가 무슨 말을 할 틈도 없이, 추리닝 바지와 빛 바랜 그린피스 티셔츠 차림으로 거실로 온 영은이가 말했다.

"으으, 저 표정 봐. 꼭 엄마 호출 받고 나서 엄마 카페에 갔을 때의 나 같다."

영은이는 핫도그를 마구 먹고 있는 화면 속 미나에게로 고갯짓을 한 다음 이렇게 덧붙였다.

"걸스 포레버가 와 있는 걸 팬들한테 보여주려고, 내가 세 시간이나 앉아 팥빙수 여섯 그릇을 먹었지."

케이 팝 아이돌의 부모는 때로 자신들의 사업을 위해서 자녀의 유명세를 이용한다. 영은이의 엄마가 그 카페의 주인이라는 건 팬들 사이에 널리 알려진 사실이고 앤에버들이 우리를 볼 수 있을까 하는 기대로 그 카페에 모여 있는 일은 흔했다.

내가 든 휴대폰에서 알림음이 울렸다. 비행기 모드를 끈 뒤부터 가족 단체 채팅방이 내내 시끄러웠다.

엄마: 나가 있는 동안 밥 잘 챙겨 먹었어? 이번 주에 시간 있으면 집에 와. 레몬 생강차 좀 사 뒀어. 목에 좋다더라.

나는 싱긋 웃었다. 한때 내게 DB 연습생을 그만두게 하겠다고
협박까지 했던 엄마인데, 우리 사이도 많이 변했다. 나는 밥을 잘
챙겨 먹었고(상하이의 샤오룽바오는 정말로 맛있었고), 이번 주에 집에
가도록 애써 보겠다고 답했다. 하지만 정말로 갈 수 있을 가능성은
희박했다. 집은 한강 건너편, 엄마가 일하는 이화여대 근처여서 제
법 멀고, 귀국하긴 했어도 소속사가 짜 둔 일정으로 눈코 뜰 새 없
이 바쁠 것이 불 보듯 뻔했기 때문이다. 이젠 익숙해진 죄책감 속
에서 나는 좋은 딸 되기를 포기하지 않아도 좋은 아이돌이 될 수
있었으면 좋겠다는 바람을 품었다.

하지만 앞으로의 일정을 떠올리는 순간 마음이 어지러워졌다.
제이슨과의 대화는 그저 잠깐이었는데, 어째서인지 자꾸 곱씹게
되었다. 이제 나도 다음 단계를 생각해보아야 한다는 그의 말을.
그런 식으로 미래를 생각하기란 너무 모호하고 거대한 일처럼 느
껴졌다. 하지만 제이슨의 말이 옳다면, 어쩌면 나도 그의 뒤를 따
라 곡 쓰기를 시도해보는 것이 좋으리라. DB 엔터테인먼트가 제
이슨을 그쪽으로 지원했다는 것은 나도 비슷한 지원을 받을 가능
성이 있다는 뜻이다. 게다가 나의 오랜 곡 쓰기 시도는 지난 몇 년
동안 제자리에 멈춰 있었다. 침대 옆 탁자에서 곰팡이가 피어가고
있을 내 작은 파란 공책을 다시 펼쳐볼 때였다.

나는 내 방으로 가서 문을 닫았다. 내게 주어진 혼자만의 시간
은 룸메이트 지윤이가 들어올 때까지 고작 몇 분이었다. 침대 옆
탁자의 서랍 속에서 파란 공책을 꺼내 침대에 누웠다.

내가 한 패션 스케치와, 불렛 저널링을 시도한 흔적들이 남은

페이지를 한 장 한 장 넘겨, 아무것도 쓰이지 않은 새 페이지를 펼쳤다. 그러고는 영감이 흘러나오기를 기다렸다.

잉크 펜의 뚜껑을 열고 가느다란 펜촉 끝으로 적어 나갔다.

'길 건너 네 모습을 보았을 때, 내 마음은 이미 알았어, 내가 만나고 싶은 사람이 너라는 걸.'

너무 뻔하다.

'내 입술에 네 입술이 닿는다면 너무나 근사할 거야. 가장 달콤한 와인 같은 맛이 날 거야.'

이건 아니지, 아니야. 나는 스스로의 글에 몸서리치며 펜을 멈추었다. 전부 틀려먹었다는 느낌이었다. 뻔하기 때문만은 아니었다. 사랑을 하고 있지도 않은 내가 사랑 노래를 쓰는 것이 틀려먹었기 때문이었다. 사랑이란 내게 아주 오래된 이야기였다.

좌절감으로 무너진 나는 다급히 활기를 되찾고 싶은 마음에 옷장을 열어 이번 한 주에 입을 옷들을 미리 구상해보기 시작했다. 내 옷을 스타일링하는 건 빠르게 행복감을 되찾을 수 있는 가장 확실한 방법이었다.

방문에서 노크 소리가 들리더니, 샤워로 머리카락이 젖어 있는 선희가 얼굴을 내밀었다. 숏컷이었던 선희의 머리카락은 이제 점점 자라서 귀 주변으로 자연스러운 컬을 이루었다. 몇 달 전 선희의 부모님은 소속사에 선희의 머리카락을 싹 잘라야 한다고 요구했다. 그렇게 하면 선희가 나머지 멤버들과 차별화되어 보일 것이라면서 말이다. 아무리 세계적인 슈퍼스타여도, 부모님들은 때로 우리를 열한 살 어린아이로 바라보며 우리의 커리어를 자신들이 직접 관리하려 한다. 선희는 그렇게 머리를 자른 뒤 몇 주 동안이나 멤버들에게 헬멧을 쓴 만화 속 펭귄, 뽀로로라고 불렸다. 늘 머리카락 끝을 만지작거리는 것을 보면 아직도 머리 모양에 자신이 없는 모양이었지만, 내가 보기에는 귀여웠다. 선희의 인형 같은 얼굴과 아주 잘 어울렸다.

"들어가도 돼요?"

"그럼. 들어와. 침대에 옷이 좀 많은데, 신경 쓰지 마. 입을 옷들을 미리 스타일링하고 있었어."

두툼한 목욕 가운을 입은 채 들어온 선희가 내 침대를 내려다보고는, 내일 입으려고 펼쳐 둔 빈티지 루이뷔통 민트색 꽃무늬 원피스를 살며시 만져 보았다.

"오늘 언니 공항 패션 정말 좋았어요. 넬 크레머가 태그한 것도 당연해요. 나도 언니처럼 스타일리시했으면 좋겠다. 공항 패션 모음에 내 사진은 절대 안 올라와요."

넬 크레머의 인스타그램 생각을 하니 또다시 잔뜩 설렜다. 내가 정말 이번 봄에 파리 패션 위크에 갈 수 있을까? 꿈처럼 느껴졌다. 나는 침대 위 빈자리를 토닥거려, 선희에게 앉으라고 신호했다.

"무슨 소리야. 네가 나리타 공항에서 입었던 시프트 원피스를 보고 다들 얼마나 난리였는데."

지금 선희에게 이런 다독임이 필요하다는 느낌이 들었다. 선희는 격려의 말이 필요할 때면 내 방으로 오곤 했다.

"그 버버리 셔츠 원피스 말이야. 나도 정말 입고 싶은데, 너처럼 잘 어울리지가 않아."

"정말 그런 것 같아요?"

얼굴이 조금 밝아지면서 선희가 물었다.

"그렇다니까. 잠시만."

나는 옷장을 뒤져서 흰색 레이스업 앵클 부츠를 꺼냈다.

"그 원피스에 이걸 맞춰 신으면 진짜 섹시할 거야. 빌리고 싶으면 빌려 가도 돼."

"정말요?"

신이 난 목소리로 물은 선희는 부츠를 집어 들고 다른 팔로 나를 안았다.

"너무 좋아요! 고마워요, 언니!"

여러 면에서 선희를 보면 레아가 생각났다. 둘은 성격이 아주 다르지만 나이가 두 살밖에 차이 나지 않았고, 선희랑 있을 때면 나는 저절로 언니 역할을 하게 되었다.

자매처럼 느껴지는 것이 선희만은 아니다. 좋은 면에서건 나쁜 면에서건 걸스 포레버 모든 멤버가 나에게는 자매 같다. 종종 다투기도 하지만 우리는 한집에서 살며, 서로에 관해 아주 가깝지 않고서는 모르는 사소한 일들까지 빠삭히 안다. 영은이가 〈라푼젤〉 애니메이션의 대사를 하나하나 읊을 수 있다는 사실이나 수민이의 생리통을 달랠 수 있는 유일한 약이 롯데 커스터드 케이크라는 사실처럼 말이다. 실제 가족보다 더 많은 시간을 보내는 사람들이다. 레아와의 사이만큼 가깝지는 않을지라도, 필요할 때 힘이 되어주는 일 정도는 기꺼이 하고 싶다.

"언니가 최고예요."

목욕 가운과의 조화는 조금 우스워 보였지만 선희는 벌써 부츠를 신어보고 있었다. 나는 미소 지으며 말했다.

"뭘, 자매 사이에 이쯤이야."

다음 날, 우리는 모두 의무적인 운동 시간을 위해 DB 엔터테인먼트 사옥의 헬스장으로 갔다. 나는 노 대표에게 넬 크레머 패션쇼 참석 허락을 구할 생각을 하느라, 러닝머신에서 두 번은 넘어질 뻔했다. 마침내 담당 트레이너가 운동 시간이 끝났음을 고했을 때, 나는 임원 회의실로 갔다. 노 대표와 임원들이 수요일의 정기 회의를 마무리하고 있을 시간이었다. 두 시간의 운동과 온몸에 흐르는 긴장감 때문에 나는 애써 숨을 고르며 회의실 밖에서 기다렸다.

"걱정하지 마요. 분명 보내줄 거예요."

나를 펄쩍 놀라게 한 목소리의 주인공은 선희였다. 돌아보니 걸스 포레버의 여덟 멤버가 모두 복도에 서 있었다. 내 요청에 대한 소속사의 답을 함께 기다리는 중이었다. 미나가 〈레츠 고 캠핑〉에 나간 것을 빼면 아직 우리 중 아무도 개인 활동을 한 적이 없었다. 선희처럼 나를 응원하는 멤버도 있지만, 마음이 갈팡질팡하는 멤버들도 있음이 느껴졌다. 노 대표가 거절하기를 바라는 질투 어린 마음과 노 대표가 수락하여 자신들에게도 비슷한 가능성이 열리기를 바라는 마음 사이에서 말이다.

그때 문이 열리고, 임원들이 우르르 나왔다. 다들 대화에 집중하느라 우리가 인사하는 것을 알아채지도 못했다. 그중 심 이사와

임 이사의 대화가 내 귀에 들어왔다.

"……는 아주 좋은 기회일 겁니다."

"네, 《보그》지에서 관심을 보이는 게 흔한 일은 아니죠."

나는 잠시 굳었다. 《보그》지라고? 도대체 무슨 일에 관한 이야기일까? 너무나 알고 싶었지만 나는 당장 할 일이 있었다. 회의실에는 이제 마호가니 책상의 대표석에 앉아서 매끈한 가죽 폴더 속 서류를 검토하는 노 대표와, 그 어깨 너머를 내려다보면서 빠르게 메모를 하는 한 이사뿐이었다.

나는 하나로 올려 묶은 머리카락을 가다듬고 땀 냄새가 너무 나지 않는지 얼른 확인한 다음, 열린 문에 대고 노크를 했다.

"실례합니다, 대표님."

서류에서 눈을 들어 나를 본 노 대표는 놀라는 기색이었다.

"레이첼."

그는 내 뒤에 있는 멤버들도 발견했다.

"너희도 왔니? 무슨 일이야?"

"제가 의논드릴 일이 있어서요, 잠시 시간 좀 내주실 수 있을까요?"

"물론이지. 들어와라. 너희들도 같이 들어오고."

노 대표는 안경을 고쳐 쓰고는 한 이사와 빠르게 눈빛을 교환했다.

"사실 아주 좋은 타이밍에 왔다. 그렇지 않아도 너희를 불러서 할 말이 있었거든."

정말? 무슨 일일까? 방금 임원들이 회의실을 나가면서 하던 말과 관련이 있을까? 걸스 포레버에게 《보그》 촬영 같은 기회가 온 걸까?

우리는 회의실로 들어가 두 사람에게 고개 숙여 인사하고 책상에 둘러앉았다. 잠시 아무도 말이 없었다. 내가 먼저 말해야 할지 아니면 노 대표가 우릴 부르려던 이유를 먼저 말하게 해야 할지 고민하고 있는데, 노 대표가 입을 열었다.

"그래. 레이첼, 의논할 게 있다고?"

나는 넬 크레머의 인스타그램 포스트를 보여주면서 그녀에게서 받은 패션쇼 초대를 설명했다. 넬 크레머의 패션쇼에 참가하는 것은 영광스러운 일이라는 점과 이미 정해진 걸스 포레버의 일정과는 겹치지 않게 하는 것이 당연하다는 말로 마무리했다.

나는 두 손을 모으고 기다렸다. 시간이 흐르는 동안 가슴이 조여왔다. 노 대표는 표정이 왔다 갔다 변하고 눈썹을 점점 더 찡그리는 듯하더니, 마침내 말했다.

"오늘이 행운의 날인 것 같구나, 레이첼. 파리에 다녀오렴."

노 대표가 딱딱한 미소를 짓고는 덧붙였다.

"매니저들한테 일정에 추가하라고 해두마."

나는 참고 있던 숨을 한번에 내쉬고는 말했다.

"감사합니다, 대표님! 얼마나 감사한지……."

"자, 그리고……."

노 대표가 내 말을 끊으며 입을 열었고, 나는 하려던 말을 삼켰다. 파리 패션쇼 이야기는 여기까지라는 뜻이었다. 노 대표는 몸을 앞으로 숙였다.

"…… 너희들이 아주 좋아할 소식이 있다. 걸스 포레버가 〈하나 둘셋 윈〉에 나가게 됐다!"

아, 《보그》 촬영은 아니었구나.

나는 〈하나둘셋 윈〉을 몇 편 본 적 있다. 연예인들이 서로 경쟁하는 게임을 하는 오락 프로그램인데, 그 게임이란 게 불닭볶음면 두 봉지 먹기나 공룡 분장 옷 입고 오래 달리기처럼 몹시 어렵거나 또는 민망하거나, 또는 몹시 어려운 동시에 민망했다. 보기에는 재미있지만 직접 나가고 싶었던 프로그램은 아니었다.

"다음 달 초에 싱가포르에서 찍는 두 편짜리 특별 에피소드가 될 거예요."

한 이사의 말에 나는 눈이 번쩍 뜨였고, 들뜬 멤버들의 목소리가 들려왔다. 싱가포르라면 얘기가 다르다. 내가 싱가포르를 얼마나 좋아하는데.

"그 프로그램에서 세 팀의 다른 걸 그룹하고 경쟁을 하게 될 텐데, 그중에는 우리 회사의 신인 그룹인 세이고SayGO도 포함된다."

이 기회가 한층 더 좋아졌다. 내 데뷔 후 얼마 지나지 않아 레아도 우리 회사에 연습생으로 들어왔다. 레아는 몇 년의 짧은 연습생 기간을 거친 뒤 세이고라는 그룹으로 데뷔했다. 레아도 나가는 프로그램이라면 나도 무조건 좋다. 게임 그까짓 거 뭐든 하지 뭐!

노 대표는 우리에게 나가 보라고 했고, 멤버들은 회의실에서 나가면서부터 싱가포르의 유명한 칠리크랩 식당과 마리나 베이 샌드 호텔의 멋진 옥상 풀장 따위에 관해 수다를 떨었다. 하지만 나는 회의실에 남았다. 꼭 알고 싶은 사실이 있었다.

"저, 대표님."

나는 목을 가다듬었다. 노 대표는 내가 아직 가지 않았다는 사실에 놀란 듯한 표정으로 서류에서 고개를 들었다.

"좀 전에 임 이사님 이야기를 얼핏 들었는데요, 혹시 《보그》지가 걸스 포레버를 섭외하고 싶어 하나요?"

노 대표는 거의 내 말이 끝나기와 동시에 고개를 저었다. 색이 들어간 안경 너머로 그의 눈이 가늘어졌다.

"아니다."

노 대표는 딱 잘라 대답하고는 다시 서류를 쳐다보았다.

"《보그》가 너희 팀을 섭외하려 한 적은 없다."

"제가 아까 듣기로는……."

"레이첼, 너는 파리로 가지 않니. 거기에 만족하고 걸스 포레버 활동에 관해서는 나한테 맡기는 게 좋겠구나."

그는 냉랭하게 말한 뒤 한 이사에게 고갯짓했다. 한 이사는 일어서서 내가 서 있는 회의실 입구로 다가왔다. 한 이사의 얼굴에서 잠시 연민의 기색이 스치는가 싶었지만, 다음 순간 내 코앞에서 쾅 하고 문이 닫혔다.

3

"여기가 인공 해변인 거 알아? 이 모래, 다 수입된 거야."

모래밭을 바라보며 영은이가 말했다. 수민이는 물었다.

"도대체 그걸 어떻게 알아?"

"여기 오는 비행기에서 읽었어."

"인공 해변치고는 나쁘지 않네."

수민이가 이렇게 말하곤 낮은 휘파람을 불었다.

싱가포르에 도착하자마자 우리는 남부 해안에 있는 섬인 센토나로 서둘러 와야 했다. 아직 이월 초지만 싱가포르의 날씨는 끝없는 여름이라 해도 과언이 아니다. 이곳에서 찍힌 화면 속 내가 자연스럽게 촉촉해 보이기를, 높은 습도에 허덕이는 것처럼 보이지 않기를 바랄 뿐이었다.

카메라 팀이 준비를 하는 동안 나는 바다를 감상했다. 청록빛의 바닷물 위로 멀리 점점이 화물선이 떠 있었다. 백사장 위에는 비치발리볼을 하는 사람들이 배구 선수처럼 공을 코트 이쪽저쪽으로 세게 넘겼다. 그리고 가장 예쁜 풍경에 내 시선이 닿았다.

"언니!"

레아와 세이고 네 멤버들이 근처 야자나무의 좁은 그늘 아래 모여 있었다. 나는 곧장 우리 멤버들과 함께 그쪽으로 가, 레아를 와락 끌어안았다.

"잘 있었어요, 언니들?"

레아가 얼른 고개를 숙이고 손을 흔들며 모두에게 인사했다.

"그 치마 예쁜데."

나는 이렇게 말하곤 장난스레 레아와 엉덩이를 맞부딪쳤고 레아는 못 말린다는 표정을 지었다. 레아가 귀엽게 꼭 맞는 노랑 티셔츠 아래 입은 밝은색 데이지 꽃무늬 미니 스커트는 레아가 작년 여름에 내 옷장에서 꺼내 간 것이었다.

우리 멤버들 대부분이 마주 손 흔들어 인사하고는 오늘 촬영에서 맞붙을 다른 그룹들과 어울리기 시작했지만 미나와 리지는 묘한 미소를 띤 채 레아를 빤히 보고 있었다. 나는 레아를 끌어당겨 비행은 어땠는지 따위를 물어보기 시작했지만, 리지가 우리에게 들릴 만큼 큰 소리로 이렇게 내뱉었다.

"쟤 인사하는 거 봤어? 고개만 까딱."

미나가 맞장구쳤다.

"맞아. 선희보다도 한 살 어리잖아. 선배 대하는 예의를 모르네."

레아가 걸스 포레버와 마주칠 때마다 이런 일이 일어난다. 레아가 짧은 기간 안에 DB 엔터테인먼트에 들어오고 데뷔까지 한 것을 우리 멤버 중 몇몇이 못마땅해 한다는 것은 거의 공공연한 사실이었다. 자기 여동생에게도 같은 일이 생기기를 바란 멤버들이 있기 때문에 더욱 그랬다. 리지는 한 살 어린 여동생을 DB 엔터테인먼트에 들어오게 하려고 오랫동안 애썼지만 어떤 이유에서인지 회사는 그 아이와 계약을 맺지 않았다.

레아는 나를 보며 그저 씨익 웃고 어이없다는 표정을 흘렸다. 리지와 미나의 말에도 끄떡없는 것이었다.

나는 레아에게 물었다.

"선크림 발랐어?"

"당연하지. 내가 어떻게 선크림 바르는 걸 잊겠어. 가족끼리 갔던 해운대에서 어떻게 됐었는데."

나는 순간 레아가 하려는 말을 알아챘고, 우리는 걱정스러운 엄마의 말투를 흉내내며 동시에 말했다.

"'랍스터처럼 벌겋게' 됐잖아."

레아는 내게 말했다.

"얼마 전에도 집에서 저녁 먹다가 그 해운대 여행 이야기가 나왔어. 엄마가 저녁밥으로 어묵 꼬치를 사 왔거든. 맛있었는데, 부산에서 먹은 어묵만큼 맛있진 않았어. 나는 그때 우리가 해운대 해수욕장에서 먹은 어묵이 아직 꿈에 나와."

레아가 데뷔를 할 때, 나는 곧바로 멤버들과 숙소 생활을 시작하지 말고 계속 엄마 아빠와 함께 집에서 살라고 설득했고, 레아는 동의했다. 나보다 더 어린 나이에 데뷔한 레아가 좀 더 그 나이답게 지내기를 바랐다. 아플 때는 잠자리에 눕혀 돌봐주고, 스트레스를 받았을 때는 법석을 떨며 위로해주는 엄마 아빠와 함께 살기를. 집에서 보낸 편안한 저녁 시간에 맛있는 걸 먹으면서 가족 여행을 회상했다는 레아의 이야기를 들으며 갑자기 그립고, 부럽고, 또 미안했다. 결국 귀국 후 한 번도 집에 가지 못했다. 예상대로 우리 일정은 귀국 특집 방송, 콘서트 이후 회복을 위한 보컬 수업과 물리치료 등으로 빈틈이 없었다. 귀국했을 때의 짐 가방도 제대로 풀지 못했는데 어느새 다시 짐을 싸 싱가포르로 날아온 기분이었다. 물론 엄마 아빠는 이해한다고 말했지만, 두 사람이 실망했을 때의 목소리를 나는 언제나 알아챈다. 아빠가 최근 나에게 보낸 문자에는 평소처럼 열 개가 훌쩍 넘는 이모티콘 대신, 단 두 개의 이모티콘만이 딸려 있었다.

괜찮아, 딸. 곧 볼 수 있었으면 좋겠다. (웃는 얼굴 이모티콘, 야자수 이모티콘 삽입 - 옮긴이)

레아의 목소리에, 나는 생각에서 빠져나왔다.
"그럼 난 이제 멤버들한테 가봐야겠다. 경쟁자랑 친목이나 다진다고 오해하겠어."
나는 웃음을 내뱉었고, 레아는 내게 윙크를 날린 후 자기 그룹 멤버들에게로 돌아갔다.
그런 뒤 이내 내 눈에 들어오는 이들이 있었다. 바로 삼 년 전에 데뷔한 팔인조 아이돌 그룹인 틴밸런타인^{TeenValentine}이었다. 내 눈길은 천천히 익숙한 얼굴에 가닿았고, 나는 잠시 숨이 멎었다.

아카리 마스다. 한때 내 가장 친한 친구이자 DB 엔터테인먼트 연습생 동료였던 아이가 거기에 있었다. 결국 다른 회사로 들어가게 된 뒤로는 한 번도 만나지 못한 아이.

한 번도 보지 못한 것은 아니다. 얼마 전 도쿄에서 열린 라라^{RARA} 시상식에서도 멀리서나마 보았고, 내가 알기론 걸스 포레버와 틴밸런타인이 같은 행사에 참석하는 일이 몇 번이나 있었다. 하지만 우리 두 사람이 마주친 적은 없었다. 이런 식으로는, 이렇게 가까이에서는 말이다.

예전과 달라 보이기도 했지만, 틀림없는 아카리였다. 내가 DB 엔터테인먼트 사옥 복도 멀리에서도 알아보곤 했던, 발레리나처럼 우아한 걸음걸이도, 이 싱가포르 해변에서 나와 마주쳐서 놀라 휘둥그레지는 두 눈도. 연습생 시절 내가 미나와의 끔찍한 일화를 들려줄 때면 짓던 표정이 지금과 꼭 같았다.

"자, 여러분. 모이세요!"

이 프로그램의 진행자는 내가 꼬마였을 때부터 인기 리얼리티 프로그램들을 진행해온 유명한 코미디언, 'MC 양' 선생님이었다. 나도 우리 아빠도 아주 좋아하는, 국민 삼촌 같은 존재. 우리는 모여서 진행자가 설명하는 게임 규칙을 들었다. 이 섬 곳곳에서 연이어 치르게 될 시합들이 무엇이고 점수는 어떻게 쌓이고 하는 내용이었지만, 솔직히 나는 집중이 되지 않았다. 아카리와 이야기할 기회가 생긴다면 무슨 말을 해야 할까 하는 생각이 머릿속에 가득했기 때문이다. 내가 무슨 말을 할 수 있을까? '아카리, 내가 연습생 때 형편없는 친구였던 것, 네가 다른 소속사로 가고 나서 한 번도 연락 안 한 것 미안해. 하지만 이제 널 보니 너무 반가워!'

머릿속으로 떠올려만 보아도 '이건 아니지' 하는 생각이 들었다. 내 잘못을 만회하고 미안함을 전달하는 옳은 방법을 알고 싶었지만, 멀어진 채 너무 긴 시간이 흘러버린 사이여서 도무지 어디에서 시작해야 하는지조차도 알 수 없었다.

"준비됐습니까?"

아카리 생각에서 나를 깨우는 진행자의 목소리가 들렸다.

"네!"

모두가 소리쳤다.

"딱 마음에 드는 답이네요."

진행자가 우리의 열의를 보며 웃었다.

"그럼 시작합니다. 하나, 둘, 셋, 원!"

이 프로그램 촬영보다는 싱가포르에 온다는 사실에 더 신이 났던 우리지만, 막상 게임을 시작하니 다들 꼭 이겨야겠다는 마음으로 뜨거워졌다. 불타는 경쟁심이 우리 사이에 퍼져가고 있었다.

"다른 팀 응원하지 마!"

게임 중 나와 레아가 하이파이브나 격려를 해줄 때마다 미나가 소리쳤다. 이기고 싶다고 해서 레아를 응원하지 못할 건 뭐가 있을까. 진행자는 우리의 자매애에 싱글싱글 웃으며 소리쳤다.

"화이팅, 김 자매! 둘이 이인조 팀을 만들어도 되겠어요!"

카메라도 그런 우리의 모습을 반겨, 내가 레아와 소통할 때마다 클로즈업을 했다. 촬영이긴 하지만 우리 자매가 이렇게 긴 시간을 함께 보내는 건 정말 오랜만이었다. 릴레이 달리기에서 우리가 서로를 지나칠 때도, 게임을 하다가 눈이 마주칠 때도 나는 보나 마나 잔뜩 기쁜 표정이었을 것이다. 두리안 먹기 게임을 할 차례가 오자, 우리는 두리안 조각들 앞에서 구역질하지 않으려 애를 써야 했다. 진행자는 냄새가 너무 고약해 싱가포르 도시 철도에서 먹는 것이 금지된 과일이라고 설명했다. 나는 뒤편에서 토할 듯한 표정을 한 레아를 보고는 입을 가리고 키득거렸지만, 카메라는 아마 그런 내 모습도 놓치지 않았을 것이다.

카메라는 경쟁심에 불타는 미나의 모습에도 아주 열렬히 반응했다. 다들 미나가 방송을 위해서 과장된 모습을 보이는 것이라 짐작했겠지만, 나는 미나를 알기에 그 모습이 백 퍼센트 본모습임을 알았다. 아무리 사소한 일일지라도 지는 것을 그 무엇보다 싫어하는 미나다. 어쩌면 미나네 가족 내력인지도 모른다. 숟가락에 달걀 얹고 달리기 게임에서 십이 센티미터 웨지힐 에스파듀를 신은 아리가 한참 뒤처지자, 미나는 그 신발을 벗어 버리라고 소리치고는 이렇게 덧붙였다.

"어서! 우리 집안은 지지 않아!"

그러고는 곧바로 얼굴이 붉어지며 고쳐 말했다.

"…… 걸스 포레버, 걸스 포레버는 지지 않는다고. 아리야, 그냥 맨발로 가라니까!"

비치 발리볼 게임을 할 차례가 되었을 때 멤버들의 경쟁심은 절정에 달해 있었다. 조금 전 해변에서 비치 발리볼을 하던 사람들의 실력에는 훨씬 못 미칠지 몰라도, 우리는 기름칠을 잘해둔 기계처럼 원활하게 움직였다. 나는 미나에게 공을 패스했고, 미나는 완벽한 위치에서 그 공을 받아 그대로 지윤이에게 던졌고, 지윤이는 커다랗고 듣기 좋은 '퍽!' 소리가 나도록 공을 쳐 네트를 넘겼다. 공은 한 번도 모래밭에 떨어지지 않은 채 아리에게서 수민이에게로, 다시 영은이에게로 넘어갔다. 운동 실력에 부족한 부분이 있다면, 우리끼리의 탄탄한 호흡이 그것을 보완했다. 레드카펫에서 단체 사진을 찍기 위해 대열을 만들 때처럼 다른 멤버들의 위치를 고려할 때 각자가 어디에 있어야 하는지를 정확히 알았고, 무대에서 안무를 할 때처럼 매끄럽게 대형을 바꾸었다. 이런 면에선 그 어느 그룹도 우리의 상대가 되지 않았다. 가끔 서로에게 짜증이 나기는 해도, 팀을 위한 일이라면 우리는 늘 똘똘 뭉칠 수 있었다. 팀을 위한 일이라는 것이 그저 장난스러운 게임 쇼라고 해도 말이다.

종일 쉼 없이 이어진 게임들이 끝나고, 점수가 거창하게 공개된 다음, 심사위원들은 〈하나둘셋 윈〉의 우승팀이 걸스 포레버라고 공식적으로 발표했다. 별 모양 색종이가 뿌려지고 파티 음악이 흐르는 사이, 진행자는 일등이라고 적힌 트로피를 우리에게 건넸다. 이 모든 게 조금은 우스꽝스러운데도, 정말로 걸스 포레버가 라라 시상식에서 첫 대상을 탔을 때만큼이나 기뻤다.

촬영이 끝났고, 우리는 카멜라 호텔 스위트룸의 바다가 보이는 프라이빗 야외 자쿠지에서 술을 마시며 승리를 자축하기로 했다. 매니저들은 일정을 확인시켜주었다. 센토사에서의 일정은 끝났으니 오늘 밤까지는 자유 시간이고, 싱가포르 도심에서 하룻밤을 보낸 뒤 아침에 서울로 돌아가는 비행기를 탈 것이라고. 풀죽은 얼굴의 틴밸런타인 멤버들이 바로 공항으로 가기 위해 승합차에 타고 있었다. 아카리가 떠나는 모습을 보면서 슬픔과 죄책감이 마음에 얹혔다. 이곳저곳으로 촬영 장소를 옮겨 다니고 카메라가 멈출 때마다 스태프들에게서 고래고래 지시 사항이 들려오는 어찌나 정신없는 촬영이었는지, 아카리와 내가 서로에게 다가갈 틈은 없었다. 승합차가 호텔 주차장을 빠져나가는 것을 보며, 놓친 기회 때문에 가슴이 아팠다. 오늘 사과하는 건 불가능한 일이 되었다.

"난 여기 평생 앉아 있으래도 있겠어."

은지가 물에 더 깊이 몸을 담그며 말했다. 우리가 들어와 앉은 커다란 욕조는 무성한 초록 잎들에 둘러싸여 있고, 돌벽에서는 작은 폭포가 흘러내렸다. 정말로 우리만의 작은 파라다이스를 찾은 느낌이었다.

수민이가 더없이 만족스러운 목소리로 맞장구쳤다.

"나도. 나 그냥 여기 살래. 내일 비행기 타고 싶지 않아. 집은 너무 추워. 기술이 발달해서 텔레포트가 가능해지는 날이 어서 왔으면 좋겠어. 더는 비행기를 안 타도 되는 날이."

아리가 놀리듯 물었다.

"비행기를 그렇게 싫어하는 애가 배낭여행으로 세계 일주는 어떻게 할 거야?"

"말했잖아, 텔레포트 기술로 다닐 거라니까."

술잔 가장자리에 꽂혀 있던 파인애플 조각을 떼어 입에 넣은 리지가 한쪽 눈썹을 올리며 물었다.

"너 배낭여행으로 세계 일주를 하고 싶었어? 언제부터?"

"예전부터. 꼬마 때부터 그게 내 버킷리스트에 있었지."

비행기 타기를 그토록 싫어하는 수민이가 세계 여행을 꿈꾸었다는 건 정말 의외였다. 하지만 어깨에 배낭 하나만 달랑 메고 세계 곳곳을 돌아다닐 수민이의 모습이 생생히 그려져, 나는 말했다.

"그래, 너랑 어울려."

아리도 꿈꾸는 듯한 표정으로 자신의 이야기를 했다.

"내 버킷리스트엔 브로드웨이나 웨스트엔드에서 공연하기가 있어."

영은이가 떨어지는 폭포수로 어깨를 마사지하며 물었다.

"정말? 너 팬들한테는 케이 팝 말고는 하고 싶은 게 없다고 늘 말했잖아."

아리가 어깨를 으쓱하곤 대답했다.

"팬들 실망시키기 싫으니까 그랬지. 난 뮤지컬이 정말 좋아. 뮤지컬 무대에 서게 된다면…… 아, 꿈만 같겠지?"

뮤지컬을 하는 아리를 한 번도 생각해본 적 없었지만, 그 모습 역시 머릿속에 쉽게 그려졌다. 우리의 뮤직비디오에서 가장 풍부

한 표정을 짓는 멤버는 언제나 아리였다. 뮤지컬은 아리에게 잘 맞는 분야가 분명했다.

"내 꿈은 고향에서 댄스 학원을 여는 거야."

지윤이가 말했다. 대구에서 태어난 지윤이는 DB 엔터테인먼트 연습생이 되면서 서울로 올라와 이모와 함께 살았다. 하지만 지윤이의 부모님은 아직 대구에 계시고, 지윤이는 늘 대구에 좀 더 자주 내려가고 싶은 것 같았다. 마지막으로 다녀온 지도 한참이었다.

"나는 결혼해서 아이들을 많이 키우고 싶어."

은지가 말했다. 그러자 수민이가 물었다.

"얼마나 많이? 세 명? 일곱 명?"

은지가 어깨를 으쓱하고 대답했다.

"많을수록 좋아. 나는 외동으로 커서, 같이 놀 아이들로 복작거리는 집이었으면 좋겠다는 생각을 늘 했어. 미래의 내 아이들한테 그런 가정을 주고 싶어."

"오 남매 중 셋째로서 꼭 말해주고 싶은데, 형제가 많을수록 더 좋은 건 아니란다."

영은이의 말에 은지가 웃음을 내뱉었다.

나는 욕조에 등을 기대고는 칵테일을 한 모금 마셨다. 다들 앞으로의 자기 모습을 뚜렷하게 그리고 있다는 것이 조금 부러웠다. 케이 팝이 아닌 분야에서 구체적인 꿈을 이뤄가는 나를 그려 보려하면, 언제나 막막하기만 했다. 곡 쓰기 연습을 하려고 내 파란 가죽 커버의 공책을 펼쳤지만 아무것도 쓰지 못할 때처럼.

"곡 쓰기 연습은 어떻게 돼 가, 레이첼?"

미나가 물었다. 나는 뒤로 느긋이 기대었던 몸을 휙 내밀다가, 들고 있던 패션프루트 마가리타를 욕조에 몽땅 쏟을 뻔했다. 우린 서로를 무서울 정도로 잘 안다. 가끔은 말 그대로 서로의 마음을 읽을 수 있는 것도 같다. 나는 시선을 들어, 반대쪽 욕조 끝에 걸터앉아 발끝만 물에 담근 미나를 바라보았다. 미나의 두 눈은 커다란 선글라스에 가려져 있었다.

"곡을 써?"

은지가 묻자 미나가 내 대신 대답했다.

"응. 레이첼이 요즘 곡을 쓰고 있어. 파란 공책에."

나는 놀라서 계속 미나를 바라보았다. 아무도 모르는 줄 알았는데.

"야, 내가 모르는 게 있을 줄 알았어?"

내가 속으로 떠올린 질문에 답하며 미나가 씩 웃었다. 하지만 곧바로 사려 깊은 표정으로 바뀌었다.

"난 네가 그렇게 열심히 하고 독립적인 게 대단해 보여."

잠시만, 추미나가 지금 나를 칭찬하는 건가? 정말? 이 상황이 얼른 받아들여지지 않아 나는 잠시 미나를 향해 눈만 깜박거리다 말했다.

"고마워."

"뭐, 사실이 그렇잖아. 파리 패션쇼도 그렇고…… 솔로 앨범도 그렇고…… 넌 네가 원하는 걸 굉장히 적극적으로 추구하잖아."

멤버들이 서로 눈빛을 교환했다. 아이돌 그룹의 멤버는, 특히 걸스 포레버처럼 크게 성공한 아이돌 그룹의 멤버는 '솔로 앨범'이라는 말을 가볍게 꺼낼 수 없다. 이따금 멤버 중 누가 혼자서 영화 주제곡을 부른다거나 할 수는 있어도, 아이돌 그룹에 소속되어 있는 채로 솔로 앨범을 내는 일은 아주 드물다. 솔로 앨범이란 보통 그룹을 떠나서 솔로 가수로 새 출발을 할 때나 내는 것이라 여겨진다. 그리고 아이돌 그룹에서 한 멤버가 떠나는 일은 마치 젠가 블록을 빼는 일과 같아, 한 조각이 빠져나간 뒤로 탑 전체가 무너지는 경우도 많다.

"아니, 난 솔로 앨범을 내고 싶거나 한 게 아니야."

나는 미나의 짙은 선글라스에 비친 내 모습을 뚫어지게 보았다. 이 말이 진실이란 걸 미나가 반드시 알았으면 했다. 또한 있지도 않은 문제를 만들어내는 일은 이제 좀 그만했으면 했다.

"가사는 그냥 재미로 써보는 거야. 평소에 창조적인 일을 조금씩 하고 싶어서. 영은이가 베이킹을 하는 것처럼."

하지만 사실 지금까지의 곡 쓰기를 '재미있다'고 하긴 어려웠다. '치과에 가는 것보다는 약간 낫다' 정도라면 모를까. 재미보다는 실력을 키우려 연습한다는 데 의미가 있었다.

지윤이가 말했다.

"음, 영은아. 숙소 도착하면 너도 창조적 활동 좀 해주라, 응? 네가 만들어준 초콜릿 크루아상이 먹고 싶어 죽겠어."

"사실 난 언젠가는 외국에 나가서 패션 공부를 하고 싶어……."

작은 소리로 내뱉은 내 말에 스스로도 놀랐다.

"……그리고 언젠가 내가 직접 디자인한 브랜드를 만들 수 있어도 멋질 것 같아."

이 생각이 갑자기 어디서 날아들었는지 나도 알 수가 없었다. 어차피 이제는 아무도 듣지 않는 듯했다. 다들 미래 이야기는 뒤로 하고, 영은이의 초콜릿 크루아상이 더 맛있는지 바닐라 크림 도넛이 더 맛있는지를 토론하고 있는 것 같았다. 그런데도 처음으로 그 생각이 내 입 밖으로 나와버린 것이다.

어쩌면 그건 그렇게 이상한 생각이 아닐 수도 있었다. 곡을 쓰려고 파란 공책을 펼칠 때마다 나는 페이지를 넘겨 내가 그려둔 의상 스케치를 훑어보곤 했다. 한때 그림 그리기를 아주 좋아했지만 케이 팝 스타가 되는 여정에서 그 취미를 잃어버렸다. 우리가 《보그》지의 섭외를 받을지도 모른다고 믿었을 때 느꼈던 흥분이나 다가올 파리 패션쇼를 떠올릴 때의 설렘을 생각하면, '패션'이야말로 내가 꿈꾸는 분야인지도 모른다. 하지만 팬들이 내 공항 패션을 좋아한다고 해서, 한 사람의 디자이너가 인스타그램에서 총애를 보냈다고 해서 내게 실제로 그 일을 할 수 있는 능력이 있다는 뜻은 아니다.

"언니는 그런 거 잘할 거예요."

선희가 말했다. 그러고는 내게 격려의 미소를 보냈다.

"네가 언젠가 런던 어딘가에서 패션 공부하는 모습, 완전 상상돼."

지윤이도 덧붙였다. 내 마음에 환히 불이 들어왔다. 이들이 내 말을 들었다. 게다가 내가 '잘할' 것이라고 생각한다.

"정말 그렇게 생각해?"

나는 물었다. 그런데 그때, 미나가 딸기 모히토를 빨대로 저으며 말했다.

"그런데 회사에서 그런 걸 허락할까? 패션 공부, 직접 디자인하는 자기 브랜드…… 아마 회사에서는 걸스 포레버 활동 시간을 너무 뺏는 일이라고 볼걸."

하아, 분위기에 찬물을 끼얹는 솜씨는 역시 미나가 최고다.

"그냥 먼 '훗날'을 이야기하는 거잖아. 넌 버킷리스트에 있는 꿈이 뭔데?"

"나?"

내 물음에, 미나가 잠시 눈만 깜박거리다 대답했다.

"나? 난 없어."

"언젠가 할리우드에서 연기하고 싶다고 하지 않았어?"

리지가 이렇게 말하자, 미나가 리지를 노려보며 말했다.

"그건 우리끼리만 한 얘기였지. 그리고 꿈 같은 게 아니라 그냥 재미있을 것 같다고 말한 거야."

리지가 입술을 깨물고는 말했다.

"미안, 비밀인 줄 몰랐어. 그래도, 난 네가 할리우드에 정말 잘 어울릴 거라고 생각해."

"나도 그렇게 생각해."

나는 맞장구쳤다. 진심이었다. 미나가 할리우드에 관심이 있다는 이야기는 지금껏 처음 들었지만, 확실히 미나에게는 할리우드에 어울리는 화려함이 있다. 야심도 있다.

아리도 맞장구쳤다.

"나도."

입꼬리 한쪽이 스르륵 올라가며, 미나가 말했다.

"나도 그렇게 생각해."

하지만 미나의 미소는 곧바로 사라졌다.

"그런데 우리 아빠가 절대로 안 시켜줄 거야. 자기가 감시할 수 있도록, 내가 한국에 영원히 있길 바라니까."

기운 빠진 목소리였지만, 누군가 위로의 말을 할 틈은 없었다. 미나가 곧바로 어깨를 으쓱하며 털어버렸기 때문이다. 미나는 선글라스를 벗었고, 반짝이는 눈빛으로 장난스러운 웃음을 지었다.

"그러니까 난 좀 더 실현 가능한 꿈에 만족해야 할 것 같아."

은지가 미나에게 물었다.

"네가 실현 가능한 꿈? 그게 뭔데?"

"당연히 세계 정복이지."

"썰렁해."

리지가 어이없다는 표정을 지었다. 미나가 두 발을 텀벙거려 리지에게 물을 끼얹었고 리지도 소리를 지르며 미나에게 물을 뿌렸다. 곧 모든 멤버들이 소리치고 웃고, 마시던 술을 지키려고 애쓰며 서로 물싸움을 했다. 나도 함께 웃었지만, 내 마음이 자꾸만 조금 전 미나가 한 말로 되돌아갔다.

미래를 꿈꾼 것뿐이라고 말했지만, 나는 솔직히 먼 미래가 아니라 가까운 언젠가를 상상하고 있었다. 지금 당장 패션과 관련된 일을 하고 싶다고 말한다면, 회사가 정말 나를 지원해줄까?

센토사 섬을 떠나, 우리가 그날 묵을 싱가포르 시내의 호텔로 돌아왔을 때, 나는 햇볕 아래서 보낸 힘든 하루에 너무나 지쳐 있었다. 일찍 잠자리에 들 준비를 하고 룸서비스로 딤섬을 주문하고, 새로운 종류의 마스크팩을 하는 것이 좋을 날이었다. 내가 펄 세럼과 알로에 수딩 마스크팩 중 무엇으로 할까 고르고 있을 때, 활기찬 기운을 뿜으며 레아가 호텔 방에 들어왔다. 레아는 정말이지 피곤을 모르는 아이다. 선글라스를 손에 든 레아가 내게 말했다.

"언니, 우리 몰래 빠져나가자. 선글라스 가지고 왔지?"

"몰래 나가자고?"

나는 웃음을 내뱉었다. DB 엔터테인먼트가 우리를 빡빡하게 관리하는 건 사실이고 밤엔 통행금지를 내린 적도 있지만, 지금은 겨우 오후 네 시고 우리는 이제 성인이었다. 레아가 무슨 비밀 외출 작전을 품고 있는지는 몰라도, 원한다면 그런 것 없이도 호텔에서 나갈 수 있었다.

"너 선글라스 써도 사람들이 알아볼 수 있는 건 알지? 지금도 나 네 얼굴의 칠십칠 퍼센트는 보여."

"언니, 가자, 응?"

레아는 선글라스를 내리며 강아지 같은 눈망울을 내게 보였다.

"우리가 언제 이런 기회를 또 얻겠어? 언니랑 나랑 둘이 싱가포르에서 자유 시간을 누릴 기회가 또 있을까? 경호원도 퇴근해서 없는 이런 시간은 귀하다고! 그리고 다들 알다시피 싱가포르에서는 파파라치가 불법이야. 그러니까 우리끼리 나가도 괜찮을 거야!"

연예인을 촬영하는 데 있어 싱가포르의 법이 꽤 엄격한 것은 사실이다. 그래서 이곳에 있을 때면 카메라에 포착되지 않고 돌아다니기가 대체로 쉽다. 그래도…… 커다랗고 포근한 목욕 가운을 입고 남은 하루를 느긋이 보내려던 내 계획이 발목을 붙잡았다.

"몇 시간만 나갔다가 바로 호텔로 돌아오자면 돼, 언니. 어차피 나도 오늘 밤에 세이고 멤버들이랑 잠깐 연습해야 해서, 그전까지 들어와야 해."

이미 들떠 방방거리며 레아가 이어 말했다.

"내일 서울 가자마자 무대가 있는데, 예빈이가 너무 준비가 덜 된 느낌이라고 해서."

그러고 보면 레아와 함께 시간을 보낸 지 참 오래되었다. 촬영 때문에 레아를 만나서 정말 좋았지만, 우스꽝스러운 게임들로 서로 경쟁하면서 센토사 섬 이곳저곳을 뛰어다닌 것은 사실 함께한 시간이라고 할 수 없었다. 앞으로 레아의 그룹이 잘될수록 우리가 같은 곳, 같은 때 자유 시간을 가질 기회는 점점 더 얻기 힘들어질 것이다. 그냥 호텔 방에서 둘이 마스크팩을 얼굴에 얹고 뒹굴뒹굴할 수도 있지만, 싱가포르는 쇼핑하기에 더없이 멋진 곳이기도 하다. 이 기회를 놓치는 건 참으로 아까운 일인데…….

나는 캣아이 선글라스를 쓰면서 말했다.

"알았어, 알았어. 딱 몇 시간만이야."

"그래, 몇 시간만."

레아는 내게 팔짱을 끼고 문을 가리키며 덧붙였다.

"가자!"

4

오처드 로드는 호화로운 쇼핑 거리 그 자체다. 길게 뻗은 큰길에 브랜드 숍과 미래적인 네온 불빛이 반짝이는 백화점이 줄지어 있다. 마치 나만의 낙원 한가운데에 발을 디딘 느낌이다.

우리는 싱가포르에서 가장 오래된 백화점인 탕 백화점에서 기념품을 구경했다. 팔 층으로 된 거대하고 반짝이는 복합 쇼핑몰인 ION에서는 셀린느의 선글라스를 써보고 샤넬의 신발을 신어보고 에르메스의 스카프를 매어보다가 길을 잃었다.

디올 매장을 나서서 프라다 매장으로 가면서, 쇼핑몰 벽의 깜박이는 형광 보랏빛에 물든 얼굴로 레아가 웃었다.

"내 덕분에 잘 나왔다 싶지 않아, 언니?"

"응, 맞아! 이리 와. 어서 가자!"

내가 이 외출 대신 룸서비스를 선택할 뻔했다니.

수많은 가게, 반짝이는 불빛, 레아와의 웃음 속에서 이것저것을 입고 수많은 셀카를 찍다 보니 시간이 쏜살같이 흘러갔다. 레아 말이 맞았다. 길모퉁이에서 카메라를 들고 우리를 기다리는 파파라치는 없었고, 밖에 나와 있는 시간이 길어질수록 나는 점점 더 긴장이 풀렸다.

열 번째(백 번째인지도 모르지만 누가 세는 것도 아니고, 뭐) 가게에 들어서는 순간, 벽에 줄지어 진열된 가방들로 내 시선이 이끌렸다. 그중에서도 특히 한 가방. 로빈스 에그 블루 빛깔에 소재는 염소 가죽, 가방끈에는 바느질 장식이 있는 발렌시아가 사첼 백이었다.

마치 자석에 이끌리듯 그 가방으로 다가가며, 맥박이 빨라졌다.

가죽은 촉감이 부드러웠고, 그 멋진 향은 아몬드 아이스크림과 치자나무 냄새 같기도 하고, 새 출발과 다시 찾아온 기회의 향기 같기도 했다. 내 생활에 꼭 필요한 책, 휴대폰, 메이크업 가방, 휴대용 선풍기가 다 들어가는 크기로, 무겁지 않으면서도 탄탄했다. 가방끈은 내 어깨를 마치 한 몸인 양 편안하게 감쌌다. 이 근사한 가방에 관한 글은 좀 읽었지만 직접 보는 것은 처음이었다. 그리고 이제 알 수 있었다. 내 공항 패션을 완성해줄 완벽한 가방이라는 것을. 내가 원하는 모든 것을 갖춘 핸드백. 다시 말하면, '바로 이거다' 싶은 가방이었다.

"언니, 예쁘다! 정말 딱이야."

내 뒤로 다가온 레아가 말했다.

"완전 언니 거야."

"그렇지?"

나는 우리가 어쩌다 교회에 들어온 것처럼 속삭이며 물었다. 사실 교회에 온 것과 다름없었다. 아무래도 나는 영적인 깨우침을 겪고 있는 것 같았으니까. 가격표를 뒤집어 보았다. 음…… 샤넬 백의 형태로 찾아온 종교적인 경험에 치를 만한 가격이었다.

"언니, 살 거야?"

"글쎄……."

살 때까지는 밤에도 잠이 오지 않겠지…….

사지 않으면 평생 후회하겠지…….

이토록 사랑에 빠지는 가방은 다시 못 만나겠지…….

"……생각해봐야겠어."

마지 못해 이렇게 말했다. 내 마음의 오 퍼센트를 차지한 이성이 깨어나 경고음을 울렸기 때문이다. 엄마는 내게 좋은 절약 습관을 키워주었다. ('한 달 수입 이상의 돈은 절대 한번에 다 쓰지 마.') 그리고 나는 쇼핑 중독자인 동시에 쯧쯧, 혀를 차는 훈계자의 목소리를 늘 마음속에 데리고 다니기도 했다. 나는 가방을 내려놓았다.

'일단은 내려놓는 거야.' 내 강철 같은 의지와 절제력이 이기건, 아니면 내가 아침에 다시 이 가방을 사러 오건, 내게는 모두 승리일 것이다.

우리는 쇼핑 단지에서 나와서 오처드 로드의 넓은 보도에 섰다. 꼭 한낮에 영화를 보고 나서 바깥으로 나왔을 때처럼 낯설게 느껴졌다. 다만 어두운 극장에서 밝은 바깥으로 나간 것이 아니라 그 반대였다. 쇼핑 단지의 네온 불빛들에 둘러싸여 다니다 보니 분홍색과 보라색으로 물든 일몰 무렵의 저녁 하늘이 놀라웠다. 레아가 시간을 확인하고 물었다.

"이제 들어갈까? 연습 시간까지 못 들어가면 멤버들이 날 가만 안 둘 거야."

벌써 세 시간이나 지났다는 사실이 믿기지 않았다.

"그래, 가야겠다."

나는 이렇게 말했지만 목소리에서 아쉬움을 감출 수 없었다. 밖에 나와 마냥 돌아다니고 도시를 탐색하는 기분이 너무 좋았다. 이 외출이 너무 짧게 느껴졌다.

"아니면…… 난 먼저 들어가고 언니는 혼자 더 쇼핑하는 거 어때?"

레아가 이렇게 말하고는 싱긋 웃었다.

"언니 얼굴 보면 알아. 떠나기 싫을 때 생기는 그 주름이 있어."

"나 주름 없거든!"

나는 장난스럽게 레아를 쳤고, 레아가 있다고 주장하는 주름을 없애려고 이마를 비비면서 아쉬운 눈으로 오처드 로드를 바라보았다.

"정말 너 혼자 가도 괜찮겠어?"

"당연하지. 호텔까지 걸어서 고작 십 분 거리야."

레아가 손으로 입맞춤을 날리고는 이어 말했다.

"나 없이 너무 재미나게 쇼핑하지만 마."

나는 웃으며 마주 손 키스를 보냈고 호텔로 돌아가는 레아에게 손을 흔들었다. 우아, 이렇게 혼자 밖을 돌아다니는 게 도대체 얼마 만이지? 물론 일 때문에 세계 곳곳을 돌아다니기는 하지만 항상 멤버들, 경호팀, 대체로 한두 사람의 DB 임원과 함께한다. 외국의 도시에서 나 혼자 밖에 나와 있다니, 좀 짜릿한 일이었다.

바로 그때 휴대폰이 진동해 카카오톡 메시지가 도착했음을 알렸다.

너 지금 싱가포르에 있어?

놀란 나는 훔쳐보는 사람이 없는지 얼른 뒤를 확인했다. 하지만 다시 보니 중학교 때부터 나와 절친한 쌍둥이 자매인 주현, 혜리와의 단체 채팅방 메시지였다. 솔직히 두 아이가 이곳에 와 있다 해도 놀랍지 않았을 것이다. 직업상 늘 세계를 무대로 동에 번쩍 서에 번쩍인 아이들이라서. 주현이는 다양한 패션, 미용 행사에 참가하느라고 (주현이는 유튜브 채널을 전업으로 운영했다) 혜리는 친환경 공학과 디자인 관련 회의에 참가하느라고 (혜리는 자신의 가족이 운영하는 화장품 회사인 '몰리폴리'에서 엔지니어로 일했다) 말이다.

이렇게 바쁜 서로의 일정 때문에 마음처럼 자주 볼 수 없으니, 단체 채팅방은 우리가 계속해서 삶을 공유하는 데 중요한 역할을 했다. 끊임없이 각자의 소식들이 올라왔다. 혜리가 마침내 세븐일레븐에서 '구운 감자 맛 킷캣'을 찾았다는 소소한 일부터 주현이의 채널 팔로워가 마침내 오백만 명을 넘었다는 소식, 혜리가 오랜 남자 친구 대호와 약혼을 했다는 소식처럼 중대한 일까지 말이다. 학교에서 매일 만날 때나 배스킨라빈스 아이스크림 통을 안고 한 방에서 늦게까지 놀다 자곤 하던 시절과 같을 수는 없지만, 우리가 할 수 있는 이 정도의 소통에 나는 감사할 따름이었다.

혜리: 걸스 포레버가 거기서 〈하나둘셋 원〉 찍는다는 인터넷 기사 봤어.

아, 그래서 내가 여기 있는 걸 알았구나.

나: 맞아! 여기 정말 좋아. 촬영 끝나서 오처드 로드에서 시간과 지갑을 동시에 축내고 있어. 두 마리 토끼를 한번에 잡는 거 맞지?

주현: 너무 좋겠다! 칠리크랩 사서 에어메일로 좀 쏴줘!

혜리: ㅋㅋㅋㅋㅋ나도. 그리고 보고 싶어, 레이첼. 그런데 거기 얼마나 오래 있어? 우리 대학교 절친 중 하나도 지금 싱가포르에 있거든. 둘이 만나!

주현: 그래! 너 앨릭스 기억하지? 꼭 만나. 너희 둘이 진짜 잘 맞을 거야. 농담 아냐.

앨릭스, 낯익은 이름이었다. 아아, 주현이가 대학 일 학년 때 기숙사의 같은 층에 살았던 여자아이. 아마도 맞을 것이다. 걸스 포레버로 데뷔한 해의 끝자락에 단비 같은 며칠의 휴가를 얻었을 때, 나는 스탠퍼드 대학으로 주현이와 혜리를 만나러 갔다. 사십팔 시간 동안 그곳에서 캘리포니아의 대학생들처럼 살았다. 오후는 교정 안뜰에서, 밤은 바닥이 끈적끈적한 교내 파티장에서. 내 기억이 맞다면 앨릭스는 '옷 아닌 것 입고 오기' 테마 파티에서 트위스터 게임용 매트를 고대 그리스 의복처럼 몸에 두르고 나타나, '술잔

비워 뒤집기' 게임을 휩쓸던 아이였다.

나는 재빨리 답을 입력했다.

나: 응, 나 앨릭스 기억해! 그런데 나 내일 아침 일찍 떠나. 시간이 없을 것
같아.

잠시 답이 없었다. 지금 함께 있는 주현이와 혜리가 머리를 맞
대고는 대답을 논의하는 모습이 그려졌다.

혜리: 너무 늦었어. 벌써 약속을 잡아버렸지. 앨릭스가 이십 분 뒤에 페탈
에서 널 만날 수 있대. 거기 진짜 예쁜 카페가 있어! '해변의 정원'이라는
카페고, 너 있는 곳에서 그리 멀지 않아.

이십 분 뒤? 하지만 나 혼자 돌아다니려던 계획이 있는데…….
사랑하는 주현, 혜리의 친구와 재회하는 것도 진심으로 좋지만, 이
렇게 나 혼자 도시를 돌아다닐 기회도 정말 드물 것이다.

주현: 만나, 레이첼. 날 생각해서 만나줘! 네가 늘 업계 바깥에서도 친구를
만들고 싶다고 그랬잖아. 앨릭스는 진짜 괜찮은 친구고, 너한텐 그런 친구
가 좀 필요해. 기분 나쁘게 듣진 말고, 알았지? 사랑해, 친구!

주현이의 말은 틀리지 않았다. 사실상 지금 일 외적으로 만나는
친구는 주현이와 혜리뿐이라고 할 수 있었다. 새로운 사람을 만나

고 싶었다.

그러고 보니 레아나 이 쌍둥이 자매와 있으면 나는 자꾸 내 뜻을 숙이고 만다.

나: 알았어, 알았어. 하여간 너흰 별나. 그래도 사랑해. 그럼 앨릭스한테 이십 분 후에 거기서 보자고 전해줘.

페탈은 멀지 않지만 나는 택시를 잡을 수 없었다. 길 건너편에서 도시 철도역이 보여, 그것을 타고 한번 가보기로 했다. 평소엔 어딜 가든 매니저들이 차로 태워주니, 대중교통으로 어딘가를 가본 지 오래였다. 만 아홉 살 때의 나를 생각하며 웃음이 나왔다. 엄마와 오후를 함께 보낼 자연사박물관으로 가는 길, 나는 웨스트 사번가의 지하철역 개찰구 아래를 자신 있게 빠져나가곤 했다. 커다란 파란 고래가 있는 목적지에 닿을 때까지 하나하나 세며 지나갔던 여덟 개의 정류장이 아직도 환히 기억났다. 해보자, 레이첼. 케이 팝 스타이기도 하지만 뉴요커이기도 하잖아. 할 수 있어.

다행스럽게도 도시 철도역은 이 도시의 대부분이 그렇듯 밝고 깨끗하고, 이용하기가 쉬웠다. 자동 매표소에서 표를 사서 에스컬레이터로 갔다. 여기까지 모든 게 순조로웠다. 이제 다음으로 오는 열차를 타기만 하면…….

……그 열차가 이미 플랫폼에 도착해 있었다!

에스파듀 샌들을 신은 채, 나는 넘어지지 않으려 애쓰며 에스컬레이터의 마지막 몇 계단을 뛰어 올라갔다. 뉴욕에서는 지하철을 놓치기 싫은 출근길 이용자들이 닫히는 문틈에 팔을 끼워서라도 열차를 붙잡는 일이 종종 있었지만, 이곳은 문이 이중이었다. 즉, 플랫폼과 철도를 가르는 문이 또 하나 있어, 그런 방법으로 억지로 타는 건 거의 불가능했다. 하지만 나는 다행히 닫혀가는 문 사이를 가까스로 통과할 수 있었고, 내가 타자마자 등 뒤로 문이 닫혔다. 성공! 아슬아슬했다. 나는 휴, 하고 안도의 한숨을 내쉬었다.

그런데 자리에 앉으려고 나아가는 나를 갑자기 누군가가 뒤에서 획 당겼다. 아니 이게 무슨…….

돌아보니 내 가방이, 오래된 나의 프라다 핸드백이 도시 철도 안쪽 출입문 틈에 끼어 있었다. 꽉 끼어, 아무리 세게 잡아당겨도 빠지지 않았다. 열차가 움직이기 시작했다. 빤히 보는 승객들의 눈길을 신경 쓰지 않으려 애쓰며, 나는 애타게 가방을 잡아당겼다. 물 한 모금 마시는 일도 금지될 만큼 지하철 이용 예절이 중요한 싱가포르 도시 철도에서 나는 구경거리에 가까운 소동을 일으키고 있었다. 마리아치 밴드가 올라타 떠들썩한 멕시코 춤곡 연주를 시작해도 누구 하나 눈 깜짝 않는 맨해튼의 지하철이었다면 얼마나 좋았을까.

"저, 도와드릴까요?"

누군가 물었다. 단정한 머리 모양에 청바지, 하늘색 셔츠 차림의 키 큰 남자가 자리에서 일어나 나에게로 다가왔다. 나보다 몇 살쯤 위인 듯했고, 따뜻한 갈색 눈, 환한 미소가 눈에 들어왔다. 그 미소가 예의상 짓는 미소인지 웃음을 참는 표정인지 알 수가 없지만 말이다.

"아뇨, 아뇨. 괜찮아요. 감사합니다."

누가 봐도 당황한 모습일 텐데도 나는 안 그런 척하며 대답했다. 속으로는 내 가방 속 민망한 뭔가가 그를 향해 날아가지 않기를 기도했다. 나에게 다가온 멋진 남자의 눈에 새총처럼 탐폰을 날리는 사고는 부디 일어나지 않기를.

"정말 괜찮으세요?"

재미있어 하는 듯한 미소로 그 남자가 물었다.

"네, 네, 신경 써주셔서 감사해요! 아무 문제 없어요."

그 남자가 내 맞은편 자리에 앉았을 때 나는 마지막 온 힘을 다해 가방을 잡아당겼다. 드디어! 문이 미세하게 열리면서 끼어 있던 가방이 빠져나왔다. 그러나 가방을 당기던 힘이 멈추지 않아 걷잡을 수 없이 뒷걸음질을 치던 나는 그만…… 그 '멋진 남자'의 무릎에 앉고 말았다.

"앗, 세상에. 너무 죄송합니다."

나는 엉덩이에 불이라도 붙은 것처럼 급히 일어나면서 말했다. 얼굴은 거울을 보나 마나 홍당무처럼 불타고 있을 터였고, 머릿속은 온갖 생각들로 요란법석이었다. '무릎에 앉은 건 어떻게 사과해야 맞는 거지?', '이래서 내가 지하철을 안 타는 거야!', '이 남자 정말 맨발에 에르메스 로퍼를 신은 거야?', '그게 왜 이렇게 섹시해 보이지?'

어떻게 이런 일이. 십오 센티미터 스틸레토 힐을 신고도 (더블 템포에 머리까지 세련되게 휘날리며) 고난도의 발동작 안무를 할 수 있는 내가 지하철에서 똑바로 서는 일도, 발목이 매력적인 남자 훔쳐

보지 '않기'도 못 하다니. 도대체 왜 이럴까? 아무래도 오늘 내 영양 섭취가 부족했는지도. 아니면 멋진 남자를 본 것이 너무 오랜만이거나.

그가 웃자 왼쪽 뺨에 보조개가 생겼다.

"괜찮아요. 사실, 오히려 저한테 도움이 됐어요."

"도움이요?"

호기심 덕분에 나는 잠시 민망함을 잊었다.

"네. 엄마가 항상 그러셨거든요. 완벽한 여자가 저절로 내 무릎에 떨어지는 일은 없다, 그러니까 내가 먼저 찾아나서야 한다고요."

그가 장난스럽게 슬며시 웃으며 덧붙였다.

"그런데 방금 엄마 말씀이 틀렸다는 증거가 생겼잖아요."

내 뺨이 또 한 번 확 달아올랐지만, 이번에는 이유가 달랐다. 이 남자가 내게 호감을 표시하는 것일까? 아니면 연애 감정에 너무 목마른 내가 착각을 하는 것일까?

나는 겨우 짧은 미소를 지어 보이고는 최대한 빠르게 그 남자에게서 멀어져, 그 열차 칸의 반대편 끝자리에 앉았다. 불타는 두 뺨을 두 손으로 눌렀다.

잠시 후 열차에서 내려 다른 노선으로 갈아타고, 한 정거장을 더 가서 베이프런트 역 출구로 나왔을 때, 뺨의 홍조는 사라져 있었다. 하지만 마치 엉망이 된 〈피터 팬〉 뮤지컬의 한 장면처럼 '멋진 남자'의 무릎에 날아든 기억은 여전히 뜨겁게 생생했다. 문틈에 끼었다 빠져나오느라고 이젠 어깨끈이 조금 뜯겨버린 카멜 백을 착잡하게 내려다보았다. 아아, '새 가방이 필요함' 경보 중에서도 가장 높은 적색 경보가 울렸다. 아무래도 이 가방은 불운을 몰고 다니는 듯했다. 시계를 보니 약속 시간까지는 오 분밖에 남아 있지 않았다. 몇 분 늦는다고 해서 앨릭스가 신경 쓸 것 같지는 않았지만 말이다. 내가 기억하기로 앨릭스는 아주 느긋한, 자유로운 영혼의 여자아이였다.

나는 바닷가에 줄지어 선 건물들 앞을 서둘러 지나갔다. 이곳에서는 도시 불빛 아래 마치 어두운색 보석처럼 빛나는 바다가 보였다. 멀리, 싱가포르의 관광 명소인 슈퍼 트리가 눈에 들어왔다. 무성한 가지가 하늘 아래 선명하게 뻗어 있고 나무 가운데 은은한 연보랏빛 불이 밝혀져 있었다. 그 눈부시고 커다란 아름다움 앞에서 나는 이상한 나라에 들어온 앨리스가 된 기분이었다.

마침내 페탈을 발견했다. 안으로 들어가 보니 그야말로 멋진 곳이었다. 머리 위는 유리로 된 돔형 천장으로 이루어져 있고, 창문과 발코니에는 여러 종류의 식물이 가득했다. 나는 이 층에 있는 카페에 자리를 잡고 눈으로 앨릭스를 찾았다. 트위스터 매트를 걸치지 않았어도 알아볼 수 있기를 바라면서 말이다. 하지만 아몬드 크루아상을 나누어 먹는 젊은 커플, 브이로그를 찍으며 녹인 초콜릿을 와플에 붓는 한 여자아이뿐이었다.

나는 에스프레소를 주문하고 창가로 자리를 옮겨, 주현이와 헤리에게 도착했다는 메시지를 보냈다.

나: 창가 자리에 앉았어!

종소리와 함께 문이 열렸고, 나는 고개를 들어 앨릭스인지 확인했다.

내 심장이 거의 목구멍까지 튀어 올라왔다.

앨릭스가 아니었다.

열차에서 만난 그 '멋진 남자'였다.

이럴 수가. 나는 메뉴판을 집어 들어 얼굴을 숨기고, 쌍둥이에게 급히 문자를 보냈다.

나: 앨릭스 다 와간대? 아무래도 약속 장소를 변경해야 할 것 같아서.

혜리: 도착했대. 참, 너 앨릭스가 남자인 건 알지? 앨릭스가······.

"레이첼?"

나는 굳은 상태로 천천히 메뉴판을 내렸다. 그 '멋진 남자'가 커피를 들고 내 옆에 서 있었다. 다시 왼쪽 뺨의 보조개를 드러내며 미소를 지은 그가 한 손을 내밀었다.

"안녕? 내가 앨릭스야."

5

앨릭시스. 주현이의 기숙사 친구 이름은 앨릭시스였다는 것을 나의 뇌가 '너무 늦게' 알려주었다. 나는 이 멋진 남자를 (앨릭스를) 스탠퍼드 대학에서 만난 적이 없었다. 만났더라면 반드시 기억했을 테니까. 나는 할 말이 생각나지 않아 입을 벌린 채 그를 바라보기만 했다. 그는 그 막강한 보조개를 드러내는 미소를 지으며 거기선 채, 어색하게 한 손을 흔들었다. 그대로 시간이 자꾸 흐르고, 그의 미소가 점점 사라졌다.

"어, 그래, 안녕! 앉아."

나는 그제야 이렇게 말해야 한다는 게 떠올랐다. 얼른 일어서서 앨릭스와 악수를 하고, 앉으라며 맞은편 의자를 가리키고, 그러다가 냅킨 통을 넘어뜨렸다.

"미안."

나는 얼굴을 붉히며 말을 이었다.

"아까 일 말이야. 열차에서. 그리고 지금 이런 것도 미안하고."

아악, 레이첼, 횡설수설 그만해.

"진짜 나 평소엔 이렇게 어색한 사람이 아닌데."

나는 에스프레소를 한 모금 마시며 그 조그만 컵으로 얼굴을 가리려 해보았다.

앨릭스가 웃음을 내뱉더니 잘 손질한 까만 머리카락을 쓸어넘기고 말했다.

"걱정하지 마, 정말로. 우리, 처음부터 새로 시작할까? 열차에서 같은 자리에 앉은 적 없는 사람들처럼 말이야. 그러면 좀 낫겠어?"

나는 깊은숨을 들이쉬었다. 좋아. 그런 일이 없었던 것처럼 행동해보자. 할 수 있어.

"좋은 생각인데."

"좋았어. 안녕? 나는 앨릭스 전이라고 해. 만나서 기뻐. 여기가 달리는 열차가 아닌 것도 기쁘고."

"레이첼 김이라고 해."

나는 미소 지으며 말했다. 조금 전까지만 해도 민망함에 소리를 지르던 내 머릿속이 이 남자의 귀여움에 소리를 지르고 있었다. 도대체 이게 무슨 일이야!

"자, 그럼 한 번도 본 적 없는 사이로서 처음 만났으니까, 오는 길에 도시 철도에서 있었던 재미있는 일을 하나 얘기해줄게, 레이첼."

장난스럽지만 짓궂지는 않은 미소였다.

에스프레소 두 잔과 초콜릿 라바 케이크 반 조각을 먹는 사이에 나는 앨릭스에 관해 많은 것을 알게 되었다. 나처럼 한국계 미국인으로 뉴욕에서 자랐다는 것, 하지만 지금은 홍콩에서 살고 있다는 것, 스탠퍼드 대학에서 경영학을 공부했고 주현, 혜리 쌍둥이가 대학생일 때 대학원생이었다는 것, 칼국수를 아주 좋아하고 석류 소주는 싫어한다는 것, 삼 형제 중 맏이라는 것, 고양이 알레르기가 있지만 고양이 세 마리를 키우시는 할머니를 종종 뵈러 가기 때문에 늘 알레르기 약 베나드릴을 잔뜩 사둔다는 것, 그 고양이들의 이름은 할머니가 1950년대에 좋아했던 남자 가수들의 이름을 딴 엘비스, 팻츠 도미노, 리틀 리치라는 것.

나와 앨릭스는 놀랍도록 대화가 잘 통했다. 앨릭스는 매력적이고도 재미있는데다 내 말을 경청했기에, 나는 우리가 방금 만난 사이라는 것이 잘 믿기지 않았다. 오래 알아온 사이 같은 느낌이었다. 우리가 잘 맞을 거라던 쌍둥이의 말이 옳았다.

"아, 버블데이 기억나?"

앨릭스가 물었다. 우리 둘 다 뉴욕에서 자랐을 뿐 아니라 웨스트 빌리지 PS41 초등학교를 다녔다는 기막힌 우연을 발견했기 때문이다. 나는 신이 나 탁자를 탕 치며 대답했다.

"기억나고 말고! 아아, 학교 다니면서 그날이 제일 좋았어!"

앨릭스가 한쪽 눈썹을 올리곤 물었다.

"매년 갔던 센트럴파크 동물원 소풍보다 더 좋았다고?"

나는 웃으며 대답했다.

"훨씬 더. 바다표범 보는 것도 뭐, 좋았지만 버블데이가 비교도 안 될 만큼 더 좋았어!"

매년 전교생이 치르는 표준 시험 주간의 하루 전이면, 선생님들은 OMR 카드에 정답을 표시하는 방법을 자연스레 가르치기 위해서 '버블데이'라는 것을 열었다. 그날 우리는 (평소에는 금지인) 풍선껌도 받았고, 쉬는 시간에는 그 지역 소방관들이 농구 코트에다 소방 호스로 만들어준 커다란 비누 거품 언덕에서 놀 수 있었다. 내 친구 이네즈와 나는 턱에다 비누 거품을 한 주먹씩 붙이고는 '호, 호, 호' 하고 산타클로스 웃음을 흉내 내다가 진짜 웃음을 터뜨리곤 했다.

앨릭스와 함께 지난날을 떠올리면서 긴장이 완전히 풀린 나머지, 나는 그 카페에서 아몬드 크루아상을 나누어 먹던 커플이 다가오는 것도 몰랐다. 그들이 우리 탁자 바로 옆에 설 때까지 말이다. 커플 중 여자가 조심스럽게 미소 띤 얼굴로 말했다.

"저, 실례지만 레이첼 김 아니세요? 개인적인 시간을 방해할 뜻은 없는데요, 저랑 사진 한 장만 찍어주실 수 있을까요?"

여자가 기대하는 표정으로 자신의 휴대폰을 들었다.

'방해할 뜻은 없다'는 말은 사람들이 방해할 때 가장 많이 쓰는 말 중 하나다.

"아, 네!"

나는 놀랐지만 얼른 다시 미소를 띠었다. 슬쩍 살펴보니 앨릭스는 어리둥절한 표정으로 눈을 크게 뜨고 있었다. 나는 그 여자에게 대답했다.

"그럼요. 찍어드릴 수 있죠."

난 어쩌면 레아와 주현, 혜리의 말만 순순히 따르는 것은 아닌지도 모르겠다.

그 여자는 신이 나서 남자 친구에게 휴대폰을 내밀고 나와 함께 포즈를 취했다. 상황을 파악하고 싶은 눈빛으로 바라보는 앨릭스의 시선을 느끼며, 나는 한 시간이나 이어진 우리의 대화에서 어쩌다 내 직업 이야기는 쏙 빠져 있었음을 깨달았다. 앨릭스는 정말로 모르는 걸까?

그 여자가 고마워하며 자리를 뜬 후, 쑥스러운 미소를 짓는 내게 앨릭스가 물었다.

"음, 이런 질문 하려니 아주 늙은이가 된 기분이기는 한데…… 레이첼, 혹시 유명인이야?"

웃는 앨릭스에게 나는 대답했다.

"음…… 그렇다고 대답하면 거만한가?"

앨릭스가 또 웃었고, 나는 설명했다.

"뭐, 사람들이 나를 알아보는 편인 건 사실이야. 내가 걸 그룹의 멤버거든. 걸스 포레버라고 하는 아이돌 그룹의 멤버. 우리가 좀 유명해, 케이 팝 쪽에서는."

"아아, 쌍둥이들이 말하던 그 친구!"

앨릭스가 손가락으로 딱 소리를 냈다.

"걔들이 전에도 레이첼 이야기를 한 적이 있어. 그 친구가 이 친구라는 걸 내가 왜 몰랐지. 정말 미안해."

이제는 앨릭스가 쑥스러운 표정을 지었다.

"학교 다니고 직장 다니느라고 바빠서 내가 그동안 대중문화를 너무 못 누리고 살았어. 특히 한국 대중문화는 말이야. 와…… 진짜 마지막으로 본 영화가 〈토이 스토리〉일걸."

"그러면 그렇게 오래된 건 아닌데. 〈토이 스토리 4〉가 나온 지는 얼마 안……."

"포 말고. 〈토이 스토리 3〉."

"아아, 그렇다면 정말 심각하게 뒤떨어진 게 맞네."

나는 어느 방과 후에 아카리, 주현, 혜리와 극장에서 그 영화를 보고는 소각장 장면에서 눈물이 쏙 빠지게 울었다. 열여섯 살 때였을 것이다.

"그렇게 '심각하다'고는 생각하지 않는데."

앨릭스가 이렇게 말하며 구겨진 자존심을 펴듯 셔츠의 주름을 폈고…… 하늘색 셔츠 아래에 숨은 팔 근육이 드러났다.

우리는 웃었고, 나는 다시 긴장을 풀었다.

"맞아, 그게 뭐 대수라고."

나는 말했다. 그리고 진심이었다. 케이 팝이란 매개 없이 어떤 사람을 알아가고 그 사람이 나를 알아가는 이 순간이 신선하게 느껴졌다. 새로운 사람을 만나서 이렇게 빠르게 편안한 기분을 느낀 것이 마지막으로 언제였는지 기억나지 않았다.

앨릭스가 휴대폰을 보더니 말했다.

"저기, 내가 원래 근처에 있는 바에서 친구들을 만나기로 되어 있었거든. 그 친구들 같이 만날래? 진짜 좋은 애들이야. 나 같은 할아버지들이 아니라니까."

'앨릭스가 할아버지라면 내가 본 가장 섹시한 할아버지인데'라는 말을 나는 겉으로 내뱉지 않았다.

잠시, 나는 앨릭스에게 같이 가겠다고 답하고 싶었다. 멋진 남자이자 발목이 매력적인 남자, 섹시한 할아버지인 앨릭스와의 시간이 몹시도 즐거웠고, 지난 한 시간이 눈 깜짝할 사이에 흘렀으니 말이다. 하지만 조금 전 팬을 만난 뒤로 내가 처한 현실적 여건이 떠오르고 말았다. 남자와 일대일로 만나는 나를 누가 보기라도 한다면 심각한 대가가 따를지도 모른다는 사실이 말이다. SNS에 포스트 하나가 올라오기만 해도 그 결과는…… 그러니 이쯤에서 조심해야 했다.

"그러고 싶은데, 그러면 안 될 것 같아."

나는 이렇게 말하며 입술을 깨물었다. 앨릭스가 고개를 끄덕이고 물었다.

"아, 혹시 케이 팝의 마법 같은 것 때문이야? 자정까지 집에 돌아가지 않으면 커다란 호박 같은 걸로 변하기라도 해?"

나는 고개를 저으며 웃었지만, 사실과 멀기만 한 말은 아니었다.

"호박으로 변하지는 않아. 나는 노란색이 진짜 안 받기도 하고. 그렇긴 하지만……."

우리 세계를 전혀 모르는 사람에게 이것을 어떻게 설명할까?

"우리 업계 룰은 좀…… 복잡해. 아이돌 걸 그룹 멤버인 나는 연애 같은 데는 관심이 없는 순수한 옆집 소녀 같은 완벽한 이미지를 지켜야 해. 오직 팬들한테만 충성을 다해야 해. 아, 오해하진 마. 우리가 팬들을 아주 많이 사랑하는 건 사실이니까. 그냥, 좀 어려워. 우린 사람들을 실망시키고 싶지 않아. 사람들을 실망시키면 우리를 후원하는 사람들이 실망하고, 그러면 그때부터 연쇄적인 실망이 이어지면서 결국 우리의 공연 기회는 줄어들고, 언론 매체들은 자극적인 기사를 만들어내고……. 아까 말했듯이, 복잡해. 내가 남자랑 단둘이 있는 모습이 사람들 눈에 띄기만 해도 큰 오해를 살 수 있어."

이해가 안 된다는 듯 미간을 찌푸린 앨릭스가 말했다.

"그런데 우린 단둘이 있는 게 아니잖아."

앨릭스는 우리 주변을 빙 둘러 가리켰다.

"그리고…… 레이첼의 인생이잖아. 그리고 소속 가수가 누구랑 데이트를 시작하고 싶을 때라든지, 이렇게 '버블데이'를 함께 추억하는 옛 친구랑 카페에서 시간을 보낼 때, 회사가 보호해주지 않아?"

'보호'라, 어림도 없지. 나는 고개를 절레절레 저었고, 남자 친구를 사귄다는 이유로 팀에서 쫓겨난 일렉트릭 플라워Electric Flower의 강지나가 떠올랐다. 그것은 극단적인 경우기는 했지만 DB 엔터테인먼트가 어떤 또 다른 처분을 내릴 수 있는지 몸소 알아내고 싶지는 않았다. 사실 DB가 자기 편인 경우, 그러니까 나처럼 DB가 잘해주는 경우에는 회사 덕분에 아주 행복한 경험을 할 수도 있다. 힘들지만 동시에 즐겁기도 한 경험 말이다. 내 경우 너무나 운 좋게도 오랫동안 DB의 큰 지원을 받았다. 그럼에도…… 회사는 사업체다. 나는 회사를 실망시키고 싶지 않다. 그 누구도 실망시키고 싶지 않다.

이런 것을 앨릭스에게 설명하자, 그는 천천히 고개를 끄덕였고, 밝은 눈빛이 조금은 어두워졌다.

"와, 이거 참……. 그렇구나. 난 몰랐어."

나는 착잡한 마음으로 말했다.

"그래. 그러니까 난 그냥 돌아가는 게 나을 거야. 아마도 가장 현명한 일일 거란 말이지."

앨릭스가 한쪽 눈썹을 올리며 살며시 웃었고, 왼쪽 뺨의 보조개가 보일락 말락 했다.

"알겠습니다, 레이첼 씨. 그럼 이 문제를 버블데이 방식으로 해결해볼까요?"

앨릭스가 무슨 소리를 하는지 전혀 모르겠으면서도, 나는 웃었다.

"여기에 객관식 보기가 있습니다. 신중하게 고른 다음, 연필로 동그라미 안을 꼼꼼하게 칠하도록 하세요. ①번, 바에 가서 나와 내 친구들과 시간을 보내고, 노래방 기계로 비대즐드$^{B^*Dazzled}$ 노래를 불러서 우릴 모두 주눅 들게 만든다."

나는 얼굴이 붉어졌다. 앨릭스와 대화하며 꼬마 때 좋아했던 걸 그룹이 비대즐드였다고 언급했는데, 그 사소한 것까지 앨릭스가 기억하고 있다는 게 민망하기도, 설레기도 했다.

"②번, 호텔로 돌아가서 오늘 저녁에 일어난 모든 일을 잊어버리고, 주현이와 혜리한테는 앨릭스를 만나려 했으나 도시 철도의 고약한 문에 붙들려 만나지 못했다고 말한다. ③번, 책임감 있게 호텔로 돌아가되, 앨릭스의 전화번호를 알아가서 나중에 문자를 보내겠다고 약속한다."

나는 가슴이 설렜다.

"③번으로 선택할게."

"좋은 선택이야."

앨릭스도 미소를 지어 보였다.

앨릭스는 나를 호텔까지 데려다주겠다고 고집했고, 우리는 도시 철도를 타고 오처드 로드로 돌아갔다. 열차에 탈 때 앨릭스는 나와 내 가방이 무사히 통과할 때까지 문을 잡아주는 시늉을 했고, 나는 스스로가 우스워 깔깔 웃었다. 앨릭스의 장난스러움 덕분에, 그 일을 겪을 당시보다 훨씬 덜 민망해졌다.

열차 안 좌석에 앨릭스와 나란히 앉은 뒤, 자꾸 내가 앨릭스의 무릎에 앉아버린 순간이 떠올랐다. 자리가 좁아서 우리의 다리가 서로 닿았고, 앨릭스의 손을 잡고 싶단 생각이 마음 한구석에서 솟았지만 그건 안 될 일이었다. 열차에서 내려 다시 마주한 오처드 로드는 아까처럼 쇼핑하는 사람들로 북적거리지 않았다. 대부분의 가게가 오늘의 영업을 끝낸 뒤였고, 그 가게들의 전구와 네온사인만이 밤하늘 아래에서 은은히 빛나고 있었다. 또 한 번 싱가포르에 흠뻑 반하며 나는 깊은숨을 들이쉬었다. 내 어여쁜 발렌시아가 가방이 있는 가게를 앨릭스와 함께 지나칠 때, 나는 멈추어 서서 진열창 너머를 들여다보았다. 조명도 약하고 멀어서 잘 볼 수 없는데도 그 가방은 정말로 아름다웠다.

"왜 그래?"

가게 앞에 선 나를 본 앨릭스가 물었다. 나는 그 가방을 가리키며 말했다.

"꿈에 그리던 완벽한 가방이 저기에 있어."

앨릭스는 눈을 가늘게 뜨고 쇼윈도 너머를 보았다.

"저 파란 가방? 저게 뭐가 그렇게 특별한데?"

저게 뭐가 그렇게 특별…… 아니 그걸 말이라고! 나는 어이가 없어 앨릭스를 마주 보았다.

"발렌시아가 가방이야, 앨릭스."

앨릭스가 나를 빤히 보며 대답했다.

"발렌시아가 브랜드를 알긴 하는데, 그게 내 질문에 답이 되진 않는데."

앨릭스는 마치 한번 설득해보라는 듯한 표정으로 나를 보았다. 이제 보니 앨릭스는 에르메스 로퍼를 신는 남자이면서도 디자이너 이름만으로는 감흥을 받지 않는 사람이었다.

나는 세미나를 앞둔 것처럼 큰 숨을 한 번 쉬고는 말했다.

"잘 들어. 이 가방은 차원이 다른 기술로 만들어졌어. 얇게 자른 가죽이 다른 브랜드 것보다 가벼우면서도 내구성은 뒤지지 않는데, 그건 패션계에서 하나의 혁명이었어. 부드러움과 강함이 완벽하게 하나가 된 거야. 이 바느질 보여? 다 수공예 작업이야."

긴 숨을 들이마셨다. 이 정도로 흥분할지는 나도 몰랐다. 하지만 패션은 그저 예쁜 것들이 아니다. 패션이란 의미 있는 방식으로 이야기를 전달하는 예술이다, 꼭 이 가방처럼.

말이 없어진 채, 앨릭스가 그 가방을 곰곰이 쳐다보았다.

"그렇구나."

"충분히 이해가 됐어?"

"아니, 그건 아니고. 그냥, 레이첼이 방금 거의 미란다 프리슬리가 된 것 같다고 느꼈어."

사실 〈악마는 프라다를 입는다〉는 내가 가장 좋아하는 미국 영화 중 하나다.

"네, 이천 년대 들어서는 영화를 한 편도 못 보신 분의 말씀 잘 알겠습니다."

앨릭스의 팔을 찰싹 치려고 손을 뻗었는데, 앨릭스가 내 손을 잡았다.

"아니, 진심으로 하는 말인데……."

앨릭스가 그 따뜻한 갈색 눈으로 나를 보면서 말을 이었다.

"……그렇게 열정적인 마음을 품고 있는 거 멋지다고 생각해. 그…… 발렌시아가 가방 맞지?"

심장이 너무 세게 뛰었고, 입에서 적당한 말이 나올 것 같지 않아 고개만 끄덕였다.

"'부드러움과 강함이 완벽하게 하나가 됐다'니. 그렇게 표현하니까 정말로 내가 꿈꾸던 여자…… 아니, 가방, 가방 같아! 완벽한 가방 말이야. 레이첼의 설명을 들으니까 똑같은 발렌시아가 가방이 완전히 다르게 보여."

앨릭스가 다시 미소를 지었고, 나는 장난스럽게 살짝 앨릭스를 때렸다. 하지만 오늘 레아를 그렇게 때렸을 때와는 마음이 달랐다. '됐어, 그만해!' 대신 '이 밤이 끝나지 않으면 좋겠지만, 적어도 당신의 팔은 만질 수 있네'에 가까운 마음이었다.

잠시, 앨릭스가 가만히 멈추어서 내 눈을 들여다보았다. 내 숨이 얕아지고, 빨라졌다.

그러다 그 순간은 지나가버렸다.

앨릭스는 호텔 앞이 아니라 '거의' 호텔 앞까지 나를 바래다주
었다. 누군가가 목격하고 데이트라고 짐작할까 걱정한 내가 호텔
에서 두 블록 떨어진 곳에 앨릭스를 멈춰 세웠기 때문이다. 하지만
누군가가 우리의 만남을 데이트라고 짐작한다면…… 그 짐작이
틀린 것일까? 내겐 꼭 데이트 같은 기분이었다. 그것도 아주아주
즐거운 데이트.

"그럼, 여기서 인사해야 하나?"

이렇게 묻는 앨릭스를 올려다보았다. 다시 그 보조개를 보이며
미소를 짓는 앨릭스에게 나는 갑자기 키스하고 싶어졌다.

그래서 얼른 뒤로 물러났다. 사랑에 빠지는 기분이 너무나 그리
웠지만, 그리고 앨릭스는 너무 멋진 사람이지만, 케이 팝과 연애는
함께일 수가 없기 때문이다. 아무리 내가 바란다 해도 말이다. 그
걸 기억해야 했다.

"응. 잘 들어가, 앨릭스."

"그래. 잘 들어가, 레이첼."

나는 돌아서서 걸었고, 호텔의 거대한 자동 유리문으로 들어올
때까지 지켜보는 앨릭스의 시선을 느꼈다. 호텔 안의 서늘한 에어
컨 공기가 몸에 닿자, 우리의 짧은 만남이 하염없이 아쉬워졌지만
금세 설렘이 그 마음을 채웠다. 지금으로선 작별했지만, 선택지에

서 ③번을 골랐다는 사실이 기억났기 때문이다. 나는 주머니에 손을 넣어 앨릭스의 전화번호가 저장된 휴대폰을 감싸 쥐었다. 친구로서 앨릭스와 문자를 나누는 건 문제가 되지 않으리란 생각이 들었다. 주현이, 혜리와의 단체 채팅방 대화와 다를 것이 없을 테니까. 순수하게 친구끼리의 대화일 테니까. 업계 바깥의 친구를 사귀는 기회일 뿐일 테니까. 내겐 케이 팝의 테두리 바깥에서도 사람과의 교류가 필요하다! 앨릭스의 발목에 대한 이상한 애착과 가끔 그의 얼굴 가득 입을 맞추고 싶어지는 마음, 포근히 서로를 껴안은 채 〈토이 스토리〉를 보고 싶다는 조금은 변태 같은 환상은 내 안에 꽁꽁 가두어둘 수 있을 것이다. 그렇지 않을까? 바로 이런 생각을 하고 있을 때 휴대폰이 진동했다. 심장이 바깥으로 튀어나올 뻔했다.

앨릭스: 안전하게 잘 들어갔는지 확인하고 싶어서. 오늘 즐거운 시간 보내게 해줘서 정말 고마워. 우리의 첫 만남을 초등학교 때라고 해야 할지, 도시 철도에서라고 해야 할지 카페에서라고 해야 할지 모르겠지만…… 어쨌든 만나서 반가워, 레이첼 김.

나는 엘리베이터를 타고 방으로 올라가는 내내 우스울 정도로 싱글벙글한 표정을 억누를 수 없었다. 아무래도 큰일이 난 것 같았다.

6

다음 날 아침, 한국으로 돌아가는 비행 일정이 미뤄졌다. 승무원과 조종사의 근무 시간 초과 문제 때문이라고 했다. 보통은 조금이라도 빨리 돌아가고 싶고, 호텔에서 몇 시간 더 머물러야 하는 것이 짜증스러웠지만 오늘은 침대에 좀 더 누워 있는 기분이 나쁘지 않았다. 휴대폰에 저장된 앨릭스의 이름을 보며, 나는 어젯밤 우리가 함께한 모든 순간을 머릿속으로 되풀이했다. 앨릭스가 미소 짓던 방식도, 앨릭스가 아주 쉽게 나를 웃겼던 순간들도, 물 흐르듯 자연스러웠던 우리의 대화도, 길 한복판에서 앨릭스에게 키스하고 싶어졌던 내 마음도.

메시지 알림음이 울렸을 때 나는 휴대폰을 얼굴에 떨어뜨릴 뻔했다. 세상에, 앨릭스였다. 마치 내가 생각만으로 앨릭스를 소환한 것 같았다.

앨릭스: 어젯밤에 내가 뭐 했는지 맞혀봐.

나: 초등학교 사진첩을 찾아보려고 했던 거 아냐? 나는 엄마한테 찾아달라고 부탁하려고.

앨릭스: 아냐. 그런데 그거 너무 좋은 생각이다. 나도 초등학생 레이첼의 사진을 찾아봐야겠어.

앨릭스: 근데 뭔가 재미있는 걸 하긴 했어. 〈토이 스토리 4〉를 봤지.

나: ㅋㅋㅋ

나: 영화 어떠셨어요, 할아버지?

앨릭스: 포크(숟가락인가?) 캐릭터가 재미있더라. 그런데 확실히 〈토이 스토리 3〉 봤을 때 더 많이 울었어. 솔직히 십 년 동안 영화 못 본 걸 딱히 아쉬워할 필요는 없을 듯.

나는 웃었다. 답을 보내려는데, 갑자기 빠르게 호텔 방 문을 노크하는 소리에 침대에서 벌떡 일어나 앉았다. 노크 소리는 더 급박해졌다.

"잠시만요!"

나는 외치듯 대답하고, 서둘러 침대에서 내려갔다. 문을 여니 선희가 서 있었다. 마치 뛰어온 것처럼 숨이 찬 모습이었다.

"언니, 그 기사 봤어요?"

"기사?"

선희가 휴대폰을 들어 보였다.

"《리빌》에 우리 기사 떠서 난리가 났어요."

속이 철렁 내려앉았다. 젠장.《리빌》은 한국에서 가장 악명 높은 연예 가십 신문이다. 걸스 포레버 기사가 떴다면 좋은 일일 수가 없었다.

"아리, 수민, 지윤 언니가 어제저녁에 밖에서 밥 먹다가 팬한테 사진을 찍힌 모양이에요."

그 기사를 띄운 휴대폰을 건네며 선희가 말했다.

"그 팬이 인터넷에 올린 사진을 《리빌》이 덥석 문 거예요. 언니들이 어떤 남자 세 명이랑 같이 있었는데,《리빌》에선 몰래 만나던 남자 친구들일 거라며 기사를 냈어요."

선희는 초조함에 아랫입술을 깨물었다. 선희가 건넨 휴대폰 속 사진을 확인하니 과연 아리, 수민, 지윤이가 어느 레스토랑의 칸막이 좌석에서 남자 셋과 함께 있었다. 남자들의 얼굴은 알아볼 수 없었지만, 멤버들은 확연히 웃는 얼굴로 밥을 먹고 음료를 마시고 있었다. 커플 세 쌍의 데이트처럼 보일 수도 있지만…….그저 친구들끼리 저녁을 먹는 것으로 볼 수도 있었다. 무언가를 단정할 수 있는 사진이 아니었다.

"이 기사가 우리 팀 전체한테 영향을 미칠 거예요. 미나 언니가 난리를 부릴 텐데."

"지금 미나 반응이 문제겠어? 회사 쪽에선 뭐래?"

"아리, 수민, 지윤 언니가 지금 한 이사님이랑 면담하고 있어요."

복도에서 들려오는 목소리를 따라 고개를 돌린 선희가 말했다.

"어, 면담 끝났나봐요. 우리 가봐요, 언니! 어떻게 됐나 알아봐요."

방 바깥으로 고개를 내밀어 쳐다보니 아리, 수민, 지윤이가 호텔 복도를 걸어오고 있었다. 아리와 수민이는 언제나 그러듯 티격태격하고 있었지만 (한 이사와 이야기할 때 누가 누구 말을 끊었느니 하는 내용이었다) 지윤이는 떡을 먹다 목에 걸렸던 때보다도 창백해 보였다. 표정이 너무 나빴다.

나는 가슴이 조여왔다. 상황이 심각한 것 같았다.

무슨 말을 하려는 나와 선희에게 고개를 절레절레 흔든 지윤이가 평소보다 날카로운 목소리로 속삭였다.

"여기선 좀 그래. 내 방으로 가자. 다들 거기서 기다리고 있어."

우리는 재빨리 뒤를 따라 지윤이의 방으로 갔다. 리지, 은지, 영은이가 침대에 다리를 꼰 채 앉아 있었고, 창가를 서성거리던 미나가 우리를 보자마자 팔짱을 낀 채 다가와 물었다.

"어떻게 됐어? 너희 셋 때문에 우리가 얼마나 피해를 보게 된 거야?"

아리가 두 손을 들어 올리며 대답했다.

"진정해. 별문제 없어. 한 이사님이 그러는데, 우리랑 그 남자애들 사이에 어떤 애정 관계도 없다는 입장을 회사에서 발표할 거래. 키스 사진이나 뭐 그런 것도 아니고, 아무것도 단정할 수 없는 사진이라서 어려운 일이 아닐 거래."

미나가 팔짱을 풀며 안도의 한숨을 쉬고는 물었다.

"그러니까 걸스 포레버 이름에 흠집이 생기지 않는다는 거네?"

수민이가 대답했다.

"지금으로서는 그래. 한 이사가 그 남자애들이랑 다시는 사진이

찍히지 않도록 하래. 이런 일이 한 번 더 있으면 회사에서도 부인
하기가 어려워진다면서."

리지가 물었다.

"그 남자애들은 누구였는데?"

아리와 수민이가 대답 대신 지윤이 쪽을 보았다. 평소에 거침없
이 속마음을 드러내는 지윤이가 유독 말이 없었고, 그 모습을 보는
기분이 이상했다. 아니다 싶은 것은 조금도 참지 않는, 강한 의견
을 거침없이 표현하는 지윤이가 지금은 텅 비어 보였다.

"지윤아?"

영은이가 조심스럽게 부르자 지윤이가 한숨을 쉬고는 털어놓
았다.

"전혀 근거 없는 루머는 아니었어. 사실 내 남자 친구랑 그 사촌
들이었어."

나는 깜짝 놀라 눈을 깜박거렸다. 지윤이한테? 남자 친구가? 어
떻게 내가 모르는 남자 친구가 있었던 걸까? 우리는 룸메이트인데!

하지만 생각해보면, 나는 사귀는 사람이 생겼을 때 걸스 포레버
멤버 중 누구에게라도 이야기할 수 있을까? 장담할 수 없는 게 사
실이었다.

"얼마나 오래 사귄 거야?"

나는 따지는 것처럼 들리지 않도록 신경 쓰며 물었다.

"한 일 년쯤 장거리 연애를 했어. 가족끼리 서로 아는, 오래된
대구 친구야. 지난 크리스마스에 대구 내려갔다가 만났는데, 그때
부터 사이가 발전돼서 남자 친구가 됐어. 남자 친구 사촌이 싱가포

르에 살아서 다 같이 만나는 약속을 잡은 건데, 이젠……."

지윤이가 잠시 말을 잊지 못했고, 시선을 돌린 채 빠르게 눈을 깜박거렸다.

"……이젠 헤어져야 해."

"헤어져요?"

선희가 물었다. 선희의 눈이 우스꽝스러울 정도로 커졌다. 공감하며 지윤이 이야기에 귀를 기울여주려는 것이겠지만, 의자 끝에 걸터앉아 한마디 한마디를 놓치지 않는 선희의 모습은 어딘가 이 일을 팀 멤버가 힘들게 겪고 있는 실제 이별이 아니라 늘 읽는 비극적인 로맨스 소설처럼 받아들이는 것 같았다.

"내가 할 수 있는 다른 선택이 없어."

여전히 누구와도 눈을 마주치지 않은 채, 지윤이가 말했다. 눈을 마주치면 눈물이 터질 거라고 생각하는 것 같았다. 평소에는 누구와 맞설 일이 있을 때도 끝까지 눈을 피하지 않는 지윤이었기에 더 가슴이 아팠다.

"그와 같이 있는 모습을 한 번 더 들키면, 내 커리어는 끝장이야."

이것은 어제 내가 앨릭스에게 이해시키려 애쓴 것과 같은 상황이다. 케이 팝 여자 아이돌에게 데이트는 그냥 데이트가 아니다. 걷잡을 수 없는 나쁜 결과가 따를지도 모르는 위험한 일이다. 물론 온당하지 않지만, 현실이 그랬고, 우리 모두 그 현실을 알고 있다.

불안한 생각 하나가 머릿속을 슬금슬금 파고들었다. 어제 한 팬이 나와 사진을 찍은 일이 떠올랐다. 혹시 그 사진의 배경에 앨릭스가 나오지는 않았을까? 그래서 가십 매체들이 지윤이와 남자 친구의 사진에 그랬듯 그 사진에 달려들면 어떡하지? 앨릭스가 내 남자 친구는 아니지만 그들이 사실을 아는 것도 아니고. 또한 우린 일대일로 만난 것이기도 했다. 여럿이 모인 모습이 찍힌 사진보다 훨씬 해명하기 힘들 수 있다. 하지만 아닐 테다. 배경에 앨릭스가 나왔더라면 그때 나도 보았을 것이다. 내가 그런 것을 놓쳤을 리 없다. 다만 자신의 판단을 의심하게 된다. 앨릭스와의 대화에 하염없이 빠져 있었던 내가 그 순간을 정확하게 기억하는 게 맞을까?

나는 생각을 떨쳐버리고 지윤이에게 다가가 끌어안았다. 포옹을 뻣뻣하게 받아들이던 지윤이는 이내 천천히 내 어깨에 턱을 얹고 나에게 몸을 맡겼다. 나는 말했다.

"너무 속상하겠다. 이건 정말 부당한 일이야. 그래도 회사가 너를 보호하려고 최선을 다하려는 것 같아."

'강지나 때와는 다르게 말이지.' 나는 이 말을 뱉지 않았다. 어차피 말하지 않아도 모두가 생각하는 바였을 것이다.

"그래, 맞아. 고마워, 레이첼."

지윤이가 내 어깨에 얹은 고개를 끄덕이며 말했다. 그런 다음 소매 끝으로 눈가를 훔치고는 물었다.

"그런데 너 아침에 양치질했어? 입 냄새 나."

나는 얼른 입을 가리고 웃었고, 지윤이가 원래의 모습으로 돌아온 듯해 다행스러웠다.

다들 귀국하는 짐을 싸려 방에서 나가려는데, 문 앞에서 멈춰 선 미나가 나를 보며 물었다.

"그런데 너는 어제저녁에 어디 있었어, 레이첼?"

지윤이와의 포옹을 푼 나는 그대로 굳어서 되물었다.

"뭐? 무슨 뜻이야?"

"지윤이, 아리, 수민이는 그 남자애들이랑 만났고, 나머지 우리는 호텔 스파에 있었어. 그런데 네가 어디 있었는지는 아무도 몰라."

미나가 나를 쏘아보는 눈빛이 레이저처럼 강렬했다. 미나의 말투에서 불쾌함을 느낀 나는 노려보며 말했다.

"레아랑 쇼핑하러 갔었어. 그러고 나서 친구 만나 커피 마셨고."

사실이 그랬다. 그 친구가 하필이면 멋진 남자였고 그 남자와 내가 어젯밤부터 문자를 주고받고 있다는 사실은 누구도 알 필요가 없었다.

미나는 내 대답을 듣고도 가느다란 눈으로 나를 보았지만, 나머지 멤버들은 관심이 없어 보였다. 미나는 말했다.

"숨기는 거 없는 거 확실해, 레이첼? 어젯밤에 지윤이만 남자 만난 게 아닐 수도 있잖아."

뭐지? 미나는 뭔가를 알고 이러는 걸까? 아니면 정확히 내 기분을 건드릴 말을 골라서 하는 것뿐일까?

"넌 늘 왜 그렇게 의심이 많아?"

나는 쿵쿵거리는 심장을 무시하려 애쓰면서 말했다. 그러자 미나가 가슴에 팔짱을 끼고 무겁게 한숨을 내쉬더니 말했다.

"우리 중에 누군가는 단속을 해야 하니까. 한 명이 삐끗해도 모두가 나쁜 시선을 받아. 그리고 우리 아빠가 그걸 알면……"

미나가 더는 말해선 안 되겠다고 판단한 듯 말을 멈추었다. 그리고 말을 돌렸다.

"아무튼 너도 어젯밤에 몰래 남자 만난 건 아닌지 확인하려는 것뿐이야."

"레이첼 언니가 그런 걸 왜 숨기겠어요."

내가 대답할 틈 없이, 선희가 말했다. 미나에게 맞서느라 선희의 얼굴이 조금 붉어져 있었다.

"레이첼 언니는 현명하니까, 남자랑 일대일로 만나는 일 같은 건 할 리가 없어요. 그렇죠?"

나는 애써 미소를 띠며 대답했다.

"그래."

선희가 미나에게 기죽지 않고 대꾸한 것은 대견했지만, 그리고 나를 위해 나서준 것은 고마웠지만, 선희의 표현이 마음에 걸렸다. 선희의 말 때문에 나는 앨릭스와 연락을 계속 주고받는 것이 위험한 선을 아슬아슬하게 밟는 일이라는 것을 깨닫게 되었다. 나는 늘 사람을 만나는 일 자체가 어려워서 연애를 하지 않는다고 생각해 왔고, 부분적으로는 사실이었다. 하지만 아주 멋진 사람이 (그 멋진 사람 말마따나) 저절로 내 무릎 위에 떨어지고 보니, 내가 연애를 하지 않은 진짜 이유는 연애에 따르는 온갖 위험 때문이었음을 알게 되었다. 그 위험들을 잊고 싶어도 잊을 수 없었기 때문임을 말이다.

'앨릭스를 잊자.' 나는 스스로에게 말했다. 이 말을 주문처럼 머릿속에서 되풀이하며 공항에 입고 갈 옷을 고르고 짐을 마저 쌌다.

앨릭스가 집으로 돌아가는 비행기에서 어떤 영화를 고를지도 생각하지 '말자'고 다짐했다.

귀국한 공항에서 사진 기자와 팬들에게 둘러싸여 사진이 찍힐 땐 앨릭스가 내가 누구인지 전혀 몰랐다는 사실과 그것이 얼마나 신선하게 느껴졌는지를 생각하지 '말자'고 다짐했다.

사실 그날 밤도 다음 날 밤도, 그다음 날 밤도 나는 앨릭스를 조만간, 아니 어쩌면 영원히 다시 만나지 '못하는' 꿈을 꾸었다.

한마디로 '앨릭스 생각을 하지 말자고 생각하기' 전문가가 되었다. 한 번은 너무 애쓰다 안무 연습 때 종아리를 부러뜨릴 뻔하기도 했다.

아직 넉 달이 남기는 했지만 우리가 신곡을 발표할 합동 콘서트가 다가오고 있었고, 그 곡의 안무 연습이 이미 한창이었다. 합동 콘서트란 여러 참가 가수가 각기 한 곡씩 공연을 한 다음 마지막 순서에 단체로 한 곡을 같이 부르는, 텔레비전으로도 중계되는 행사였다. 다가오는 가을에 열릴 걸스 포레버 LA 콘서트만큼 중요한 행사는 아니었지만, DB의 트레이너들은 행사의 종류와 관계없이 늘 완벽을 기준으로 연습을 시켰다. 오늘 밤의 연습은 특히 더 어려웠다. 모두가 서로 반 박자쯤은 어긋나게 춤을 추었고, 딱딱 맞지 않는 대열을 지적하며 안무 선생님은 소리를 질렀다.

나는 춤 동작에 집중하려 애썼다. 두 걸음 딛고, 머리카락 넘기고, 빙글 돌고. 어깨 동작, 손뼉! 하지만 나도 모르게 자꾸 앨릭스가 생각났다. 그리고 파리에서 열릴 넬 크레머 패션쇼 생각도 났다. 두꺼운 스웨터와 예쁜 스카프를 즐길 만큼 쌀쌀하지만 카페의 야외 좌석을 즐길 만큼은 따뜻하기도 한 삼월 초의 프랑스는 얼마나 근사할까. 하지만 앞으로 이 주 동안은 얼어붙도록 추운 한국의 이월을, 동틀 때 일어나 자정이 넘어 돌아오는 연습 일정을 버텨야 했다.

"다시 간다, 처음부터!"

안무 선생님이 소리쳤다. 앓는 소리가 나오는 것을 참으며 우리는 시작 대열의 자기 위치를 찾아갔다. 밤새 연습하고 싶지 않다면 발전해야 했다. 이 순간, 이 노래, 이 리듬에 맞추어 춤추는 일을 빼고는 모든 것을 마음에서 떨쳐버리기로 했다.

마침내 우리의 안무가 완벽해졌을 때, 완벽한 수준으로 수없이 반복했을 때, 안무 선생님이 연습 종료를 외쳤다. 그런데 땀에 젖은 옷을 갈아입기도 전에 나는 한 이사의 사무실로 오라는 호출을 받았다. 이유를 짐작하지도 못한 채, 나는 느슨하고 높은 포니테일로 머리를 새로 묶으며 한 이사의 사무실로 향했다. 나를 부르는 이유는 도대체 무엇일까? 이 절에서 몸을 떠는 안무를 왜 자꾸 늦게 들어가냐며 야단치려 부를 리도 없는데.

나는 한 이사의 사무실 문을 노크했다.

"들어오세요."

들어가자마자 레아가 보였다. 나와 눈빛을 교환한 레아가 짧은 포옹으로 나를 맞았다. 레아 역시 호출된 이유를 몰랐다. 이런, 심장이 조여왔다. 싱가포르에서 둘이 호텔을 빠져나간 일 때문일까? 아니면 내가 남자인 줄 모르고 앨릭스라는 친구를 만나 시간을 보낸 것을 알고 있을까? 벌써 일주일은 지난 일이지만 상대는 DB 엔터테인먼트가 아닌가. 이 회사는 그동안 완벽한 처분을 고민하고 있었는지도 모른다. 앨릭스라는 이름이 중성적인 탓이었다며 나 자신을 변호할 준비를 해보았지만, 다행스럽게도 한 이사는 화가 나 보이지 않았다. 오히려 신이 나 보였다.

"둘을 같이 만날 수 있어서 좋네요. 앉아요, 앉아요."

한 이사가 레아 옆에 있는 회색 회전의자를 가리키며 말했다. 나는 자리에 앉고, 이미 묶은 머리를 더 단단하게 조인 다음 무릎에 두 손을 포개었다.

"좋은 소식이 있어요!"

유리 책상 위로 몸을 기울이며 한 이사가 말했다.

"〈하나둘셋 윈〉에 나온 레이첼과 레아를 본 시청자 반응이 아주 좋아요. 방송이 나간 날 곳곳의 SNS에서 '#김자매'가 트렌딩하기도 했고."

나는 우리 둘이서 이인조 팀을 만들어도 되겠다던 진행자의 말을 떠올리며 레아에게 미소를 지어 보였다.

"방송국에서 의사를 타진해왔네요. 둘이서 리얼리티 방송을 촬영할 마음이 있는지. 아직 그렇게 자세한 부분까지는 안내받지 못했지만, 자매가 일상을 보내고 같이 여러 가지 일을 하는 모습을 카메라가 따라다니며 찍는 정통 리얼리티 시리즈가 될 거라고 해요. 어떻게 생각해요?"

나는 입이 떡 벌어졌다. 생각하지도 못했던 일이었다. 나와 레아가? 리얼리티 방송에 같이? 말할 것도 없이 좋았다!

레아도 나처럼 신이 난 듯 소리를 질렀다.

"정말요? 세상에! 진짜죠? 우아, 이거 진짜야!"

레아는 기분대로 표현해버린 것이 민망한지 다시 몸을 낮추었다. 나와 있을 때는 늘 당당한 레아라서, 나는 레아가 이제 막 연습생 시절을 벗어나 아직도 임원들 앞에서는 긴장하는 신인이라는 사실을 잊곤 했다. 민망해하는 레아를 도우려고 얼른 말했다.

"굉장히 좋은 기회네요. 저희를 생각해주셔서 정말 감사해요."

"노 대표님은 항상 레이첼과 레아 둘이서 이인조로 앨범을 내면 좋겠다고 생각해오셨어요. 자매끼리 내는 앨범! 지금이 딱 좋은 타이밍이에요. 그리고 리얼리티 방송에 나가면 앨범을 내기 전에 기대를 키우는 데 도움이 될 거예요. 어떻게 할래요?"

사람이 울고 있는데 누군가 간지럼을 태우면 몸이 모든 감정을 하나의 감정 안에 쏟아버리기 때문에 그저 깔깔 웃게 된다. 지금 내 기분이 바로 그랬다.

레아와 나는 또 한 번 서로를 쳐다보았고, 이번에는 둘이 함께 소리를 질렀다. 한 이사가 웃음을 내뱉더니 말했다.

"좋다는 뜻으로 받아들여도 되겠죠?"

"네!"

레아가 대답했다.

"그럼요!"

나도 말했다. 그리고 당장 일어나서 방방 뛰고 싶은 게 아니라 이 사업적 기회를 아주 진지하게 받아들이고 있다는 듯이 다리를 꼬았다.

"좋아요. 그럼 더 진행되는 바가 있으면 알려주도록 하죠. 이 소식을 전하면 노 대표님이 아주 좋아하시겠네요."

"감사합니다, 한 이사님."

우리는 한목소리로 말하고 고개 숙여 인사했다.

자리에서 일어나며, 나는 잠시 머뭇거렸다. 싱가포르에서 돌아온 후부터 내내 묻고 싶었지만 기회가 없었던 질문이 있었다. 지금이 적당한 타이밍일 수도 있었다. 노 대표보다 느긋하고 다가가기편한 한 이사에게 말하기가 더 수월할 듯도 했다.

"한 이사님, 저희 멤버들에 대한 《리빌》 기사 관련해서요, 상황이 괜찮아졌다고 보면 되는지 궁금했거든요. 이제 다 지나갔다고보면 될까요?"

한 이사는 등받이에 등을 기대고 말했다.

"어, 맞아요. 고맙게도 잘 지나갔죠. 제이슨이 찍는 새 영화 〈내가 너를 사랑했을 때〉로 매체가 관심을 돌렸거든요. 레이첼도 알고 있겠지만."

하지만 나는 알지 못했다. 다리가 떨어질 것 같을 정도로 연습하고 앨릭스 생각을 떨쳐내는 정신적 노동을 하느라 그럴 틈이 없었다.

"제이슨의 영화로요? 벌써 촬영을 시작했는지도 몰랐어요."

"아직 제작이 시작된 건 아니에요. 그런데 송건우도 그 영화에출연하기로 했다고 발표가 났어요."

레아가 놀란 눈으로 말했다.

"와, 제이슨 오빠가 송건우랑 같이 영화를 찍어요? 송건우, 〈내일은 춤을〉에서 정말 좋았어요. 지금까지 나온 딴 영화들에서도거의 다 좋았고요. 대단한 스타잖아요. 영화가 벌써 주목받는 게이해가 돼요."

"그래요. 게다가 송건우랑 제이슨이 동시에 여자 주인공 역 배우를 좋아하게 돼서, 서로 관심을 받으려고 경쟁을 한다는 소문도 돌고 있거든. 그런데 우리끼리만 하는 얘기지만, 여자 주인공 역 배우는 아직 캐스팅도 안 됐죠."

알 만했다. 전형적으로 가십 매체들이 퍼뜨리는 한심한 소문이 겠지. 그래도 제이슨과 송건우 덕분에 걸스 포레버가 시달림에서 벗어났다는 사실이 고마웠다. 그런데 한 이사의 표정에 희미한 웃음 같은 것이 비치자, 애초에 DB 엔터테인먼트가 우리에게서 관심을 돌리려고 그 소문을 퍼뜨렸는지도 모른다는 데 생각이 미쳤다. DB 엔터테인먼트는 언제나 배후에서 힘을 행사한다. 이번 경우에도 소속사가 개입한 것이 맞다면, 그저 고마울 따름이었다.

나는 든든한 마음과 솟아오르는 영감을 느끼며, 솜사탕과 샴페인 거품으로 만들어진 상상의 구름을 타고 숙소로 돌아왔다. 멤버들은 이미 거실에 편하게 모여 앉아 있었다. 우리는 숙소에 살기 시작한 다음부터 매월 하룻밤 함께 모여 영화를 보았는데, 오늘이 그날이었다.

"딱 맞춰 왔네요, 언니! 이리 와요."

선희가 자기 옆자리를 톡톡 쳤다.

"금방 갈게! 나 저기…… 옷 좀 갈아입고."

방으로 들어왔지만 나는 곧바로 옷을 갈아입는 대신 두둥실 침대에 누웠다. 그 순간 휴대폰이 조용히 진동하며 마법처럼 내 손에 쏙 들어왔다. (혼자 쓰는 방이 아니어서 알림음은 꺼두었다.)

앨릭스: 새 옷을 좀 사려고 하는데…… 요즘 뭐가 트렌디해? 남성용 반바

지 점프수트가 핫하지, 안 그래?

나: 그럼, 그럼. 종일, 매일 입도록 해. 직장에도 입고 가. 굉장히 전문가 같은 느낌을 준다고 들었어.

앨릭스: 그래? 우리 상사도 진짜 좋아할 거야. 무늬는 뭘로 할까? 페이즐리 무늬?

나: 됐어. 아, 더는 못 참겠다! 누구한테서 패션 교육 좀 받아줘!

앨릭스: 다음에 우리 둘 다 싱가포르에 있을 때, 레이첼이 이 불쌍한 사람을 좀 도와주면 되겠네.

나: 당연히 그런 날이 올 것처럼 말하네.

앨릭스: 당연히 오지.

나: 내 의견은 다른데.

앨릭스: 내 의견이 옳아. 우리가 또 만나야, 우리가 못 만나는 이유를 한 번 더 설명 듣지. 문자로만 봐선 이해가 잘 안 되더라.

나: 대단하다. 혹시 학교 다닐 때 토론 클럽 활동하거나 그랬어?

앨릭스: 사실 나 그랬어. 나 같은 범생이 타입은 보통 그래. 속으로 한심하게 보지 말아줘.

나: 안 그래. 내가 왜 남을 한심하게 봐.

앨릭스: 반바지 점프수트 입은 남자는 한심하게 보면서.

나: 흠, 점점 나를 알아가는 것 같은데.

내가 휴대폰을 보며 볼이 얼얼하도록 함박웃음을 짓고 있다는 것을 문득 깨달았다. 다행스럽게도 지윤이는 지금 나머지 멤버들과 영화를 보고 있지만, 이 방에 있었더라면 〈라이언 킹〉의 하이에 나들처럼 히죽거리고 킥킥거리는 이유가 뭐냐고 물었을 것이 분명했다. 남자 친구와 헤어진 지 얼마 되지 않아, 평소보다 더 예민하기도 했다.

《리빌》에 가십 기사가 뜬 후 나는 앨릭스와 문자 주고받기를 자제하려고 애써 왔지만, 회사가 해명하고 매체의 관심이 옮겨간 지금은 앨릭스와 다시 대화를 이어가도 문제가 없을 터였다. 기본적으로 우린 그냥 대화하는 것뿐이니까. 우리가 대화하면 안 된다는 중요한 주제를 가지고!

그래도…… 사실 조심해야 했다. 나는 인스타그램 앱을 열고는 내가 태그된 포스팅들을 확인해보았다. 지난주 지윤이의 사진이 뜬 날에도 확인했지만, 그 이후에 또 다른 이야기가 돌았을 수도 있으니. 그 날짜 이후로 팬들이 만들어 올린 밈, 편집된 이미지들을 백만 개째쯤 확인하던 나는 드디어 페탈에서 팬이 찍은 내 사진을 발견했다.

사진의 배경에는 역시 앨릭스가 없었다. 아아, 다행이다. 앨릭스는 안전하다. '우리'는 안전하다.

앨릭스와 내가 '우리'라는 말로 묶일 수 없기는 하지만 말이다. 앨릭스와 나는 결코 '우리'가 아니다.

앞으로도 그렇게 유지되도록, 나는 좀 더 조심해야 한다.

7

내가 아침에 일어나면 늘 하는 일들이 있다. 알람이 울리자마자 침대에서 내려가 엄마의 작년 크리스마스 선물인 귀여운 복숭아 슬리퍼를 신고, 같은 목적지로 달려오는 이가 부디 없길 바라며 욕실로 직행한다. 그런 다음 화장품 가방을 꺼낸다. 얼굴에 페이셜 미스트를 뿌린 다음 아이크림을 좀 바르고, 그 밖에도 여러 단계의 피부관리 제품들을 거쳐 자외선 차단제로 마무리한다. 여기까지 한 다음에야 비로소 밤새 도착했을지도 모르는 메시지나 아침밥 으로 무엇을 먹을지를 생각한다.

하지만 지금은? 알람이 울린 뒤로도 한참이나 침대에 누운 채, 싱글거리는 얼굴로 휴대폰 화면을 쳐다보고 있다. 이제 나는 아침 마다 만화 속 하이에나가 된다.

앨릭스: 음, 좋아하는 채소 말하기 할까? 지구에 대재앙이 일어나서 앞으로 딱 한 가지 채소만 먹으면서 버텨야 한다! 그러면 어떤 채소를 고를 거야? 셋 세고 말하기.

앨릭스: 하나

앨릭스: 둘

앨릭스: 셋

나: 배추

앨릭스: 오이

나: 안 돼! 음…… 그동안 즐거웠어, 앨릭스. 앞으론 말 걸지 말아줘.

앨릭스: 오이는 신선하고 맛있고 얼굴에 팩 하기도 좋아. 그리고 솔직히 말해서 배추로 뭘 해?

나: 배추 = 김치. 생존을 위해서 한 가지 채소만 고르는데 배추를 안 고른다는 건 영원히 김치를 잃겠다는 말 아니야?

앨릭스: …….

앨릭스: 그래, 맞네. 이번엔 내가 졌어. 그래도 꼭 말하고 넘어가고 싶은데, 세상엔 오이김치라는 것도 있거든. 내가 아주 좋아하기도 하고.

나: ㅋㅋㅋ 나 토할 거야.

나: 그런데 아까, 오이가 얼굴에 팩 하기도 좋다고 했어?

앨릭스: 나도 그 정도는 알아. 얼굴이 있으니까.

나: 얼굴이 있었구나. 이제 알았네. ㅋㅋㅋ 좋아 좋아. 꾸미고 단장하기를 두려워하지 않는 남자는 귀하거든.

앨릭스: 부드러우면서도 강하다는 거구나.

나: (에어키스 이모티콘 – 옮긴이)

앗, 이 이모티콘은 좀 지나쳤나? 우리는 지난 이 주 동안 거의 매일 문자를 주고받았다. 특히 지금처럼 내가 방에 혼자 있는 시간이면 말이다. 나는 너무 넘치지도 모자라지도 않는 적당한 선을 유지하려고 내내 애썼다. '당신은 정말 귀엽고 당신과의 대화가 참 재미있어' 정도의 애정은 전달하되, '우리 한두 시간쯤 키스하는 건 어떨까?' 정도의 애정은 느껴지지 않게 말이다. 여전히 우리 사이가 더 발전하지 않게 하려 조심하고 있다. 특히 지윤이에게 일어난 일을 본 뒤로는 말이다.

나: 이 이모티콘은 가방에 비유한 걸 칭찬한단 뜻이니까 오해하지 마. 그때 그 아름다운 가방이 아직도 꿈에 나와.

앨릭스: 오해 안 하지. 내가 레이첼의 애정을 그 가방에게 전달할게.

나는 안도감에 긴 숨을 내쉬었다. (절대 앨릭스에게 반해서 내쉬는 한숨은 아니라고 스스로에게 말했지만, 누가 날 보고 그렇게 생각해도 할 말은 없었다.) 앨릭스와의 대화는 대부분 이렇게 가볍고 편안했다. 내가 쉽게 별 사이 아니라고 부인할 수 있을 정도로만 친밀했다. 하지만 가끔 우리의 대화는 좀 더 진지해졌다. 이를테면 지난주에 심하게 넘어져서 병원에 입원하신 앨릭스의 할머니(고양이 세 마리를 키우신다던 그 할머니) 이야기가 나왔을 때, 또는 내가 직장에서 과로하는 아빠 걱정을 털어놓았을 때처럼 말이다. 나는 모든 이야기를 가볍게 나누려 애쓰는 와중에도 우리가 정말로 서로를 조금씩 더 알아가는 순간들이 무척이나 좋기도 했다. 앨릭스의 모든 것이 궁금했다. 가족이나 명예 같은 커다란 주제부터 샤워할 때 음악을 듣는지 듣지 않는지 같은 작은 일에 관해서까지 앨릭스의 생각을 요모조모 알고 싶었다. (아침에 일어나면 라디오 뉴스를 듣는다는 앨릭스! 아주 어른이거나 아주 괴짜인 듯했다. 둘 다일 수도 있고.)

침대에 누운 채, 나는 여태 우리가 나눈 모든 대화를 다시 보며 싱글싱글 웃었다. 앨릭스의 문자는 실제로 만나서 말할 때와 똑같았다. 읽을 때마다 앨릭스의 목소리가 생생히 들리는 것 같았다. 왼쪽 뺨에 생기는 그 보조개도 보이는 것 같았다. 그 생각을 하자 가슴이 떨렸다.

나는 침대에서 일어나 앉았다. 갑자기 이 상황이 노래 가사가 된다면 멋지겠다는 생각이 떠올랐기 때문이다. 싱가포르에서 돌아온 뒤, 나는 틈이 생기면 노래를 만들기보다는 앨릭스에게 문자를 보내고 파리 패션 위크를 상상하는 데 그 시간을 썼다. 하지만 레아와 내가 이인조 앨범을 내기로 결정되었으니, 좀 더 마음을 다잡고 곡 쓰기를 시도해야 했다. 사실 우리 자매가 부르기에 아주 좋을 듯한 곡 하나가 있었다. 달콤하고 진심 어린데다 아주 끝내주는 화음을 넣기에도 좋을 만한 곡.

침대 옆 탁자의 서랍을 열고 파란 공책을 꺼냈다. 공책을 펼치자마자 페이지 위에서 손가락이 굳어버렸다.

아니, 뜯겨 나간 페이지의 빈자리에서.

누군가가 내 공책 속장을 온통 찢어 없애버려, 삐죽삐죽한 종이 가장자리만이 남아 있었다. 써둔 가사들이 모두 사라졌다. 그려둔 패션 스케치도 모두 사라졌다.

아직 남아 있는 페이지들을 황급히 넘겨 보니 그중 몇 장은 서로 달라붙어 있었다. 붙어 있는 페이지들을 애써 떼어내 보았지만, 보라색 매니큐어가 범벅이 되어 글씨를 알아볼 수조차 없었다.

누가 이런 짓을 한단 말인가? 분노로 귀 끝이 불타올랐다. 나는 여덟 멤버들이 편하게 앉거나 누워서 대화하고 휴대폰을 들여다보고 있는 거실로 그 공책을 쥐고 나갔다.

"이거 누가 그랬어?"

공책을 들어 보이며 물었고, 멤버들이 나를 올려다보았다.

"그게 뭔데? 일기장?"

은지가 이렇게 묻고는 다시 휴대폰을 들여다보았다.

"내 공책이야. 스케치하고 곡 쓰기 연습하는 공책."

"멀쩡해 보이는데."

리지가 말했다. 레아와 내가 리얼리티 방송을 찍게 되었다는 소식을 들은 이후로 리지는 내게 종종 수동 공격적인 말들을 던졌다. 여동생과의 리얼리티 방송은 리지가 너무도 바랄 만한 기회였다. 하지만 그 일로 마음이 상했어도 그걸 나한테 푸는 건 옳지 않았다. 결정은 회사가 했다.

"정말 그래 보여? 이게 멀쩡해 보인다고?"

나는 찢어지고 매니큐어가 떡칠 된 페이지를 펼쳐 보였다. 한쪽 눈썹을 올리고 리지를 보았지만, 리지는 어깨를 으쓱하고는 다시 제 휴대폰을 보았다. 다시 모두에게 물으려는데, 도대체 누가 무슨 이유로 공책을 망쳤는지 따지려는데, 문득 눈에 들어오는 것이 있었다.

쇼파 가장자리에 앉은 지윤이가 본인의 옷 중 가장 낡은 추리닝을 입고 기름진 머리카락을 아무렇게나 정수리에 말아 올린 채 접시에 담긴 누룽지를 먹고 있었다. 하지만 내 눈에 들어온 것은 그 바삭하게 태워진 밥알 덩어리가 아니라 그것을 들고 있는 지윤이의 보라색 손톱이었다. 크리스찬 루부탱의 '라일락 드림', 지금 내 공책에 덕지덕지 묻어 있는 바로 그 매니큐어의 색.

지윤이가? 도대체 지윤이가 왜 내게 그런 짓을 할까? 나는 무언가를 말하려 입을 열었지만, 그대로 다물 수밖에 없었다. 어쩌면 그저 사고였으리라. 매니큐어를 바르다 보니 바닥에 흐르지 않게 깔아둘 종이가 필요했고…… 그래서 내 공책을 집었고…… 그때 매니큐어 병이 쓰러져서 엉망이 된 속장을 찢어냈고?

"지윤아."

나는 부드러운 목소리로 불렀다. 하지만 지윤이는 대답이 없었고, 그저 누룽지 접시를 들고 방으로 향하다가 목 막힌 목소리로 이렇게 말했다.

"다들 미안. 나 오늘은 영화 볼 기분이 아니야."

지윤이가 등 뒤로 방문을 쾅 닫았다. 나머지 멤버들은 어리둥절하고 걱정스러운 표정으로 그쪽에서 눈을 떼지 못했다.

"걱정 마. 내가 가볼게."

나는 가벼운 노크 후 지윤이가 있는 우리 방 안으로 들어갔다.

지윤이는 침대에 몸을 말고 벽을 보며 누워 있었다. 떨리는 어깨를 보니, 울고 있었다. 나는 그 뒤에 앉아 지윤이의 머리를 살살 긁어주었다. 내가 아프거나 슬플 때면 엄마가 이렇게 해주곤 했는

데, 간질간질한 느낌이 두피에서 등뼈를 타고 내려가면서 긴장이
풀렸다.

"남자 친구랑 헤어져서 많이 힘들지? 나도 정말 속상해. 그래도
우리 팀에서 네가 제일 강하잖아. 다른 사람은 몰라도 너는 이겨낼
수 있을 거야."

지윤이가 깊은숨을 들이쉬는 것이, 눈물이 잦아드는 것이 느껴
졌다. 지윤이는 몸을 돌려 나를 바라보았고, 그 눈에 죄책감이 서
려 있었다. 나는 얼른 말했다.

"공책은 걱정하지 마. 일부러 그런 건 아니겠지."

지윤이가 눈을 내리깔았다. 마른침을 삼킨 지윤이가 다시 나를
보며, 가느다란 목소리로 말했다.

"미안, 레이첼."

더 할 말이 있는 것처럼 보이기도 잠시, 지윤이가 다시 눈을 피
하며 말했다.

"나 지금은 그냥 좀 자고 싶어."

지윤이는 다시 벽을 향해 몸을 돌렸다.

나는 지윤이의 등을 문지르면서 계속 앉아 있었고, 그 시간이
몇 시간처럼 길게 느껴졌다. 마침내 지윤이가 조용히 코를 골기 시
작하자 나는 살금살금 거실로 나왔다. 나는 잠을 잘 수 없었다. 도
저히 잠재울 수 없는 생각들로 머릿속이 너무 요란했다. 하지만 잠
들 수 없는 사람이 나만은 아닌 모양이었다. 잠옷을 입은 미나가
핫초코가 든 머그잔을 들고 소파에 앉아 있었으니 말이다.

"뭐 하고 있어?"

나는 같은 소파의 다른 쪽 끝에 앉아서 쿠션을 끌어안으며 물었다. 머그잔에서 거의 눈을 들지 않고 입김만 후후 불던 미나가 대답했다.

"난 이 시간에 거의 깨어 있어."

"올빼미 체질이야?"

"불면증."

앗, 지금까지 함께 살았지만 나는 미나가 잠을 제대로 자지 못한다는 것을 전혀 몰랐다. 돌이켜 보면 우리 중 가장 마지막까지 깨어 있는 멤버는 늘 미나였다. 어쩌면 늘 그렇게 짜증이 많은 것도 잠이 부족해서였을까? 그러나 내가 이런 것을 물을 틈 없이, 미나가 한쪽 눈썹을 들고 나를 보며 말했다.

"그러는 넌? 레이첼 공주님은 미용을 위한 수면이 필요한 줄 알았는데."

굳이 그 예전 별명으로 불러야 할까.

"생각할 게 많아서."

"아직도 그 공책 생각하고 있는 건 아니지?"

"생각하고 있으면 안 돼?"

나는 방어적으로 되물었다. 미나는 손을 내저으며 대답했다.

"난 네가 그냥 재미로 곡을 써보거나 뭐 그러는 줄 알았어. 꼭 뭔가를 하려고 쓰는 건 아니라고 네가 그랬잖아. 그냥 창조적인 취미 생활이라고."

나는 인상을 찌푸리며 말했다.

"그건 내가 레아랑 둘이서 앨범을 내게 될 줄 몰랐을 때 한 말이지. 우리 둘 앨범에 진짜 잘 맞을 거라고 생각한 곡이 하나 있었어. 이젠 없어졌지만."

나는 한숨을 내쉬고 덧붙였다.

"난 그냥 이번 일을 잘 해내고 싶어."

미나가 나를 조심스럽게 보았다. 처진 내 어깨와 무릎 위 쿠션의 술 장식을 만지작거리는 내 손을 바라보다, 이렇게 말했다.

"긴장되는구나."

물어보는 것이 아니라, 그저 자명한 사실을 지적하듯이.

"아마도."

"왜?"

왜냐고? 이유들을 다시 떠올려보았다.

"그냥…… 나라는 사람이 노출되는 느낌이야. 리얼리티 방송이라는 건 일상을 하나하나 따라다니는 거잖아. 친동생이랑 같이 내는 앨범도 그렇고 말이야. 좋지 않다는 건 아냐. 너무 신나고, 이 기회가 말할 수 없이 고마워. 그래도…… 내 삶을 카메라로 찍어 모두에게 보여준다는 게, 그리고 너희 여덟 멤버 없이 곡을 녹음한다는 게 참……. 정말 최선의 결과를 내고 싶어. 회사가 자랑스러워할 수 있게. 또 내가 어떻게 하느냐가 레아한테까지 영향을 미칠 수 있잖아, 그래서……."

나는 말끝을 흐렸다. 내가 방금 이 모든 말을 추미나에게 털어놓았나? 도대체 무슨 생각으로?

"그냥…… 그렇다는 거야."

나는 이렇게 서둘러 얼버무리고는, 어김없이 날아올 미나의 조롱에 대비했다.

하지만 놀랍게도 조롱하는 말은 날아오지 않았다. 미나는 그냥 어깨를 으쓱하고는 핫초코를 한 모금 마시더니, 이렇게 말했다.

"이해해. 남들의 기대에 맞춰 산다는 건 어렵지."

나는 눈을 끔벅였다. 미나가…… 나를 이해해주고 있는 건가?

"실망을 이기려면 더 열심히 하는 수밖에 없어."

"경험에서 우러나오는 말이야?"

나는 조심스럽게 물었다. 미나의 아빠가 얼마나 미나를 혹독하게 대하는지 모두가 알고 있었다. 미나의 인생에서 아빠의 말은 곧 법과 같았다.

미나의 얼굴에 내가 정확히 알 수 없는 표정이 스쳤다. 어쩌면 방어적인 마음일 수도 있고, 아니면 그저 너무나 지친 기색일 수도 있었다. 미나가 말했다.

"그냥 내가 똑똑해서 아는 거지. 난 조언했으니까, 받아들이든지 말든지."

싱가포르에서 따뜻한 물에 몸을 담그고 버킷리스트에 관해 이야기하던 때가 떠올랐다. 할리우드의 꿈을 이야기하면서 환해지던 미나의 미소가 아빠를 떠올리는 순간 어두워지던 것이 말이다. '아빠가 절대 허락 안 할 거야'라고 했었지.

"넌 배우라는 길을 포기하지 말고 다시 한 번 생각해보는 게 좋을 것 같아."

나는 되도록 아무렇지 않게 말하려 애썼다. 미나가 나에게 공감을 보내주었으니, 나 역시 그렇게 해봐야지. 카메라 앞에서 긴장하는 나와 달리 미나는 스포트라이트를 받는 일엔 타고난 아이다.

"넌 정말 잘할 것 같거든. 그 일에 필요한 에너지가 있으니까. 그리고 넌 카메라 앞에서 아주 당당하잖아."

미나가 히죽 웃으며 물었다.

"왜 갑자기 그런 소릴 해?"

"너만 똑똑한 거 아니거든. 나도 조언했으니까, 받아들이든지 말든지."

이렇게 답하며, 나도 히죽 웃었다. 고개를 절레절레 흔들고, 입가에 진짜 미소를 슬며시 띤 채 미나가 말했다.

"이제 자러 가야겠다."

나는 고개를 끄덕이고 대답했다.

"그래. 나는…… 여기 앉아서 내가 쓰던 곡을 좀 기억해내려고 애써 봐야겠다."

"네가 쓴 거잖아. 본인이 쓴 거면 술술 기억해야 하는 거 아냐?"

"말이야 쉽지."

나는 이렇게 말하고 한숨을 내쉬었다. 미나가 탁자에 머그잔을 내려놓고는 가슴에 팔짱을 꼈고, 한번 맞서 보자는 듯한 눈빛으로 내게 고개를 끄덕하며 말했다.

"해 봐. 지금."

"뭘? 그 노래를?"

미나의 눈빛에는 흔들림이 없었다. 미나는 여전히 나를 똑바로 바라보았다.

나는 가사를 기억해내려 머릿속을 뒤져 보았다. 그리고 나오는 대로 불러 보았다.

"해가 지고 불빛이 빠르게 희미해져도, 밤을 두려워 마. 지나가는 어둠을 두려워 마. 우리는…… 우리는……."

다음 부분이 어떻게 되더라? 나는 더 부를 수 없었다. 기억이 나지 않았다.

"어둠 속에서 더 밝게 빛나."

갑자기 미나가 이렇게 내뱉었다.

"어?"

"어둠 속에서 더 밝게 빛나. 그다음 부분은 그렇게 하면 어울릴 것 같다고."

나는 미나를 빤히 쳐다보았고, 내 머릿속에서 완벽한 노래가 되어 흐르는 그 가사에 전율을 느꼈다. 미나의 말이 옳았다. 원래 적었던 가사는 이게 아니지만 미나가 제안한 이 가사가 훨씬 나았다. 나는 천천히 고개를 끄덕이고 말했다.

"그래. 맞아. 어울리겠어."

"세 번 정도 되풀이해도 될 것 같아. 되풀이할 때마다 화음을 쌓고."

이제 미나는 의욕이 생긴 듯 목소리에 흥분이 담겨 있었다. 그런데 그것을 스스로 의식했는지, 밋밋한 표정으로 돌아가 어깨를 으쓱하며 말했다.

"아니, 네가 좋다면 말이야. 네 노래잖아."

"좋을 것 같아. 같이 한번 해볼래?"

내가 먼저 불러 보았다.

"우리는 어둠 속에서 더 밝게 빛나."

내가 이 부분을 되풀이해 부를 때, 미나가 합류해 아무것도 아닌 것처럼 쉽게 화음을 더했다.

"어둠 속에서 더 밝게 빛나."

또 한 번 이 부분을 되풀이하며 우리를 화음을 발전시켰다.

"어둠 속에서 더 밝게 빛나."

우리 둘의 목소리가 하나의 목소리처럼 자연스레 엮여 거실을 채웠다. 세상에, 우리의 하모니가 이렇게 좋다니. 그냥 좋은 게 아니라 아주 근사했다. 우리는 서로를 빤히 바라보았다. 미나는 훌륭했다. 그리고 나를 쳐다보는 미나의 눈빛을 보니, 미나 역시 나에 대해 같은 생각을 하는 것 같다.

"됐네, 그럼."

미나가 이 순간을 깨뜨리며 갑작스럽게 소파에서 일어났다.

"이제 아무것도 아닌 일로 걱정 더 안 할 거지? 네 자매 앨범에 들어갈 좋은 노래를 적어도 한 곡은 확보했잖아."

미나는 무심해 보이려 애썼지만 입가엔 미소가 감돌았다. 나는 그런 미나에게 활짝 웃어 보이며 대답했다.

"그래. 그런 것 같아."

"버터스카치Butterscotch의 혜미한테 일어난 일 들었어?"

며칠 뒤, 종일 뮤직비디오를 촬영한 뒤 숙소로 돌아가고 있을 때, 승합차 맨 앞에 앉은 리지가 뒤에 앉은 우리를 향해 몸을 돌린 채 물었다. 자신의 정보통을 통해 막 접한 이야기를 어서 들려주고 싶은 것 같았다. 내 양옆에 앉은 선희와 영은이는 촬영으로 지쳐 차에 타자마자 잠들었지만, 다른 멤버들은 몸을 내밀고 리지의 솔깃한 이야기에 귀를 기울였다. 도로 위 불룩 솟은 타일 때문에 차가 덜컹 움직였고, 선희의 고개가 내 어깨 위로 축 늘어졌다. 나는 흘러내린 선희의 머리카락 한 가닥을 귀 뒤로 넘겨주었다.

"자기가 좋아하는 아이돌들한테 계속 선물을 보내는 남자 팬이 하나 있는데, 방금 그 팬한테서 온 선물을 열어보니 굉장히 흥미로운 게 들어 있더래."

두 눈썹을 꿈틀거리며 이렇게 말하는 리지의 말투로 보아 '흥미롭다'는 건 '엄청나게 이상하다'는 뜻 같았다.

"뭐였게?"

아리가 곧바로 대답했다.

"입던 속옷."

"야! 더러워!"

수민이가 질색하자 아리가 말했다.

"왜? 캔디유^{CandYYou}의 지니도 누가 입던 속옷 받은 적 있잖아."

나는 반박했다.

"사실인지는 밝혀지지 않았어."

케이 팝 팬들의 구십구 퍼센트는 좋은 사람들이지만 가끔 선을 넘은 팬들에 관한 기괴한 소문이 돌곤 한다.

"커플링이었어?"

은지가 추측을 던졌다.

"콘돔."

마침내 미나가 말했다.

리지가 대답했다.

"아냐. 혜미의 흉상이었대. 씹던 껌으로 전체를 만든 흉상."

모두가 소리를 질렀다. 지윤이가 말했다.

"도대체 왜 그런 짓을 해?"

은지가 말했다.

"그보다는 그런 물건이 검열을 통과했다는 게 더 문제야. 당사
자한테 전달되기 전에 걸러져야지."

미나는 말했다.

"그러고 보니 매니저들이 팬들 선물을 숙소에 갖다 놓는 날도
오늘이야. 만약 오늘 우리 중 누가 껌으로 만든 흉상을 받는다면,
매니저들한테 먹으라고 해버릴 거야."

또 한 번 모두가 소리를 질렀다.

집에 도착하여 (그리고 비몽사몽인 선희와 영은이를 깨워서 데리고)
거실로 오니, 매니저들이 회사에서 숙소로 옮겨둔 팬 선물과 편지
가 엄청나게 쌓여 있었다. 전부 충분히 안전한 것들처럼 보였다.
편지, 카드, 팬아트, 열쇠고리나 수공예 액세서리 같은 작은 물건
들. 그리고 지난달에 생일을 맞은 영은이 앞으로 도착한 꽃다발도
몇 개 있었다.

대부분은 팀 전체에게 보내온 것들이었지만, 멤버 개인에게 온
우편물도 각기 놓여 있었다. 모두 아무런 말 하지 않으면서도 재빨
리 선물 더미들의 크기를 확인하고 비교하는 것이 느껴졌다. 이번

에 가장 적은 선물을 받은 선희는 어깨가 조금 처졌지만 불평하지
는 않았다. 모두가 자신에게 온 우편물을 열어보면서, 재미있는 팬
레터를 서로에게 읽어주거나 귀여운 선물들에 감탄하기도 했다.

"이건 누구한테 온 거야?"

동떨어지게 놓인 유독 커다란 택배 상자를 가리키며 리지가 말
했다. 미나가 수신자 이름을 확인하고는 말했다.

"레이첼한테."

모두가 고개를 돌려 나를 보았다. 이렇게 커다란 선물이 회사
검열을 통과하는 경우는 드물었다. 그러니 어쩌다 잘못 통과한 것
일 가능성이 있었다. 버터스카치의 혜미가 받은 선물이 그랬듯이
말이다. 나는 마른침을 꿀꺽 삼켰다. 자꾸 그 상자를 다시 보는 멤
버들의 눈빛을 보니 모두가 나와 같은 생각을 하는 모양이었다.

"그 이상한 남자 팬이 보낸 거면 어떡해?"

은지가 말했다.

"너한테도 껌 흉상을 보낸 거면?"

지윤이가 말했다.

"아니면 자기 머리카락 같은 거면?"

수민이가 말했다.

"알고 보면 그 털이 머리에 난 털이 아닐 수도 있지."

아리가 말했다.

"아리야, 좀! 알았어, 알았어. 내가 그냥 열어볼게."

나는 깊은숨을 쉬었고, 마음의 준비를 하고 그 상자를 열었다.

세상에.

칼로 상자를 다 열기 전부터 손이 떨리기 시작했다. 한눈에 알아볼 수 있는 그 깨끗하고 흰 상자와 단순하고 까만 글자. B로 시작하는 열 글자.

나는 숨을 죽이고 뚜껑을 들어 올렸다.

핸드백이었다.

바로 '그 가방'이었다.

파란 발렌시아가 가방.

"뭔데? 뭐야?"

미나가 물었다. 나는 더없이 조심스러운 손길로, 천천히 그 가방을 상자에서 들어 올렸다. 포장된 채로도 그 환상적인 가죽 냄새가 났다.

이럴 수가. 내 기억 속의 모습보다도 더 아름답다.

"우아. 언니…… 너무 예뻐요."

휘둥그레진 눈으로 선희가 감탄했다. 그리고 아리가 말했다.

"팬이 이런 선물을 보냈다니, 믿기지가 않아. 정말 좋겠다, 레이첼."

'좋다'는 표현 정도로는 도저히 표현되지 않는 기분이었지만, 비밀을 들켜버릴까봐 너무 긴장한 채 다른 멤버들처럼 깜짝 놀란 표정 정도밖에는 보일 수 없었다. 그 상자 속에 단순한 모양의 흰 카드가 있었고, 거기엔 이렇게 적혀 있었다.

'부드러움과 강함의 완벽한 조화인 이 가방을 바로 그런 여성인 당신에게.'

세. 상. 에.

"너 파리 여행 갈 때 들면 정말 딱이겠다."

"응."

나는 영은이의 말이 제대로 들리지도 않았다. 당장 앨릭스에게 문자를 보내고 싶었다.

"우선 이거 내 방에 갖다 두고 올게."

아쉬워하고 부러워하는 멤버들의 눈빛을 받으며, 나는 그 가방을 챙겨 안고 내 방으로 갔다. 등 뒤로 방문을 닫자마자 휴대폰을 꺼내 들었다.

나: 가방 뭐야? 너무 고마워! 그런데 진짜로 보낸 거야?

앨릭스: 별말씀을! 안 살 수가 없었어. 사야만 했어.

나: 아니 왜?

앨릭스: 보기를 줄게. ①번, 레이첼의 패션에 그 가방이 필요해서.

앨릭스: ②번, 전에 들었던 가방이 레이첼의 안전을 위협해서.

앨릭스: ③번, 나한테 레이첼과의 만남이 정말 정말 즐거웠기 때문에.

앨릭스: ④번, 위의 답 전부. (웃는 이모티콘 – 옮긴이)

8

나는 며칠을 고민하고도 그 발렌시아가 가방을 파리에 들고 갈
지 결정하지 못했다. 솔직히 두려웠다. 너무 아름다운 그 가방을
망가뜨리게 될까봐. 공항 검색대에서 마구 다뤄지면 어떻게 한단
말인가. 게다가 이렇게 비싼 선물을 받아도 되는지부터 고민이 되
었다. 그것도 앨릭스에게서 받아도 되는지. 그렇다고 해서 그 가방
을 선뜻 떠나보낼 수 있는 것도 아니면서 말이다.

파리로 출발하는 날 아침, 한 번 더 그 가방을 꺼내어 본 나는
결국 가져가기로 마음먹었다. 거울 앞에서 그 가방을 몸에 대고 서
보았다.

"가방과 진한 시간 보내는 데 내가 방해되나? 자리 비켜줄까?"

칫솔을 입에 문 채 방으로 들어온 지윤이가 피식 웃으며 말했

다. 남자 친구와 이별한 지윤이를 달래주던 날 밤, 나는 내 공책에 무슨 일이 일어났는지를 캐지 않기로 결정했다. 굳이 그렇게 하는 것보다 우리의 우정이, 이별 때문에 아픈 지윤이에게 힘이 되어주는 것이 더 중요하다고 판단했다. 그 뒤로 지윤이는 천천히 조금씩, 원래의 자기 모습으로 돌아오고 있었다. 매일 조금씩 힘을 되찾는 것 같았다. 그래도 지윤이가 이런 농담을 날릴 때면 원래의 모습을 온전히 다시 볼 수 있겠다는 고마움이 왈칵 밀려왔다.

"하하, 그래. 우린 아주 진한 연애 중이야."

나는 이렇게 말해놓고 입술을 깨물었다. 연애라는 민감한 단어를 꺼내지 말아야 했나?

하지만 지윤이는 그다지 신경을 쓰지 않는 듯했다. 결국 이건 우리가 사는 현실이었다. 우리 모두 어느 정도는 익숙해진 현실.

지윤이는 양치를 하면서 서 있고, 나는 방을 한 번 더 둘러보면서 떠날 준비를 마쳤는지 점검했다. 이불을 반듯하게 펴고 베개를 정리한 다음 (휴가에서 돌아와 정돈되지 않은 침대를 마주하는 일보다 싫은 일이 있을까?) 변압기와 어댑터를 여행 가방 주머니에 잘 넣었는지 확인했다. 가방 지퍼를 열어 챙긴 옷들을 한 번 더 검토하려는데, 지윤이가 거의 몸을 날려 나를 말렸다.

"그만. 안 돼, 안 돼, 안 돼. 너 지난주 내내 그 가방을 마흔일곱 번 다시 쌌잖아."

지윤이가 가방 지퍼를 다시 닫으며 이어 말했다.

"이미 챙긴 대로 가져가. 이대로 가져가서 입으면 아주 멋질 거야."

"너는 그러다 칫솔에 목 막히겠어! 그리고 내 물건에 침 튀기지 마!"

지윤이가 방에서 나가자마자 나는 또 재고했다. 사실 가방을 마흔여덟 번째 다시 싸는 것도 나쁘지 않다고 생각했지만 (내가 가는 곳은 넬 크레머의 파리 패션쇼였다. 정말로 옷을 잘 입어야 했다) 시계를 보는 순간 비행기를 놓치지 않으려면 곧 나가야 한다는 것을 깨달았다. 방을 나서서 지윤이와 한쪽 팔로 짧은 포옹을 한 뒤, 나는 서둘러 차로 향했다. 파리가 기다리고 있었다!

아직 DB의 연습생이던 만 열다섯 살 때, 나는 서울 패션위크에서 개최하는 남하윤 패션쇼에 너무나 가고 싶었다. 지금도 그렇지만 그때도 남하윤은 내가 한국에서 가장 좋아하는 디자이너 중 한 명이었는데, 그녀는 패션쇼를 대중에게 공개하는 일이 거의 없었다. 그런데 그 해는 예외였던 것이다. 그래서 무슨 수를 써서라도 입장권을 구하고 싶었다. 엄마에게 패션쇼에 보내달라고 졸랐고 (내가 꼭 가야 하는 이유를 파워포인트 프레젠테이션으로 만들어 보여주기까지 했다) 기적처럼 엄마의 승낙을 받았다. 그 패션쇼에서 너무 많은 사진을 찍어서 휴대폰의 저장 공간을 꽉 채우고도 모자랐다. 비록 아주 뒤쪽에 서서 관람했지만, 남하윤 패션쇼는 내 인생에서 가장 멋진 날 중 하나이자 가장 근사했던 패션쇼 경험이었다.

하지만 오늘로 그 순위가 뒤집히게 되었다.

남하윤 패션쇼는 앞으로도 내 마음속에서 언제나 소중할 테지만, 넬 크레머 패션쇼에 초대받아 참석하는 일은 차원이 달랐다. 우르르 모인 파파라치들이 카루젤 뒤 루브르로 들어가는 내 사진을 찍었다. 안으로 들어가자 그곳의 아트리움이 캣워크로 변신해 있었다. 함께 간 매니저 종석이 안내해준 맨 앞줄 내 자리에는 '예약석-레이첼 김'이라는 이름표가 붙어 있었다. 아아, 세상에. 나는 그 이름표를 기념품으로 가방에 넣고는 자리에 앉았다.

마침내 사람들의 활력으로 가득 찬 공간의 조명이 어두워지고, 쇼가 시작되었다. 음악에서부터 솟구치는 무대 조명까지 모든 것이 너무나 근사했다. 쇼의 작은 디테일 하나하나가 분위기와 스토리텔링을 위해 섬세하게 선택되었음을 알 수 있었다. 시간적 구성도 매우 촘촘해, 마치 걸스 포레버의 무대가 그렇듯 상세한 계획과 초 단위까지 고려한 연습을 거쳐 준비되었으리라는 짐작이 들었다.

그리고 옷이 있었다. 넬 크레머의 옷이! 모든 옷이 독특했다. 전체가 실크 꽃잎으로 만들어진 매혹적인 원피스부터 꼭 맞는 재킷과 시가렛 팬츠로 이루어진 완벽한 품새의 애니멀 프린트 정장까지. 하지만 그렇게 개성이 강하면서도 전체가 조화를 이루었고, 섬세함과 도발이 융화된 넬 크레머만의 목소리, 분위기가 전달되었다. 모델 한 명 한 명이 머리에 '젠장DAMN', '뭐 어때WHATEVER' 같은 단어들로 디자인된 반짝이는 일자 핀을 꽂고 나왔고, 그 덕에 쇼에 재미있으면서도 발칙한 분위기가 흘렀다. 나는 완전히 매료되었다.

패션쇼가 끝난 후, 넬 크레머가 직접 나에게 와 양 볼에 깃털 같은 입맞춤을 하며 인사했다.

"만나서 정말 반가워요, 레이첼. 직접 보니 더욱 아름답네요."

"케이프 룩에 걸친 지퍼 목걸이가 정말 멋졌어요. 인더스트리얼과 페미닌의 완벽한 조화였어요."

실내인데도 어두운색 선글라스를 쓰고 있는 넬 크레머가 활짝 웃었다.

"모델 아마라가 런웨이에 나가기 직전까지도 난 그 목걸이를 뺄까 말까 고민했는데, 레이첼이 마음에 들었다니 기분이 좋네요."

고개를 격하게 끄덕이다가, 그 모습이 무서워 보일 것 같아 자제하자고 다짐했다.

"정말 큰 영감을 받았어요."

내가 머리를 되도록 적게 움직이며 이렇게 말한 순간, 넬의 팔꿈치 뒤로 다가온 조수가 넬에게 애프터 파티에 관해서 무어라고 속삭였다.

"아이고, 난 이제 그만 가봐야겠어요. 레이첼도 거기 갈 거죠?"

넬의 말이 머릿속에서 자꾸 되풀이되는 채로 (넬이 내 소감을 듣고 기쁘다고 했다! 나의, 레이첼 김의 소감을 듣고!) 나는 서둘러 호텔로 향했다. 애프터 파티에서 눈길을 사로잡을 완벽한 옷으로 갈아입어야 했다. 멋지면서도 우아하고, 넬 크레머가 느껴지는 옷차림. 다행스럽게도 바로 그런 옷차림이 내 머릿속에 떠올라 있었다.

내 옷장에는 갓 다림질된 넬 크레머의 남성용 정장 재킷이 걸려 있었다. 서울에서 즉흥적으로 산 다음 딱 맞는 순간을 기다려온 옷이다. 나는 그 재킷을 미니 원피스처럼 입고 검은색 스타킹과 스틸레토 힐을 맞추어 신었다. 거울 앞에서 매트한 빨간 립스틱을 수정하고는 뒤로 물러서서 전신을 확인했다. 완벽했다…… 딱 한 가지만 빼고.

옆모습을 보니 재킷 앞섶이 너무 깊이 파여 있어서 보통의 브래지어를 입을 수도, 그렇다고 브래지어를 입지 않을 수도 없었다. 노브라를 선택했다가 잘못된 각도에서 사진을 찍히면 유두가 보일 수도 있었다. 좀 더 잘 준비해 오지 않은 나를 조용히 원망하며, 나는 종석에게 패션 테이프를 구해달라고 전화했다. 조금 민망하기는 하지만 우리의 매니저들은 이보다 더 민망한 요청에도 단련되어 있었다.

오 분 후, 내가 맨투맨 티셔츠를 입고 호텔 방 문을 열자, 한 남자 컨시어지가 스카치 테이프를 들고 서 있었다.

"어, 저는 패션 테이프가 필요해요. 양면으로 된 거요."

그가 당황스러운 표정을 지었다. 내 말을 이해하지 못하는 것이었다. 언어의 장벽 때문인지 패션 테이프를 몰라서인지 알 수가 없었다. 컨시어지가 테이프를 적당히 끊어서는 동그란 고리로 감아 양면 테이프처럼 만들어 보였다.

"아뇨, 아뇨. 옷에 사용하는 양면 패션 테이프 말이에요. 그걸 여기에 붙여야 해서……."

나는 어쩔 수 없이 내 가슴을 가리켰다. 그가 나를 빤히 보았다. 나도 그를 빤히 보았다.

"아, 네, 네에."

그의 얼굴이 붉어졌다. 어색했다. 너무나 어색했다. 그가 목을 가다듬고는 말했다.

"위, 마드모아젤. 한번 찾아보겠습니다."

몇 분 후 내 문을 노크한 (아까 그 사람이 아닌) 컨시어지가 근처 길가의 편의점에서 사 온 듯한 싸구려 누드 브라를 내밀었다. 그 여자 컨시어지가 말했다.

"이것밖에는 구할 수가 없었습니다. 이걸로 괜찮으실까요?"

이상적이지는 않지만 의상 때문에 호텔에서 더 꾸물거렸다가는 애프터 파티에 가지도 못하게 될 터였다.

뭐, 프랑스 속담을 따르는 수밖에. '이런 게 인생이지 $^{C'est\ la\ vie}$.'

넬 크레머 패션쇼의 애프터 파티는 호텔에서 몇 블록 떨어진 6구 내의 고풍스러운 식당에서 열렸다. 꼭 잡지에서 튀어나온 듯 옷 잘 입은 사람들이 신스팝 음악이 커다랗게 울려 퍼지는 파티장을 가득 메운 채 칵테일을 마시며 웃고 떠들고 있었다.

근사하고도 가슴 벅차게 느껴지는 파티였다. 그리고 궁여지책으로 구한 누드 브래지어가 적어도 지금은 제 역할을 해주고 있었다. 재킷이자 미니 드레스인 옷차림으로 나는 칭찬을 좀 받았다. 실험적이고 신선하지만, 정통적인 맵시 덕분에 과하게 보이지 않는다는 자신감이 있었다.

넬이 패션쇼 개최를 축하하려 몰려든 사람들에게 빈틈없이 둘러싸여 있어, 나는 이 파티에 올 것 같다고 말한 주현이와 혜리를 찾아보기로 했다. 주현이는 누구한테서건 초대를 받아내는 아이다. 교황에게서도 초대를 받을 수 있을 법한 아이.

"실례지만, 혹시 레이첼 김 아니세요?"

반짝이는 흰 재킷을 입은 한 여자가 환하게 웃으며 내게 다가왔다.

"레이첼 씨가 맞네요. 저는《엘르》편집자고, 걸스 포레버의 엄청난 팬이에요."

그 여자가 악수를 청하며 말을 이었다.

"레이첼 씨가 저희 잡지에서 인터뷰를 해주시면 좋을 텐데요. 그 얘기 좀 나눌 수 있을까요?"

세상에,《엘르》라니. 나는 악수하며 대답했다.

"정말 반가워요.《엘르》인터뷰라면 당연히 관심 있죠."

여자가 밝게 웃으며 일정과 인터뷰 아이디어를 이야기하기 시작했다. 귀 기울여 들었지만, 어느 순간부터 그 사람의 말이 귀에 들어오지 않은 것은 내 옷 속에서 무언가가 움직였기 때문이다. 왼쪽 가슴에 붙인 누드 브래지어가 천천히 미끄러져 내려가고 있었던 것이다. 끔찍한 상황에 나는 몸이 굳어버렸다.

안 돼. 안 돼애애. 누드 브래지어 한 짝이 재킷 아랫단으로 빠져나와 바닥에 떨어지는 장면이 상상되었다. 그것도《엘르》편집자 앞에서 그런 꼴을 보이는 장면이. 억지로 미소를 머금은 채, 나는 브래지어가 흘러내리지 않도록 가슴 앞에 팔짱을 단단히 꼈다.

《엘르》편집자는 이야기를 계속하면서도 계속 내 가슴을 흘금흘금 내려다보았다. 내가 왜 갑자기 가슴골을 보여주고 있는지 의아해하는 것이었다. 민망해진 나는 재빨리 팔을 내려, 한 손을 어색하게 배에 대고 있었다. 이 시점에서는 내가 도대체 뭘 하려는 건지도 알 수 없었다. 브래지어가 바닥에 떨어지기 전에 옷 속에서 잡으려는 걸까? 하지만 브래지어가 미끄러지지 않게 하려고 갖은 움직임을 하다 보니 결국 슬금슬금 이상한 털기 춤과 꿀렁거리는 춤을 추고 있는 꼴이 되어버렸다. 자연스럽게 행동하려고 발악했지만 이쯤 되니 앞 사람이 하는 말은 하나도 들리지 않았다. 아마도 나는 팔을 흔드는 상점 앞 풍선 인형이 빙의된 것처럼 보였을 것이다. 이제 브래지어는 거의 배꼽까지 내려와 있었다. 더는 제자리에서 버틸 수 없었다.

"정말로 다 좋을 것 같네요! 전화 드릴게요!"

편집자의 말을 끊고 말한 뒤, 나는 화장실로 달렸다. 화장실 칸막이 안에 들어간 뒤에야 한숨을 내쉬었다. 휴, 정말 큰일 날 뻔했다.

그런데…… 편집자의 이름을 묻지 않았다. 전화번호도. 으으. 나는 두 손으로 머리를 쥐었다. 난 얼마나 재수 없는 사람으로 보였을까. 《엘르》 지와 인터뷰를 할 수 있는 기회는 그렇게 날아갔다.

화장실에서 나오자, 내 쪽으로 다가오던 한 남자가 나를 보며 히죽 웃었다. 짧은 말총머리를 하고 금속 테의 파란 선글라스를 쓴 사십 대 정도의 남자였다. 단순한 플란넬 셔츠에 평범한 블랙진을 입고 있는데도 패션 엘리트들 사이에서 아주 느긋해 보였다. 나는 곧바로 민망함에 물들었다. 이 사람은 조금 전의 누드 브라 사고를 다 목격한 걸까?

하지만 내 가까이로 다가온 그 사람이 주머니에서 무언가를 꺼내더니 이렇게 말했다.

"이거 받아요. 우리 남편이 백스테이지 의상 일을 하거든요. 내가 어떤 패션쇼에 가건, 꼭 이걸 가져가라고 챙겨줘요."

그가 내민 손에는 세상에서 가장 영롱한 것이 들려 있었다. 바로 조그만 양면 패션 테이프 한 롤.

"언제 도울 일이 생길지 모르니까 말이죠. 그…… 접착에 문제가 생겨 고생하는 사람을."

그는 이렇게 말하며 한쪽 눈썹을 올렸다. 나는 선글라스를 쓰고 나타난 나의 구원자에게 열렬히 고마움을 표하며 테이프를 받아 화장실로 다시 달려갔다.

필요한 모든 부분이 제자리에 딱 붙은 상태로 다시 화장실에서 나왔을 때, 그 남자가 여전히 화장실 앞에 있었다. 나는 쑥스러운 미소를 지으며 또 한 번 고맙다고 인사했다. 그리고 테이프를 돌려주며 말했다.

"농담이 아니라, 정말 저의 은인이세요. 남편분께 대신 감사하다고 전해주세요."

"자기가 대단한 케이 팝 스타에게 도움이 된 걸 알면 그 사람도 아주 기뻐할 거예요."

그 남자가 미소를 지으며 손을 내밀었다.

"난 맥스웰 리 해리스라고 해요.《보그》지 사진가죠. 걸스 포레버 멤버시죠?"

"네, 반갑습니다!"

나는 그와 악수했다. 그러면 그렇지. 역시 사진가였다. 하이패션계에 몸담은 사람들은 늘 느긋한 태도가 몸에 배어 있었다. 그가 내 옷차림을 감탄의 눈으로 보며 말했다.

"패션이 정말 마음에 들어요. 넬 크레머의 봄 컬렉션 맞죠?"

패션계에서 성공한 사람이 내 선택을 인정해준 것을 내심 짜릿하게 느끼며, 나는 고개를 끄덕였다.

"아주 독창적이에요. 혹시 레이첼 브랜드에도 비슷한 아이템 있어요?"

나는 잠시 눈만 깜박거렸다. 내 브랜드?

"무슨 말씀이신지…… 제 브랜드 같은 건 없거든요."

그가 눈썹을 찌푸리고는 물었다.

"없어요? 다들 레이첼을 '포레버 패셔니스타'라고 부르길래…… 그게 레이첼 브랜드 이름인 줄 알았네!"

나는 웃으며 고개를 절레절레 흔들었다.

"아니에요. 그건 그냥 팬들이 붙여준 별명이에요. 너무 감사하죠."

"아이고, 너무 겸손한 거 아니에요? 레이첼은 패션 아이콘이잖아요. 그리고 팬들만 아는 게 아니라 다들 알아요."

맥스웰과 함께 웃으며 내 마음이 기쁨으로 부풀었다.

"레이첼이 《보그》 에디토리얼을 거절한 건 너무 아쉬워요. 내가 그 프로젝트의 사진 담당으로 뽑혔는데, 성사되길 정말 바랐거든요. 같이 정말 멋진 걸 만들 수 있었을 텐데 말이에요."

맥스웰이 아쉽다는 표정으로 한숨을 내쉬곤 이어 말했다.

"웨스 앤더슨 스타일의 양면 화보를 아주 거창하게 구성해뒀었는데, 레이첼한테 실크와 가죽으로 된 멋진 옷들을 입히고 각 숏마다 훈련된 매 한 마리를 들게 할 생각이었어요. 내가 아는 훌륭한 매 훈련사가 있거든요."

아니…… 이게 다 무슨 소리지? 이번엔 내가 눈썹을 찌푸렸다. 나는 《보그》 촬영을 거절한 적이 없었다. 그런 제안을 받은 적조차 없었다. 그런데…… 회사 임원들의 대화에서 《보그》와의 협업 기회가 언급되는 것을 들은 것이 생각났다. DB 엔터테인먼트가 나에게 묻지도 않고 《보그》의 제안을 거절한 걸까? 《보그》 지의 섭외가 들어온 거냐고 내가 묻자 노 대표가 뭐라고 대답했던가. '《보그》가 너희 팀을 섭외한 적은 없다.' 엄밀하게는 사실이었다. 보그가 원한 것은 팀 전체가 아니었으니까. 그저 나였으니까.

왜 노 대표는 내게 그 기회를 말해주지 않았을까? 왜 내가 묻자 거짓말에 가까운 대답을 했을까? 나는 흥분하기 시작했다. 혼란과 실망, 분노 중 무엇이 가장 큰지 알 수 없었다. 하지만 이 일을 충분히 생각할 틈 없이, 문득 파티장 한쪽에서 낯익은 얼굴을 발견했다. 머릿속 싸움은 그대로 멈추었다. 세상에, 설마? 말도 안 돼. 정말 그 사람이다.

"저 사람 칼리 맷슨 맞아요?"

불쑥 맥스웰에게 물었다. 내 눈에 보이는 사람이 헛것이 아님을 확인해야 했다.

"맞아요. 팬이세요?"

팬이라는 말로는 부족했다. 나는 칼리 맷슨을 흠모했다. 한때 팝스타였다가 패션의 아이콘이 된 사람이며, 내가 어린 시절 가장 좋아했던 미국의 걸 그룹 비대즐드의 멤버. 말 그대로 전설적인 인물이었다. 칼리가 총 세 번 무대 의상을 갈아입으면서 그때마다 스스로의 머리카락을 잘랐던 그 대단한 VMA 공연을 누가 잊을 수 있을까. 하룻저녁에 칼리는 허리까지 늘어뜨린 머리에서 단발머리로, 다시 쇼트커트로 변신했다. 그가 멧 갈라에서 선보인 공작새

깃털 패션 역시 누가 잊을 수 있을까.

"전 비대즐드 콘서트에서 산 티셔츠를 몇 년 동안이나 매일 입고 잤어요."

나의 고백에 맥스웰은 흐뭇하게 대답했다.

"누가 안 그랬겠어요."

비대즐드가 해체한 후 칼리는 디자이너로 변신해 패션 브랜드를 만들었고, 아주 매력적인 스웨덴의 올림픽 스키 선수 올리버 맷슨과 결혼했다. 바로 그 칼리 맷슨이 여기에 와 있다니. 나와 같은 공간에 있다니. 낮게 묶은 우아한 포니테일, 까르띠에 귀걸이, 너무나 세련된 초록색 점프수트 차림으로 나와 같은 공기를 마시고 있다니.

나는 감탄에 빠져 말했다.

"실제로 보니까 더 아름다워요. 칼리 맷슨이랑 이렇게 가까이 있게 될 줄 생각도 못 했어요. 가서 인사를 할까요? 그러면 이상할까요?"

맥스웰이 하하 웃고는 말했다.

"정말 열렬한 팬이네요. 레이첼 본인도 세계적인 스타인 거 알고 있죠?"

"칼리 맷슨은 저랑은 차원이 달라요."

내 기준으로는 아예 다른 은하에 있는 사람이었다.

"칼리도 레이첼을 만나면 기뻐할 것 같은데요. 다만 칼리가 이제 자리를 뜨는 것 같아요."

앗, 이런. 맥스웰의 말대로였다. 칼리 맷슨이 출구로 빠져나갔고, 아쉬움이 가슴을 쳤다. 맥스웰이 위로했다.

"너무 실망하지 말아요. 칼리는 어떤 행사에서든 일찍 자리를 뜨니까, 어쩔 수 없어요."

"왜요?"

맥스웰이 어깨를 으쓱하고 답했다.

"집에 어린 자녀들이 있어서요."

"아, 맞아요. 네 살 주드랑 두 살 메이블."

멕스웰이 또 한 번 나를 보며 짓궂게 미소 지었다. 이런. 나 스토커에 가까워 보였을까?

"맞아요. 뭐, 일과 개인적인 삶의 균형이 중요하다고들 하잖아요."

바로 내가 꿈꾸는 인생이었다. 눈부시게 아름다울 뿐 아니라 일에서도 엄청난 성공을 했고, 가족들과 보내는 시간도 놓치지 않는 칼리 맷슨의 삶이 부러웠다.

"칼리는 떠났어도 레이첼이랑 이야기하고 싶어 하는 팬들은 보이는데요."

맥스웰이 눈을 가늘게 뜨고 사람들 사이를 쳐다보며 말했다. 그 눈길을 따라가 보니 칵테일바에서 혜리가 내게 손을 흔들었고 그 옆에 있는 주현이는 내게 손 키스를 날렸다. 나는 환해진 얼굴로 맥스웰에게 짧은 인사말을 한 후 쌍둥이에게로 달려갔고, 우리 셋은 한 덩이가 되어 얼싸안았다. 서로를 안고 방방 뛰는 쌍둥이들에게 내가 외쳤다.

"만나서 너무 좋다! 그것도 파리에서!"

그리고 혜리가 말했다.

"기쁜-"

주현이가 웃으며 이었다.

"-우리-"

내가 마무리했다.

"-인생!"

정말이지 기뻤다. 나의 단짝 친구들과 이런 순간을 경험할 수 있게 해준 우주에게 얼른 감사의 인사를 보냈다.

"레이첼 네 얼굴 보는 게 얼마 만인지 모르겠어."

이렇게 말하는 주현이는 어깨에 러플이 달린 살랑거리는 꽃무늬 원피스로 낭만적인 분위기를 풍기고 있었다. 반면 혜리는 평소의 실험실 출근용 복장 대신 허리선이 낮고 금속 광택이 나는 정장 바지에 세련된 흰색 블라우스를 맞추어 입었다. 주현이 못지않게 당당하고 화려해 보이는 혜리를 보니 주현이의 일행으로서 이런 행사에 따라온 것이 처음이 아닌 듯했다.

주현이가 말했다.

"직접 만나는 걸로는 그렇지. 혜리가 네 뮤직비디오를 맨날 틀어놔서 거기서는 실컷 봤으니까."

혜리가 웃으면서 설명했다.

"친구가 자랑스러우니까 그렇지. 오늘 기분은 어때, 레이첼? 쇼는 어땠어?"

"쇼 얘기는 됐고……."

주현이가 끼어들더니, 내 팔을 잡고 반짝이는 눈빛으로 말을 이었다.

"……앨릭스 만난 건 어땠어? 단톡방에서 너한테 앨릭스 얘기 물어볼 때마다 은근히 말 돌리는 거 티 났어. 너희 둘 사이 어떻게 돼가고 있는 거야?"

"아무 일도 없어!"

나는 이렇게 대답하며 얼굴을 붉혔다. 주현이의 말대로, 지금까지 앨릭스에 관련된 쌍둥이의 질문들에 답을 피해왔다. 이런 이야기는 직접 만나서 해야 한다는 생각도 있었지만, 한편으로는 내 마음을 정하지 못한 탓도 있었다. 나조차 답을 몰라, 쌍둥이에게도 설명할 수 없었다.

나는 아무것도 털어놓지 않았는데 혜리가 갑자기 헉 놀라면서 말했다.

"세상에, 내 그럴 줄 알았어. 얘 대답하는 데 이렇게 오래 걸리는 것 좀 봐."

나는 웃음을 내뱉고 말했다.

"아니야, 아니야. 특별한 일은 없어. 그런데 또…… 아무 일도 없는 건 아니야."

"얘기해줘. 우리한테 다 말해줘."

주현이가 이렇게 말하며 바에서 칵테일 잔을 집어 들었다. 나는 자몽 팔로마 칵테일을 주문했고, 결국 우리 셋은 파티장 한쪽 구석의 창턱에 바싹 모여 섰다. 소란스러운 이 파티장에서 그나마 서로의 말이 어느 정도 들리는 장소였다. 나는 싱가포르 도시 철도에서 앨릭스를 처음 만난 일부터 페탈에서 함께 커피를 마시며 데이트를 한 것까지 모두 말했다. 딱 맞는 순간들에 놀라워하고 소리를 질러 가며 듣는 주현이와 혜리 덕분에 더욱 술술 이야기가 나왔고, 나도 함께 들뜨는 것은 어쩔 수 없었다. 앨릭스 이야기를 하는 것만으로도 설렘이 퍼졌다.

"지난 한 달 동안 거의 매일 문자를 주고받았어."

나는 칵테일 잔에 라임을 짜서 한 모금을 더 마신 다음 이어 말했다.

"너희도 믿기 어려울 텐데 말이야, 앨릭스가 이걸 보냈어."

나는 휴대폰을 꺼내어 그 발렌시아가 가방의 사진을 보여주었다. 혜리가 장난스레 나를 콕 찌르더니 아이처럼 신난 말투로 이야기했다.

"앨릭스가 널 좋아하는 게 맞네!"

주현이도 흡족하다는 듯 고개를 끄덕이며 말했다.

"녀석 취향이 훌륭하네."

"나 말하는 거야, 가방 말하는 거야?"

나는 한쪽 눈썹을 올리고는 물었다. 팔로마 칵테일 속에 든 데킬라 덕분에 벌써 조금은 대범하고 뻔뻔스러워지고 있었다. 혜리가 내 뻔뻔한 말을 무시하고는 이렇게 말했다.

"앨릭스는 패션 취향이 훌륭할 수밖에 없어. 여러 패션 회사의 투자를 담당하고 있잖아. 여태 수년 동안 그 일 하면서 배운 게 있겠지."

"앨릭스가 뭘 한다고?"

나는 눈이 휘둥그레져서 물었다. 어떻게 여태 나는 그런 것을 몰랐을까. 그날 대화를 하면서 투자 쪽 일을 한다는 것은 알게 되었지만 패션계와 관련이 있을 줄은 꿈에도 몰랐다.

주현이는 말했다.

"앨릭스가 좀 대단한 데가 있어. 거의 졸업하자마자 큰 투자 은행에서 일하게 됐고, 그러다가 금방 직접 투자 회사를 설립했어. 앨릭스는 굉장히 성공한 사업가야, 레이첼! 그렇게 야심 찬 사람을 또 본 적이 없어."

"세상에."

나는 할 말을 잃었다. 앨릭스와 함께 싱가포르의 한 가게 앞에 서서 창문 너머 발렌시아가 가방을 쳐다보던 때가 생각났다. 지금까지 그저 장난스레 장단을 맞춰주고 아무것도 모르는 척하며 나를 골린 것이라니.

"얘들아, 우리 앨릭스한테 전화하자."

주현이가 손에 든 마이타이를 한 모금 마시면서 장난기 반짝거리는 눈빛으로 말했다.

"걸고 있어."

곧바로 휴대폰을 꺼낸 혜리가 앨릭스에게 영상 통화를 걸었다.

"혜리야, 하지 마!"

당황한 나는 혜리의 휴대폰으로 손을 뻗었다. 앨릭스와 많은 문자를 주고받았지만, 영상 통화는 완전히 다른 영역의 일이었다. 문자만으로 대화하는 데 너무 익숙해져서 얼굴을 마주 보는 대화가 너무 어색하면 어떡하지?

"벌써 걸었지!"

혜리가 내게 휴대폰을 던졌다. 나는 칵테일 잔을 떨어뜨릴 뻔하면서 허둥지둥 휴대폰을 받았고, 바로 그때 화면에 앨릭스의 얼굴이 떴다. 늦은 오후라 거무스름한 수염이 자라 있었지만 앨릭스는 이런 모습마저 멋졌다.

"레이첼?"

앨릭스는 놀란 표정이었다. 하지만 이내 따뜻한 미소가 퍼졌고, 한쪽 뺨의 보조개가 드러났다.

"안녕? 이 번호에서 레이첼이 나올 줄은 몰랐네. 거기 진짜 시끄럽다! 도대체 어디야?

"어, 안녕?"

나는 가느다란 소리로 인사했다. 그러고는 목을 가다듬고 다시 말했다.

"음, 안녕? 난…… 우린 지금 애프터 파티에 와 있어. 이렇게 늦은 시간에 전화해서 너무 미안해. 홍콩은 새벽 세 시쯤 되지 않았어?"

혜리가 주현이에게 속삭였다.

"귀엽네. 시차까지 빠삭해. 완전히 빠졌네, 빠졌어."

나는 둘에게 날카로운 눈길을 쏘았다. 앨릭스에게 혜리의 말이 들리지 않았기를.

"나 사실 지금 출장 중이야. 그래서 너무 늦은 시간에 받은 거 아니니까 걱정하지 마."

앨릭스는 이렇게 말하고 웃었다. 그러고는 좀 더 큰 소리로 말했다.

"안녕, 주현아, 혜리야."

나는 휴대폰을 돌려서 두 아이를 보여주었고, 카메라를 향해 어색하게 손을 흔든 두 아이는 취한 티를 내며 마구 키득거렸다. 나는 다시 내 얼굴 쪽으로 휴대폰을 돌렸다.

"그래, 아무튼, 그냥 인사하려고 전화했어."

아아, 못 살겠다. 이건 도시 철도 사건 때만큼이나 민망하다.

"전화 잘했어. 이 전화가 오늘 나한테 생긴 가장 좋은 일이야."

"아, 그래?"

이 파티에는 알록달록한 조명이 너무 많아, 아마 붉어진 내 얼굴이 앨릭스에게는 보이지 않았을 것이다.

"응."

앨릭스가 지은 따뜻한 미소가 조금은 장난스러운 미소로 변했다.

"저녁 먹다가 옷에 와인을 쏟았고, 조금 전에 바로 코앞에서 택시도 뺏겼으니까 너무 우쭐해하진 마. 경쟁 상대들이 좀 약했어."

나는 키득키득 웃다가 그렇게 웃은 것을 곧바로 후회했다.

"뭐, 내 덕에 하루가 좀 나아졌다니, 다행이네."

주현이와 혜리가 눈썹을 올리면서 서로 눈빛을 교환했고, 나는 한 번 더 목을 가다듬으면서 얼굴을 붉혔다.

"그건 그렇고, 가방 너무 고맙다는 말 하고 싶었어. 너무 멋진 선물이야. 내가 그냥 받아도 되는지 모르겠어."

"어, 제발 그냥 써줘. 만약 레이첼이 돌려보내면 그 가방 내가 쓸지도 모르는데, 나는 그 색깔이 안 받는단 말이야."

나는 웃었다.

"알았어. 정말 고마워. 나한테 얼마나 고마운 선물인지 모를 거야."

앨릭스도 눈가에 주름이 지도록 활짝 웃어 보였다.

"천만의 말씀."

우리는 몇 마디를 더 나누고 작별 인사를 했다. 내가 전화를 끊자마자 주현이와 혜리가 의미심장한 미소를 지으며 나를 보았다.

"그래, 맞아."

나는 손을 내저으며 인정했고, 우리 셋은 실컷 키득거리며 웃었다.

주현이가 말했다.

"우리 나가자. 내가 여기보다 더 좋은 애프터 파티를 알아."

지금 여기보다 더 좋은 곳이 있다고? 물론 주현이의 계획이 무엇이든 나는 놓칠 맘이 없었다.

서울로 돌아가기 전날 하루가 통째로 자유 시간으로 주어졌지만, 나는 지난밤의 여파로 일찍 일어나지 못했다. 다행히 포 시즌스 조지 V 호텔의 내 방은 작은 안뜰을 마주하고 있어, 고맙도록 조용했다. 마지막 파티에서 마신 마지막 술 때문에 머리는 아팠지만…… 눈을 감으면 넬 크레머의 멋진 컬렉션이 기억 속을 행진했다. 그 의상들을 하나하나 떠올리면 여전히 설레었다.

아홉 시에 (대강 그쯤에) 침대에서 내려온 나는 한참 동안 샤워를 했고, 커다랗고 포근한 크림색 케이블 니트 스웨터와 까만 가죽 바지를 입고는 호텔 방을 나섰다. 마레 지구를 거닐다 쉐 마리안느에서 내가 좋아하는 커피를 마시고 팔라펠을 먹었다. 마레 지구의 구불구불한 작은 골목들을 돌아다니며 부티크를 구경하다가 몽마르트르로 가는 지하철을 탔다.

언덕으로 올라가는 자갈길이 피어나는 꽃들과 색색의 카페로 가득했고, 멀리 사크레 쾨르 대성당도 보였다. 나는 거리낌 없이 여행자 기분을 내면서 대성당을 배경으로 셀카를 찍어 올렸다. 평소에는 SNS에 올리는 사진을 찍는 시간과 장소를 훨씬 더 조심스럽게 생각했지만, 오늘은 정말 마음이 편했고 사람들 속에 평범하게 섞여 있는 기분이 달콤했다. 걸스 포레버는 아직 유럽 대중음악계에 본격적으로 진출하지 않았기에, 나를 알아보는 사람이 있을 가능성도 그만큼 작았다.

파리지앵들이 야외의 카페 겸 식당에 모여 담배를 피우고 에스프레소를 마시는 시간이 되어, 나는 길목마다 자리한 가게 중 한 곳에 들어가 내 파란 공책을 꺼냈다. 가볍게 쌀쌀한 삼월의 어느 날이었지만 햇살 아래 따뜻한 머그잔을 쥐고 있으니 편안하기 그지없는 기분이었다. 길 건너에서 누군가가 버스킹을 하기에 그 음악이 내 곡 쓰기에 방해가 될까 염려했지만, 막상 펜을 쥐자 가사가 아니라 디자인 스케치를 하는 자신을 발견했다. 스케치 하나가 끝나자 다음 스케치, 또 다음 스케치를 계속해서 해나갔고, 그러는 사이에 가게 종업원이 에스프레소를 가져다주고 얼마 후엔 초콜릿 크루아상을 가져다주었다.

익숙해진 내 삶에서 잠시 벗어나 무언가 다른 일에 집중하는 이 순간이 너무나도 자유롭게 느껴졌다.

여러 벌의 블라우스를 스케치하던 나는 어느 퍼프 소매의 모양을 제대로 표현하려고 어찌나 몰입했는지 시간이 얼마나 흘렀는

지도 깨닫지 못했다. 잠시 손가락을 펴려고 멈추었을 때, 갑자기 내 앞에 오후의 햇빛을 가리는 그림자가 졌다.

종업원이 다시 왔을 거라고 생각하고 고개를 들었다. 하지만 앞에 서 있는 사람은 조금은 쑥스러운 듯한 미소로 나를 내려다보는 한 남자였다.

"어딜 가나 알아보는 유명인인데, 찾기가 이렇게 쉬워도 돼?"

9

"앨릭스? 왜 여기 있어?"

조그만 카페 탁자를 넘어뜨리지 않고 일어서서 앨릭스를 포옹하려 했지만, 어색하게 펜을 들고 있음을 깨닫고는 그 펜으로 앨릭스를 찌르지 않으려고 애썼고, 그러다 보니 왼쪽으로 몸이 기우뚱해져 마치 줄타기하는 광대처럼 몸이 흔들렸다. 참 자연스러웠다.

앨릭스의 미소가 더 커졌다.

"뭐, 그냥 이 근처에 있었어. 주변에 혹시 케이 팝 아이돌이 없나 하고 눈을 크게 뜨고서."

앨릭스는 의자를 꺼내 내 옆에 앉았다. 카페 손님이 모두 길 쪽을 바라볼 수 있도록 탁자 한쪽에만 의자가 배치되어 있어, 우리는 나란히 앉게 되었다. 그게 갑자기 이상할 정도로 친밀한 행동처럼 느껴졌다. 앨릭스의 말끔한 셔츠는 이번에는 연한 하늘색이 아니라 검정색이었고, 거기에 가죽 재킷과 스카프를 더한 옷차림이었다. 싱가포르에서 만났을 때보다 머리카락이 조금 자란 덕에, 타고난 그의 곱슬머리가 보였다. 그 머리카락을 쓸어넘기는 앨릭스의 모습이 터무니없이 사랑스러워 애써 눈길을 돌리려고 에스프레소잔을 들었지만 잔이 빈 것을 기억하고는 내려놓았고, 에스프레소받침 접시에서 요란스러운 소리가 났다. 소근육 운동 능력이 오늘영 나를 도와주지 않았다.

앨릭스가 어색한 미소를 지어 보이고는 말했다.

"회의가 있어서 마침 런던에 있었거든. 그래서 채널 터널로 넘어왔지. 식은 죽 먹기야."

"무작정 걸어 다니면서 나를 찾으려고?"

나는 농담으로 말했지만, 마음 한구석으로는 궁금했다. 정말 그랬을 수도 있을까? 어젯밤 갑작스러운 영상 통화에 나만큼 설레서 나를 보러 와야겠다고 마음먹었을까?

"음, 꼭 그 목적 하나만은 아니고."

앨릭스가 웨이트리스를 불러서 커피를 주문했다.

"메종 람브뤼에서 아는 재단사도 만날 겸해서 왔지. 장 뤼크라는 재단사인데 나한테 새 정장을 한 벌 해주기로 했거든. 치수를 맞추려고 옷을 입어보고 있는데, 이게 보이잖아."

앨릭스가 내민 휴대폰 화면에는 내가 몇 시간 전 SNS에 올린 사진이 있었다.

"DM을 먼저 보내볼까 했는데, 어차피 좀 걷고 싶었거든. 그래서 걷다가 문자를 하려던 참에 고개를 들었는데, 레이첼이 딱 눈앞에 있는 거야. 꼭 운명처럼."

"그래, 알았어."

나는 웃음을 감추려 애쓰며 대답했고, 그저 손에 무엇이라도 쥐고 싶어 에스프레소를 한 잔 더 주문할까 진지하게 고려했다. 슬쩍 탁자 아래를 보았다. 광이 나는 옥스퍼드화, 벨루티 같았다.

"그 얘기를 들으니까 생각나는데, 나한테 비밀을 들켰다는 거 알아둬."

내 말에 앨릭스는 어리둥절한 얼굴이 되었다.

"비밀?"

"패션계에서 일하잖아!"

나는 팔꿈치로 앨릭스를 찔렀다. 그렇게라도 신체 접촉을 하려 하는 내가 한심하긴 했지만, 그 정도라도 의미는 있었다.

"주현이랑 혜리가 말해줬다고."

앨릭스가 다리를 뻗고 탁자 위 내 공책을 보면서 마음 편하게 웃었다.

"패션계에서 일하는 건 아니야. 그냥, 여러 패션 브랜드랑 같이 일하는 거지. 패션 이야기가 나와서 말인데, 그거 그리는 데 푹 빠져 보이더라. 뭐야? 레이첼 브랜드의 옷을 디자인하거나 뭐 그러는 거야?"

"뭐, 이거?"

이제 내가 어리둥절한 얼굴이 되었다. 이틀 동안 두 명이나 나에게 패션 디자인을 하느냐고 물었다. 내가 무슨 패션을, 디자인을!

"아니, 아니. 그냥 별 볼 일 없는 낙서 같은 거야."

"좀 봐도 돼?"

잠시, 나는 보여주는 것을 주저했다. 정말로 낙서 같은 것이니까. 전혀 진지하게 해온 것이 아니니까.

"디자인을 정식으로 공부해본 적 없어."

나는 이렇게 말하면서 공책을 앨릭스에게로 밀었다.

"뭐, 늘 재미로 머릿속의 의상을 그림으로 그려 보기는 했지. 비행이 지연돼서 기다릴 때라거나⋯⋯."

내 말은 횡설수설이 되어갔지만, 이상하게도 앨릭스의 생각이 궁금해졌다. 앨릭스는 패션의 세계에 문외한이 아니었다. 오히려 패션계의 일부였다. 적어도 사업적 측면에서는 말이다. 하지만 어쩐지, 설사 앨릭스가 낚시 도구와 미끼를 파는 회사의 재무를 담당했다 해도 앨릭스에게 이 스케치를 보여주고 싶었으리라는 생각이 들었다. 그래도 앨릭스의 의견을 듣고 싶었으리라는 생각이 말이다. 나는 그것이 무슨 의미인지에 관해서 너무 오래 고민하지 않으려고 애썼다. 문자를 보며 머릿속으로 상상하는 게 아니라 직접 만나 앨릭스의 목소리를 듣는 일이 이토록 기분 좋은 것이 무슨 의미인지에 관해서도.

앨릭스가 주의 깊게 집중한 눈빛으로 공책을 넘겼다. 모든 스케치를 살펴보는 앨릭스를 보면서, 그 표정을 읽고 싶었다. 몹시 아마추어 같다고 생각하고 있을까? 마음 상하지 않게 돌려 말할 표현을 고민하고 있을까? 나는 행운을 빌며 앨릭스의 평가를 기다렸다. 마침내 앨릭스가 공책을 덮고는 나를 보았다.

"훌륭해, 레이첼."

앨릭스가 진지하게 말했다.

"'아주' 훌륭해. 이 두 개의 실루엣은 약간 친숙해 보이지만, 이건 내가 한 번도 본 적 없는 거고, 또 이건……."

앨릭스는 마지막 스케치를 들어 올렸다.

"이건 정말…… 어떻게 표현해야 할지 모르겠어. 아주 '레이첼' 같아. 내가 디자인을 아주 잘 아는 건 아니지만, 그게 바로 디자인의 의미 아니야? 자기만의 무언가를 표현할 수 있는 거?"

놀라움에, 나는 얼굴이 붉어져서 물었다.

"정말 그렇게 생각해?"

"물론이지."

앨릭스가 고개를 끄덕이며 답했다. 마치 지금 평가한 말들이 눈앞에 보이는 날씨처럼 분명하다는 듯이.

앨릭스의 말에 가슴이 빨리 뛰니, 에스프레소를 한 잔 더 주문하지 않은 건 잘한 일이었다.

나는 말했다.

"어젯밤 패션쇼를 보고 나서 영감을 받았나봐. 정말 대단한 쇼였거든. 넬 크레머는 정말로 명료한 브랜드와 메시지를 가지고 있어. 꼭 내 뇌가 스위치 보드고, 거기 있는 수많은 불이 동시에 켜지는 것만 같았어."

《보그》지의 사진가가 내가 운영하는 패션 브랜드가 있느냐고 물었던 것도 이야기했다.

"아니, 내가 그런 일을 할 만한 능력이 있는 사람도 아닌데 말이야. 그래도 기분 좋아지는 질문이었어. 이게 내 상상 속 패션 브랜드인 셈이야."

나는 이렇게 말하며 공책을 다시 가져왔다. 다시 손에 든 이 공책은 이제 좀 더 중요하게 느껴지고, 좀 더 조심해서 다루어야 할 것 같다. 공책을 잃어버리면 이 순간을, 그리고 지금 나를 흠뻑 물들인 이 확신을 잃어버릴 것처럼 말이다.

앨릭스가 고개를 갸웃하며 말했다.

"왜 상상의 브랜드라고만 생각해? 내가 디자인 전문가나 뭐 그런 건 아니지만, 레이첼은 원한다면 그쪽 일을 할 수 있는 능력이 있어. 내가 지금까지 같이 일해본 디자이너, 작가, 감독, 총책임자 같은 사람 중에는 정식 학교에서 그 일을 배우지 않은 사람도 아주 많아. 자수성가한 백만장자들인데도 말이야. 그 사람들이 가장 공통으로 가진 자질이 비전이랑 끈기야."

"그래도…… 나는 바느질조차 제대로 못 해."

이자벨 마랑 스웨터의 소매에 난 구멍을 바느질로 해결하려 했다가 소매의 손목에서 팔꿈치까지가 프랑켄슈타인 같은 모양이 된 일이 기억났다. 앨릭스는 몸을 앞으로 숙이며 말했다.

"그게 뭐 어때서? 누구든 시작부터 잘하는 건 아냐. 그리고 바느질을 직접 해야 한다거나 디자인을 완전히 혼자서 해내야 하는 것도 아니야. 크리에이티브 디렉터 같은 역할을 할 수도 있어. 자기만의 고유한 창조적 비전을 가진 사람 말이야."

앨릭스가 따뜻한 갈색 눈으로 나의 눈을 똑바로 마주 보았다.

"중요한 건 자기만의 디자인으로 자기만의 패션 브랜드를 만드는 일을 정말 하고 싶은가야. 그 일을 하면 행복할 것 같아?"

행복할까? 잠시 생각해보았다. 신이 나기도 하고 겁이 나기도 하는, 정말이지 미지의 영역이었다. 실제로 일어날 수 있는 일이라는 생각, 내가 선택할 수 있는 일이라는 생각 자체가 처음이었다. 게다가 크리에이티브 디렉터라는 직책이 내게 딱 맞겠다는 느낌이 들었다. 디자인 스케치부터 시작해서 완벽한 섬유와 재질을 고르고, 브랜드가 만들고자 하는 패션과 느낌을, 그 옷을 통해 내가 들려주고 싶은 이야기를 상의하는 내 모습이 저절로 그려졌다. 심장 박동이 빨라졌다. 어서 연필을 쥐고 스케치를 더 하고 싶어 손가락이 근질거렸다. 하지만 그때 나를 멈추는 생각이 있었다. 이런 삶을 사는 내가 그런 일을 할 수 있을까? 내 삶에서는 케이 팝이 언제나 우선이다. 그래야 한다. 음악은 내 첫사랑이고 나는 꿈꾸던 삶을 살고 있다.

나는 앨릭스에게 솔직히 말했다.

"그럴 수도 있지만, 지금 나한테 스케치는 완벽해야만 한다는 걱정을 잊고 편히 놀 수 있는 곳 같은 의미야."

"이해가 돼. 그냥 즐겁기 위해서 한다면 그렇게 해도 좋지."

앨릭스는 어깨를 으쓱하며 쉬이 내 말을 받아들였다.

"그런데 나 같은 경우, 미래에 어떤 일을 하고 싶을 땐 그 일에 이미 성공한 인물들을 생각하면 도움이 되더라고. 그러면……."

"칼리 맷슨."

내가 불쑥 말했다. 눈만 깜박거리던 앨릭스가 웃음을 터뜨리고는 물었다.

"비대즐드의 멤버 말이야?"

나는 흥분해서 말한 것을 조금 민망해하며 고개를 끄덕였다.

"그렇구나. 레이첼의 최애는 니키 케이시일 것 같았는데."

앨릭스가 장난스레 말했다. 니키 케이시는 항상 신기할 정도로 높은 피그테일 머리에 핫핑크색 플랫폼 부츠를 신거나, 칸 영화제에 참석했을 때 선명한 파란색으로 겨드랑이털을 염색한 일로 유명한 비대즐드의 멤버였다.

"하하. 그런데 나 정말로 어제 애프터 파티에서 칼리 맷슨을 봤어. 아아, 칼리는 정말이지……"

나는 감탄의 숨을 내쉬고 말을 이었다.

"……완벽 그 자체야. 나도 그렇게 살고 싶어. 칼리처럼 음악과 패션 모두를 커리어로 가지면서 가족들과도 충분한 시간을 보낼 수 있다면…… 더 바랄 게 없는 인생일 것 같아."

앨릭스는 잠깐 생각하는 듯하더니 고개를 끄덕였다.

"좋아. 내가 어떻게 도울 수 있나 한번 알아볼게."

나는 두 눈썹을 올리며 물었다.

"어떻게 도울 수 있나 알아본다고?"

조금은 우쭐한 듯한 웃음을 지으며 앨릭스가 한 손을 탁자 위로 뻗었다. 앨릭스가 내 손을 잡으려는 것 같아 숨을 죽였다. 탁자 위에 놓인 내 손가락이 꿈틀거렸다. 하지만 앨릭스는 내 손을 지나쳐, 텅 빈 내 커피 잔을 집어 들었다.

"음…… 우선 마실 것 방면에서 도울 방법을 알아볼게. 그리고 장소 방면에서도. 좀 걸어 다녀도 괜찮겠어, 레이첼? 혹시 오늘 저녁에 샤를 드골 공항으로 가야 해?"

"내일 아침까진 여기에 있을 거야. 그러니까 그때까지 할 일을 찾아야 하긴 해."

"좋아. 그럼 할 일 찾아보자."

나는 앨릭스의 말에 얼굴을 붉히지 않으려 애썼고, 앨릭스는 탁자 위에 커피값을 놓고는 내게 팔꿈치를 내밀었다. 나는 팔짱을 꼈다.

몽마르트르에서 지하철을 타고 히볼리 거리로 간 우리는 트렌디한 부티크 몇 곳을 들어가 보았다. 그런 다음 아르콜 다리를 건너 하늘 아래 장엄하게 서 있는 몽마르트르 대성당에 감탄했다. 생제르맹에서는 셰익스피어 앤드 컴퍼니 서점에 들러서 다양한 언어로 된 여러 책을 구경했고 뤽상부르 공원에 앉아 우리가 산 책을 읽었다. 그러는 동안에도 나는 누군가가 우리를 바라보고 나를 알아볼지도 모른다는 두려움으로 종종 어깨 너머를 흘깃거렸다. 사람들의 눈에 띌지도 모른다는 스트레스는 결코 완전히 사라지진 않았지만, 어쩔 수 없이 나는 이 순간의 로맨스에 마음을 빼앗겼다. 언제나 주변에 누가 있는지를 살피고 조심하면서도 말이다.

다음 해야 할 일이 무엇일지 생각나지 않을 때마다 앨릭스는 나에게 몇 가지 선택지를 주었다. ① 빵집에 들렀다가 에펠 탑 근처로 소풍 가기. ② 센 강에서 해 질 녁 배 타기. ③ 바스티유에서 음료수 마시기. ④ 앞의 것 전부.

종일 내 머릿속을 맴도는 객관식 문제는 따로 있었다.

앨릭스에게 키스하는 게 좋을까?

① 해라!

② 안 된다. 누가 보고 사진이라도 찍으면 어떻게 한단 말인가. 무모한 행동은 삼가라.

③ 더욱이, 내가 정말로 누군가와 연애를 할 준비가 되었는가? 가슴이 아닌 머리로 좀 생각해라!

④ 하지만 그래도 그냥…… 키스하면 어떨까?

센강을 따라 걷다가 우리의 손이 서로 스쳤을 때, 찌릿하게 간질거리는 느낌이 온 팔을 타고 올라왔다. 잠시 앨릭스가 걸음을 멈추었다. 나 역시 멈춰 섰다. 앨릭스가 내 눈을 보았고, 왼쪽 뺨의 보조개 때문에 사랑스러운 소년 같으면서도 너무나 섹시해 보이는 그만의 미소를 지어 보였다.

"나 정말 손잡고 싶은데, 알지?"

앨릭스가 이렇게 말하고는 자기 얼굴을 문지르며 웃었다.

"카페에서도 그러고 싶었어. 티 내지 않으려고 애썼지만."

나는 티 내지 않으려 애썼다는 표현에 쿡쿡 웃었지만 그때 앨릭스가 진지한 말투로 이렇게 말했다.

"케이 팝 스타들한테 연애가 어떤 것인지 해준 얘기 기억해. 부담 주거나 레이첼을 원치 않는 상황에 빠뜨리고 싶은 마음은 없어. 그리고 이 말을 할 필요가 있는지는 잘 모르겠지만 분명히 짚어두려고 하는 건데, 나는 레이첼이 유명인이라는 것에 관심 없어. 나는 그냥 레이첼이란 사람한테 관심이 있어. 싱가포르 지하철 타기를 익스트림 스포츠로 만들어버리는 그 능력에 관심이 있고."

나는 마지막 말 때문에 웃음을 터뜨렸다. 그러고는 할 말을 찾을 수 없었다. 앨릭스는 너무도 솔직했다. 밀고 당기기 따위 없이, 그저 진심을 나오는 대로 말하고 있었다.

"지금 해준 말들, 다 고마워."

나는 이렇게 말한 다음 손을 뻗어 앨릭스와 손깍지를 꼈고, 우리는 그렇게 손을 잡은 채 다시 강가를 걸었다. 그것이 위험하다는 사실보다 우리의 손이 맞닿아 느껴지는 설렘이 이 순간 더 중요했다.

이때 나눈 대화는 우리가 계속해서 그 도시를 탐색하는 동안에도 내 머릿속을 떠나지 않았다. 앨릭스에게 키스하고 싶은 마음도 떠날 줄을 몰랐다. 제이슨을 만나던 때 이후로 이런 기분은 처음이었다. 하지만 동시에, 그때와는 너무나 다른 경험이기도 했다. 두 경험은 서로 비교하기조차 어렵다. 제이슨과 있을 때면 모든 것이 강렬하고 폭발적이었다. 좋은 면에서도 나쁜 면에서도. 돌아보면 그건 풋사랑이었다. 하지만 앨릭스와 함께 있으면 안정감이 든다. 그와 함께하는 것을 생각하면 안전함과 동시에 자유로움이, 끝없는 가능성이 느껴진다.

저녁을 먹을 시간이 가까워졌을 때 우리는 호텔 코스테로 갔다. 호텔에 딸린 레스토랑은 프라이버시가 지켜지는 칸막이 식탁들과 어두한 조명이 특징인 오붓한 공간이었다. 유명인들이 남들의 시선 걱정 없이 긴장을 풀고 술을 마실 수 있는 공간 같았다.

"앨릭스 전, 두 사람 예약석이요."

앨릭스가 이렇게 말하자 웨이터가 우리를 자리로 이끌었다. 그런데 앨릭스가 따라오지 않았다. 나는 어깨 너머를 보며 물었다.

"안 와?"

"응. 사실 나는 저녁 같이 안 먹을 거야."

나는 이해가 되지 않아 돌아섰다.

"뭐? 두 사람 자리 예약했잖아."

그때 누군가의 목소리가 들려왔다.

"두 사람 맞아요! 늦어서 미안해요."

방금 레스토랑 안으로 들어온 여자였다. 밑단을 접은, 품이 매우 넓은 빈티지 와이드진에 까만색 터틀넥 스웨터, 까만색의 앵클부츠와 사각형 선글라스, 그리고 개성 넘치는 핫핑크색 버킨백.

세상에.

내 눈앞에 칼리 맷슨이 서 있었다.

칼리는 앨릭스의 뺨에 입을 맞추어 인사하고는 나를 향해 돌아서서 따뜻한 미소를 지었다. 그러고는 나에게도 볼 키스로 인사를 하며 말했다.

"레이첼 맞죠? 만나서 정말 반갑네요."

"아…… 그……. 네, 저도 만나 봬서 정말 반가워요."

나는 더듬거리다 말했다. 그리고 앨릭스를 보면서 입 모양으로 물었다. '어떻게?!' 앨릭스는 별것 아니라는 듯 말했다.

"내가 칼리의 남편 올리의 운동복 브랜드 재무를 담당하거든. 오늘 부탁을 좀 드렸지."

믿을 수가 없었다. 나는 말 그대로 앨릭스와 칼리를 번갈아 보면서 누구에게 더 감탄해야 할지 알 수가 없었다. 앨릭스가 내 팔을 살며시 쥐었다 놓고는 미소를 지으며 말했다.

"좋은 저녁 시간 보내."

"들어갈까요, 레이첼?"

나는 놀라움으로 주저앉거나 눈물을 터뜨리지 않은 채(둘 다 자칫하면 할 뻔했지만), 칼리에게 고개를 끄덕이고는 웨이터를 따라서 우리의 자리로 갔다. 뻣뻣하게 뚝딱거리는 나의 모습을 한마디도 지적하지 않은 자애로운 칼리는 자리에 앉아 몸을 내밀고, 무슨 일을 꾸미려는 듯한 미소로 물었다.

"여기 초콜릿 무스가 세상에서 가장 맛있다는 거 알아요? 저녁 건너뛰고 디저트부터 먹을까 고민하고 있어요."

나는 웃으며 조금 긴장이 풀렸다.

"디저트부터 드셔도 저는 이상하게 보지 않아요. 초콜릿 무스를 먹기 위해서라면 그 정도는 할 수 있죠."

칼리가 윙크를 하며 말했다.

"레이첼, 딱 내 스타일인데요."

이야기를 나누다 보니 칼리에게는 근사한 재주가 있었다. 상대 방으로 하여금 그 유명한 칼리 맷슨과 이야기를 나누고 있다는 사실을 잊어버리게 만드는 능력이 말이다. 칼리는 너무나 편안한 태도로, 자신이 누구인지를 눈곱만큼도 의식하지 않은 채 꼬마 주드가 요즘 가장 좋아하는 말이 F로 시작하는 욕이라는 얘기를 털어 놓았고 ("솔직히 바로 전에 좋아했던 '안 해!Won't!'보다는 훨씬 나아요.") 나도 점점 더 편안해졌다. 진한 버건디 와인 한 잔을 곁들여 트러플

리조또를 먹으면서 나는 어제 패션쇼에서 겪은 일과 내 스케치를 본 알렉스의 말을 들려주었다.

"그래도 전 저한테 진짜 디자이너가 될 자질이 있는지를 모르겠어요. 그냥 공책에다 낙서만 하다가 갑자기 너무 큰 꿈을 꾸는 것처럼 느껴져요."

나의 말에, 칼리는 말했다.

"이해가 돼요. 그래도 이렇게 생각해봐요. 커서 가수가 되어야지, 하면서 방에서 혼자 노래를 부르던 어린 시절, 실제로 케이 팝 스타가 될 수 있다고 생각했어요? 그때 꿈은 그냥 꿈처럼, 불가능한 일처럼 느껴지지 않았어요? 그런데 지금 이런 스타가 됐잖아요."

칼리의 말이 옳았다. 나는 천천히 고개를 끄덕였다. 그런 식으로는 미처 생각해보지 못했다.

"원하는 마음이 있다면 한번 잘 고려해봐요. 레이첼은 좋은 조건을 갖고 있어요. 열정이 있고 재능도 있고, 신선한 아이디어도 있고. 업계에 인맥이 있다는 장점은 말할 것도 없고요."

나는 어젯밤 접착력을 다하지 못한 브래지어 때문에 놓쳐버린 패션계의 한 인맥을 생각하면서 스스로가 한심하다는 생각이 들었다. 내 표정을 놓치지 않은 칼리가 웃음을 내뱉고는 물었다.

"표정이 왜 그래요?"

얼굴이 빨개진 나는 주저하며 어젯밤 파티에서의 일을 이야기했다. 내가 의상 사고를 방지하려고 희한한 춤을 춘 부분에서 칼리는 눈이 커다래지더니 웃음을 터뜨렸다.

"웃지 마세요!"

이렇게 이야기하면서 나도 웃었다.

"정말 숨고 싶더라고요. 패션계에는 무언의 규칙이 참 많은 것 같아요. 그게 꽤 겁이 나요. 망쳐버리고 싶지 않거든요."

"알죠."

칼리를 웃음을 차차 멈추고는 이해가 담긴 미소를 지었다.

"그런데 말이죠, 자기가 가장 크게 이룬 성공을 돌아보면 가만히 누가 시키는 대로 해서 이뤄진 일은 아니었다는 걸 깨달을 때가 있어요. 이따금 규칙을 깨는 것도 괜찮아요. 그렇게 살아야 인생이 더 재미있어요."

칼리가 윙크했다.

나는 칼리가 방금 한 말을 곱씹으면서 와인을 한 모금 마셨다. 내가 DB 엔터테인먼트에서 배운 모든 것에 정면으로 부딪치는 말이었다. 케이 팝의 세계에 몸담은 나는 규칙을 깨뜨리지 '않았기' 때문에 성공했다. 연습생이 된 이후로 줄곧 내 앞에 이미 놓여 있는 길을 따랐고, 그래서 지금 이 자리에 이르렀다. 나만의 패션 브랜드를 만든다는 것은 케이 팝의 규칙을 깨는 일처럼 느껴진다. 지금까지 아무도 하지 않았다는 이유만으로 말이다. 그걸 생각해보는 것조차 허락되지 않은 일처럼 느껴진다.

"다 좋다고만 말하진 않을게요, 레이첼. 자기 사업을 운영하는 일은 엄청나게 힘든 일이에요. 특히나 유명한 걸 그룹 멤버였다가 커리어를 바꾸는 일이라면 더 힘들겠죠. 큰 도약이지만, 정말로 원한다면 해낼 수 있어요."

큰 도약? 칼리가 방금 한 모든 말이 나는 고마운 동시에 부담스러웠다.

"음, 커리어를 바꾸고 싶진 않아요. 패션 때문에 걸스 포레버를 떠나고 싶거나 한 게 아니에요. 전 지금 하는 일을 사랑해요. 그리고 걸스 포레버가 케이 팝 역사에서 가장 오래가는 걸 그룹이 될 거라고 늘 그려왔어요."

나는 미소를 지어 보이고는 이어 말했다.

"저는 아직 어려요. 멤버들이랑 적어도 사오 년은 더 함께할 것 같아요. 게다가 저희는 자매 같은 사이거든요."

"나도 그런 시절이 있었는데."

칼리가 애석함이 담긴 미소를 지으며 이어 말했다.

"비대즐드 멤버들이랑 뭐든 같이하던 시절이 있었거든요. 다른 사람들에겐 절대 안 보여주는 지저분한 모습들을 다 보여줬죠. 심지어 우리 남편도 못 본 모습들을."

칼리가 얼굴을 찌푸렸다.

"내가 그렇게 눈썹 없는 모습을 본 것도 멤버들 뿐이에요. 그 대단했던 '눈썹 뽑기 대소동' 때문이었죠. 그 후로 넉 달 동안 매일같이 니키가 내 눈썹을 그려줬잖아."

나는 웃었다.

"정말요?"

"정말이지, 그럼. 각자 다 다른 일들을 하는 지금도 나는 비대즐드 멤버들이랑 자매처럼 가까워요. 그럴 수 있으려면 싸우는 거랑 미워하는 걸 구분해야 해요. 싸움이야 누구나 하는 거잖아요. 나도 별것도 아닌 걸로 우리 멤버들하고 서로 오해한 적이 많았어요. 그런데 미워하는 건 달라요. 마음에 깊은 뿌리를 내려서 완전히 다른 것으로 자라나버릴 수가 있거든. 그런 것만 잘 구분한다면 잘 지낼 거예요."

아, 지금의 대화를 모두 받아 적을 수만 있다면. 칼리는 내가 겪고 있는 일이 무엇인지를 정확하게 아는 것 같았다. 아니, 아는 것이 분명했다. 나와 비슷한 길을 먼저 걸었으니. 그 모든 것을 이해하는 사람과 이야기를 나누자 너무나 용기가 났다.

칼리가 탁자 위로 손을 뻗어 내 손을 꼭 쥐었다.

"레이첼은 지금 본인이 있어야 할 곳에 있는 것 같아요. 케이 팝 이후의 미래를 생각해보는 일이 꼭 그룹 활동에 최선을 다하지 않는 거라고 볼 필요는 없어요. 걸스 포레버로서의 커리어도 멋지게 해내면서, 품고 있는 다른 아이디어도 계속 발전시켜볼 수 있는 거죠. 레이첼은 할 수 있어요. 자, 그럼……."

칼리가 내 손을 놓고는 디저트 메뉴판을 집어 들었다.

"초콜릿 무스 먹을 때가 된 것 같아요?"

아아, 나는 칼리가 너무 좋았다.

나는 활짝 웃으며 답했다.

"네, 진작 됐죠."

저녁 식사를 끝내고 포 시즌스 호텔로 돌아오는 나의 발걸음은 구름 위를 걷는 것 같았다. 이토록 영감이 샘솟은 적은 처음이었다. 칼리 맷슨과의 저녁 식사는 내게 필요했던 모든 것이자 그 이상이었다. 이것이 다 앨릭스 덕분에 이루어진 일이었다.

방에 도착하자마자 나는 휴대폰을 꺼내 앨릭스에게 문자를 보냈다.

나: 고마워 고마워 고마워.

잠시 후 앨릭스의 답이 왔다.

앨릭스: 좋은 시간 보냈다는 뜻으로 받아들이면 돼?
나: 너무너무 좋았어. 난 지금 호텔에 돌아왔어. 어디야?
앨릭스: 일 때문에 아는 사람이랑 늦은 저녁 먹고 걸어서 돌아가는 길이야.
사실 나 포 시즌스 호텔에서 몇 블록밖에 안 떨어져 있는데…….

나는 곧바로 방에서 달려 나가 호텔 계단을 빠르게 내려갔다. 호텔 정문 밖으로 나가자마자 가로등 아래에 서 있는 앨릭스가 보였다. 언제부터인가 보슬비가 내리고 있었다. 앨릭스의 얼굴에 작은 빗방울이 맺혀 있고, 머리카락도 가로등 불빛을 받아 반짝였다.
"안녕."
앨릭스가 인사했다.
"안녕."
나도 인사했다. 앨릭스가 얼굴의 빗물을 손으로 닦아내고는 말했다.
"잠깐만. 나오지 마. 비에 젖을 거야."

"아냐, 아냐. 딱 좋아. 밤이고 비도 와서 파파라치가 사진 찍기도 훨씬 어려워."

나는 마치 보이지 않는 힘에 이끌리듯이 앨릭스에게로 향했다. 앨릭스는 웃었다.

"좋은 시간 보냈어?"

"내가 다른 사람이 된 것 같아. 그 초콜릿 무스를 먹기 전으로 돌아갈 수가 없어."

앨릭스를 가볍게 때리고는 덧붙였다.

"그리고 그걸 함께 먹은 사람이 좋기도 했고……."

앨릭스가 싱긋 웃으며 말했다.

"잘됐네."

우리 가까이에 택시가 멈춰 섰고, 조금 취한 것 같은 한 커플이 내려 키득거리며 호텔로 향했다. 우리는 길을 막지 않으려고 피하며, 그늘 속으로 한 걸음 더 들어섰다.

"진심으로 놀라운 밤이었어. 정말 고마워. 솔직히 어떻게 다 표현해야 할지 모를 정도로."

"고맙긴. 그런데 레이첼이 비를 맞아도 녹아 없어지지 않는 것 같으니까. ①번. 우리 산책 어때?"

나는 곧바로 대답하지 않았다. 가로등 불빛 아래서 앨릭스의 얼굴 한쪽이 빛나고 두 눈이 반짝이고, 그의 꾸밈없는 표정이 고스란히 보이는 그 순간에 흠뻑 빠져 있었다.

"아니면…… ②번. '종일 나랑 같이 돌아다니느라고 너무 피곤하니까 여기서 서로 작별하고 레이첼은 푹신한 침대로 들어간다.'"

나는 웃으며 고개를 저었다.

"내 선택은 ③번이야. '①, ②번이 아닌 답으로 간다.'"

앨릭스가 어리둥절한 표정을 지었지만, 그가 뭐라고 말할 틈 없이 내가 다가서서 키스했다. 너무 놀란 앨릭스는 잠시 그대로 있었지만 이내 두 팔을 내 허리에 감고 마주 키스했다. 우리가 디딘 자갈 위로 촉촉히 빗방울이 떨어지고 있었다.

10

"나 왔어!"

다음 날 오후 나는 청담동 숙소 현관에서 신발을 벗으면서 외쳤
다. 닫힌 방문 너머로 몇몇의 "왔어?" 하는 인사가 희미하게 들렸
지만 아무도 나를 마중 나오지는 않았다. 놀랄 일은 아니었다. 걸
스 포레버 스케줄이 없는 일요일 아침 아홉 시였다. 나였어도 깊은
잠에 빠져 있었을 시간.

나는 당장 짐을 풀고 세탁기에 넣어야 하는 것과 드라이클리닝
해야 하는 것, 세탁해야 하는 것과 그대로 옷장에 넣어도 되는 것
을 구분해야 했다. 하지만 열한 시간의 비행과 여덟 시간의 시차로
(파리는 지금 새벽 한 시였다) 너무나 피곤했다. 만만치 않은 짐 풀기
는 잠을 잠깐 잔 다음으로 미루어도 좋겠지. 내 방으로 가는 길에

가장 가까운 욕실에서 샤워기의 물소리가 들렸고 지윤이가 쓰는 코코넛 샴푸 향이 닫힌 욕실 문 너머로도 풍겨왔다.

방문을 여니 집에 돌아왔다는 사실이 예상했던 것보다 더 좋았다. 파리에서 묵은 호텔 방은 이탈리아풍 안뜰이 내려다보이기는 했어도 내 폴라로이드 사진들이 붙은 벽도 없고, 침대 옆 탁자에 마음에 드는 페이지 귀퉁이를 접어 쌓아둔《보그》지도 없고, 데뷔오 주년 때 리지가 사준 목재 액세서리 트리도 없었다. (뾰족하게 구는 순간들이 있기는 해도 리지는 우리의 데뷔 기념일마다 모든 멤버들에게 전통적인 기념일 선물들을 해주었다. 일 주년 때는 종이로 된 선물, 이 주년 때는 면으로 된 선물 등등.) 이 방의 모든 것이 그리웠다. 책장에는 책이 아무렇게나 꽂혀 있고 무거워서 못 치운다는 구겨진 담요가 바닥에 놓여 있는, 지윤이가 쓰는 지저분한 반쪽까지도. 짐가방을 벽장에 넣어둔 다음, 이불을 걷지도 않은 채 침대에 웅크리고 누워 눈을 감았다.

얼마가 지났을까, 부엌에서 여러 명의 목소리가 들려왔다. 멤버들이 샤크슈카 냄새에 잠을 깬 듯했다. 수민이는 샤크슈카를 파는 맛있는 가게를 발견한 후, 주말마다 매니저를 시켜 배달을 시켰다. 그 냄새를 들이쉬니 배에서 꼬르륵 소리가 났다. 비행기에서 먹은 베이글로는 부족했던 모양이다. 음, 짐 풀고 잠자기는 좀 나중에 해도 되지만, 먹는 일은 나중으로 미룰 수 없지.

방에서 나와 부엌으로 가자 막 식탁 주위로 자리를 잡고 있던 멤버들이 깜짝 놀랐다. 선희는 거의 펄쩍 뛰었다.

"으앗, 언니! 나 깜짝 놀랐잖아요."

선희가 가슴을 쓸어내리고는 덧붙였다.

"잘 왔어요!"

나는 선희에게 얼른 미소를 지어 보였다.

"고마워."

"너 머리 멋지다, 수민아."

아리가 의자를 빼면서 말했다. 수민이는 '일부러 부스스하게 묶었지만 귀여운' 올림머리라기보다는 새 둥지에 가까운 머리 모양을 당당하게 하고 있었다. 너무 졸려 받아칠 말도 생각할 틈이 없는지 그저 하품하면서 아리 옆의 의자를 빼서 앉고는, 오미자차를 따랐다.

내가 수민이에게 말했다.

"맞다, 넬 크레머 패션쇼에서 받은 기프트백에 머리카락 보습이랑 엉킴 방지에 진짜 좋은 헤어 세럼이 있었거든. 쓰고 싶으면 빌려줄게."

그때 리지가 식탁 맞은편 의자에 털썩 앉으면서 이렇게 말했다.

"어휴, 야. 우리 방금 일어났어. 파리 자랑을 하더라도 좀 있다가 하면 안 돼?"

미나가 냉장고를 열어 탄산수 한 병을 꺼내면서 거들었다.

"맞아. 네가 휴가 가 있는 동안 우리는 다 일했다고."

둘의 말이 따가웠다. 그렇게까지 말해야 하나? 머리카락 관리 제품을 빌려주겠다고 말하는 것이 자랑일까? 또한 소속사에서 나를 파리로 보내준 건 걸스 포레버 스케줄이 비는 기간이었기 때문이다. 내가 없는 사이에 중요한 일정은 없었다.

"나 없을 때 다들 뭐 하고 지냈어?"

나는 좀 더 편안한 방향으로 화제를 돌려 물었다. 선희가 대답했다.

"어제 902에서 술 마셨어요."

아아, 다들 평소보다 까칠한 것도 이해가 되었다. 902의 데킬라 칵테일은 얼마나 독한지. 아마도 다들 지끈거리는 두통을 다스리고 있으리라. 나는 알겠다는 미소를 지으며 말했다.

"재미있었겠네. 내가 놓친 다른 일은 없고?"

미나가 자랑스럽게 말했다.

"난 영화 〈내가 너를 사랑했을 때〉에 조연으로 캐스팅돼서 촬영했어. 관객 수가 대박이 날 거라는 예측을 벌써 받고 있지. 그리고 제작진이 촬영 직전에 대본을 고쳐서 내 캐릭터를 조금 더 중요한 역할로 만들어주더라고. 여자 주인공이 너무 따분해서 말이지."

"너무 잘됐다!"

미나의 소식에 마음이 둥실 떠올랐다. 미나가 연기자로서의 꿈을 좇기 시작했다니 진심으로 기뻤다.

"너희 아빠도 찬성하시고?"

"아빠 허락은 필요 없어."

미나는 딱 잘라 말했지만 자랑스럽던 표정이 조금은 어두워졌다. 하지만 다시 당당한 웃음을 지으며 덧붙였다.

"어차피 그 영화에 어떤 스타들이 나오는지 알고 나서는 아빠도 허락할 수밖에 없었어."

"아, 맞다. 제이슨 오빠 나오는 영화 아니야?"

내가 물었다.

"송건우도 나오고. 송건우가 나오는 건 뭐든 주목을 받잖아. 한번은 촬영장에 송건우가 커피차를 준비해줬어. 배우랑 스태프들 힘내라고 말이야. 실제로 보면 화면 속이랑 다르게 정말 소탈해. 물론 실물은 화면이랑 똑같이 너무 잘생겼지만."

부러운 듯한 얼굴로 미나를 빤히 보던 은지가 리지 옆에 앉으며 말했다.

"나는《보그》지 촬영하기로 예정돼 있어."

"그래, 우리 다 알아, 은지야."

리지가 냉랭하게 말했지만, 은지는 대꾸하지 않고 의기양양하게 미소 지으며 야쿠르트를 집었다. 이 셋이 서로를 공격하고 있어 기분이 묘했다. 평소에는 뭉쳐서 나머지 멤버들을 공격하는 여왕벌들인데 말이다.

그런데 잠깐.

이상한 점이 있다.

은지가《보그》촬영을 한다고?

그렇다면 회사는 나에게 들어온 섭외를 그냥 거절한 것이 아니라 주인공을 나에서 은지로 바꾸어 받아들인 것이다. 도저히 믿을 수가 없었다.

"섭외 소식을 지난주에야 알았어."

마치 리지의 냉랭한 말을 못 들은 것처럼, 은지가 설명했다.

"케이 팝 아이돌이《보그》지 양면 화보의 주인공으로 등장하는 건 처음이래.《보그》에서 나를 원했다는 게 너무 신기해."

겸손하게 말하려는 은지의 시도는 거의 무의미했다.

"그래서 나 화요일에 의상 피팅하러 가."

경직된 턱과 어떤 번뜩임이 비치는 눈빛을 한 미나가 탄산수를 들고 식탁으로 왔다. 그러고는 은지에게 말했다.

"의상 얘기가 나와서 말인데, 네가 제일 좋아하는 하준 매니저가 새 몽블랑 시계를 찼더라. 왜, 롤렉스를 사는 건 너희 가족한테 너무 부담이었어?"

가끔 부모들은 그런 일을 한다. 자기 딸이 특혜를 얻기를 바라며 매니저나 비교적 낮은 직급의 소속사 임원에게 뇌물을 주는 것이다. 하지만 방금 미나처럼 과감하게 그 일을 입에 올리는 멤버는 없었다. 뭐, 그러고 보면 다른 일들에 관해서도 미나만큼 과감한 멤버는 없다. 이건 반론의 여지가 없다.

"선희도 재미난 일을 하게 됐어."

영은이가 자연스럽게 화제를 돌렸다. 그때 젖은 머리를 수건에 감싼 채 욕실에서 막 나온 지윤이도 웃는 얼굴로 선희의 옆구리를 찌르며 말했다.

"맞아! 소어 방송국에서 선희가 새 라디오 방송을 진행하게 됐어. 얘기해봐, 선희야."

선희가 붉어진 얼굴로 살며시 웃으며 말했다.

"새 라디오 토크쇼를 진행하게 됐어요. 진짜 좋은 방송이에요. 아티스트들이 자기의 창조적 원동력에 관해서 좀 더 친밀한 분위기로 이야기를 나눌 수 있는 프로그램을 만들려고 한대요."

그때 리지가 히죽 웃으며 말했다.

"너는 얼굴이 딱 라디오용이라고 내가 늘 말했잖아."

선희의 미소가 사라졌다. 그때 영은이가 손을 뻗어 선희의 팔을 살며시 쥐며 말했다.

"넌 정말 잘할 거야."

대부분의 멤버들이 선희를 대하는 태도는 둘 중 하나다. 막내기 때문에 유독 까칠하게 대하거나, 막내기 때문에 유독 감싸려 하거나. 영은이는 감정 표현이 크지 않은 편이었지만 우리의 막내에 관해서라면 엄마 곰처럼 보호 본능을 드러냈다.

"맞아. 너한테 정말 딱 맞는 기회다!"

내가 진심으로 말했다. 선희는 아주 좋은 라디오 진행자가 될 자질이 있었다. 우리 팀에서 가장 눈부신 외모로 손꼽히지는 않을지언정 매력이 넘친다. 특히 방송에서 보여주는 재미있는 성격을 사람들이 아주 좋아한다. 나는 선희가 그 점을 알길 바랐다. 멤버들의 거슬리는 말에 귀 기울이지 말고.

하지만 한편으로, 나는 그 라디오 방송에 대한 설명이 묘하게 귀에 익은 이유를 깨닫고 말았다. 상하이 파티에서 만난 소어 방송국 박 차장이 설명했던 바로 그 방송이 분명했다. 그는 우리 회사를 통해 연락하겠다고 말했지만, 그 뒤로 회사가 내게 전한 소식은 없었다. DB 엔터테인먼트의 임원들은 그 기회를 내가 아닌 선희에게 주기로 결정한 모양이었다.

선희가 그 방송을 진행하게 된 것이 진심으로 기뻤다. 하지만 회사에 짜증이 나는 것도 어쩔 수 없었다. 나에게 왔으나 회사에서 차단한 기회가 벌써 두 번째였으니. 첫 번째로는 《보그》, 다음으론 소어 방송국 라디오. 아마도 DB 엔터테인먼트에서는 특정 멤버에게 들어오는 기회도 모두 자신들이 적절하다고 생각하는 방식으로 재분배하는 모양이었다. 그게 사실이라면, 한편으론 개인 활동의 균형에 신경을 써준다는 점이 고마웠다. 팬들이 보낸 우편물만 생각해봐도, 우리는 누가 더 받고 누가 덜 받았는지에 늘 신경을 쓰게 된다. 가능한 한 같은 그룹 안에서 격차를 심하게 느끼지 않도록 하는 게 좋을 테다. 하지만 다른 한편으로는 정신이 번쩍 드는 느낌이었다. 우리가 DB 엔터테인먼트에게 모든 결정을 맡긴 처지라는 걸 실감했기 때문이다. 어떤 일을 하고 싶든, 회사의 허락이 없다면 애초에 불가능하다는 것을 말이다.

칼리가 해준 말을 떠올려 보았다. 하지만 말보다 더욱 생생한 것은 확신에 찬 칼리의 태도였다. 자신의 삶에 관해, 여러 일을 균형 있게 하는 것에 관해, 자기가 행복한 일을 하는 것에 관해. 앨릭스는 패션 일을 시작할 마음이 있느냐며 이렇게 물었다. '그 일을 하면 행복할 것 같아?'

행복할 것 같다. 그것을 나는 이제 깨닫는다.

하지만 생각을 생각 이상으로 발전시켜 나가려면 먼저 가장 중요한 사람들과 상의해야만 한다.

DB 엔터테인먼트와.

"바쁘실 텐데 시간 내주셔서 감사합니다, 대표님."

노 대표가 갈색 의자에 등을 기대고 다리를 꼬며 대답했다.

"아니다, 레이첼. 상의할 일이 있다면 언제든 환영이야."

내 머릿속을 파악하려는 듯 바라보는 안경 너머의 눈빛을 보면 그 말을 곧이곧대로 믿기가 어려웠다. 노 대표와의 일대일 대화가 아주 오랜만이다 보니 내가 서툴러졌다는 느낌이 들었다. 언제나 아슬아슬 줄을 타는 듯한 기술이 필요하다. 나는 적절한 존경심을 보이면서도 물러섬 없이 공정한 일을 요청하려 애쓰고, 노 대표는 합당하고도 너그러운 고용주의 면모를 보이면서도 누가 윗사람인지를 확실히 보여주려 한다.

"무슨 상의할 일이 있어서 왔니?"

"저만의 패션 브랜드를 만들어보고 싶어요."

나는 단도직입적으로 말했다. 이것 역시 노 대표와의 대화에서 지켜야 하는 규칙이었다. 시간을 낭비하지 말 것. 책상 밑의 내 다리가 떨리려 했지만, 되도록 꼿꼿이 앉아서 또박또박 대화를 이어나가리라 다짐했다.

"아시다시피 저는 늘 패션에 관심이 있었는데요, 최근에 파리에 다녀오면서 저한테 패션과 관련된 일을 할 잠재력이 있다는 것을 알게 됐어요. 분명히 말씀드리고 싶은 건, 제가 패션 쪽 일을 해보더라도 걸스 포레버의 멤버로서는 변함없이 최선을 다할 거라는 점이에요. 부수적인 일로서 하려는 것뿐이지 걸스 포레버와 바꾸려는 게 절대 아니에요. 미나가 연기를 하는 거나 선희가 라디오 디제이를 하는 것과 마찬가지예요."

노 대표가 너무 쉽게 거절해버릴 수 없도록 멤버들의 예를 들었다. 다른 멤버들의 개인 활동을 허가했으니 이 일도 예외가 될 순

없다.

"음……."

노 대표가 입을 열었다. 패션은 경우가 다르다고 말하려는 게 아닐까? 영화와 라디오는 같은 업계의 일이지만 지금까지 케이 팝 아이돌이 패션 브랜드를 만든 적은 없었다. 적어도 내가 아는 바로는 말이다. 꿈이 손가락 사이로 빠져나가려는 것만 같아, 나는 좀 더 큰 패를 던지기로 했다.

"은지가《보그》촬영을 하는 것과도 마찬가지고요."

던졌다.

표정에서는 드러나지 않았지만, 노 대표는 싱가포르 촬영 전에 나와 했던 대화를 떠올리고 있을 터였다.《보그》에서 온 섭외는 없다고 내게 거짓말했던 것을. 내 요청을 들어주면 생길 손해와 이익을 계산하느라 머리가 빙빙 돌아가는 소리가 들리는 듯했다. 그래, 이제 머리싸움은 그만. 내가 이 일을 진심으로 바란다는 것과 회사에도 손해가 되지 않으리라는 점을 분명히 알릴 때였다.

"그리고 제 패션 브랜드를 만든다면, 회사에 일정액의 로열티를 지불할 의사가 있어요."

앨릭스와 함께 상의하여 만든 로열티 계약서 초안을 가방에서 꺼내 내밀었다.

"제가 DB 엔터테인먼트 소속 아티스트인 동안, 제 패션 브랜드에서 생기는 매출의 일정액이 DB 엔터테인먼트로 가도록 할게요."

나는 진심을 담아 이어 말했다.

"대표님, 저한테는 걸스 포레버가 최우선이고, 그 점은 어떤 이유로도 변하지 않을 거예요. 변하는 부분이 있다면, 그건 제 브랜드가 만에 하나 성공하면 걸스 포레버의 인기에도 도움이 되고, 걸스 포레버가 더 폭넓은 사람들에게 다가가는 데도 도움이 될 수 있다는 거예요."

노 대표는 턱 아래에 손가락을 대고 생각에 잠겼다. 나는 숨을 죽였다.

나는 하고 싶은 말을 모두 했다. 노 대표의 사업적 감각에 호소했다. 회사에 확실한 재정적 인센티브를 약속했다. 우리의 목표가 상충하는 것이 아니라 같은 방향임을 알렸다.

이제 남은 건 기다리는 일뿐이었다.

그리고 바라는 일뿐이었다.

그리고…….

"그래."

노 대표가 입을 열었다.

"로열티를 제안해줘서 고맙게 생각한다. 패션 브랜드를 갖는다는 건 레이첼 너한테 어울리는 일이야. 안 될 이유가 없어 보이는구나."

두려움이 사라지며 안도의 한숨이 나왔다. 나는 고개 숙여 인사했다.

"정말 감사합니다."

"사실, 원한다면 네 브랜드를 DB 엔터테인먼트의 공식적인 자회사로 만들어도 좋을 것 같다. 그렇게 되면 우리 회사 안에서 모든 일을 할 수 있는 거지."

노 대표는 열의를 띠고 말했지만 나는 망설였다. 앨릭스가 내 스케치를 보았을 때, 나는 몹시도 자신이 없었다. 노 대표를 설득하기 위해 '성공한다면' 하고 가정했지만…… 만일 성공하지 못한다면? 엄청난 실패로 끝나고 만다면? 앨릭스에게 말했듯 패션과 디자인은 내가 편안히 노는 기분을 느낄 수 있는 영역으로 남아주길 바랐다. 소속사 아래에서 한다면 시작하자마자 '완벽'해야 한다는 압박감에 시달릴 것이다. 나는 머뭇거리지 않으려 애쓰며 입을 열었다.

"그런 제안을 해주셔서 정말 감사해요, 대표님."

나는 되도록 침착하게 말을 이었다.

"그런데 저는 회사 도움 없이 스스로 어디까지 이뤄낼 수 있는지 직접 알아보고 싶어요. 저는 이 사업에 대해서 아직도…… 아, 탐색하는 단계에 있거든요."

좀 더 정확하게는 '내가 뭘 하고 있는지도 모르는 단계'지만 그대로 말할 필요는 없으니까! 또한 이제 갓 피어난 내 꿈을 DB 엔터테인먼트의 통제에 맡기는 게 옳은지도 알 수 없다. 좋은 관계를 유지하고 싶다는 의미의 로열티는 기꺼이 지급할 수 있지만, 이 일이 DB 엔터테인먼트의 것이 아니라 나의 것으로 느껴지길 원한다.

"제가 회사 밖에서 이 일을 추진해도 괜찮을까요?"

노 대표가 미심쩍은 표정을 짓는 것을 나는 이해할 수 있었다. 내가 무슨 수로 이런 일을 성공적으로 해낼 수 있을까, 하는 생각이 드는 것이리라. 그저 재미로 해보다가 마는, 빛을 보지 못하고 흐지부지해지는 개인 활동이 되고 말 가능성도 크다. 하지만 노 대표는 감정을 드러내지 않은 채 눈을 깜박이고만 있었다.

"뭐, 안 될 이유가 없겠구나. 한 이사한테 세부 사항을 정리해 보라고 해두마. 다만, 꼭 최선을 다해줘야 한다. 그 브랜드가 DB 엔터테인먼트 하에 있지 않을지라도 너는 여전히 우리 회사 소속 스타기 때문에, 네가 하는 모든 일이 우리에게 영향을 줄 거다. 무슨 말인지 알지?"

다른 말로, '너 자신과 우리를 망신시키지 말라'는 것이다.

"그럼요. 잘 알죠."

나는 설렘과 두려움을 꼭 반반씩 품은 채로 방긋 웃었다. 노 대표에게서, 승낙을 받았다!

"제가 늘 최선을 다하는 거 아시잖아요. 이번에도 마찬가지일 거예요. 약속드려요."

그날 저녁 모두가 거실에 둘러앉아 초코파이를 먹으면서 노래 경연 방송을 보고 있을 때, 나는 광고가 나오는 틈을 타 멤버들에게 노 대표와 만나 나눈 이야기를 전했다. 모두가 숨을 들이쉬며 놀랐다. 영은이는 리모컨을 집어 텔레비전의 소리를 줄였다. 잠시 모두가 아무 말 없이 앉아만 있었다.

마침내 영은이가 말했다.

"너만의 패션 브랜드라니…… 그건 정말…… 우아."

나는 얼굴을 붉혔다. 너무나 이른 단계기 때문에 큰일처럼 보이게 하고 싶지 않았지만, 그런 일에 노 대표의 승낙을 받아냈다는 사실만으로도 얼마나 큰일인지를 모두가 알았다.

나는 말했다.

"나 정말 정말 설레. 생각나는 아이디어가 정말 많아. 그런데 또 동시에, 무섭기도 하다? 대표님이 정말로 그렇게 하라고 했다는 게 믿기지가 않는 기분이야."

미나가 천천히 고개를 끄덕이고는 담담하게 말했다.

"맞아. 이건 확실히…… 예상 밖의 일이야. 그래도 말이 된다고 생각해. 넌 가끔 보면 옷을 참 잘 입어."

선희는 흥분해서 말했다.

"맞아요! 언니는 진짜 옷이라면 거의 전문가 같잖아요! 이 일 정말 멋질 것 같아요."

"고마워, 선희야."

진심으로 크게 기뻐하는 선희가 고마웠다. 지윤이도 거들었다.

"선희 말이 맞아. 레이첼 너한테 딱 맞는 일인 것 같아."

"난 그냥 잘할 수 있길 바랄 뿐이야."

나는 이렇게 말하고 심호흡을 했다. 영은이가 용기를 주듯 고개를 끄덕인 다음 다시 텔레비전 소리를 높이려고 리모컨을 쥐었다. 그때 리지가 말했다.

"우아, 레이첼, 리얼리티 방송에다가 이인조 앨범에다가 패션 브랜드까지? 진짜 하는 일 많다. 전부 무리 없이 할 수 있길 바라."

말의 내용과 달리 비아냥처럼 들렸다.

"패션 사업 때문에 팀 활동에 지장 주지는 않는 거 맞지?"

미나가 좋지 않은 표정으로 물었다. 나의 패션 브랜드가 걸스 포레버의 활동에 미치는 영향을 가장 많이 걱정하는 사람이 있다면 바로 미나일 것이다. '한 명이 삐끗하면 모두가 나쁜 시선을 받는다'고 말하기도 했던 미나. 나의 시도는 전례가 없었고, 내가 하는 모든 일은 필연적으로 멤버들에게, 그리고 미나에게 영향을 미칠 것이다.

나는 진지하게 대답했다.

"그런 걱정은 하지 마. 나한테 걸스 포레버가 최우선인 건 변함없어. 아직까지 모르는 부분이 아주 많지만, 그 점만은 백 퍼센트 확실해."

또 한 번 모두가 조용해졌고, 조금 전보다 더 팽팽한 긴장감이 흘렀다.

수민이가 헛기침을 하고는 말했다.

"아, 맞다. 레이첼, 아까 파리에서 받아왔다고 한 모발 보습 세럼, 나 빌려도 돼?"

"당연하지."

갑자기 그 순간의 편안함도, 나를 지지해주는 모든 멤버들도 너무나 고마워져서, 나는 고쳐 말했다.

"그냥 가져도 돼."

수민이의 얼굴이 환해졌다.

"정말? 고마워!"

아리가 물었다.

"파리는 어땠어?"

수민이도 질문을 보탰다.

"맞아. 이상한 음식도 먹었어? 달팽이 요리 같은 거?"

아리가 인상을 찌푸리며 수민이에게 지적했다.

"달팽이 요리는 고급 음식이야."

"그건 나도 알아."

"이상한 음식이라며."

둘은 오래된 부부처럼 옥신각신하기 시작했고, 미나는 텔레비전 소리가 안 들린다고 불평했고, 은지는 넌더리와 애정이 반반씩 담긴 눈길로 고개를 절레절레 흔들었고, 나는 입가에 웃음을 머금었다. 새로운 일들이 우리에게 다가오고 있어도, 절대 변하지 않는 것들도 있는 법이었다.

11

중학교 일 학년 때 수학 선생님은 자기 자신에 관한 흥미로운 사실 하나씩을 한 명씩 돌아가며 소개해보라고 했다. 나는 한국에 산 지 삼 년째였고 '뉴욕에서 한국으로 이사를 왔다', '아이돌 연습생이다', '여동생이 있다' 같은 사실은 반 아이들 대부분이 이미 잘 알았다. 게다가 열네 살은 또래보다 더 멋지고 더 어른스러워 보이는 말을 해야 한다고 느끼는 법이다. 이를테면 민디는 여름방학 때 귓바퀴에 피어싱한 사실을 말했고, 최아라는 생일에 비욘세 콘서트를 스탠딩석에서 본 사실을 말했다. 말할 차례를 초조하게 기다리며 앉아 있던 나는 갑자기 지금까지 한 모든 일이 (흥미로운 일뿐 아니라 몽땅) 기억에서 사라져버리는 것을 느꼈다. 〈달^{Dal} 티브이〉 토크쇼 녹화를 위해 세트에 앉아 있는 지금도 그때와 똑같은 경험을 하고 있었다.

그때까지의 녹화는 아주 순조로웠다. 진행자는 내가 가장 좋아하는 토크쇼 진행자 중 한 명인 류대현이었다. 그는 재미있고 다정했으며, 언제나 우리를 편하게 만들어주고 웃겨주었다. 하지만 때로는 진지한 질문을 던지기도 했다. '케이 팝이 어떻게 세상을 바꿀 수 있을까요?', '중요하게 생각하는 자선 활동이나 사회 운동으로 어떤 게 있나요?' 등. 그래서 오늘 그가 "자, 걸스 포레버 여러분, 마지막 질문을 드릴게요"라고 했을 때, 나는 깊이 있는 질문이 나올지도 모르겠다고 생각하며 조금 더 꼿꼿이 앉았다. 하지만 내 생각과는 달랐다.

"각자 자기 자신을 한 단어로 표현한다면? 네, 선희 씨, 딱 한 단어여야만 해요!"

진행자는 웃었고, 카메라는 이미 자신을 변호하려고 입을 벌린 선희를 비추었다. 선희는 오늘 녹화에서 계속 말이 많은 멤버로 지목받았다. 진행자는 선희가 숨을 들이쉬지 않은 채 얼마 동안 이야기를 계속하는지 시간을 재보기도 했는데, 육십칠 초가 나왔다. 웃음이 가라앉고 나자 진행자가 말했다.

"좋아요, 한 단어로 자기 설명하기, 시작!"

"열정적이다."

미나가 말했다.

"솔직하다."

지윤이가 말했다. 사실이기도 하고 전략적인 대답이기도 했다. 싱가포르에서 찍힌 사진에 관한 나쁜 보도의 영향을 만회하려고 지윤이는 아직도 노력하고 있었다.

"귀엽다!"

선희가 이렇게 말하며 두 손을 뺨에 대자 진행자가 웃음을 터뜨렸다. 이렇게 멤버 한 명 한 명이 자기 몫의 이야기를 한 뒤 다음 사람에게로 마이크를 넘겼다. 그사이 나도 모르게 집중력을 잃은 나는 수민이가 팔꿈치로 옆구리를 찌르고 마이크를 건넸을 때 정신이 퍼뜩 들었다.

"자, 레이첼. 자기를 표현하는 단어 하나를 골라보겠어요?"

나는 입을 벌렸다가 다시 다물었다. 이를 어쩌지. 나는 그때까지 앨릭스와의 어젯밤 영상 통화 데이트를 생각하고 있었다. 우리는 유튜브로 밥 로스 그림 강의를 보며 각자의 그림판에 따라 그리기를 했고, 엉망진창 우스운 결과물들이 나왔다. 머릿속으로 그 시간을 떠올리고 있던 나는 자신을 묘사하는 한 단어 생각해내기를 잊고 말았다.

어서 생각해보자, 레이첼.

그냥 한 단어를 골라. 아무 단어라도 좋아. 삶을 좌우하는 어마어마한 순간이 아니라 그저 즐겁게 수다를 떠는 토크쇼 촬영일 뿐이야. 그런데 질문은 왜 이렇담? 자신을 한 단어로 표현할 수 있는 사람이 어디 있을까. 아, 그렇다면…….

"규칙에 얽매이지 않는 사람."

나는 네 단어를 손가락으로 하나하나 꼽아가며 이 문장을 말했다. 사실 이건 아이러니한 답이었다. 우리 팀에서 규칙에 가장 얽매이는 사람이 아마 나였을 테니까. 나는 누군가를 불편하게 만드

는 것도, 소속사에 밉보일 만한 일을 하는 것도 끔찍하게 싫어했
다. 하지만 파리에서 칼리가 한 말을 생각했다. 가끔 규칙을 깨뜨
리는 것도 괜찮다고. 그래야 삶의 여정이 재미있어지는 거라고.

"오오오, 이제 보니까 레이첼이 걸스 포레버의 반항아였네요!"

진행자가 나를 향해 손가락을 흔들며 말했다. 나는 어깨를 으쓱
하며 '제가요?' 하듯 순진한 미소를 지었고, 토크쇼는 마무리가 되
었다.

촬영이 끝난 뒤 분장실로 간 우리는 각자의 물건을 챙겨 숙소로
돌아갈 준비를 했다. 각자 자신의 가방을 향해 직행했다. 영은이는
크로스백에서 단순한 디자인의 허브 립밤을 꺼내 입술에 바르고,
방송국 스튜디오의 조명 때문에 피부가 너무 건조해졌다고 불평
했다. 리지는 샤넬 퀼트백에서 모노그램 장식이 있는 휴대용 거울
부터 꺼내, 화장이 얼마나 잘 유지되어 있는지를 살폈다. 분장실
저편에서 이미 불룩한 캔버스 토트백에 넣을 물건들을 챙기고 있
는 지윤이가 탁자 위에 널브러진 휴지와 알레르기 약을 집어 들었
다. 이런 모습들을 보니, 누가 오늘의 토크쇼 진행자에게 말해주었
으면 좋겠다는 생각이 들었다. 걸스 포레버 멤버들을 제대로 알고
싶다면 각자의 가방에 무엇이 있느냐고 물으면 된다고. 그러면 '한
단어'로 표현하기보다 훨씬 더 정확하게 우리를 파악할 수 있을 거
라고.

거기에서 문득 근사한 아이디어가 떠올랐다.

지난 몇 주 동안 나는 내 브랜드에서 내놓을 첫 컬렉션의 초점,
방향성, 혹은 주제를 찾아 헤맸다. 하지만 생각나는 것은 죄다 (계

절! 무지개! 동물!) 독창적이지 않거나 철 지난 아이디어처럼 느껴졌다. 더 중요한 것은 출시할 상품의 종류였다. 칼리와의 대화를 바탕으로, 나는 패션계에 첫발을 디딜 때는 소품 몇 가지로 작게 시작하는 것이 좋겠다고 결론 지었다. 하지만 어떤 종류의 소품으로 할 것인가 하는 중요한 부분이 여전히 빈칸으로 남아 있었다. 신발? 선글라스? 시계?

하지만 답은 이미 찾기 쉬운 곳에 있었다. 왜 이제야 깨닫게 되었을까? 시작은 가방이어야 한다. 여성의 가방은 가장 개인적인 패션 소품 가운데 하나다. 꼭 필요한 물건들은 담는 곳이기 때문이다. 내 발렌시아가 가방을 생각해보자. 그 가방이 그렇게 특별한 이유 중 하나는 패션에 대한 나의 열정, 앨릭스와의 만남이라는 의미를 지니게 되었기 때문이다. 이처럼 사람들에게 어떤 의미로 자리할 수 있는 가방을 디자인하고 싶다. 삶의 어떤 순간에 꼭 맞는 가방을 발견하는 경험을 선사하고 싶다.

갑자기 내 브랜드의 첫 가방 컬렉션이 생생하게 떠올랐다. 내 삶의 중요한 순간들을 영감으로 삼아 가방을 만들어보자. 뉴욕에서 보낸 어린 시절, 연습생으로 스카우트되어 한국으로 왔던 시절, 연습생 시절, 걸스 포레버의 첫 투어 등등……. 물론 그 순간들은 영감으로 작용할 뿐, 나만이 아니라 모든 사람에게 어필할 가방을 만들어야 한다. 하지만 나의 추억들과 이어져 있다는 점은 내가 창조적 열정을 쏟아내는 데 도움이 될지도 모른다. 그래서 언젠가는 나의 가방도 길을 걷다 쇼윈도 너머로 만난 한 여성에게 삶의 작은 전환점을 선사할 수 있지 않을까? 그때부터 그 가방은 그녀의 기억과 경험을 담아낼 수 있지 않을까?

나는 분장실 한 구석 메이크업 의자에 놓아둔 내 가방 앞으로 돌진했다. (지키는 사람 없이 발렌시아가 가방을 내버려두는 것이 두려워, 오늘 촬영에는 예전부터 쓰던 끌로에 가방을 가지고 왔다.) 휴대폰을 꺼내 앨릭스에게 문자를 보냈다. 패션 액세서리 분야 인맥의 연락처를 좀 줄 수 있느냐고 물었다.

> 앨릭스: 물론이지. 몇몇 사람과 연락하게 도와줄 수 있어. 그럼 브랜드의 출발을 어떤 방향으로 할지 결정한 거야?
> 나: 응! 드디어 아이디어가 생각났어. 내가 찾던 아이디어.
> 앨릭스: 잘됐다! 혹시 고양이용 눈길 부츠야? 꼭 그랬으면 좋겠다. (이모티콘—옮긴이)
> 나: ㅋㅋㅋ집에 가서 영상 통화 하자. 연락처 고마워!
> 앨릭스: 도움이 되어서 기뻐.

"다들 잘 있었죠?"

내가 휴대폰을 집어넣은 순간 분장실에 들어와 인사하는 한 이사였다. 모두 그에게 인사말을 외쳤다. 한 이사가 나를 보았다.

"아, 내가 찾던 사람이 저기 있네."

그가 성큼성큼 다가와 내 등을 토닥이곤 말했다.

"레이첼, 패션 브랜드와 관련된 계약서가 다 마련됐으니까 오늘 자정 안으로 메일함에 도착해 있을 거예요."

"감사합니다. 보자마자 검토하고 서명하도록 할게요."

"좋아요. 아, 그리고 영은 씨한테도 할 얘기가 좀 있어요."

한 이사가 영은이에게 손짓했다.

"네, 저요?"

영은이의 목소리에 기대가 담겨 있었다.

"부모님 빵집에서 파는 케이크팝을 전부 폐기해줘야겠어요. 콘서트 응원봉 모양으로 만든 그 제품 말이죠. 우리는 걸스 포레버 응원봉 저작권을 사용해도 좋다고 승인한 적이 없어요. 오늘 안으로 그 제품 판매를 중지해줘야겠어요. 그러지 않으면 법적 문제가 생길 수 있어요."

"법적 문제요? 그냥 케이크팝인데요!"

영은이는 이렇게 말했지만 한 이사에게 따져 물은 스스로에게 놀라 눈이 커졌다.

"그러니까 폐기하기도 어렵지 않겠네요, 그렇죠?"

"네, 그렇죠……."

영은이는 제자리걸음을 하듯 불안하게 서서 말했다.

"그런데 제가 베이킹하는 걸 보여주는 유튜브 채널을 만들고 싶다고 말씀드린 건 검토해보셨어요? 제가 만들 만한 동영상의 대본도 벌써 좀 써봤는데……."

유감스럽다는 듯한 미소를 지으며 한 이사가 말했다.

"미안하지만 회사에서 그건 안 되겠다고 결정을 내렸어요. 우리 회사 아이돌 중에 유튜브 채널을 개설한 아이돌은 여태 없었어요."

영은이가 나를 한 번 쳐다보았다가 한 이사에게 조심스럽게 말했다.

"그래도 여태 패션 브랜드를 만든 아이돌이 없는 것도 마찬가지 잖아요."

이제 모든 멤버들이 나를 보고 있었다. 나는 배신당한 기분이 들었다.

"그건 약간 다른 문제거든. 우리 회사가 소속 아이돌 그룹 멤버들한테 굿즈로 의류를 판매하게 해준 일은 전에도 있었어요. 그래도 자유 시간에 재미로 하는 베이킹은 앞으로도 계속해줬으면 좋겠어요. 그건 케이크팝 문제와는 별개로, 회사 입장에서도 전혀 문젯거리가 될 게 없으니까."

괜한 생색처럼 들리는 말이었다. 하지만 영은이가 입을 열기도 전에 한 이사는 우리에게 손을 흔들고는 문 쪽으로 향했다.

"그럼 가야겠네요. 또 봅시다."

모두가 잠시 말이 없었다. 그러다 지윤이가 손목시계를 확인했다.

"앗, 곧 차 도착하겠다."

영은이는 한숨을 쉬고는 말했다.

"다들 먼저 가. 나중에 숙소에서 보자. 난 먹어 치워야 할 케이크팝이 좀 있어서 말이야."

12

"와, 언니, 그 색깔 진짜 예쁘다!"

나와 나란히 안락의자에 앉은 레아가 내 발톱에 네일 아티스트가 칠해주고 있는 복숭앗빛 펄 매니큐어를 보며 감탄했다. 나는 라임색으로 칠한 레아의 발톱을 보며 말했다.

"나도 너처럼 쨍한 색을 선택할걸 그랬나봐."

"아냐. 그 색이 훨씬 더 언니 스타일이야. 품격 있고 우아하……."

"저, 방해해서 미안하지만……."

목에 헤드폰을 두른 채 우리를 내려다보고 선 감독의 모습에 나는 펄쩍 놀랐다.

"미리 안내해 드리는데요, 페디큐어가 다 끝나면 모두 다음 촬영 장소로 이동할 거예요."

그래, 우리 둘이 데이트를 하는 것이 아니었다.

리얼리티 방송을 촬영하고 있었다.

우리 앞에서 계속 돌아가는 카메라가 있어도 레아와의 대화에 빠져들다 보면 촬영 중이란 사실을 쉬이 잊게 되었다. 솔직히 우리끼리의 평범하고 일상적인 시간을 사람들이 방송으로 시청할 거라는 게 좀 이상하게 느껴졌다. 팬들이 우리를 좀 더 친밀하게 느낄 수 있는 방송이 되면 좋겠지만, 절반쯤은 좀비가 된 기분으로 촬영하고 있는 내가 기대를 충족시킬 수 있을지 자신이 없었다.

사월은 리얼리티 방송을 촬영하고 내 브랜드를 가장 기본적인 부분부터 준비하는 일로 바빴다. 브랜드의 이름을 '레이첼 K.'라 짓기로 했다. 제작 업체들과 만나 회의를 하고, 내 브랜드를 취급해 줄지도 모르는 유통사에 홍보 전화도 하고, 디자인 스케치에도 많은 시간을 할애했다. 지금까지 쓰지 않던 창조적 근육들을 쓰는 건 짜릿하게 설레는 동시에 엄청나게 긴장되는 일이었다.

그 사이 미나는 다음 달 말 개봉을 목표로 서둘러 제작하고 있는 영화 〈내가 너를 사랑했을 때〉의 언론 홍보 활동에 참여했고, 선희는 라디오 프로그램의 첫 녹음을 마쳤다. 은지는 《보그》 촬영 이후 모델 일을 두 건 더 하게 되었고, 아리는 뮤지컬 〈위키드〉 서울 프리뷰 공연에 매진했다. 또한 영은이는 부모님의 카페에서 판매해 손님들의 발길을 이끌 (그리고 DB 엔터테인먼트의 승인을 받은) 새로운 제과 메뉴 개발에 애쓰느라 바빴다.

걸스 포레버 멤버들이 저마다 꿈꾸던 일을 해나가는 것은 기쁜 일이었으며, 멤버 개개인의 목표에 이만큼 시간을 투자할 수도 있게 된 우리의 위치를 실감하며 기분이 묘하기도 했다. 걸스 포레버가 최정상에 올라 있는 덕분에 우리는 공연과 공연 사이에 좀 더 긴 휴식기를 가질 수 있었다. 휴식기가 길어질수록 우리가 다시 무대에 섰을 때 팬들이 보여주는 반응은 더 뜨거웠다. 올가을 우리가 LA 무대에 설 때 앤에버들은 또 얼마나 열광적인 응원을 보내줄까!

발가락 사이가 붙지 않게 스펀지를 낀 채 우리는 뒤뚱뒤뚱 건조기로 걸어갔다. 자리에 앉았을 때 내 휴대폰에서 메시지 알림음이 들렸고, 나는 화면을 보며 싱긋 웃었다.

"뭘 보고 그렇게 웃어?"

"아, 그게……."

나는 카메라가 아직 돌아가고 있다는 사실을 기억하고는 이렇게 말했다.

"…… 아빠한테서 문자가 와서."

레아가 재미있다는 듯한 미소를 지었다.

"응, 알았어."

카메라가 위치한 곳을 슬쩍 확인했다. 오늘은 어깨에 카메라를 맨 촬영기사 한 명뿐이었는데, 거기서는 내 휴대폰 화면이 보일 수 없었다. 나는 휴대폰을 기울여 레아에게 메시지를 보여주었다.

앨릭스: 지금 펫샵 앞을 지나가고 있는데, 갑자기 턱시도 고양이한테 완벽한 이름이 생각났어. 아르마니, 아니면, 아르마냥?

나: 그만해애. 앨릭스네 집안은 왜 그렇게 고양이를 좋아해? 고양이 알레르기 있다고 하지 않았어?

앨릭스: 엇, 사람은 누구나 고양이를 안으면 눈이 가렵고 목이 따가운 거 아니었어? 이런, 나 큰일이네.

나: 고양이한테 집착 그만. 그리고 썰렁한 농담 그만!

앨릭스: 지금 뭐 하고 있어? 나는 런던에 돌아왔고, 시간은 새벽 세 시야. 따분한 보고서를 잔뜩 들여다보면서 매운맛 치토스를 먹고 있고, 이걸 같이 먹을 누군가가 있었으면 좋겠다고 생각하고 있었어.

앨릭스: 같이 먹을 고양이가, 내 말은.

나: 뭐?! 나 매운맛 치토스 진짜 좋아해!

나: 여긴 오전이야. 페디큐어 받고 있어. 딱 매운맛 치토스 색이야.

나는 키득거리며 웃었고 레아는 우리의 문자 내용을 보고 눈을 흘겼다, 다정하게.

"하여튼 둘 다 이상하다니까. 물론 좋은 방향으로."

또 한 번 알림음이 울렸다.

앨릭스: 그리고, 보고 싶다.

나: 나도…… 혹시 조만간 서울에 구두장이를 만나러 올 계획은 없어?

앨릭스: 방법을 찾아볼게. 어딜 가든 레이첼을 주머니에 쏙 넣고 돌아다니는 기분도 너무 좋지만, 2D가 아니라 3D로 보고 싶다. (이모티콘 - 옮긴이)

레아가 강아지 같은 눈빛으로 나를 보며 말했다.

"우아, 정말 사랑한다."

나는 자칫 매니큐어가 번질 정도로 몸이 흔들리지는 않게 살며

시 레아를 밀며 눈치를 주었다. 레아가 내 의도를 얼른 알아채고
는 덧붙였다.

"…… 아빠는! 아빠는 언니를 참 사랑한다니까."

우리는 새어 나오는 웃음 참기에 실패했다.

감독이 "컷"을 외치더니 촬영기사에게 보조 영상이 충분히 촬영
된 것 같다고 말했다. 촬영기사가 장비 정리와 철수를 시작하자마
자, 나는 레아를 마주 보고 좀 더 마음 편히 말했다.

"그런데 요즘 아빠한테서 밤늦게 문자가 와. 이것 좀 봐."

나는 메시지 화면을 죽 내려서 레아에게 보여주었다.

"으으, 안 볼래. 그건 TMI지!"

레아가 괜히 더 싫은 척을 하며 눈을 가렸다. 나는 레아의 어깨
를 찰싹 치고는 말했다.

"'진짜' 아빠한테서 말이야."

"아, 그거? 아빠가 요즘 다시 야근 시작했거든."

레아는 그런 아빠가 불만스럽다는 표정을 지었다.

"언니도 아빠 알잖아. 무슨 일 하나 시작하면 멈출 줄을 모르는
거. 게다가 다음 주에 개점까지 앞두고 있어서……."

"개점?"

"에이펙스."

내가 어리둥절한 표정으로 눈만 깜박거리자 레아가 덧붙였다.

"종합 체육 센터. 아빠 새 일자리. 난 아빠가 언니한테도 말한
줄 알았어."

뭐라고? 아빠가 이제 다른 일을 한다고? 나는 아빠가 여전히 미

나 아빠의 회사에서 법무를 맡고 있는 줄로만 알았다. 레아는 내가 놓친 일들을 다 이야기해주었다. 아빠가 서울에 새로 생기는 최첨단 헬스장 겸 스파 '에이펙스'의 법무를 담당해달라고 제안 받았고, 자신의 법무 경력과 첫사랑인 스포츠를 합친 일을 할 수 있는 그 기회를 받아들였다고 했다. 나는 이렇게 큰 도약을 어떻게 나만 모르고 있었을까 하는 생각에 빠졌다.

아빠와 몇 주 전 잠시 대화를 나누었지만, 핸드백 제작 팀에서 걸려온 전화 때문에 아빠와의 전화를 끊어야 했다. 그때 아빠가 이 일에 관해 언급했던가? 최근 아빠가 보낸 늦은 밤 문자들의 내용은 이전과 같았다. '라디오에서 너희 노래 나오더라! 우리 능력 있는 딸 생각이 났지!' 같은 메시지에 하트 이모티콘, 엄지 이모티콘, 이유를 알 수는 없는 유니콘 이모티콘 등이 딸려 있었다. 에이펙스나 아빠가 새로 맡은 책임에 관한 말은 하나도 없었다. 하지만 그저 내가 말할 기회를 주지 않았기 때문인지도. 나는 그 메시지들에 따로 답을 하지 않거나 손쉬운 '좋아요' 누르기로 마음을 표시하곤 했는데, 그것에 대해 가슴 아픈 죄책감이 들었다.

내 표정을 읽은 레아가 말했다.

"걱정하지 마. 아빠는 언니가 얼마나 바쁜지 다 알아."

하지만 바쁜 건 레아도 마찬가지였다. 데뷔한 지 얼마 되지 않은 아이돌로서 나만큼이나 바쁜 삶을 살았지만, 레아는 엄마 아빠에게 일어나는 일들을 잘 알았다. 단체 숙소가 아닌 집에서 함께 사는 덕분에. 하지만 나의 경우 레아가 이렇게 소식이라도 전해주지 않았다면 지금보다 더 소원해졌으리라는 생각에 가슴이 조였다.

"그래. 나 대신 아빠 잘 살펴줄 수 있지?"

나는 레아에게 부탁했다. 그러고는 우리 둘의 셀카를 또 한 장 찍어 아빠에게 보내고, 하트 이모티콘을 백만 개쯤 함께 보냈다. 그리고 가능한 한 빨리 엄마 아빠를 직접 보러 가겠다고 다짐했다.

이십 분쯤 뒤 발톱이 충분히 마른 우리는 점심 식사 장소로 이동하기 위해 준비했다.

"언니……."

함께 나란히 옷에서 마이크를 떼어 음향 기술자에게 건넨 레아가 갑자기 제 휴대폰을 보며 나를 불렀다.

"……혹시 지금 언니 팀 연습 시간이야?"

"응? 아니야. 왜?"

레아가 휴대폰 화면 속 사진을 보여주었다. 여덟 멤버 모두가 맨 앞의 아리를 중심으로 모여 서서, 손가락으로 브이와 하트를 만든 채 포즈를 취하고 있었다. 그 아래에는 '연습 전 후다닥 셀카 한 장! 이제 노래 좀 불러볼까?'라는 아리의 글이 딸려 있었다.

이게 도대체 무슨 일일까? 레아의 손에서 휴대폰을 빼앗아 들고 사진을 확대했다. 분명 우리 회사의 연습실이었고, 분명히 오늘 찍힌 사진이었다. 아침에 내가 집을 나설 때 아리는 사진 속과 똑같이 줄무늬 티셔츠를 입고 로즈골드색 로켓 목걸이를 하고 있었다. 나는 지금까지 단 한 번도 연습에 빠진 적이 없었다. 걸스 포레버는 이제 발표했던 곡들의 무대를 처음부터 끝까지 한두 번 연습해보는 것으로도 충분했기 때문에 전처럼 잦은 연습을 하지 않았다. 큰 행사가 있기 전이나 신곡을 준비할 때만 연습 일정이 잡혔다. 일정표에 연습시간이 명시되어 있는데 내가 못 본 것일까? 어떻게 이런 일이 일어날 수 있을까? 회사가 우리 팀 연습이 있는 날에 내 리얼리티 방송 촬영을 잡았을 리가 없는데.

"매니저한테 전화해야겠다."

나는 내 휴대폰을 집어 들었다.

"여보세요?"

종석이 휴대폰 너머로 대답했다.

"종석 오빠, 지금 멤버들이 연습을 하는 것 같아요. 오늘 연습이 잡혀 있었어요?"

"아니, 원래 일정에 없었어. 아마 애들이 자체적으로 연습을 해야겠다고 판단했나봐. 뭐 다른 부탁할 일은 없고?"

"네, 잠시만요."

나는 송화구를 막고 레아에게 말했다.

"일정에 없던 연습이래."

내 표정을 본 레아가 물었다.

"언니, 거기 가고 싶어?"

나는 갈 필요가 없었다. 하지만 멤버들이 나 없이 연습을 잡았다는 사실이 찜찜했다. 그저 내가 방송 촬영으로 바쁠 것을 알기에 알리지 않았을 수도 있었다. 하지만 그것만은 아닌 것 같다는 직감이 들었다. 나도 연습실에 가야만 한다는 직감 말이다.

"가보는 게 좋을 것 같아."

나는 레아에게 말했다. 하지만 촬영이 남아 있어 문제였다. 스태프들이 화를 낼 터였다. 그런데 레아가 내 생각을 읽은 것처럼 말했다.

"내가 시간을 벌어볼게. 생리통이 있어서 잠시 누워 쉬어야겠다고 감독님한테 말해봐야겠다. 그런 얘길 꺼내면 되게 어색해할 타입인 것 같아. 시간이 얼마나 필요할 것 같아? 한 시간? 두 시간?"

"잘 모르겠어. 도대체 무슨 일인지도 모르겠어."

"가서 확인하고 알려줘."

나는 레아를 껴안았다.

"정말 고마워, 레아."

"사랑해!"

레아는 함박웃음을 지어 보였다가 금세 아파 죽겠다는 듯 얼굴을 일그러뜨린 채 배를 잡았다.

"제가 몸이 좀 안 좋아서요……."

앉아 있는 감독에게 다가가며 레아가 말했다. 저렇게 연기를 잘할 줄이야. 지금까지 수많은 한국 드라마를 보면서 연기 실력도 얻게 된 모양이었다.

나는 페디큐어를 망치지 않으려고 조심하면서 부츠를 신었고, 다시 종석에게 전화를 걸었다.

"지금 나 좀 회사로 데려다줄 수 있어요?"

종석이 회사 앞에 나를 내려주자마자 나는 연습실로 직행했다.

내가 급히 들어가자 멤버들이 놀란 얼굴로 나를 보았다.

"레이첼, 난 네가 우리를 잊은 줄 알았어."

미나가 허리에 두 손을 짚고 말했다. 잊은 줄 알았다고? 어떻게 듣지도 못한 일을 잊을 수가 있을까. 잠깐, 혹시 멤버들이 내게 말했던가?

"안 잊었지. 나 얼마나 놓친 거야?"

나는 조심스럽게 말했다. 그러자 영은이가 대답했다.

"우리 방금 시작했어."

리지가 눈을 가늘게 뜨며 내게 말했다.

"나타나줘서 고맙네. 아무리 더 중요한 일정이 있다고 해도 이렇게 늦는 건 습관이 되지 말았으면 해."

나는 리지의 말에 숨은 가시를 모른 척하며 고개를 저었다.

"나한테 우리 팀보다 더 중요한 일은 없다는 거 알잖아. 자, 연습 계속하자. 시간 더 허비하지 말고!"

멤버들이 '그래, 그래' 하며 동의했고 우리는 보컬에 초점을 맞추어 연습을 시작했다. 이곳까지 오느라 숨이 차 첫 몇 소절은 힘들었지만, 이후로는 모두 매끄럽게 불렀고 새로운 화음도 편안히 소화했다. 이 연습을 놓치지 않은 것만으로도 마음이 놓였지만, 연습이 끝난 후에도 혼자 남아 놓친 연습 시간을 만회하기로 했다. 다른 멤버들이 연습실에서 나가 자판기로 향할 때, 선희가 남아서 내게 말했다.

"너무 오래 남아 연습하지 마세요, 언니. 우리 금방 숙소로 돌아갈 것 같아요. 같이 갈 거죠?"

"레아랑 촬영하러 다시 가봐야 해. 진짜 빡빡한 일정이야."

나는 피곤하다는 듯 고개를 저으며 말했다.

"그러게요. 저도 오늘 연습할 줄 몰랐어요."

선희가 어깨를 으쓱하고는 이어 말했다.

"리지 언니가 오늘 아침에 화음 부분이 불안하다면서 연습실을 예약했어요. 그런데 뭐, 걱정할 필요 없이 잘하는 것 같아요."

나는 잠시 눈만 깜박거렸다. 리지가 그랬다고? 리지는 가장 뛰어난 보컬 중 한 명이고 지금까지 화음을 불안해한 적도 없는데…….

"그런데 내가 리얼리티 방송 촬영하는 건 다들 알았잖아. 일정표에 올라가 있었어."

리지가 내 일정을 알면서도 연습을 잡은 이유를 알아내고 싶은 마음으로 말했다. 선희는 또 한 번 어깨를 으쓱하고 대답했다.

"리지 언니가 요즘 이런저런 일이 많았어요. 그래서 언니 일정을 잊은 게 아닐까 싶어요."

리지가 잊었을 리는 없었다. 내가 동생과 촬영을 시작한 후부터 리지가 던져온 가시 돋친 말들이 생생했다. 제 동생을 우리 회사로 데려올 수 없었다는 데 여전히 불만을 품은 것 같았다.

나는 선희를 보내고 악보를 정리하기 시작했다. 나는 리지의 여동생 에스더가 케이 팝 아이돌이 아니라는 이유로 내 리얼리티 방송을 포기하지는 않을 것이다. 영은이가 응원봉 모양 케이크팝을 못 만들게 되었다는 이유로 내가 패션 브랜드 설립을 포기하지 않는 것과 마찬가지다. 내가 라디오 진행 기회를 얻지 못했기 때문에 선희가 라디오를 포기해선 안 되는 것과 마찬가지다. 우리의 개인 활동은 뭐랄까, 각자의 일이다. 우리 중 누군가가 실패했을 때 비웃어서는 안 되는 것과 마찬가지로, 우리 중 누군가가 성공했을 때 방해하려 해서도 안 된다.

리얼리티 방송 촬영장으로 돌아가려고 회사 로비로 내려갔을 때, 리지에게 메시지를 보낼까 고민했다. 하지만 얼굴을 보고 해야 하는 종류의 대화 같았다. 우리는 결국 이 문제를 해결할 수 있으리라. 그럴 수 있을 때까지 한 가지 사실은 분명하다. 내가 그 어느 때보다도 일에 집중해야 한다는 것. 다른 멤버들이 '갑자기' 잡은 일정이 없는지를 매일 아침 매니저에게 확인하는 일이 그 집중에 포함된다면, 나는 기꺼이 그렇게 할 것이다.

그날 밤 집에 도착한 나는 곧바로 이불 속으로 들어가 여름까지 나오지 않고 싶은 심정이었다. 레아의 기지 덕분에 몇 시간을 벌어 걸스 포레버의 연습에 참여한 뒤 리얼리티 방송을 마저 촬영했고, 그 후 앨범 작업을 위해 녹음 스튜디오로 오라는 소속사의 연락을 받았다. 지금까지 레아와 나는 회사가 제안한 여러 듀엣곡들을 불러 보았지만, 나는 아직 내가 만든 곡, 미나의 도움으로 재완성한 그 곡을 회사에 들려줄 용기를 내지 못했다. 오늘 우리는 몇몇 유명한 노래들을 녹음해보라는 지시를 받았다. 솔직히 말하자면 그다지 순조로운 녹음은 아니었다. 나는 아직도 갑자기 연습이 추가된 일의 여파로 기분이 좋지 않았고, 회사 임원들은 계속해서 상반된 지시를 내렸다. 언제는 원래의 노래에서 너무 벗어난다고 야단을 쳤다가 금방 또 예상대로만 불러 따분하다고 지적했다.

발소리를 죽여 숙소로 들어갔을 때, 내게 드는 단 하나의 생각은 어제 빨래를 해두길 너무나 잘했다는 것이었다. 갓 세탁한 포근한 잠옷을 입고 잘 수 있을 테니.

내가 방으로 들어가 침대 옆 램프를 켰을 때 이미 잠들어 있던 지윤이가 잠기운 가득한 눈을 뜨고 말했다.

"레이첼이야? 으으, 몇 시야? 너 뭐 해?"

나는 살며시 말했다.

"늦었어, 계속 자."

잠옷으로 갈아입고, 끽끽 소리를 내지 않으려 애쓰며 연 옷장에 체크무늬 재킷을 걸던 나는 순간 그대로 굳어버렸다.

내 발렌시아가 가방이 보이지 않았다.

나는 그 가방을 언제나 이 벽장의 위쪽 선반에 보관해두었다. 그래서 이렇게 문을 열면 그 아름다운 파란 가죽이 보여야 했다. 하지만 지금은 내가 입지 않는 구겨진 모스키노 티셔츠와 반쯤 빈 탐폰 상자만이 보였다. 그대로 바닥에 무릎을 꿇은 나는 스카프와 신발을 담아둔 상자까지 옮기면서 정신없이 옷장 안을 뒤졌다. 내가 분명히 여기 둔 그 가방이 어디로 간 걸까!

지윤이를 쳐다보았다. 눈을 감고 있었지만 다시 잠에 빠졌는지는 알 수 없었다. 나는 속삭였다.

"지윤아. 혹시 내 가방 어디 있는지……."

"아이씨, 레이첼!"

지윤이가 짜증이 서린 눈을 천천히 깜박였다.

"이렇게 늦게 올 거면 최소한 사람 깨우지는 말아야 할 거 아냐."

지윤이는 나를 등지도록 돌아눕고 머리에 베개를 얹은 다음 덧붙였다.

"그리고 불 좀 꺼줄래?"

지윤이에게 연민이 들었다. 몇 달이 지나긴 했지만 남자 친구와의 원치 않았던 이별과 가십 기사로 느낀 모욕감 때문에 지윤이는 여전히 힘들어하고 있었다. 내가 자는 줄 알고 베개를 적시며 훌쩍거리는 날들도 있었다. 내가 지윤이의 입장이었다면 잠을 자면서 쉬는 밤은 '그나마 조금이라도' 기분이 나아질 수 있는 유일한 시간이었을 것이다. 그러면서도 동시에 나는 지윤이의 어깨를 잡고 흔들어 깨워 사라진 발렌시아가 가방에 관해 아는 것이 있냐고 추궁하고 싶었다. 숙소 안을 돌아다니며 문을 두드리고 불을 켜서 묻고 싶었다. 누가 왜 그 가방을 가져갔는지, 나만 빼고 연습을 하려던 꿍꿍이는 무엇이었는지 알아낼 때까지.

하지만 한밤중에 소동을 일으키기에는 내가 너무나 지쳐 있었다. 신체적으로도, 정신적으로도.

나는 불을 끄고 방에서 빠져나와, 앨릭스에게 전화를 걸었다. 지금은 문자만으로 대화할 수가 없었다. 신호음이 두 번째 갔을 때 앨릭스가 전화를 받았다.

"여보세요?"

"나야."

나는 복도 벽에 등을 기대고 바닥에 주저앉아 속삭였다. 앨릭스가 곧바로 물었다.

"왜 그래? 무슨 일 있지?"

"어떻게 알았어?"

"목소리 듣고 알았지. 꼭 이요르 같았어."

힘없는 웃음이 튀어나왔다. 나는 앨릭스에게 '갑자기 잡힌' 연습 사건과 발렌시아가 가방이 없어진 일을 털어놓았다. 창피하게도 말하다 목이 메고 눈이 축축해졌다. 나는 훌쩍이며 말했다.

"미안해. 그냥 이 모든 게 갑자기 너무 힘들어. 작업이랑 리얼리티 방송 촬영이랑 내가 원해서 하는 패션 브랜드 준비가 점점 너무 버거워. 이 좋은 기회들을 얻고도 불평을 하는 건 배부른 소리 같아서 그럴 수가 없는데, 점점 주체가 안 되는 기분이야. 하루가 끝나면 그냥 쉬고 재충전하고 싶은데, 여덟 명과 한집에서 살다 보면 그것마저도 보장되지 않을 때가 있어. 집에서 살던 때가 그립고 엄마 아빠가 보고 싶어. 같은 도시에 사는데도 마지막으로 엄마 아빠 얼굴을 본 게 언제인지 모르겠어."

나는 긴 숨을 들이쉬며 눈물을 닦았다.

"미안해. 너무 많은 걸 털어놨네."

"감정을 털어놓은 걸 미안해하지 마, 레이첼. 그리고 너무 많은 일을 겪은 게 맞네. 그런데 내 의견을 말해도 될까? 레이첼의 가방을 말없이 가져간 건 작은 일이 아니야. 그리고 레이첼이 연습을 게을리하는 것처럼 보이도록 수를 쓰는 것도 '절대' 작은 일이 아니야. 그건 정도가 지나친 거야, 레이첼."

앨릭스가 말하니 너무나 자명한 사실처럼 들렸다. 잘못된 일들이 맞았다. 하지만 다시 칼리의 조언을 떠올려 보았다. 이런 일도

'다툼'일까? 아니면 '미움'의 영역에 있는 걸까? 멤버들은 그저 무심한 걸까, 아니면 의도적으로 나를 상처 주려는 걸까?

"괜찮을 거야. 아마 다 한 사람이 그런 것 같아."

이렇게 말하면서, 나는 리지를 생각했다. 리지는 언제나 공격적이었다. 어쩌면 미나보다 더욱. 적어도 미나의 경우 대체로 자기나 주변 사람들에게 너무 높은 잣대를 들이대기 때문에 매몰찬 행동이 나오는 것이라는 판단이 들었다. 반면 리지의 경우, 그저 지나친 옹졸함 때문이라고밖에는 느껴지지 않았다.

나는 앨릭스에게 말했다.

"팀 전체가 그러는 건 아냐. 누가 그랬는지 알아내서 이야기를 나누면 아마 나아질 거야."

"확실해?"

"응."

나는 이렇게 답했지만 실은 확신할 수 없었다.

"오늘 밤엔 뭐 할 거야?"

앨릭스가 던진 좋은 질문이었다. 오늘 밤 나는 뭘 하지? 너무 지친 나머지 머리가 돌아가지 않아, 합리적인 결정을 내릴 수조차 없을 것 같았다. 나는 조용히 물었다.

"선택지를 좀 제시해줄 수 있어?"

앨릭스가 다정하게 답했다.

"물론이지. ①번. 허리케인처럼 숙소 안을 돌아다니면서 멤버들을 깨워 답을 얻어낸다."

또 한 번 내게서 물기 어린 웃음이 튀어나왔다.

"②번. 침대로 들어가서 지윤이의 코 고는 소리를 신경 쓰지 않으려고 애쓴다. ③번. 오늘 밤만 호텔에 체크인해서 휴식다운 휴식을 취하고 머리를 비운다."

나는 부드럽게 대답했다.

"고마워. ③번이 완벽한 답 같아."

"잘됐네. 왜냐하면 내가 방금 파크 하얏트 호텔에 네 방 하나를 예약했거든."

앨릭스의 목소리에 웃음이 묻어 있었다.

"나를 아주 잘 안다고 생각하시나봐."

나는 말했다. 끔찍한 기분을 겪은 밤이었지만, 놀랍게도 나 역시 웃음을 짓고 있었다. 앨릭스는 그토록 나를 잘 알았다.

어쩌면 세상 그 누구보다도.

생각하면 무서워진다. 우리가 이렇게 빨리, 이만큼이나 가까워질 수 있었다는 점이. 문자메시지와 전화로만 관계를 이어온 것도 솔직히 한몫했을 것이다. 문자로만 만나니 나는 머리 모양이 괜찮은지 걱정할 필요도, 영화관에서 팝콘을 독차지할까봐 걱정할 필요도 없었다. 직접 만나는 데이트에서 흔히 그렇듯이 지나치게 의식하는 일 없이, 온전히 나다울 수 있었다. 휴대폰 화면이라는 방패 덕분에 나는 좀 더 쉽게 솔직해질 수 있다. 지금도 그렇다. 마스카라가 녹아내리고 콧물이 흐르는 채로 깜깜한 거실에 앉아 있으면서도 그저 안전하다는 기분이 든다. 나는 앨릭스를 사랑한다.

잠깐. 뭐라고?

도대체 어디서 밀고 들어온 생각이란 말인가? 하지만 마치 나와는 별개인 양, 머릿속이 제멋대로 '나는 앨릭스를 사랑해, 나는 앨릭스를 사랑해' 하고 되풀이하고 있다. 하지만 진심일 리 없다. 그럴 수가 없다. 그게 가능할까? 고작 두 달밖에 알고 지내지 못했는데. 내가 젤매니큐어와 맺은 관계가 그보다 길 터인데.

(절대 진심이 아닌) 그 말을 실수로 앨릭스에게 내뱉어버리기 전에 전화를 끊어야 했다. 또 한 번 앨릭스에게 고마움을 전한 뒤 전화를 끊고, 나는 묵직하게 두근거리는 마음을 진정시키려 애썼다. 그런 다음 살금살금 방으로 돌아와 편한 운동복으로 갈아입고, 잠옷과 세면도구 세트를 가방에 넣어 현관으로 향했다.

호텔에 체크인하고 깨끗이 씻은 후 침대에 눕자, 완전히 탈진된 기분이었다. 너무나 피곤했다. 다 빠져나가고 껍데기만 남은 느낌. 불을 끄려는 순간, 휴대폰에서 신호음이 울렸다.

앨릭스: 다 됐어?

나: 포근하고 편안하고, 잘 준비가 됐어. 앨릭스한테 고맙다는 인사를 직접 할 수 있으면 좋을 텐데. 홍콩에 살지 참. 이유가 뭐랬지?

앨릭스: 아시아의 경제적 허브기 때문이라고 말할 수도 있겠지만, 사실은 내가 좋아하는 소꼬리 수프 카페 때문이야. 그걸 먹기 위해서라면 화성에서도 살 수 있어.

나: 그렇구나…….

앨릭스: 내 말을 곧이곧대로 믿지 마. 직접 와서 먹어보고 판단해. 레인 크

로포드 백화점에서 레이첼의 브랜드를 좀 더 알아보고 싶대. 오월 둘째 주
에 홍콩으로 올 수 있겠어, 레이첼?

침대 밖으로 뛰쳐나간 나는 소리 없이 비명을 지르고 펄쩍펄쩍
뛰었다. 그야말로 대단한 일이었다. 지금까지 내 브랜드 제품을 판
매하겠다고 나선 곳은 한국의 백화점 한 곳뿐이었다. 내 가방을 해
외에도 선보이는 일은 생각조차 하지 못했다.

어쩌면 사업상의 기회보다 앨릭스를 직접 만날 수 있다는 사실
에 더 신이 나는지도 몰랐다. 그가 사는 곳으로 가는 것이다. 어쩌
면 그의 친구들도 만나게 되지 않을까? 지금까지 제 삼의 지역에
서만 만났다. 둘 다 여행자로서 방문했던 싱가포르와 파리에서 말
이다. 앨릭스가 사는 곳에서 함께 시간을 보낸다는 건 한 단계의
커다란 진전 같았다. 그 사실이 설레는 만큼 두렵기도 했다.

심호흡을 하자, 레이첼. 들이쉬고, 내쉬고.

나는 침대에 다시 앉아, 내가 그리로 가는 것이 얼마나 위험한
일인지를 상기했다. 홍콩은 무자비한 파파라치가 많기로 악명 높
은 곳이다. 하지만 제대로 된 사업적 명분을 가지고 간다면 우리
둘의 사진이 찍힌다 해도 해명할 수 있을 것이다.

별일 아니라는 듯, 나는 메시지를 입력했다.

나: 가능한지 스케줄을 확인해볼게.

나: 그리고 매운맛 치토스를 준비해줘.

13

사방에 스팽글이 떨어져 있었다. 말 그대로 '온갖 곳'에.

우리는 유월 합동 콘서트에서 부를 신곡 〈미드나이트 프리즘 Midnight Prism〉의 의상을 미리 입고 치수를 조정하고 있었다. 의상 콘셉트가 꽤 멋졌다. 우리는 멋지고 우아한 까만색 드레스를 입고 무대에 나선다. 그러다가 후렴에 이르면 드레스의 옆 부분을 열어, 홀로그램처럼 무지개색으로 반짝이는 스팽글 미니 원피스 차림으로 변신할 것이다. 가장 어두운 밤에도 색채와 기쁨이 솟아날 수 있다는 의미를 시각적으로 보여주면서 말이다. 나는 어깨끈 없는 보랏빛 미니 원피스를 입었고, 스타일리스트가 옷매무시를 확인하는 동안 전신 거울로 내 모습을 훑어보았다. 스팽글이 조금 느슨하게 달려 있어서 움직일 때마다 조금씩 발 위로 떨어져 내렸다. 앞으로 며칠 동안은 있으면 안 될 곳들에서도 이 보랏빛 스팽글들을 발견할 듯했다.

내 오른쪽에서는 아쿠아블루 스팽글 미니 원피스를 입은 리지가 줄자로 허리둘레를 재고 전체적인 치수도 조정받고 있었다. 어제부터 줄곧 '갑자기 잡힌' 연습 사건을 해결할 방법을 고민해온 나는 리지에게 그 이야기를 해보고 싶었다. 하지만 적절하게 이야기를 꺼낼 방법을 알 수 없었다.

어젯밤 이후 내 뇌세포를 몽땅 차지한 또 다른 문제는 머릿속에서 밀어내버렸다. 내가 앨릭스에게 품었거나 품지 않은 어떤 감정이라는 문제는 말이다. 일흔다섯의 여인이 내 가슴 밑 반짝이는 천에 핀을 꽂고 있는 지금 생각하기에는 너무 버거운 주제였다.

재봉사는 내 치수 메모를 마친 뒤, 다시 내 옷으로 갈아입어도 좋다고 말했다. 하지만 나는 그러기 전에, 리지와의 대화라는 모험을 해보기로 했다.

"리지야."

리지는 내게 몸을 돌리느라 핀에 옆구리를 찔려 얼굴을 찌푸렸다. 나는 어색하게 말을 계속했다.

"저기…… 에스더는 어떻게 지내나 궁금하더라. 너희 자매는 진짜 친하지? 동생이랑 떨어져 있는다는 게 얼마나 어려운지 나도 알아."

나는 연습 일을 단도직입적으로 묻지 않기로 했다. 리지가 실제로 새로운 화음에 자신이 없었을 가능성도 있었다. 또한 설사 리지가 정말로 나를 따돌리고 연습을 하려 했대도, 지나간 일을 캐기보다는 문제의 원인을 알아내는 쪽이 낫다고 생각했다.

　내 질문에 리지는 잠시 눈만 깜박이다 이렇게 물었다.

　"너도 안다고?"

　내가 천천히 고개를 끄덕이자 리지는 말했다.

　"재미있네. 넌 리얼리티 방송 촬영하느라고 매주 하루에 열네 시간씩 동생이랑 붙어 있으면서 어떻게 알까."

　아뿔싸, 그 부분을 생각하지 못했다. 나는 리지의 말을 수긍하며 나와 레아가 참으로 운이 좋은 것 같다고 말했다.

　"더 거슬러 올라가도 그렇지. 너는 연습생 때도 숙소로 들어와 동생을 못 보고 사는 게 아니라, 집에서 동생이랑 같이 살았잖아."

　이번에도 리지 말이 옳았다. 연습생 시절의 일에 아직도 불만을 품었다는 점이 놀랍기는 했지만 말이다. 요즘 레아와 규칙적으로 만나서 보내는 소중한 시간을 당연하게 생각한 것이 부끄러워, 나는 얼굴이 붉어졌다. 리지와 공감대를 나눌 수 있으리라 생각했지만 사실 나는 리지보다 훨씬 운이 좋은 입장이었다.

　사과하고 리지에게 느끼는 연민을 좀 더 잘 전해보려고 입을 벌렸지만, 리지가 재단사에게 말했다.

　"끝났어요?"

　재단사가 고개를 끄덕이자 리지는 그대로 그 자리를 떴다.

　"리지 부모님이 이혼하신대."

　주황색 스팽글 원피스를 입은 수민이가 다가와 말했다.

　"그래서 리지 여동생이 특히 힘들어하나봐."

　나는 고개를 획 돌려 은지와 함께 소파에 앉은 리지를 쳐다보았다. 왜 내게 말하지 않았을까. 아무것도 몰랐던 나는 레아와의 촬영을 마치고 숙소로 돌아가면 그 촬영이 어땠는지, 그 방송이 시작되기를 엄마 아빠가 얼마나 기다리고 있는지 따위를 떠들곤 했다. 내가 얼마나 재수 없는 아이 같았을까.

"그냥 좀 멀리서 지켜봐줘. 그럼 괜찮을 거야."

수민이는 말했다. 마음 같아선 당장 다가가 사과하고 싶었지만 나는 조언을 따르기로 했다. 수민이의 말대로 지금은 다가가지 않는 것이 리지를 위하는 일일 수도 있었다.

메이크업 의자에 앉아 잡지를 보던 영은이가 외쳤다.

"어, 다들 이것 좀 봐."

영은이는 잡지를 돌려서 우리 모두에게 보여주었다.

"〈엔터테인먼트 데일리〉에서 팬 투표를 했는데 걸스 포레버가 팔십육 퍼센트를 받았대."

모두가 모여들어 직접 확인했다. 선희가 얼굴을 찌푸리더니 말했다.

"팔십육? 그건 성적으로 하면 B도 안 되는 거잖아요."

"시험 점수 같은 게 아니잖아, 바보야."

어이없다는 표정으로 이렇게 말한 미나가 영은이의 손에서 잡지를 가져갔다.

"후보였던 걸 그룹이 스무 팀이 넘었어. 이 위를 한 팀은 표의 구 퍼센트밖에 못 받았고……."

"아이고, 안되셨어, 버터스카치."

미나의 어깨 너머로 보던 지윤이의 한마디였다.

"……나머지 팀은 전부 일 퍼센트 미만의 표를 받았어. 우리가 압도적으로 일 등인 거야."

이렇게 말한 미나는 우쭐한 표정을 짓고는 우리에게 잡지를 건넸다.

내 눈은 빠르게 순위 목록을 훑었다. 목록의 아주 아래쪽에 아카리의 팀, 틴밸런타인이 고작 0.03퍼센트의 표를 받은 것으로 올라와 있었다. 나는 잡지를 수민이에게 건넸다. 그저 재미로 하는 팬 투표처럼 보일지라도, 소속사들은 이런 기사를 진지하게 받아들인다. 적수가 없는 일 위를 한 걸스 포레버 외에도, DB 엔터테인먼트의 아이돌 그룹이 여덟 팀이나 더 십 위권 안에 들어 있었다. 아카리가 속한 JVC의 아이돌 그룹은 순위에 네 팀뿐이었고, 그마저도 모두 하위권이었다. 며칠 동안 JVC의 내부 분위기가 날카로우리란 짐작이 들었다. 아카리에게 힘이 될 수 있도록 문자라도 보낼 수 있었으면 좋겠지만, 지난 오 년 동안 우리 사이는 완전히 끊어져버려 나는 아카리의 현재 전화번호조차 알지 못했다.

수민이가 큰소리로 잡지 기사를 읽었다.

"'리지의 독무 부분이 늘 차원이 다르도록 멋져서 걸스 포레버가 좋아요.-멜버른에 사는 클레어', '리지가 제 최애의 자리를 위협해요. 미안해, 은지야!'"

은지가 팔꿈치로 슬쩍 리지를 밀고, 리지는 미소를 지었다. 리지는 장난스럽게 은지의 엉덩이를 톡톡 치며 말했다.

"걱정하지 마, 은지야. 다들 아직도 너 예쁘다고 난리야."

은지는 슬며시 웃었고, 영은이도 은지에게 말했다.

"이번에 한 은색 머리가 진짜 예뻐. 너 너무 섹시해. 〈왕좌의 게임〉에 나오는 칼리시 같아."

《보그》화보 촬영을 하고 돌아온 은지는 너무나 근사한 은빛 웨이브 진 머리 스타일로 바뀌어 있었다. 변신한 은지를 보니 그 촬영을 내가 했으면 좋았으리라는 질투로 잠깐 가슴이 쓰리기도 했다. 하지만 오늘 아침 리지와 이야기를 나눈 뒤, 갖지 못한 기회를 안타까워하기보다는 가진 기회에 고마워해야 한다는 것을 기억하게 되었다.

그것을 기억하게 된 덕분에, (그리고 파크 하얏트 호텔에서 체온을 조절해주는 대나무 섬유 이불을 덮고 푹 잔 덕분에) 발렌시아가 가방이 사라진 옷장을 마주한 상처가 조금은 아물어 있었다. 여전히 가슴이 좀 답답하기는 했지만 말이다. 그 가방이 내게 어떤 의미인지를 멤버들이 전혀 모른다는 사실도 깨달았다. 어떻게 알겠는가. 멤버들을 그 가방 역시 수많은 팬 중 한 명에게서 받은 비싼 선물인 줄로만 알았을 테고, 나는 그렇지 않다고 설명해준 적이 없다. 아마도 누군가가 묻지 않고 빌려 갔을 것이다. 우리끼리 그러는 건 처음이 아니었다. 하지만…… 적어도 그 가방이 어디에 있는지는 알고 싶었다. 나는 날카롭게 들리지 않도록 신경을 쓰며 말했다.

"저기, 내 발렌시아가 가방 본 사람 있어? 내 방에 있던 그 가방이 없어졌어."

노란색 미니 드레스의 캡 소매를 거칠게 만지작거리며 높디높은 프라다 통굽 신발을 신던 아리가 물었다.

"팬이 선물한 그 파란 가방 말이야? 난 못 봤는데."

멤버들에게 진실을 털어놓는 일을 잠시 고민해보았다. 그 가방이 어느 팬이 아니라 나와 가까운 중요한 사람이 준 선물이란 것을 말해버릴까? 하지만 앨릭스와의 사이는 이제 막 시작된 소중한 것이었다. 우리 스스로도 무엇이라 규정하지 못한 사이. 그러니 멤버들에게 선뜻 이야기할 수가 없었다. 앨릭스의 존재를 멤버들에게 이야기해버리면, 그렇게 우리 사이를 맘 편하게 생각해버리면, 우주가 작당하여 우리를 떨어뜨려 놓을지도 모른다는 생각마저 들었다. 몇 주 후 홍콩에 도착한 나를 상상하기만 해도 매번 심장이 뛸 정도의 두려움을 느꼈다.

다른 멤버들도 그저 어깨를 으쓱하고 고개를 저을 뿐이었다. 은지는 내게 말했다.

"너 파리에 갈 때 그 가방 가져가지 않았어? 공항에서 분실됐을 수도 있겠다."

짜증이 목까지 솟아올랐다. 파리에 다녀온 뒤로도 최소한 세 번은 사용했으니 멤버들도 볼 수밖에 없었다. 은지 본인도 고작 이틀 전에 그 가방의 태슬 달린 지퍼 손잡이를 보며 예쁘다고 말했다. 아무리 생각해도 멤버 중 한 명이 가져갔다고밖에는 볼 수 없었다. 가방에 발이 달려 옷장에서 걸어 나갈 수는 없으니 말이다. 하지만…… 파리에서 저녁을 먹으며 칼리가 해준 말이 맴돌았다. 바로 다툼과 미움을 구분하라던 말. 어젯밤 우리가 미움의 영역에 발을 디뎠다고 생각했던 나는 이제 조금 다른 생각이 들었다. 그 가방을 가져간 멤버가 누구든, 내가 큰일이 난 듯 찾아다니는 동안에는 모두의 앞에서 털어놓기가 어려울 거란 생각이 말이다.

앨릭스는 내 정신 건강을 우선시해야 한다고 조언했다. 그 말은 옳았다. 하지만 레아가 말없이 내 물건을 쓸 때는 큰일로 받아들이지 않는 내가 어째서 멤버들에겐 다르게 반응하는 걸까? 피가 섞이진 않았지만 어떤 의미에서는 멤버들도 나의 자매인데 말이다. 레아와 나 같은 자매 사이가 드물다는 것을 안다. 우리는 거의 싸우지 않는다. 나는 그 이유 중 하나가 우리의 나이차 때문이라 생각한다. 나이차가 크다 보니 친구 문제건 좋아하는 사람 문제건, 서로의 영역을 침범하지 않게 마련이었다. 나와 우리 멤버들처럼 서로 비슷한 나이대였다면 레아와 난 아마 훨씬 더 많이 다투며 자랐을 것이다. 평범한 자매 사이가 그런 것이니 말이다. 미워하는 사이가 아니라, 그저 다투는 사이.

나는 큰 숨을 한 번 더 쉬고는 말했다.

"알았어. 그럼 집 안 어딘가에서 그 가방이 보이진 않는지 다들 신경 써서 봐주면 정말 고맙겠어."

"알았어."

리지가 아쿠아 블루 미니 원피스를 옷걸이에 걸어두고 발망 청바지를 입으면서 대답했다.

"그럴게."

영은이도 대답했다.

뭐, 지금으로서는 이 정도가 최선이었다. 핀으로 고정한 보라색 미니 원피스를 벗고 흰 캐시미어 스웨터와 까만 미니 스커트로 갈아입는 사이에 스팽글 한 줌 정도가 내 발치에 우수수 떨어졌다. 오늘 아침, 나는 호텔에서 일찍 일어나 멤버들이 아무도 깨지 않았을 때 숙소로 돌아왔다. 모두가 전날 밤 준비해둔 아침 식사용 오트밀을 가지러 터덜터덜 부엌으로 향할 때, 나는 이미 옷을 갖춰 입고 의상 피팅을 하러 올 준비가 끝나 있었다.

우리가 피팅룸에서 나가려 하고 있을 때, 여자 매니저 한 명이 들어오더니 나에게 다가왔다.

"레이첼, 대표님이 피팅 다 마치면 대표실에서 좀 보자고 하시네요."

"헐, 혼날 일 생겼나봐."

지윤이가 마치 교장실로 호출을 받은 학생에게 하듯 장난스레 말했다. 나는 어이없다는 듯 가볍게 반응했지만, 속으로는 가슴이 조였다. 정말 야단이라도 맞게 되는 걸까? 패션 브랜드에 관해 노 대표의 생각이 벌써 바뀐 것은 아닐까? 아니, 그런 생각은 그저 지나친 걱정인지도 몰랐다. 지난번에 한 이사에게 호출을 받았을 때는 레아와 함께 리얼리티 방송을 찍겠느냐는 제안을 받지 않았던 가. 좋은 일일 수도 나쁜 일일 수도 있었다.

"금방 갈게요."

매니저는 고개를 끄덕이고 서둘러 노 대표의 사무실로 향했다. 나는 재빨리 옷차림을 마저 정돈하고 피팅룸에서 나왔다. 직접 마주하기 전에는 무슨 일인지 알 수 없었다.

노 대표의 사무실로 들어서자마자 알 수 있었다.

나쁜 일이라는 것을.

노 대표의 딱딱히 굳은 표정으로 보아, 또한 한 이사까지 대표실로 와서 뒷짐을 쥐고 왔다 갔다 하는 것으로 보아 나쁜 일이 분명했다. 내가 대표실로 들어가자 한 이사는 걸음을 멈추었다.

나는 고개 숙여 인사했다.

"안녕하세요, 노 대표님, 한 이사님."

"앉아라."

표정과 같은 목소리로 노 대표가 말했다. 나는 자리에 앉고 두 손을 포개어 무릎에 얹었다. 아무도 말이 없는 견디기 힘든 시간이 잠시 흘렀다. 숨 막힐 듯 긴장된 분위기 탓에 내 어깨에 잔뜩 힘이 들어갔고, 근육이 뭉쳐지는 것이 실시간으로 느껴지는 듯했다.

"어젯밤에 호텔에서 묵었나요?"

마침내 한 이사가 던진 질문에 나는 눈만 깜박거렸다. 조금도 예상하지 못한 당황스러운 질문이었기 때문이다. 나는 천천히 대답했다.

"네, 그랬어요."

"파크 하얏트 호텔의 프런트 직원이 그 사실을 《리빌》에 제보했어요. 레이첼이 숨겨둔 남자 친구를 만나러 거기에 갔다는 소문이 퍼지고 있어요."

순간 너무 놀라 심장이 목까지 솟아오른 듯했지만, 얼굴에 고스란히 드러내지 않으려 애썼다. 회사 임원보다는 동료처럼 느껴질 때도 많은 한 이사에게서 이런 말을 들으니 어쩐지 노 대표에게서 듣는 것보다 더 괴로웠다. 젊은 한 이사의 얼굴에는 냉정하게 다문 입과 싸늘한 눈빛뿐, 친절함의 기색은 사라지고 없었다. 한편 노 대표는 조용했다. 나를 매처럼 날카롭게 쳐다보고 있었지만 그 표정을 읽을 수가 없었다. 다시 노 대표와의 체스 게임을 시작해야 할 때였다. 나는 조심스럽게 표정을 관리했다. '젠장, 임원들이 앨릭스에 관해서 알고 있나?'가 아니라 '이게 도대체 무슨 소리야?' 하는 것처럼 보이도록 애썼다. 그저 사실이 아니라고 말하면 되었다. 남자 친구를 만나러 호텔에 간 것이 아니라고 단언할 수 있었다. 실제로 앨릭스는 그 호텔에 없었고, 앨릭스는 내 남자 친구가 아니니까. 우린 서로를 남자 친구와 여자 친구라고 규정한 적이 없었다. DB는 사귀는 사이처럼 보이는 증거 사진이 없다는 이유로 지윤이에게 남자 친구가 있음을 인정하지 않았다. 나도 그때처럼 대응하면 되는 것이었다. 그런데도 내가 교묘하게 위기를 모면하고 있다는 기분이 드는 것은 어쩔 수 없었다.

"말도 안 돼요."

애써 더 당당한 목소리를 내며 나는 말했다.

"호텔에 혼자 갔어요. 호텔에 간 건 앨범 녹음이 너무 늦게 끝나서, 숙소에 돌아가 애들을 깨우고 싶지 않아서였어요."

진실의 전부는 아니지만 대부분이었다. 나는 실제로 몹시 늦은 시간에 사옥에서 나갔다. 노 대표와 한 이사도 잘 아는 사실이었다. 두 사람도 거의 새벽 두 시까지 우리와 함께 녹음실에 있었기 때문이다. 숙소로 돌아온 뒤 잃어버린 가방 때문에 괴로워했다는 사실은 이들에게 말할 필요가 없었다.

여전히 나를 간파하려는 듯한 노 대표의 시선이 느껴졌다. 나는 마른침을 꿀꺽 삼켰다.

"네 말이 사실이라 해도 그 행동이 대중의 눈에 어떻게 보일지 알았어야지."

그는 차갑게 이어 말했다.

"이만큼 이 업계에 있었으면서 그 정도도 몰라서야 되겠니. 네가 한 일은 이기적이고도 분별없는 행동이었다."

나는 무릎을 내려다보았다. 노 대표의 말은 틀리지 않았다. 이 업계가 어떻게 돌아가는지 잘 아는 나였다. 다시 앨릭스가 떠올랐다. 내가 혼자 호텔에 묵었다는 이유만으로도 남자 친구를 알아내겠다고 혈안들이라면, 앨릭스와 같은 도시에 머무르게 될 때는 어떻게 해야 하나? 홍콩에서 만나는 우리를 매체들이 그냥 둘까? 지윤이와 남자 친구의 일이 나와 앨릭스의 일이 되게 할 수는 없다. 함께 사진이 찍힌다면 설사 특별한 사이처럼 보이지 않아도, 우리 관계는 끝에 이를지 모른다. 그리고 앨릭스와의 사이가 알려진다면 그건 나만의 일이 아니라 걸스 포레버의 이미지에도 해가 되는 일이다. DB 엔터테인먼트의 이미지에는 말할 것도 없고. 조금 전 잡지에서 보았던 팬 투표 순위가 떠올랐다. 걸스 포레버는 지금 두말할 나위 없이 가장 사랑받는 케이 팝 걸 그룹이다. 팬들은 높은 기준으로 우리를 바라보았고, 우리는 늘 그 기준을 충족시켰다. 나는 그 누구도 실망시키고 싶지 않다. 걸스 포레버 멤버들도, 회사도, 팬들도. 눈을 들어 노 대표를 마주 본 나는 수치심으로 얼굴을 붉힌 채 말했다.

"죄송합니다, 대표님. 다시는 이런 일이 없게 하겠습니다."

노 대표는 단호한 표정으로 고개를 끄덕이고 말했다.

"네가 이런 실수를 할 줄은 몰랐다, 레이첼. 오늘은 경고만으로 넘어가겠지만 이런 일이 또 생긴다면 용납할 수가 없다. 알겠니?"

"네, 대표님."

"이제 가봐라."

일어서서 대표실을 나가려던 나는 어젯밤에 생긴 또 다른 일이 생각났다.

"그런데 말씀드릴 일이 하나 있어요. 홍콩의 레인 크로포드 백화점에서 제 브랜드에 관심을 보이고 있어요. 그래서 몇 주 후에 홍콩에 가서 레인 크로포드 측과 만나 회의를 하면 좋겠습니다. 제 일정에 홍콩 출장을 추가할 수 있을까요?"

노 대표는 놀란 듯 두 눈썹이 올라갔다. 내 브랜드로 회사 이미지에 좋은 영향을 미치겠다는 약속을 지켜나가고 있는 나에게 안심하는 것도 같았다.

"그래, 문제가 되지 않을 것 같구나. 네가 패션 사업에 진지하게 임하는 걸 보니 기쁘다."

나는 뿌듯함에 빙그레 웃고는 고개 숙여 인사했다.

"감사합니다, 대표님."

내가 대표실을 나가기 직전, 노 대표가 말했다.

"아, 그리고 레이첼, 이건 잊지 말았으면 한다."

나는 멈추어 서서 돌아보았다.

"모두가 널 믿고 있어. 우릴 실망시키지 마라."

14

'우릴 실망시키지 마라.'

이 말이 몇 주째 머릿속에서 되풀이되는 사이, 선선한 공기 속에서 재킷을 입기 좋은 사월이 지나가고 도시의 가로수에 꽃이 피기 시작하는 오월 초가 되었다. 서울에서 가장 아름다운 달 중에 하나인 오월, 그 봄의 숨결 속에서 나는 디자인의 영감이 샘솟았다. 꽃무늬! 파스텔 색상! 시어서커 소재!

하지만 이런 설렘과 홍콩 출장에 대한 기대 속에서도 고요한 걱정이 이어졌다. 레인 크로포드 백화점과의 미팅이라는 대단한 기회를 완벽하게 진행시켜야만 했다. 나는 세 시간 반의 비행 시간 내내 간추린 대본 형식으로 레이첼 K.를 소개하는 글을 쓰고 다듬었다.

홍콩 국제 공항에 도착했을 때, 앨릭스가 공항에서의 빠른 탈출을 준비하며 차 안에서 나를 기다리고 있었다. 미디어의 타깃이 아닌 앨릭스를 따라오거나 알아보는 사람은 없을 것이라고 판단했지만 앨릭스는 '어떤 상황에든 대비되어 있다'고 말했다. 그게 무슨 뜻인지는 정확히 알 수 없었지만 말이다. 나는 커다란 선글라스를 쓰고 평범한 야구모자도 눌러 썼다. 더욱 안전을 기하기 위해, 앨릭스는 주차장에 차를 대고는 차의 위치를 내게 문자로 알려주었다. 나는 앨릭스의 차를 찾아가 조수석에 올라탄 다음, 선글라스를 살짝 내려 백미러를 확인하며 물었다.

"따라온 사람 없지?"

"그런 것 같아."

이렇게 대답한 앨릭스가 나에게로 고개를 돌리고는 싱긋 웃으며 인사했다.

"안녕?"

"안녕?"

나도 마주 보며 싱긋 웃었다. 앨릭스가 콘솔 너머로 몸을 숙이며 다가왔고, 우리는 키스했다. 우리 사이에 어떤 에너지가 흘렀다.

"줄 거 있어."

입술을 떼었을 때, 앨릭스가 내 몸 앞쪽으로 손을 뻗어 글로브 박스를 열었다. 거기에서 꺼낸 건 스티커 리본이 붙어 있는 매운맛 치토스 한 봉지였다. 나는 웃음이 터졌고, 한 번 더 앨릭스에게 입을 맞추고는 말했다.

"우아, 서비스가 좋은데요. 우버 이용자 평가 점수에 확실히 도움이 되겠어요."

나는 내 야구모자가 벗겨져서 떨어진 것을 깨달았지만 얼굴에서 미소를 거둘 수가 없었다. 무슨 상관이람. 마음 한구석에선 이 주말을 몽땅 이 주차장의 어둠 속에서 보내고 싶어졌다.

우리는 주차장에서 빠져나가 도로로 들어섰다.

갑자기 뭔가가 획 움직이는 것이 백미러로 보이는 듯해 앨릭스와 나 모두 그쪽을 쳐다보았다. 결국 우리는 주차장에서 벗어나 도착 터미널 밖에 있는 픽업 구역으로 나갔다. 그런데 공항 출구 앞에서 차를 기다리던 사람 중 몇몇이 우리 뒤쪽에 주차되어 있던 한 밴을 향해 달리기 시작했다. 그중 한 명은 배낭 속에서 카메라를 꺼냈다.

세상에! 이 자들은 무슨 마술사라도 되는 걸까. 나는 기겁하며 말했다.

"앨릭스, 위장 파파라치야!"

"젠장. 혹시 모르니까 일단 피하자. 안전띠 매, 레이첼. 운전이 좀 거칠지도 모르니까."

내가 서둘러 안전띠를 매는 동안 앨릭스는 차를 몰아 여러 차량 사이를 빠져나갔다.

놀랍게도 그 밴은 곧바로 우리를 따라왔고, 급커브로 차량 사이를 요리조리 움직이며 붙어왔다.

"젠장, 젠장. 우릴 따라와!"

앨릭스가 가속 페달을 더 세게 밟아 속도를 높였다. 우리가 차선을 자꾸 바꾸며 달리자 다른 운전자들이 화를 내며 빵빵거렸다.

심장이 거세게 뛰었다.

앨릭스가 말했다.

"걱정하지 마. 나 운전 굉장히 잘하니까."

몸을 틀어 뒤를 보니 밴은 아직도 우리를 바싹 쫓고 있었다.

"점점 가까워져!"

앨릭스가 차의 터치스크린을 눌러 전화를 걸었다. 누구인지 모를 그 상대방은 신호가 가자마자 받았다.

"앨릭스?"

"어, 대니얼. 상황 보이지?"

"어, 보여."

나는 물었다.

"누구야?"

"내 친구. 이런 일이 생길까봐 차를 따로 끌고 같이 와줬어. 우리 뒤 빨간색 혼다 보이지?"

나는 우리를 따라오는 승합차에만 시선이 빼앗긴 나머지 빠른 속력으로 달려오고 있는 빨간색 차를 이제야 발견했다. 파파라치의 승합차보다 조금 앞서 있었지만 거의 막상막하였다.

"계획대로 할까?"

대니얼의 물음에 앨릭스가 대답했다.

"그래, 계획대로 해. 레이첼, 꽉 잡아."

전화는 끊기고 앨릭스는 고속도로에서 벗어나 국도로 접어들었고, 대니얼의 차와 파파라치의 차 역시 교통 신호 따위는 무시하고 우리를 따라왔다. 나는 차 안의 손잡이를 꽉 잡고 매달렸고, 심장은 세차게 뛰고 이마에는 땀이 맺히기 시작했다. 이 모든 일이 너무나 무서우면서도 혈관 속 높아진 아드레날린에 조금은 짜릿한 것도 사실이었다. 나중에 레아를 만나면 자동차 추격전을 했다고 이야기를 풀어놓겠지! 그러니까, 여기에서 살아남는다면 말이다.

앨릭스는 급커브로 좌회전을 해 좁은 골목길로 들어갔다. 대니얼이 우리를 바싹 따르고 그 뒤를 파파라치의 차가 바싹 뒤쫓았다. 골목이 점점 좁아져서 우리 차의 양옆이 긁힐 것 같다는 생각마저 들었다. 세상에, 세상에. 그 길을 빠져나가지 못할 것 같았다.

갑자기 대니얼이 브레이크를 세게 밟아 혼다가 끼익 소리를 내며 멈추어 섰다. 파파라치의 차는 혼다를 들이받기 직전 겨우 멈추어 섰다. 대니얼의 차에 가로막히고 골목은 좁으니, 파파라치의 차는 막다른 길에 다다른 셈이었다. 우리를 쫓아오려면 후진으로 골목을 빠져나가 새로운 진행로를 찾는 수밖에 없었다. 차에서 내린 파파라치가 제 차의 후드를 주먹으로 내리치는 모습이 백미러로 보였다.

앨릭스와 나는 승리의 환호성을 질렀다.

"어떻게 이런 일이 있을 수가 있어!"

나는 외쳤다. '어떤 상황에든 대비되어 있다'는 앨릭스의 말이 이제야 이해가 갔다. 앨릭스는 두 손으로 운전대를 내리치면서 웃었다.

"내가 운전 잘한다고 그랬잖아. 휴, 재미있었다."

그 골목에서 점점 멀어지면서 내 심장 박동은 다시 평소와 같이 진정되기 시작했다. 나는 가슴에 손을 얹어 그 박동을 느끼며 앨릭스를 보았다.

"우리가 같이 무엇이든 헤쳐 나갈 수 있을 거라던 말, 그냥 한 말이 아니었나봐."

앨릭스가 싱긋 웃고는 답했다.

"그래. 우리는 뭐든 맞설 수 있는 한 팀이야, 레이첼. 대니얼처럼 좋은 친구가 도와주기도 하고."

나는 웃었다. 뭐든 맞설 수 있는 한 팀이라. 앨릭스와 함께라면 정말로 세상 무엇이든 감당할 수 있을 것 같았다.

자동차 추격전까지도.

앨릭스는 자기 집에서 지내도 좋다고 했지만 나는 포시즌스 호텔에 방을 잡았다. 여전히 기회를 노리고 있을 파파라치들을 생각하면 그러는 편이 더 안전하니까. 공항에서부터의 추격 사건 이후로, 나는 홍콩에 머무르는 동안 시선을 끌지 않도록 조심해야 한다는 사실을 뼈저리게 실감했다. 앨릭스와 손을 잡고 시장을 걸어다니고 싶은 마음이야 간절했지만, 주말 동안 앨릭스의 집에서 머무르면서 책장의 책을 훑어보고 시리얼 상자를 색깔별로 정리해둔 앨릭스를 놀리는 시간 역시 행복했다. 남의 눈에 띄지 않고 호텔과 앨릭스의 집을 오갈 수 있었던 것은 대니얼의 도움 덕분이었다. 대니얼은 파파라치가 숨어 있을 만한 곳들을 미리 살펴 확인해주었고, 필요할 때는 파파라치를 따돌리기 위한 작전도 짜주었다.

절친한 친구를 위해 기꺼이 그런 일들을 해주는 대니얼이 참 고마웠지만, 대니얼이 파파라치의 시선 분산을 위해서 새해에 쓰고 남은 폭죽을 사용하자고 제안했을 때 앨릭스는 말했다.

"저기, 공공칠, 고맙지만 이제부터는 우리끼리 해결해볼게."

말투로 보아 대니얼의 계획을 반려해야 했던 것이 처음은 아닌 것 같았다. 앨릭스와 대니얼이 평생 친구가 된 것도 엉망이 되어버린 어떤 장난이 계기라고 했다. 그 장난에는 악마 토끼와 귀중한 바이올린, 로스쿨 입학시험 과외가 관련되어 있었다나 뭐라나.

일요일 저녁, 앨릭스가 말한 소꼬리 수프 카페에 가는 것이 너무 위험하다고 판단한 우리는 앨릭스네 집에서 직접 소꼬리 수프를 만들어보고 있었다. 그러던 중 갑자기 앨릭스가 나직이 욕설을 내뱉더니 부엌에서 뛰쳐나갔다.

"왜 그래? 나 때문에 수프가 망했어?"

나는 곧장 가스레인지로 다시 다가갔다. 내가 부엌일을 못 한다고 경고했는데도 앨릭스는 냄비 속 소고기와 채소를 휘젓는 일을 맡기며 그 정도는 충분히 할 수 있을 거라고 했다.

"아니, 그런 거 아니야. 오늘 할머니 생신이라 가족끼리 영상 통화를 하는데 깜빡 잊었어!"

앨릭스가 거실에서 소리쳤다. 내가 가스레인지의 불을 줄이고 거실로 나갔을 때, 앨릭스는 노트북을 꺼내어 소파에서 펼치고는 화면에 뜬 시계를 확인했다.

"아, 다행이다. 우리 겨우 오 분밖에 안 늦었어."

"우리? 내가 가족들하고 인사했으면 좋겠어?"

나는 앨릭스의 옆에 앉으며 주저하는 마음으로 물었다.

"당연하지!"

여전히 로그인에 집중한 채로 대답한 앨릭스가 키보드 위의 손가락을 멈추더니 내게로 고개를 돌렸다.

"그런데 레이첼이 불편하면 안 해도 돼. 이해해."

나는 웃으며 앨릭스의 볼에 입을 맞추고는 말했다.

"앨릭스가 가족들을 믿는다면 나도 믿어."

앨릭스네 가족과의 영상 통화 화면에 접속되자 나는 가슴이 울렁거렸다. 지금까지 사귀는 남자의 가족을 만난 일은 없었다. 캐나다에서 어쩌다 제이슨의 열정적인 세 이모를 만난 일이 있기는 하지만, 그 만남은 종류가 달랐다. 나는 귀 뒤로 머리카락을 넘기고 토마토 페이스트가 튄 흰 티셔츠의 주름을 펴며, 앨릭스의 가족을 만나기에 좀 더 적절한 차림을 할 시간이 있었더라면 좋았겠다고 생각했다. 앨릭스의 할머니, 부모님, 형제들의 얼굴이 화면에 떴다.

열 명은 넘는 것 같은 친척 어른들과 아이들이 나타났다.

나는 굳어버렸다. 가족과의 영상 통화라고 했을 때 이렇게나 많은 가족을 말하는 것인지는 몰랐다. 앨릭스와 앨릭스의 가족을 믿고 싶었지만, 케이 팝 가수로서의 생존 본능이 온갖 경보음을 요란하게 울렸다. 만일 이 중의 누군가가 영상 통화의 스크린 숏을 캡처해서 《리빌》에 팔아넘긴다면? 만일 인스타그램에 올린다면? 만일 그것을 네티즌들이 본다면? 만일…… 만일…… 만일……?

"할머니! 생신 축하드려요!"

앨릭스가 외쳤다. 앨릭스의 할머니는 눈가에 주름이 생기고 보조개가 들어가는, 앨릭스와 똑같은 미소를 지으며 카메라를 향해 기쁘게 손을 흔들었다.

"반갑다, 앨릭스!"

세 마리의 고양이 중 두 마리가 할머니의 무릎 위로 지나가는 것이 보였다. 크기로 미루어 회색 고양이가 팻츠 도미노인 것 같았다.

"늦어서 죄송해요."

앨릭스가 말했다. 목을 가다듬고 빙그레 웃더니 나를 슬쩍 보았다.

"자, 여러분. 이쪽은 제 여자 친구, 레이첼이에요."

여자 친구?

갑자기 아직도 가스레인지 앞에 서서 피어오르는 냄비의 김을 맞듯이 더웠다. 앨릭스는 지금까지 한 번도 나를 '여자 친구'라는 말로 부르지 않았다. 적어도 내 앞에서는 말이다. 지난 몇 달 동안 몹시 가까워지기는 했지만, 앨릭스를 향한 내 마음이 놀랍도록 커지기는 했지만, 그토록 분명한 이름표를 붙이는 건 지나치게 멀리, 지나치게 빠르게 나아가는 일 같았다. 내가 '아마도 해선 안 될 일'이 아니라 '분명히 해선 안 될 일'을 하고 있는 것 같았다. 케이 팝 아이돌이 누군가의 여자 친구가 되어선 안 되니까.

앨릭스의 시선을 느낀 나는 다들 내 대답을 기다리고 있다는 것을 깨달았다. 재빨리 고개 숙여 인사했다.

"안녕하세요. 만나 뵙게 되어서 기뻐요. 할머님, 생신 축하드려요."

심장이 쿵쿵거렸다. 작고 네모난 여러 개의 화면 속에서 영상 통화에 접속한 다양한 사람들의 얼굴이 보였다. 그중 몇몇 어린아이들은 서로 귓속말을 하고 옆구리를 찔렀다. 노트북 화면의 모서리 쪽에서는 머리카락을 하나로 올려 묶은 채 엄마의 무릎에 앉은 열 살쯤 되어 보이는 여자아이가 "걸스 포레버다!" 하고 (커다랗게) 속삭였다. 마이크가 켜져 있다는 것을 깨닫고는 곧바로 마이크를 껐지만 말이다. 뭐, 이제 모르는 사람은 없게 되었다.

"레이첼, 반갑다!"

앨릭스의 엄마에게로 나의 시선이 옮겨갔다. 앨릭스가 이미 보여 준 가족사진 덕분에 곧바로 알아볼 수 있었다. 차분하고도 어딘가 안심이 되게 하는 분이어서, 화면을 통해 만나는 것뿐인데도 한결 마음이 편안해졌다.

"앨릭스한테서 레이첼 이야기 정말 많이 들었어요. 패션 브랜드 시작하는 거 축하해요!"

나는 또 고개 숙여 인사했다.

"정말 감사합니다. 앨릭스가 정말로 큰 힘이 되어주고 있어요."

"다들 안녕? 안녕? 늦어서 미안해. 생일 축하해요, 엄마."

텁수룩한 머리에 커다란 체격을 가진 한 남자가 이렇게 말하며 화면 안으로 들어왔고, 바지에 넣지 않은 셔츠 아랫단을 펄럭이면서 자리에 앉자 그의 웹캠 화면이 흔들렸다. 이 사람의 산만한 분위기나 가족 중 몇몇의 불만스러운 표정으로 보아 가족 모임에 자주 늦는 사람 같았다. 앨릭스가 귓속말로 내게 소개했다.

"휴 삼촌이셔."

휴 삼촌은 숨소리가 많이 섞인 굵은 목소리로 서둘러 말했다.

"일이 미친 듯이 많았어. 요새 인수 합병하는 회사가 왜 이렇게 많은지 참. 그건 그렇고, 내가 놓친 거 있어?"

잠시 아무도 말이 없었고, 결국 앨릭스의 엄마가 대답했다.

"앨릭스 여자 친구 레이첼을 소개받던 참이었어."

"아, 그렇구나. 어디 있나요, 레이첼 양? 모두를 한꺼번에 보려면 이거 뭘 어떻게 해야 해?"

머리를 올려 묶은 그 여자아이가 말했다.

"갤러리 모드로 하면 되잖아요, 휴 삼촌!"

옆에서 앨릭스가 조용히 웃었고 나도 큭큭 웃음이 나는 것을 어쩔 수 없었다.

"저 여기 있어요! 만나 뵈어서 반갑습니다."

나는 인사했다.

"아, 이제 보이네. 반가워요, 레이첼. 레이첼은 직업이 뭐예요? 우리 조카처럼 금융 쪽인가?"

또 한 번 아무도 말이 없었다. 작은 화면들이 믿을 수 없다는 표정들로 채워졌고, 머리를 올려 묶은 여자아이는 아주 기분이 상한 표정이었다. 나는 주저하며 말했다.

"어…… 저는 가수예요."

"좋은 직업이네요! 잘되길 빌어요. 엔터테인먼트 업계는 정말로 뚫고 들어가기가 어려워요. 내 학교 때 친구 녀석은 마흔다섯인데도 아직 카페에서 노래를 부르니까 말이야. 참 서글프죠. 아, 노라, 너 지난 주말에 축구 시합에서 활약이 어마어마했다며!"

그렇게 대화의 중심은 시애틀에 사는 앨릭스의 열 살 쌍둥이 사촌인 노라와 제러미에게로 옮겨갔고, 두 아이는 차례대로 할머니에게 축구 트로피와 새 축구화를 자랑했다. 이후 삼십 분 동안 나는 긴장을 풀고 가족들의 대화에 귀 기울이려 애썼지만 '여자 친구'라는 단어가 계속해서 귓가를 맴돌았다.

마침내 엘비스가 당뇨병 주사를 맞을 시간이라는 할머니의 말에 통화는 끝이 났다. 노트북 화면을 닫은 앨릭스가 내게로 몸을 돌려 내 두 손을 잡았다.

"어땠어? 너무 부담스러웠던 건 아니면 좋겠는데. 녹화를 한다거나 하는 사람은 아무도 없었으니 걱정하지 마. 우리 어머니가 미리 모두에게 경고해두었고, 다들 이해하거든. 뭐, 휴 삼촌은 경고를 못 받으신 것 같긴 해. 그래도 그분은 걱정 안 해도 될 것 같아."

나는 웃으며 고개를 절레절레 흔들었다.

"그건 걱정 안 해."

사실이었다. 앨릭스와 내가 공식적으로 어떤 관계인가에 관한 고민을 내내 떨칠 수 없기는 했지만, 잔뜩 긴장한 채로도 나는 앨릭스의 가족들이 친절하고 진심으로 나를 존중한다고 느꼈다. 앨릭스의 엄마나 할머니가, 어린 사촌 노라가 우리의 이야기를 남들에게 떠벌릴 리가 없다는 생각이 들었다.

"앨릭스네 가족분들, 참 좋으시더라."

앨릭스도 미소를 지었다.

"맞아, 좋은 사람들이야."

잠시 나는 앨릭스의 눈 속에 빠져들어, 훗날 가족 모임에 함께하는 우리의 모습을 그렸다. 앨릭스의 엄마와 우리 엄마는 서로 잘 맞을 것이고, 노라는 레아를 만날 수 있는 기회를 너무도 좋아할 것이고……. 앨릭스의 여자 친구가 되어도 좋다고 결정하는 건 아주 잘못하는 일일까? 앨릭스에게 남자 친구라는 호칭을 붙이고 우리 집에 데려가 아빠와 인사시키는 건 있을 수 없는 일일까?

삐-익! 삐-익!

앨릭스의 가스레인지 타이머가 소꼬리 수프가 완성되었음을 알렸다. 그와 함께 나의 행복한 상상도 날아가버렸다. 노 대표는 '우릴 실망시키지 마라' 하고 말했다. 마음이 시키는 대로 행동하다가 강지나는 아이돌로서의 커리어를, 지윤이는 남자 친구를 잃는 돌이킬 수 없는 대가를 치렀다.

나가야겠다는 생각이 들었다. 머릿속이 뒤죽박죽 엉망진창이었다. DB 엔터테인먼트의 아이돌로 있는 한 절대 이룰 수 없는 환상에 빠져 허우적거리는 것이 아니라 레인 크로포드 백화점에 내 브랜드를 최대한 잘 소개하는 일에 집중해야 했다.

소파에서 일어난 나는 식탁 의자에 걸려 있던 재킷을 집어 들었고, 가방을 찾아 주위를 두리번거렸다.

"레이첼, 어디 가?"

어리둥절하게 눈썹을 찌푸린 채 거실 입구에 선 앨릭스가 물었다.

"땀 흘려 직접 만든 수프가 얼마나 맛있는지 먹어봐야지, 안 그래?"

"시간이 이렇게 늦은 줄 몰랐어."

나는 앨릭스의 눈을 피하면서 대답했다. 우리의 계획을 내팽개친 채 이렇게 가버리는 것이 미안했지만, 이것이 내가 아는 최선이었다. 집중해야 했다. 일을 우선시해야 했다.

"내일 회의 때문에 준비할 게 너무 많아서 말이야. 저녁은 그냥 호텔 룸서비스로 먹을게."

마침내 앨릭스의 집 문에 걸려 있는 가방을 발견한 나는 그것을 어깨에 걸치고 앨릭스에게 말했다.

"그래도 내일 저녁에 보자. 알았지?"

"그래."

앨릭스는 여전히 혼란스러움이 어린 표정으로 대답했다.

"그래, 그럼 그때 봐, 앨릭스!"

내가 대문을 열고 복도를 절반쯤 걸어 나왔을 때 앨릭스의 목소리가 들렸다.

"잘 가."

15

연습생 일 년차에 DB 엔터테인먼트의 임원들이 나를 불러 면담을 했다. 만 열한 살의 레이첼은 어찌나 긴장했던지, 내내 쥐었던 두 주먹을 면담이 끝난 후 펼쳐 보니 양 손바닥에 반달 모양의 깊은 금이 가 있었다. 그 금은 종일 사라지지 않았다. 지금도 회사 임원들과의 면담은 조금 두려워지곤 했다. 하지만 적어도 그 사람들을 어느 정도 예측할 수 있게 되었다. 한 이사는 우리를 가장 편안하게 대하는 성격이지만 그렇다고 그의 화를 돋우어선 안 된다. 심 이사는 마주치는 눈길이 아주 날카롭지만 대체로 일을 공정하게 처리한다. 임 이사는 매우 고집이 세지만 다른 임원들에 비해 칭찬의 말을 거리낌 없이 하는 편이다.

하지만 패션 업계의 사람들과 만나 이야기를 나누는 것은 처음이었다. 어떤 예측도 할 수가 없었다.

비서가 컴퓨터 화면 너머로 나를 보고 말했다.

"혹시 마음이 바뀌어서 커피나 차를 원하시면 말씀해주세요."

"네, 감사합니다. 그런데 정말 괜찮아요."

이곳으로 오기 전 아침, 앨릭스와 만난 호텔 로비의 카페에서 이미 너무 많은 카페인을 섭취한 내가 대답했다.

어젯밤 갑자기 앨릭스의 집을 떠나온 일이 여전히 미안했지만 나를 만난 앨릭스는 그 이야기를 꺼내지 않았다. 하지만 소꼬리 수프가 어땠느냐고 묻자 작은 미소만 힘주어 짓고는 대답했다.

"맛있었어. 레이첼도 맛을 봤으면 좋았을 텐데."

아이스커피를 주문한 우리는 (빨대로 마셔야 신경 써서 고른 옷에 흘릴 가능성도 줄어들 테니 말이다) 미리 적어둔 내용으로 문제를 내고 맞추며 할 말을 연습했고, 시간에 맞추어 레인 크로포드로 향했다.

반짝이는 유리로 된 건물에 거의 다 도착했을 때, 앨릭스는 말했다.

"레이첼은 잘할 거야. 회의 끝나고 포시즌스 호텔에서 만나."

"같이 안 가고?"

나는 놀라서 물었다. 앨릭스가 회의 때 옆에 앉아 심적으로 힘이 되어줄 거라 짐작했었다.

"아냐, 난 그냥 다리를 놓아주는 사람일 뿐인걸. 양쪽이 잘 만나게끔 하고 나는 빠질게. 거기서부턴 레이첼이 맡는 거지."

앨릭스는 자신 있는 미소를 지었다.

"레이첼, 기억해. 이건 당신의 비전이야. 당신보다 이 브랜드를 잘 아는 사람은 없어. 그러니까 아주 멋지게 해낼 거야."

앨릭스는 짧은 입맞춤을 하고 떠났다.

레인 크로포드의 로비에서 기다리며, 나는 손목시계를 보았다. 약속 시간을 이십 분이나 넘기고도 회의가 시작되지 않았기 때문이다.

그러다 마침내 비서가 나를 안내했다. 바닥에서 천장까지 뚫린 창으로 바다가 보이는 세련된 공간에 한 여자가 앉아 있었다. 멋진 슈트를 입고 짙은 갈색의 머리카락을 낮은 포니테일로 묶은 그녀가 마호가니 책상에서 일어나 내게 손을 내밀었다.

"어서 오세요, 레이첼 김. 저는 홍콩 레인 크로포드 백화점의 수석 바이어인 설레스트 응우옌이라고 합니다. 만나서 반가워요."

나는 미소를 건네며 악수했지만 속으로는 너무나 당황스러웠다. 내가 오늘 만나기로 약속한 사람은 이 사람보다 하급 임원인 보조 바이어, 리처드 챙이었다. 그러니 회의를 준비하며 조사한 사람도 리처드 챙이었다. 그의 경력에서 중요한 부분들을 대본 카드에 꼼꼼히 프린트하고 밤새 재숙지했다. 리처드 챙이 퀼트 핸드백을 특별히 좋아한다는 점이나 샤르트뢰즈 색상이 패션계의 재앙이라고 생각한다는 사실은 알았지만 설레스트 응우옌에 관해서는 아무것도 몰랐다.

"리처드가 갑자기 응급 상황이 생겼어요. 그래서 제가 대신 오늘 회의를 맡기로 했습니다."

설레스트의 말에 나는 밝게 대답했다.

"잘됐네요! 아, 응급 상황이 생긴 게 잘됐다는 건 아니지만……."

나는 말꼬리를 흐리고는 얼굴에 애써 미소를 띠었다. 진정하자, 레이첼.

설레스트는 자리에 앉으며 나에게도 앉으라고 손짓했다.

"자, 레이첼 김. 걸스 포레버의 일원이라는 인상적인 경력을 갖고 계시죠."

감정이 별로 담기지 않은 표정이어서, 나는 설레스트가 한 말의 뉘앙스를 파악할 수 없었다. 사실은 걸스 포레버의 팬인가? 우리의 음악을 싫어하나? 회의 전 오 분 동안 나에 대해 간단히 검색해본 건가?

"우리 백화점은 전에도 유명인이 만든 패션 브랜드를 취급했던 적이 있어요. 옹 자매라고 아나요?"

나는 고개를 끄덕였다. 크리스틴 옹은 아시아에서 가장 유명한 몇몇 영화에 출연한 스타였고 자매인 미셸 옹은 배우가 아니었지만 유명한 배우의 아내였다. 사실 공식적인 부부는 아니었다. 내가 읽은 한 인터뷰에서 미셸 옹은 자신이 파트너를 사랑하기는 하지만 구체적인 명칭에 자신을 가두고 싶지 않다고 했다. '남편', '아내' 같은 표현에는 너무 많은 의미와 복잡한 함의가 담겨 있다는 것이다. 어떤 면에선 내가 어제 앨릭스의 '여자 친구'라고 불린 뒤 받은 느낌과도 일맥상통했다. 그 말에 담긴 정서는 좋지만, 케이팝 아이돌이 받아들이기에는 너무 무거운 명칭이었다.

"…… 어쨌든, 옹 자매와 일한 건 참 특별한 경험이었다고 할 수 있죠."

설레스트가 이렇게 이야기를 마무리했을 때, 나는 생각에 빠져 설레스트의 이야기를 통째로 놓쳐버렸음을 깨달았다.

"참 잘됐네요."

나는 말했다. 그러자 설레스트가 한쪽 눈썹을 올리며 말했다.

"크리스틴이 미셸과 엄청난 싸움을 해서, 론칭하기 고작 몇 시간 전에 브랜드를 백화점에서 철수시키려 한 게 잘된 일이라고요?"

나는 가슴이 철렁 내려앉았고, 재빨리 덧붙였다.

"아, 물론 그런 뜻은 아니에요. 제 말은 레인 크로포드 백화점이 그토록 경험이 풍부하고 어떤 상황에든 대처할 수 있다는 것이 잘된 일이라는 뜻이었습니다. 제 디자인을 믿고 맡길 수 있다는 느낌이 들어요."

내가 설레스트에게 팔고 싶은 물건이 있는 것이 아니라 설레스트가 나에게 무언가를 증명해야 한다는 듯한 내 표현에 아차 싶었지만, 이미 뱉은 말을 어쩔 수 없었다.

설레스트는 손을 내저으며 대답했다.

"별일 아니었어요. 그 브랜드의 상품은 고작 아홉 종이었으니까요. 패션 브랜드를 시작한다면서 그렇게 적은 상품을 내놓는 사람은 처음 봤죠. 설사 크리스틴이 브랜드를 우리 백화점에서 빼는 데 성공했다 해도 그렇게 작은 브랜드를 취급하러 나서는 곳이 있지도 않았을 거예요."

나는 마른침을 꿀꺽 삼켰다. 내 브랜드의 상품은 아홉 종보다 더 적은 여섯 종이다. 문제가 될까? 내가 패션 액세서리 론칭의 일반적인 규칙을 전혀 모른다는 점을 깨달았다. 여섯은 적당한 숫자처럼 느껴지기도 한다. 특히 디자인의 독특함을 내세우는 내 가방들의 경우에는 말이다. 그래도 좀 더 조사를 할 걸 그랬나?

설레스트는 두 손을 깍지 끼며 물었다.

"무엇을 계기로 패션 사업에 발을 디디기로 하신 거죠?"

"어릴 때부터 패션에 아주 관심이 많았어요."

나는 내 이야기를 풀어놓기 시작했다. 패션 사업을 시작하게 된 여정을 설명하는 사이, 긴장이 풀리고 차분해지기 시작했다. 이 부분만은 아무런 대본이 필요하지 않았다.

"가수라는 일을 하게 되었지만, 그저 노래하고 춤을 추는 사람만은 아니에요. 공연을 하는 사람이기도 한데, 공연에서 중요한 한 부분은 의상이죠. 옷과 소품의 선택이 아주 큰 힘을 지닙니다."

설레스트는 고개를 끄덕이고 말했다.

"그러면 상품 개요서와 시제품을 한번 보죠."

나는 시제품들을 가지고 와서, 과감하고 개성이 강하면서도 서로 조화되는 구조와 색상을 하나하나 설명했다. 이 가방들을 설명하는 일이라면 수없이 해보았기에, 물 흐르듯 쉽게 말할 수 있었다.

연습생 시절에서 영감을 받아 만든 가방을 소개하며, 나는 설명했다.

"탈부착이 가능한 이 가방끈 덕분에 어떤 상황에나 잘 맞을 수 있어요."

설레스트는 잠시 멈추어 가방의 가죽 가방끈을 손으로 쓸었다.

"근사한데요. 나머지 가방들도 볼 수 있을까요?"

나는 주저하며 말했다.

"여섯 종뿐이에요."

설레스트의 미간에 주름이 생겼다.

"아, 그렇군요."

아아, 역시 좀 더 조사를 할 걸 그랬다.

"다음 시즌에는 수백 종의 새로운 가방 디자인을 준비할 계획입니다."

나는 이렇게 말을 뱉으면서도, '뭐? 수백 종?' 하는 생각이 들었다. 도대체 왜 그렇게 말했을까? 설레스트가 그저 과장된 표현쯤으로 받아들여주기를. 아니, 혹시 가방 백 개를 새로 내놓는 것이 업계 표준일까? 머릿속이 빙빙 돌았다. 가방을 디자인하는 일의 재미에 푹 빠진 나머지, 내가 패션 '사업'에 얼마나 문외한인지를 이제야 절감했다.

"하지만 다음 시즌이 아니라 이번 시즌에 관해서 이야기를 해봅시다, 레이첼."

어쩌면 말도 안 되었을, 어쩌면 보편적이었을 내 약속을 아무렇지 않은 듯 넘긴 설레스트가 내 한 장짜리 상품 개요서를 흘깃 보며 말했다.

"딜리버리가 어떻게 되나요?"

"실용적이고 매일 들고 다니기 좋으면서도 시선을 사로잡는 가방을 앞으로도 선보이려 합니다."

나는 당당하게 말했지만 설레스트는 어리둥절한 표정이 되었다.

"납품 기간이 어떻게 되느냐는 질문이었어요. 그러니까 이 가방들을 우리 백화점에서 팔고 싶다고 결정할 경우, 얼마나 빠르게 납품해주실 수 있나요?"

나는 업계의 약어를 이해하지 못한 데 부끄러움을 느끼며 대답했다.

"필요하신 만큼 빠르게 납품할 수 있습니다."

"생산처에 확인해보지 않으셔도 될까요?"

설레스트가 두 눈썹을 올리고 물었다.

젠장. 당연히 확인해봐야 한다. 세부 과정을 확인하지도 않은 채 납품 기간을 약속하다니 도대체 무슨 생각이었을까? 나는 민망한 얼굴로 대답했다.

"아, 네. 확인 후에 다시 연락드려야 할 것 같습니다."

설레스트는 미소를 지었다. 하지만 이것은 진짜 미소일까, 아니면 그저 친절함의 표시일까?

"이 시제품들을 두고 가시면 저희 팀과 함께 좀 더 검토해보겠습니다. 몇 주 후에 다시 연락을 나누도록 하죠. 그때쯤에는 아마 납품 관련 사항들이나 다음 시즌 계획이 좀 더 정확히 나와 있겠죠?"

나는 고개를 끄덕이며 애써 작게 웃어 보였고, 설레스트는 나를 배웅했다. 내 가방들을 좀 더 검토하겠다는 제안은 고마웠지만, 이 회의에서 보여준 것이라고는 아마추어 그 자체인 내 모습밖에는 없었다는 느낌을 지울 수가 없었다.

한국으로 돌아오는 비행기에서 나는 계획을 세웠다. 레인 크로포드 백화점 바이어와의 미팅은 이미 실패했는지 몰라도, 그 생각에 묶여 있을 수가 없었다. 앞으로는 모든 일에 백 퍼센트 준비된,

백 퍼센트 프로페셔널한 자세로 임하리라. 내가 정확히 앨릭스의 여자 친구인지 아닌지, 그게 어떤 의미인지에 대해서도…… 더는 고민할 수 없었다. 어차피 내게는 허락되지 않은 일이었다. 일에 집중해야 했다. 너무 많은 것들이 걸려 있는 나의 일에.

서울로 돌아온 뒤 나는 맡은 일들에 헌신적으로 임했다. 합동 콘서트가 고작 한 달 앞으로 다가와, 걸스 포레버는 무대 연습에 박차를 가해야 했다. 선희는 그 무대를 함께하지 못하게 되었다. 참가해야 하는 한 라디오 시상식의 날짜가 공연 날짜와 겹쳤기 때문이다. 그래서 안무 대형을 아홉 명이 아닌 여덟 명에 맞게 다시 짜서 연습해야 했다. 그 동작들이 내 머릿속에서 끝없이 되풀이되었다. 허리를 튕기고 머리카락을 넘기고 어깨를 흔들고. 똑같이 반대쪽으로 한 번 더.

레아와 리얼리티 방송 촬영을 하는 동안에는 그저 쉬고 그 시간을 즐기려 노력했다. 애초에 우리 자매의 솔직한 모습을 담고자 하는 방송이었으니까. 하지만 그것도 맘처럼 쉽지 않아, 머릿속에서 이런 생각들이 끊이지 않았다. '카메라가 없다고 생각해. 그렇지만 카메라 프레임 밖으로 나가지 않도록 조심해야 해.', '점심으로 리조또는 다시 주문하지 마. 전에 리조또를 먹다가 장식용 잎이 치아에 끼어서 인터넷에서 난리가 났잖아.', '피곤해 보이면 안 돼.', '스트레스 받은 것처럼 보이면 안 돼.', '절대, 절대, 절대 카메라 앞에서 앨릭스 이야기를 하면 안 돼.'

나는 어떤 일정에든 오 분 일찍 도착할 수 있도록 휴대폰 알람을 맞춰두었다. 무대 연습에 단 한 번도 늦지 않았다. 한국에서 내

가방을 판매할 롯데 백화점과의 전화 회의도 한 번도 늦지 않았다. 레아와 열두 시간의 촬영을 시작하기 전에는 에스프레소 샷을 세 잔 들이켰다. 어떤 일도 잘못되어선 안 됐다. 주 칠 일, 하루 이십사 시간 내내 정신을 제대로 차려야 했다. 내가 약속을 지켜내고 있다고, 맡은 일을 다 해내리라고 DB 엔터테인먼트가 믿고 안심할 수 있도록. 또한 어쩌면 무엇보다도 나 스스로가 믿고 안심할 수 있도록.

"언니, 괜찮아? 너무 피곤해 보여."

앨범 녹음을 위해 스튜디오에서 만난 레아가 말했다.

"괜찮아, 괜찮아."

레아는 내 말을 믿지 않는다는 듯 인상을 썼지만 더는 묻지 않았다. 대신 아이스커피가 여러 잔 올려진 쟁반을 들더니 한 잔을 내게 건넸다.

"자, 이거 언니 거."

나는 울어버릴 수도 있을 만큼 고마웠다.

"네 덕분에 살았어."

빨대 껍질을 재빨리 뜯고는 한 모금에 거의 절반을 마셔버렸다. 차가움 탓에 순간 머리가 너무 아팠지만 냉음료를 보통의 속도로 마실 여유 따위 내게 없었다. 그건 사치였다.

마침내 앨범 녹음이 끝나고, 나는 저녁의 걸스 포레버 일정을 준비하기 위해 숙소로 달려갔다. 우리는 〈내가 너를 사랑했을 때〉의 시사회에 초대되었고, 소속사가 오늘을 위해 꾸려준 헤어와 메이크업 담당 팀이 이미 두 시간째 숙소에서 일하고 있었다. 우리가 꾸밈에 이 정도의 공을 들이는 것은 주로 시상식 때뿐이지만, 오늘은 미나의 영화 데뷔를 축하하기 위한 예외였다. 내가 도착했을 때 숙소는 이미 조명 달린 거울과 이동식 미용 의자가 곳곳에 놓인 미용실로 변해 있었고 멤버들 대부분이 이미 꽤 단장한 상태였다. 수민이는 섬세한 샹들리에 귀걸이를 끼고 있었고, 아리는 마놀로 구두에 발을 넣고 있었다. 은지는 약간 창백해 보이는 얼굴로 립스틱을 자꾸만 덧바르고 있었다. 걸스 포레버가 레드카펫 위에 서는 것은 오랜만이었고 그 유명한 송건우와 같이 초대받기는 처음이었다. 모두가 되도록 멋진 모습으로 나서야 한다는 생각으로 긴장했다.

플뢰르 뒤 말의 실크 가운을 걸친 나는 스타일리스트가 헤어롤을 잔뜩 마는 사이 노 베이커리의 단팥 도넛 몇 개를 급히 먹었다.

"그걸 그렇게 빨리 먹으면 배 나와."

한쪽 눈썹을 올리며 이렇게 말하는 미나는 세련되게 올려 묶은 머리칼, 화려한 아이섀도, 끈 없이 어깨를 드러낸 점프수트로 무척이나 아름다웠다. 하지만 평온해 보이는 미나의 겉모습 너머로 긴장된 기운이 느껴졌다. 오늘 시사회에 참석하는 아버지에게서 연기로 인정을 받고 싶기 때문일까? 미나가 직접 그렇게 말한 적은 없지만 말이다. 미나는 늘 긴장을 하면 자신 없는 일에도 더없이 자신감 있게 행동하기 시작했다. 그 점이 사실 내겐 감탄스러웠다. 걸스 포레버 전체가 시사회에 초대받기는 했지만 자신은 출연 배우로서 VIP 대접을 받을 것이라는 사실을 일주일 내내 우리에게 강조한 미나가 이제는 화려한 모습으로 스포트라이트를 받을 준비가 되어 있었다. 솔직히 나는 마음이 놓였다. 참석은 하되 내가 주된 관심을 받지는 않을 행사였으므로 비교적 휴식에 가까웠고, 그 정도의 휴식이라도 나는 감지덕지했다.

"네 침대에 복부 압박 속옷 놔둘게."

미나가 제 방으로 가며 말했다. 내 기분을 건드리려는 건지 진심으로 도우려는 건지 정말로 구분할 수가 없었다.

한 메이크업 전문가가 내 앞으로 휙 들어와 화장을 시작했고, 눈 밑에 컨실러를 자꾸 찍어 바르는 것으로 보아 다크서클이 심각한 듯했다. 화장이 끝난 뒤 돌아온 머리 담당자는 헤어롤을 십 분 더 감고 있어야 한다고 말했고, 나는 옷을 갈아입으러 내 방으로 갔다. 보호 커버에 감싸인 채 옷걸이에 걸린 의상을 옷장에서 꺼내고 있을 때 (그리고 발렌시아가 가방의 여전한 빈자리에 한숨 쉬지 않으려 애쓰고 있을 때) 갑자기 영상 통화가 걸려 온 것을 알리는 전화벨이 울렸다. 나는 옷을 침대에 뉘고 방문을 잠근 다음 (미안, 지윤아) 전화를 받았다.

"우아, 멋지다! 리사 심슨 같아."

헤어롤을 잔뜩 만 내 머리를 보면서 앨릭스는 싱글거렸다.

레인 크로포드 백화점과의 회의를 마친 뒤, 앨릭스는 서울로 돌아와야 하는 나를 공항까지 태워주었다. 차를 타고 가는 내내 나는 말이 없고 퉁명스러웠고, 앨릭스는 그런 나를 내버려두는 게 최선임을 알았다. 인정하기는 싫지만 당시 나는 앨릭스에게 좀 짜증이 나 있었다. 왜 회의에 같이 들어가지 않는다고 미리 말하지 않았지? 갑자기 빠진다고 해서 얼마나 당황했는데. 왜 내게 먼저 상의

하지도 않고 가족들에게 나를 여자 친구라고 소개했지? 솔직히 회의 때 딴생각에 정신이 팔렸던 것도 그 일 때문이었는데.

하지만 공항 보안 검색대 앞에서 볼에 입을 맞추고 짧은 "안녕"으로 헤어지자마자, 나는 내가 엉뚱한 방향으로 짜증을 분출했다는 것을 깨달았다. 내가 실제로 짜증이 난 대상은 회의를 망친 나 자신이었다. 회의가 그렇게 흘러간 건 오로지 내 탓이었다. 비행기가 이륙하기 전, 나는 앨릭스에게 회의를 주선해줘서 고맙고 까칠하게 굴어서 미안하다는 여러 통의 문자메시지를 보냈다.

지금 내 휴대폰 화면에 나타나 스스럼없이 농담하는 앨릭스를 보니, 홍콩에서의 어색함은 지나간 일이 되었다는 느낌이 들었다. 우리 관계를 규정하는 문제에 관해서는 아직 말을 꺼내지 못했지만, 어쨌건 우린 다시 '앨릭스와 레이첼'로 돌아와 있었다. 지금으로서는 그것만이 중요했다.

"고마워, 리사 심슨은 내가 가장 동경하는 스타일 아이콘이야. 몰랐어?"

나는 진담인 척 말했다. 앨릭스는 웃었지만 이내 표정이 진지해졌다. 다만, 장난을 위한 진지함이었다. 내겐 다 보였다.

"저기, 좀 안 좋은 소식이 있어."

나는 웃으며 물었다.

"응, 뭔데?"

"한국인으로서 비판받아 마땅한 일인 건 아는데, 아직 순두부를 한 번도 못 먹어봤어."

나는 헉 하고 놀라는 시늉을 했다.

"그래, 놀랄 만도 하지. 맛있는 순두부 집 알아? 나 서울 가면 레이첼이 순두부 집에 좀 데려가줬으면 하는데."

이번에는 실제로 헉 하고 놀랐다.

"뭐 하면?"

"서울 가면. 갑자기 서울 출장이 잡혔거든."

앨릭스가 환한 웃음을 지었다.

앨릭스를 데려가고 싶은 딱 좋은 식당이 하나 있다. 아니, 수없이 많다. 소개해주고 싶은 사람도 수없이 많다. 레아가 싱가포르에서 돌아오자마자 엄마 아빠에게 앨릭스 이야기를 해버려, 엄마는 그때부터 줄곧 앨릭스의 최근 사진을 보내라, 학교 성적 증명서를 보내라, 좋아하는 음식 목록을 보내라 성화였다. 앨릭스가 서울에 온다는 사실을 알면 엄마는 앨릭스의 이름이 쓰인 팻말을 들고서 인천 공항 게이트로 나갈지도 모른다. 솔직히 나는 앨릭스가 우리 가족을 만나 알아가고, 케이 팝 이전의 내 삶도 알게 되었으면 좋겠다. 내가 주현이와 혜리 쌍둥이를 처음 만난 곳이기도 한 모교에도 앨릭스를 데려가고 싶다. 동대문 야시장에도 데려가 가장 먹음직한 만두를 찾아 먹자골목을 돌아다니고 싶다. 루프탑 바 '올빼미 지붕'에서 라이브 음악도 함께 듣고 싶다.

하지만 그중 얼만큼을 실제로 할 수 있을까? 사방에 보는 눈이 있다. 앨릭스가 사는 홍콩에서의 만남이 큰일이었다면 내가 사는 한국에서의 만남은 몇 배나 더 그러할 것이다.

내 표정을 읽었는지, 앨릭스가 말했다.

"파파라치한테 사진 찍힐 게 걱정되면, 서울에 사는 내 친구더러 나오라고 할게. 여자라서 그 친구가 같이 있으면 사진이 찍히더라도 여자 두 명, 남자 한 명의 사진이 될 거야. 덜 의심스럽겠지."

나는 고개를 젓고 말했다.

"아냐. 나는 앨릭스와 단둘이 만나고 싶어."

"방법을 찾아보자."

앨릭스가 격려하듯 말했다.

"레인 크로포드 백화점 쪽에서 전해 들은 말은 없어?"

나는 물었다. 셀레스트는 몇 주 후에 연락을 나누자고 했지만, 회의 이후로 아무런 기별이 없었다. 앨릭스의 얼굴이 다시 진지해졌다. 이번에는 진심 어린 진지함을 띠고 그가 부드럽게 말했다.

"아직 없었어. 하지만 그게 꼭 무산되었다는 뜻은 아니야. 아직 그 가방들을 검토할 시간이 없었을지도 몰라."

마음이 내려앉았다. 검토할 시간이 없었던 게 아니라 검토했으나 내가 아마추어에 불과하다고 판단하고는 통보조차 하지 않은 건 아닐까. 그 회의가 얼마나 어색했는지를 생각하면 놀랄 일도 아니지만, 가슴이 아픈 건 마찬가지였다. 기대했던 내가 미워졌다. 내가 처음으로 만든 패션 브랜드를 세계 시장에 내놓을 수 있을 거라고? 도대체 무슨 생각으로 그런 희망을 품었을까?

바로 그때 문손잡이가 달그락거렸다. 지윤이의 목소리가 들렸다.

"레이첼! 문이 왜 잠겼어?"

"앗, 실수로 잠갔어!"

외치듯 대답한 나는 앨릭스에게 "끊어야겠다" 하고 속삭인 다음 통화를 끝냈다.

시사회에 도착한 우리는 다 함께 포즈를 취하고 단체 사진을 찍었다. 내가 입은 크림색 롱 드레스는 어깨끈이 없고 몸에 붙는 스타일로, 아랫단은 프릴이 달려 있고 허벅지 높이까지 트임이 있었다. 나는 빠르게 옷매무시를 정돈하고 한쪽 어깨 위의 굽실굽실한 머리카락을 뒤로 넘긴 뒤 카메라를 향해 웃었다. 거의 육 년 동안 익숙해지다 보니 속으로는 쓰러져 울고 싶은 심정일 때조차 세상을 향해서는 환한 미소를 보내는 기술이 생겼다. 단체 사진을 다 찍은 후, 미나는 열 살 차이밖에 나지 않지만 영화 속에서 자기 엄마 역할을 맡은 배우 박유화에게 달려가 인사했다. 미나가 박유화와 사진을 몇 장 더 찍는 동안 우리는 이벤트홀로 향했다. 내 앞의 수민이가 나를 위해 잡아준 문틈으로 시원한 에어컨 공기가 와닿자, 어서 실내로 들어가 오월 하순 저녁의 더운 공기를 벗어나고 싶었다. 그때 갑자기 누군가 내 이름을 불렀다.

"레이첼!"

귀에 익은 목소리에 돌아보니 파리에서 만난 《보그》지의 사진가 맥스웰 리 해리스가 카메라를 든 채 내게 손을 흔들고 있었다! 다가오는 맥스웰에게 나도 손을 흔들었다.

"다시 봬서 정말 반가워요! 왜 서울에 계세요?"

맥스웰은 카메라를 가리키며 말했다.

"당연히 일 때문에 왔죠."

맥스웰이 웃으며 설명을 이었다.

"이번에 서구로 뻗어오는 한국 연예 산업에 관한 기사를 싣거든요. 서울 사진 촬영을 내가 맡겠다고 편집장한테 졸랐죠. 세븐일레븐에서 맛있는 삼각김밥을 먹은 지 너무 오래돼서 말이에요."

나는 웃었다.

"더 맛있는 김밥도 많은데요."

맥스웰은 어깨를 으쓱하고 말했다.

"세븐일레븐에서 사 먹으면 기분이 다르다니까요."

맥스웰은 몸을 조금 뒤로 젖혀 내 의상을 보았다.

"항상 그랬듯 오늘 스타일도 근사해요, 레이첼. 이 색이 참 잘 받네요. 머리핀도 마음에 들고요!"

나는 내 머리 옆쪽, 눈길을 사로잡는 금괴 모양의 머리핀들을 만졌다. 스타일리스트가 헤어롤을 풀고 완성해준 머리의 곱슬곱슬함이 다소 지나치다고 느껴, 내가 직접 꽂은 핀이었다. 그 핀 덕분에 머리카락의 부피가 조금 정돈되었다.

"아, 감사합니다."

"크림색이랑 금빛의 조화를 보니까…… 그래, 남자 주인공들이 입은 의상이랑 색이 딱 맞아요! 같이 사진을 찍어야겠는데요."

"아, 네."

나는 놀라서 대답했고, 맥스웰은 포즈를 취하고 있는 제이슨과 송건우 곁으로 나를 이끌고 갔다. 사진은 그만 찍고 싶었지만, 그 마음을 애써 바꾸어 먹었다.

"레이첼!"

나를 본 제이슨이 인사했다. 그의 정장은 크림색, 받쳐 입은 셔츠는 은은한 금색이었다. 과연 우리 둘의 의상은 마치 서로 맞춘 듯 어울렸다.

"와줄 수 있었다니 다행이다! 세나도 만났어?"

제이슨이 레드카펫 건너편의 한쪽을 가리켰고, 선명하게 붉고 윤기 나는 머리카락과 반짝이는 진주빛 드레스의 대조가 눈에 띄는 모습으로 세나가 《스타》지와의 인터뷰를 마무리하고 있었다. 우리에게 윙크하는 세나에게 나는 짧게 손을 흔들어 화답했다.

"걸스 포레버의 레이첼 씨죠?"

송건우였다. 미소를 지으며 내게 물은 그가 고개 숙여 인사했다. 우아……. 송건우의 실물은 화면 속과 다를 바가 없었다. 키가 크고 탄탄한 체격, 한쪽 입꼬리가 올라가는 미소, 오른쪽 눈 바로 밑에 있는 애교점까지. 시트러스향 화장수의 향기가 났고, 까만 정장에 크림색 셔츠를 입고 있었다.

"드디어 뵙네요."

송건우는 스타다운 환한 미소를 짓느라 치아를 거의 벌리지도 않고 말했다. 맥스웰이 이미 우리를 찍고 있음을 깨달은 나도 재빨리 입꼬리를 올렸다. 맥스웰이 촬영을 잠시 멈추고 카메라 화면을 확인하고 있을 때, 송건우는 한결 자연스러운 표정으로 말했다.

"레이첼 씨에 관해서 좋은 얘기 많이 들었어요."

내 얘기를? 누구한테서? 미나가 내 이야기를 좋게 했을 리는 없는데. 그렇다면 제이슨이 했을까?

맥스웰이 외쳤다.

"아주 좋아요! 이번엔 서로 조금 더 붙어주실 수 있을까요?"

제이슨과 송건우 모두 한 걸음씩 내게 다가왔고, 송건우는 내 허리에, 제이슨은 내 어깨에 팔을 둘렀다. 한편에서 걸스 포레버 멤버들이 파티장으로 가기 위해 나를 기다리고 있는 것이 보였다. 그저 기다리고 있는 것은 아니었다. 유심히 쳐다보고 있었다. 미나의 눈은 내가 자기 영화의 두 남자 주인공 사이에서 보내는 시간이 길어질수록 점점 더 가늘어졌다.

맥스웰이 만족할 만큼 사진을 찍고 나자, 나는 제이슨과 송건우에게 손을 흔들어 인사하며 서둘러 멤버들에게 합류했다.

"기다려줘서 고마워."

확연하게 바뀐 분위기가 느껴졌다. 이 행사장으로 오는 내내 환한 얼굴로 수다를 멈추지 않았던 미나가 지금은 너무나 화가 나 있었다. 리지와 은지도 나를 노려보았다.

"꼭 그래야 했어, 레이첼? 하필이면 오늘 같은 날 스포트라이트를 가로채고 싶었어?"

다 함께 시사회장으로 향하는 길에 미나가 목소리를 죽여 말했다. 순간 미나의 시선이 휙 한쪽을 향했고, 그 시선의 끝에는 남자 화장실 앞에서 근엄한 얼굴로 팔짱을 끼고 줄을 선 미나의 아버지가 있었다. 이런. 갑작스러웠던 내 사진 촬영을 미나의 아버지도 목격했을까? 오늘 밤은 미나에게 몹시도 중요했다. 내일의 미디어 보도에서 미나가 주인공이 되는 것도 중요했다. 본인의 자부심을 위해서만이 아니라, 연기자가 되겠다는 꿈을 아버지에게 좀 더 이해시키기 위해서도 말이다.

나는 진심으로 사과했다.

"미안해. 그런데 네가 생각하는 그런 게 아냐. 오늘 밤의 스타는 당연히 너야. 그냥 내가 파리에서 만난 사진 기자가……."

리지가 기가 막힌다는 표정으로 말했다.

"또 파리 얘기야? 그래, 너 파리 갔다 왔어. 가서 멋진 사람들 만났어. 우리도 다 알겠으니까 이제 자랑 좀 그만해."

"맞아."

은지가 맞장구쳤다. 은지는 미나와 리지보다도 더 짜증이 난 표정이었다. 아니, 짜증을 넘어 화가 나 보였다. 너무도 날카로운 목소리로 은지가 덧붙였다.

"네가 뭐길래 원하는 걸 다 가져?"

하려던 말과는 조금 다른 말이 나왔는지, 은지는 눈썹을 찌푸렸다. 미나도 이상하다는 듯 은지를 보았다. 은지는 중얼거리듯 고쳐 말했다.

"내 말은, 왜 미나가 받아야 할 스포트라이트를 네가 가져가느냐는 말이야. 그래선 안 되는 거야."

내가 오해를 풀려고 입을 열기도 전에, 여덟 명의 멤버들은 나를 뒤로 하고 이벤트홀로 들어섰다.

16

영화가 상영되는 동안 나는 세 자리 떨어져 앉은 실제 미나를, 교통사고로 기억상실증에 걸린 송건우 때문에 우는 극 중 미나만큼이나 많이 쳐다보았다. 미나는 좌석에 앉을 때까지도 몹시 화가 나 있었지만, 영화 상영이 시작되자 다행스럽게도 진정하는 듯했다. 커다란 스크린 속 자신을 보느라 다른 일은 생각할 수 없었으리라. 내가 보기에도 미나는 연기를 잘했다. 아버지의 반대에도 불구하고 연기라는 모험을 시도한 것이 다행스러웠다.

그런데 미나보다 더 먼 자리에서 숨죽여 우는 소리가 들렸다. 은지가 눈물을 줄줄 흘리며 울고 있었다. 영화 속 송건우가 자신의 아버지에게 절대 잊지 않겠다고 말하는 장면이 감동적이기는 했지만 '그 정도'로 감동적이진 않았는데 말이다. 조금 전 나에게 다소 이상하게 화를 냈던 일이며 이렇게나 우는 모습이며, 은지에게 무슨 일이 있는지도 모른다는 생각이 들었다. 요즘 부쩍 기분이 저조해 보이기도 했다. 연습생 시절부터 은지는 늘 미나를 따라다녔지만, 리지처럼 나를 공격적으로 대한 적은 없었다. 오히려 나는 은지가 조금 안쓰러웠다. 선희처럼 은지 역시 자신을 평가절하하는 편이었기 때문이다. 은지는 우리 팀에서 가장 화려한 미모를 지닌 멤버 중 한 명인데도 미나, 리지와 붙어 다녀야만 나머지 멤버들을 장악할 수 있다고 생각했다.

오늘 밤 내가 레인 크로포드 백화점과의 관계를 되돌리거나 앨릭스와의 관계를 결론지을 수는 없겠지만, 은지에게 다가가는 일은 할 수 있으리라 마음먹었다.

이 생각에 빠져 있던 나는 엔딩 크레딧 속 미나 이름에 같은 줄 좌석의 관객들이 박수와 환호성을 보낼 때까지도 영화가 끝난 줄을 몰랐다.

시사회 후 파티에서 나는 은지의 어깨를 살며시 만졌다.

"잠깐 이야기 좀 할 수 있어?"

은지가 거절해버리는 게 아닐까 생각했다. 하지만 잠시 주저하던 은지가 한숨을 내쉬며 승낙했다. 나는 파티장 한구석에 자리한 남색 벨벳 소파로 은지를 이끌었다.

"너…… 무슨 일 있어, 은지야?"

내가 묻자, 은지는 음표 모양 목걸이의 줄을 만지작거리면서 내 눈을 피했다. 우아한 은지의 쇄골이 내가 기억하는 것보다 더 도드라져 보였다. 살이 빠졌나? 나는 소파 등받이에 등을 기대며 말했다.

"있잖아, 우리가 팀에서 아주 가까운 편은 아니었지만, 네가 요즘 좀 기분이 안 좋아 보여서 묻는 거야……. 좀 걱정이 돼서."

나를 잠시 보았다가 시선을 뗀 은지는 눈을 깜박거리기 시작했다. 눈물을 참고 있었다.

"은지야?"

나는 좀 더 부드러운 목소리로 이름을 불렀다. 은지는 입을 열지 않았고, 참으려 애쓰는데도 눈물이 가득 차올랐다. 고개를 돌려 주변에 듣는 사람이 없는지 살피더니, 은지는 마침내 작은 목소리로 이야기했다. 나는 몸을 숙여 귀를 기울였다.

"송건우 때문이야. 우리…… 사귀어."

이럴 수가. 조금도 예상하지 못했던 일이다. 미나가 〈내가 너를 사랑했을 때〉에서 연기하는 걸 자랑할 때마다 은지는 뻣뻣해지곤 했는데, 연기를 할 수 있는 미나의 기회에 질투가 났던 것이 아니라 미나가 제 남자 친구와 함께하는 시간에 질투가 났던 것이었다. 어떻게 위로해야 좋을까. 또한 나의 연애에 대해서는 은지에게 얼마나 밝혀야 좋을까.

나는 은지의 등을 토닥이며 말했다.

"아이고…… 정말 힘들겠다. 둘이 언제부터 만난 거야?"

나는 둘의 인연이 시작되었을 만한 때를 짐작해 보며 물었다.

"그리고 도대체 어떻게 데이트를 하는 거야?"

이 커플에게는 같은 도시에 산다는 이점이 있지만, 송건우는 앨릭스와 달리 모두가 알아보는 연예인이다. 나는 서울에 올 앨릭스와 만날 안전한 방법도 아직 생각해내지 못했는데, 두 사람은 어떻게 지금까지 들키지 않을 수 있었을까?

은지는 손바닥으로 눈가를 눌러 닦으며 말했다.

"그런 게 뭐 중요한가. 이젠 아무 의미 없어. 다 끝낼 거야."

"왜?"

좀 더 굵어진 목소리로 은지는 말했다.

"왜긴. 건우 씨가 널 보는 눈빛 봤어? 손도 자꾸 네 허리에 얹고. 딱 봐도 너한테 마음이 있던데, 뭘."

은지는 두 손바닥으로 눈을 누르고 어깨를 축 늘어뜨렸다.

"바람둥이라는 걸 애초에 알아봤어야 하는데."

아아, 은지야. 나는 은지를 당겨서 꼭 끌어안고 말했다.

"그런 거 전혀 아냐. 나한테 마음이 있기는 무슨. 그건 그냥 의상 색깔이 서로 비슷하다는 이유로 연출된 촬영이었어. 그리고……."

나는 은지를 품에서 놓고 물러나 두 손을 은지의 어깨에 얹었다. 은지가 내게 자신의 비밀을 솔직히 털어놓았다면 나 역시 그 정도는 할 수 있었다. 은지가 오해를 풀고 남자 친구에 대한 의심을 거둘 수 있다면 더욱더. 이토록 상처받은 은지를 보고 있기가 괴로웠다.

"나도 요즘에 만나는 남자가 있어. 이름은 앨릭스. 그러니까 나도 다른 사람한테 관심 없어."

은지의 눈이 커다래졌다.

"뭐? 정말?"

"응."

나는 샴페인 한 모금을 삼키고는 기다렸다. 무엇을 기다렸을까?

노 대표가 바 뒤에서 튀어나와서 "딱 걸렸다, 이 녀석들!" 하고 외칠 것을? 레아가 아닌 누군가에게 앨릭스의 존재를 털어놓았으니 마른하늘에 날벼락이라도 떨어질 줄 알았나 보다. 하지만 은지는 활짝 웃으며 이렇게 말했다.

"레이첼! 난 전혀 몰랐어!"

나도 은지에게 조금 웃어 보였다.

"말 못 했지. 너도 알듯이……."

'너도 알듯이'라고 말하고 나서야 깨달았다. 은지가 실제로 내 입장을 잘 알 수 있다는 것을. 앨릭스와의 만남을 비밀로 하는 데 온 신경을 쓰다 보니, 원치 않게 이별할까봐 너무 걱정하다 보니, 멤버에게 털어놓음으로써 마음이 가벼워질 수 있으리라는 생각은 하지 못했다.

은지가 최근의 그 어떤 때보다 생기 가득한 얼굴로 말했다.

"레이첼, 우리 더블데이트 하면 좋겠다!"

마시던 샴페인이 기도로 넘어갈 뻔했고, 콧구멍으론 탄산이 올라왔다. 무슨 수로 우리가 더블데이트라는 것을 들키지 않고 할 수 있을까? 하지만 은지가 너무 신나 보였고, 알고 지낸 긴 시간의 어느 때보다도 은지가 가깝게 느껴지는 이 순간을 놓치고 싶지 않았다.

"그래, 해보자. 재미있겠다. 난 한 번도 더블데이트란 걸 해본 적이 없어."

음료를 마저 마시고 나머지 멤버들과 함께 파티를 즐기러 가려는데, 은지가 내 팔에 손을 얹었다. 큰 숨을 들이쉰 은지가 멈춰 선

내게 말했다.

"레이첼, 아까는 미안했어. 내 머릿속 생각들에 너무 빠져 있었어. 연애라는 게 가끔은 힘들잖아, 특히 유명인의 삶을 살 때는."

나는 고개를 끄덕이고 말했다.

"이해해."

이해하지, 이해하고말고.

잠시 주저하던 은지는 포옹하자는 듯 두 팔을 벌렸다. 나는 빙그레 웃으며 은지를 껴안았다.

이제는 일급 비밀 작전을 짜는 일만 남았다. 한국 최고의 스타 배우, 그리고 정상의 케이 팝 걸 그룹 멤버 아홉 중 둘이 포함된 더블데이트 계획을 짜는 일만.

뭐, 문제없다.

<더블데이트 계획서>

6:00 레이첼이 식당에 도착해서 3번 방으로 간다.

6:03 앨릭스가 식당에 도착해서 전화를 거는 척한다. 그렇게 카운터 앞에 서성거리며 은지가 올 때까지 기다린다.

6:05 은지가 식당에 도착해서 곧바로 여자 화장실로 간다. 안전할 때 레이첼이 문자를 보낼 테니 그때까지 기다린다.

6:08 송건우가 식당에 도착해서 6번 방으로 간다.

6:10 앨릭스가 3번 방으로 가서 레이첼을 만난다.

6:13 송건우가 6번 방에서 3번 방으로 이동한다.

6:15 레이첼이 은지에게 3번 방으로 오라고 문자를 보낸다.

※ 예약자 이름은 김유미다. 식당 안쪽 프라이버시가 보장되는 사 인용 방을 예약했다. 계획한 시간이 되면 도중에 어디에서도 멈추지 말고 그 방으로 올 것!

은지와 나는 더블데이트를 촘촘하게 계획했다. 몹시도 촘촘하게. 모두를 식당의 한 방에 모으는 일은 초조하고 긴장됐지만, 은지와 몰래 작전을 짜는 일이 솔직히 재미있기도 했다. 〈오션스〉 시리즈 수준의 작전을 수행하는 기분이었다. 우리는 주변이 평범하고 개인실이 마련된 식당들을 몇 시간이나 찾아본 끝에 마리골드하우스로 결정을 내렸다. 식당 자체도 괜찮았지만, 무엇보다 강북한구석에 자리하고 있었다. 물론 여전히 들킬 위험은 있어도 그 정도면 꽤 안심되었다.

그 식당의 직원들은 이보다 더 큰 비밀도 지킨 적이 있다고 하는데, 국무총리가 이곳에서 비밀 회동을 열어 중요한 법률 제정 문제를 언론에 누설 없이 상의했다는 것이다. 게다가 이 식당 주인은 은지가 초등학생 때부터 알아온, 믿을 수 있는 사람이라고 했다. 여전히 이 모든 것이 조금은 초조했지만, 나는 이 더블데이트를 최대한 은밀히 실현하기 위해서 은지와 최선을 다했다. 홍콩 공항에서부터 도로를 질주한 추격전에서도 무사히 벗어났으니, 서울에서 조용하게 저녁을 먹는 것쯤 별 탈 없이 해낼 수 있으리라 마음을 다독였다.

네 사람이 함께 있는 모습이 남들 눈에 띄지 않도록 각기 조금씩 다른 시간에 도착하게 하는 일은 참으로 만만치 않았다. 앨릭스는 마치 성자처럼 불만 없이 계획에 따라주었고, 이런 첩보 영화 같은 만남이 자기는 아무렇지 않다고도 계속 주장했다. 사실 은지를 만난다고 들떠 있기도 했다. 걸스 포레버 멤버들 중 앨릭스와 만난 사람이 여태 아무도 없다는 사실이 이상하게 느껴졌다. 앨릭스와의 관계를 비밀로 하느라 그렇게 되었지만, 내 삶의 커다란 두 영역이 이렇게나 맞닿은 적이 없다니.

마침내 그날의 저녁이 다가왔다. 무엇을 입을지 지나치도록 오래 고민하다 결국 간단한 흰 티셔츠와 까만 가죽 레깅스, 짧은 가죽 라이더 재킷을 입기로 했다. 애석하지만 근사하게 차려입는 것보다는 눈길을 끌지 않는 것이 더 중요했다.

더블데이트 작전의 전반부는 막힘없이 이루어졌다. 한 명 한 명 계획된 시차에 맞추어 정확히 식당에 도착했고, 나는 평범해 보이는 까만색 차에서 내린 지 이십 분 만에 (뭐, 아주 '정확히'는 아니었나 보다) 앨릭스, 은지, 송건우와 함께 식탁에 둘러앉아 우리가 실제로 이 일을 해냈다는 사실에 감탄했다.

이렇게 함께 웃고 수다를 떨 수 있다니, 마치 평행 우주 같은 곳에라도 들어온 듯한 느낌이었다. 우리 앞의 식탁에는 은대구, 직접 담근 고추장으로 만든 소스를 뿌린 숯불구이 닭고기, 자연산 버섯을 얹은 찰보리밥, 얇게 썬 한국산 배를 얹은 참다랑어가 놓여 있었다. 앨릭스가 참다랑어를 먹어보고는 말했다.

"정말 맛있다. 오로지 이걸 먹기 위해서라도 한국에 오고 싶은 맛이야."

송건우가 앨릭스에게 말했다.

"홍콩에 산다고 하셨죠? 팬미팅 때 홍콩에 가봤어요. 참 좋더라고요."

"다음에 오시면 연락하세요."

남자들끼리는 이렇게 만나자마자 절친한 친구처럼 행동하는구나, 하고 나는 놀라워했다. 한쪽이 한국에서 가장 유명한 만인의 연인이어도 말이다. 하지만 어쩌면 남자들끼리여서가 아니라 앨릭스라서 가능한 일일 수도 있었다. 앨릭스는 스스로 너무나 편안한 사람이어서 주변 사람들까지 편하게 만드는 놀라운 능력이 있었다.

이 생각을 하고 있을 때 앨릭스가 손을 뻗어 내 손을 잡았고, 손끝으로 부드럽게 내 손등을 쓸었다. 그 깊은 갈색 눈으로 나를 바라보았다.

"우아……."

맞은편에 앉은 은지가 선망하듯 우리를 보며 작은 감탄을 내뱉었다.

"둘이 사귄 지 얼마나 됐어?"

은지의 물음에, 숯불구이 닭고기를 포크에 찍어 입으로 가져가던 나는 그대로 멈췄다. 사귄 지? 싱가포르에서 처음 만났던 때부터 계산해야 하나? 첫 키스를 한 파리에서의 만남부터? 몇 주 전 앨릭스가 처음 나를 여자 친구라고 소개한 홍콩에서의 만남부터?

하지만 내가 이런 것들을 복잡하게 생각하고 있을 때, 앨릭스가 간단하게 대답했다.

"석 달 됐어요."

은지가 두 눈썹을 올리고는 대답했다.

"석 달이요? 우아, 케이 팝 아이돌 기준으로는 영원처럼 긴 시간 이에요."

"정말요? 레이첼, 레이첼은 어떤지 모르겠지만 나는 석 달보다 훨씬 오래 함께하고 싶어. 나한텐 이제 막 시작이야."

앨릭스가 내 눈을 들여다보며 말했다. 영원이라는 시간이 나를 마주 보고 있는 것만 같았다. 근사한 동시에 몹시도 부담스러운 일이었다. 나는 앨릭스와의 눈 맞춤을 멈추고는 닭고기를 입에 넣었다. 볼이 붉어지고 눈물이 핑 돌았지만 소스가 매워서는 아닌 듯했다. 앨릭스는 우리 사이를 스스럼없이 당당하게 규정하는데, 나는 그 생각만 하면 이마에 '여자 친구'라고 문신한 오백 킬로그램의 고릴라가 한구석에 숨어 지켜보는 기분이 들었다.

나는 닭고기를 애써 삼키고는 은지와 송건우를 보며 물었다.

"두 사람은 어떻게 만났어요?"

은지가 수줍게 웃으며 대답했다.

"건우 씨가 몇 달 동안이나 내 번호를 알아내려고 애를 썼대. 나를 아는 친구한테 계속 소개팅을 시켜달라고 졸랐대."

송건우는 항변하듯 말했다.

"몇 달은 아니었어요. 몇 주였어요. 그런 다음에 또 몇 주."

은지가 놀리듯 대꾸했다.

"몇 주 더하기 몇 주는 몇 달이거든."

송건우가 붉어진 얼굴로 쑥스러워하며 어깨를 으쓱했고, 모두가 웃었다.

저녁을 먹는 내내 송건우는 자꾸 식탁 아래에서 은지의 손으로 손을 뻗었고, 은지와 손깍지를 낀 채로 수다를 떨었다. 평생 그렇게 해온 것처럼 너무나 자연스러웠고, 그래서 은지는 참 행복해 보였다. 은지는 활력이 가득해 보였고, 두 사람은 정말로 사랑에 빠진 것 같았다. 다만 정말로 사랑에 빠진 것처럼 보이는 일이 송건우의 직업이기도 하다는 생각도 문득 들었다. 얼른 그 생각을 머릿속에서 떨쳐냈다. 지금은 아니야, 레이첼. 분위기 깨지 마.

"새 광고 찍게 된 소식 얘기해, 은지 씨."

송건우가 신이 나서 말했다. 은지가 수줍게 웃더니 설명했다.

"SK 아모레에서 나오는 향수 광고 사진을 찍게 됐어. 굉장히 재미있을 것 같아."

나는 축하했다.

"진짜 잘됐다! 넌 진짜 잘할 거야."

식사를 마쳤을 때, 우리는 들어온 것과 같은 방식으로 한 명씩 식당을 빠져나갔다. 눈에 띄지 않고 이곳에서 나가는 작전 후반부가 전반부만큼이나 무탈하게 진행되기를 기도했다. 가장 먼저 송건우가 나갔다. 그리고 십사 분 후에 은지가 나갔다. 앨릭스와 나는 나란히 앉아서 휴대폰의 시계를 보면서 십오 분을 더 기다렸다.

"그러니까, 한강 밤 산책은 못 한다는 거지? 정말 확실해?"

앨릭스는 조르듯 물으며 한쪽 눈썹을 올렸지만, 농담이었다. 이미 우린 앨릭스가 서울에 머무르는 동안 되도록 사람들의 눈에 띌 만한 일을 하지 않기로 결정했다. 그래도 숙소까지 앨릭스가 차로 데려다주기로 했으니 함께 할 시간이 이십 분 정도는 남은 셈이었다.

나는 한숨을 쉬고 대답했다.

"밤 산책, 하고 싶지. 그래도 오늘 밤에 벌써 너무 많은 위험을 감수했잖아. 그리고 설사 산책을 하더라도 내가 불안해서 편집증적으로 변할 거야. 그런 상태일 땐 같이 있지 않는 게 이로워."

"어떤 상태건 레이첼이랑 같이 있으면 즐거운데."

앨릭스가 휴대폰을 흘긋 보고는 덧붙였다.

"나갈 시간이다. 곧 다시 보자."

미소를 지은 앨릭스가 내 뺨에 입을 맞추고는 돌아섰지만 앨릭스가 문밖으로 나가기 전 내가 그의 팔을 잡고 돌려세워 입술을 맞대었다.

우리가 키스를 멈추었을 때, 앨릭스가 부드럽게 웃으며 말했다.

"작전 시간 엄수 실패다."

"제대로 된 작별 인사를 하고 싶어서 그랬어."

"여기서 작별하는 거 아닌데. 아직 차 타고 가는 시간이 남았잖아."

이렇게 말한 앨릭스가 다시 내게 키스했다. 천천히, 달콤하게, 우리 사이의 거리 때문에 놓쳤던 작은 순간들을 모두 상기시키면서.

"이러다 진짜 작전 망치겠다."

나는 말했고, 앨릭스는 나를 놓아주며 말했다.

"차에서 보자."

알랙스가 문밖으로 나갔다.

나갈 시간이 되었을 때, 나는 가죽 재킷의 옷깃을 세워 턱까지 가리고 야구모자를 쓴 다음 (되도록 나처럼 보이지 않으려 최선을 다했

다) 식당에서 빠져나가, 곧장 나를 기다리고 있는 차로 향했다. 앨릭스는 만약을 대비하기 위해 차창이 짙게 선팅된 차를 빌렸다. 나는 조수석에 올라타자마자 빠르게 주위를 두리번거렸다. 파파라치는 보이지 않았다. 차가 출발했다. 그렇게 쉽게 빠져나왔다는 것이 잘 믿기지 않았다. 작전의 후반부가 성공적으로 끝났다.

마음이 놓인 나는 등을 편안히 기대고 앉았다.

"좋아?"

운전대를 잡은 앨릭스가 나를 흘깃 보고는 물었다.

"응, 아주."

"진짜 긴장했었구나?"

나는 고개를 돌려 앨릭스를 보았다. 앨릭스는 웃고 있었지만 눈 속에 걱정이 어려 있었다. 나는 앨릭스의 두 눈썹 사이에 생긴 주름을 부드럽게 문지르며 말했다.

"괜찮아. 별 탈 없이 만났잖아. 기대했던 것보다 훨씬 좋았어. 앞으로도 이렇게만 된다면 앨릭스가 서울에 올 때마다 주변을 두리번거리면서 만나지 않아도 될 것 같아."

앨릭스가 빙그레 웃으며 내 손을 잡았다.

"그러면 좋겠네. 그런데 난 숨어서 만나는 것도 그렇게 싫어하지 않는 거 알지?"

나를 만나느라 겪게 되는 모든 극적인 일을 기꺼이 감내하는 앨릭스에게 고마움을 느끼며, 나는 환히 웃어 보였다.

"사실 난 그런 만남이 좀 섹시한 것 같아."

앨릭스의 말에 나는 팔을 찰싹 쳤고, 앨릭스는 소리 내어 웃었다.

"있잖아……."

앨릭스가 조금 진지해져서는 엄지로 내 손등을 쓸며 말을 꺼냈다.

"……오늘 식당에 오기 직전에 이메일을 받았는데, 밥 먹으면서는 이야기하고 싶지 않았어. 셀레스트가 론칭 날까지 다음 시즌 가방 디자인을 보고 싶대. 그 조건만 받아들여주면, 레이첼이 만든 여섯 개의 가방을 백화점에서 판매하겠대."

내 손에 닿는 부드러운 손의 감촉에 정신이 팔려, 앨릭스의 말이 제대로 귀에 들어오기까지 시간이 좀 걸렸다. 레인 크로포드 백화점에서 내 브랜드를 입점하려 한다고? 나는 환호성을 지르고, 조수석에 앉은 채 기쁨의 춤을 추었다. 앨릭스는 웃었고, 운전대를 잡은 채로 가능한 만큼 같이 춤을 추었다. 하지만 잠시 후, 눈썹을 찌푸리더니 이렇게 말했다.

"저기, 정말 좋은 소식이고, 기뻐해야 하는 게 맞는데 말이야, 그쪽에서 요구하는 다음 시즌 디자인의 수가 좀 많아……. 첫 회의에서 보여줬던 것의 세 배를 보여 달라네."

나는 이 행복한 저녁을 불안으로 망치고 싶지 않아 깊은숨을 들이쉬었지만 갑자기 가슴이 조였다. 세 배? 열여덟 개의 가방이라는 뜻이다. 지금의 가방 여섯 개도 거의 두 달이 꼬박 걸려 디자인했다. 같은 시간 안에 내가 열여덟 개의 가방을 디자인할 수 있을까? 지금 하는 다른 모든 일을 하면서?

"레이첼, 할 수 있어."

내뱉는 숨이 과호흡에 가까워지는 나를 보면서 앨릭스가 말했다.

"그 디자인은 셀레스트에게 처음 보여주었던 것들만큼 많이 다듬어진 상태일 필요도 없어."

앨릭스는 또 한 번 내 손을 잡았다.

"내가 계속 함께할게. 그냥 스케치 상태로만 보여줘도 그쪽에선 감탄할 거야. 레이첼이 공책에 그려뒀던 것들을 내가 다 봤잖아. 대단하고 창의적이고 실력 있는 디자이너면서 무슨 걱정이야."

격려의 말을 듣는 기분도, 손을 맞잡은 기분도 좋았다.

이내 차가 숙소 앞에 다다랐다. 나는 아쉬운 표정으로 창밖을 보면서 또 한숨을 쉬었다.

"좀 더 있다가 갔으면 좋겠다. 너무 짧았어."

"나도 그래."

앨릭스는 사이드 브레이크를 걸며 대답했다. 나는 미소를 지으며 몸을 숙여 앨릭스에게 입을 맞추었다. 입술은 따뜻하고 부드러웠고, 앨릭스의 두 손이 부드럽게 허리를 쓸어내리자 나는 더 깊이 키스했다. 나는 앨릭스의 목 뒤를 손으로 감쌌고 앨릭스는 나를 더 가까이, 더 간절히 끌어당겼다. 우리는 끝없이 키스했고, 나는 영영 이 키스를 멈추고 싶은 마음이 들 것 같지 않았다. 하지만 현실을 자각시켜주는 거대한 고릴라가 다시 머릿속 한구석에 나타났고, 나는 마음을 다잡아 살며시 키스를 멈추었다.

"가야겠다."

나는 이마를 맞댄 채로 조용히 말했다. 앨릭스가 거친 목소리로 대답했다.

"음, 그래."

우리는 잠시 그렇게 앉아서 서로의 숨소리를 듣기만 했다. 마침
내, 앨릭스가 내 두 손을 잡고 손마디 하나하나에 입을 맞추었다.

"좋은 밤 보내, 레이첼."

나도 속삭여 답했다.

"좋은 밤 보내, 앨릭스."

차에서 내려 잔잔하게 더운 바람이 부는 유월의 공기 속으로 들
어선 나는 앨릭스를 돌아보고는 손으로 입맞춤을 날려 보냈다. 그
리고 완벽에 가까운 이 예쁜 밤이 사라지기 전에, 숙소로 뛰어 들
어갔다.

다음 날 아침, 샤워를 하고 나오자 멤버들이 부엌에 둘러앉아
아침 식사를 하고 있었다. 없는 멤버는 은지뿐이었다.

"은지 아직 자?"

나는 방을 같이 쓰는 리지에게 물었다.

"좀 전에 나가던데. 왜?"

"그냥, 없길래."

식당에서 나간 뒤 송건우와 보낸 시간이 어땠느냐고 은지에게
물어보고 싶었다. 문자를 보내야겠다고 생각하고 있을 때 휴대폰
에서 메시지 수신음이 울렸다.

노 대표였다.

노 대표: 레이첼, 당장 회사로 와 다오.

가슴이 철렁 내려앉았다.

노 대표가 직접 문자를 보내는 일은 거의 없었고, '당장'이라는 표현을 써서 호출한 적도 없었다. 심각한 일이 아닐 수 없었다. 서둘러 방으로 가서 젖은 머리를 말아 올리고 청바지와 헐렁한 줄무늬 티셔츠를 입었다. 작은 실마리라도 찾고 싶어, 회사로 가는 내내 노 대표의 메시지를 보고 또 보았다.

하지만 대표실로 들어가자마자 호출 이유는 분명해졌다.

은지가 이미 소파에 앉아 있었고, 얼굴은 눈물로 젖어 있었다.

우리는 서로를 마주 보았다.

은지는 입 모양으로 말했다.

'들켰어.'

17

사진이 있었다. 그것도 수많은 사진이.

노 대표가 그 사진들을 띄운 컴퓨터 화면을 우리에게 보여주었다. 송건우가 식당을 나서는 사진. 주차요원에게 팁을 주는 사진. 자신의 흰색 벤틀리 자가용에 타는 사진. 다음으로는 딱 일 분 후, 은지가 식당에서 나오는 사진. 여기에서 은지는 얼굴을 가리는 오버사이즈의 까만 사각형 선글라스를 쓰고 있었지만, 송건우의 차문을 열자마자 선글라스를 머리 위로 올리고 조수석에 올라타는 모습이 그다음 사진들에 담겨 있었다. 명백히 은지임을 알아볼 수 있는 사진들이었다. 다만 연인처럼 찍힌 사진은 아니었다. 그저 차를 함께 타는 두 사람일 뿐이었다.

그때 노 대표가 다음 사진을 클릭했다.

'와플스쿱스'에서 찍힌 그 사진에서 송건우가 은지의 아이스크림을 핥아먹고 있었다. 너무나 가깝게 찍힌 사진이라서 아이스크림 속의 오레오 조각들까지 보였다. 그리고…… 둘이 키스하는 사진이 나왔다. 한 장도 아니고 여러 장.

오싹한 한기가 등뼈를 타고 흘렀다. 은지가 안타깝기도 했지만, 이 일의 주인공이 나와 앨릭스일 뻔했다는 생각으로 아찔해졌다.

하지만 나와 앨릭스가 아니었다. 숨죽이는 내 앞에서 노 대표는 《리빌》지에서 받은 사진을 모두 클릭했고, 나와 앨릭스의 사진은 없었다. 점점 더 커지는 내 머릿속 고릴라를 대체로 미워해왔지만, 지금은 고마웠다. 그 고릴라가 내 머릿속에 상시 거주하지 않았더라면, 나는 앨릭스와의 달콤한 시간에 제동을 걸지 못해 결국 이렇게 들키고 말았을 것이다.

그때 갑자기 깨달았다. 앨릭스와 내가 그 식당을 떠나기가 그리도 쉬웠던 이유는 운이 좋아 파파라치가 없었기 때문이 아니라 모든 파파라치가 이미 은지와 송건우를 아이스크림 가게까지 따라간 뒤였기 때문이었다는 것을.

나는 은지에게로 눈을 돌렸다. 이토록 힘든 표정의 은지를 본 적이 없었다. 얼굴은 창백하디 창백하고, 마치 사라지고 싶은 것처럼 몸을 웅크린 채 앉아 있었다. 은지는 계속해서 눈물을 닦았지만, 닦아도 닦아도 새로운 눈물이 흘러나왔다. 그 모습을 보자 통증이 느껴질 만큼 가슴이 아팠다. 젠장. 은지가 느낄 끔찍한 기분이 상상조차 되지 않았다. 아니, 사실 상상이 되었다. 내가 앨릭스와 함께 있을 때마다 상상하는 기분이었으니까. 언제나 최악의 시

나리오들이 머릿속을 돌아다녔다. 그중 가장 끔찍한 상황을 지금 은지가 실제로 겪고 있다.

노 대표가 굳은 얼굴로 말했다.

"《리빌》지에서 네가 송건우와 만난다는 사실을 인정하면 이 사진들을 풀지 않겠다고 한다. 네가 송건우 차에 타는 사진까지만 내보내겠다는 거야."

은지의 표정이 조금 밝아지는 순간, 노 대표가 덧붙였다.

"《리빌》지가 너희 사이를 공식적으로 보도하는 데 네가 동의하는 조건으로 말이다."

은지의 어깨가 다시 처졌다.

"물론 네가 그렇게 하기로 한다면 우리 회사에서도 너와 송건우의 관계를 공식적으로 인정해야 해."

은지는 입술을 깨물었다. 공식적인 보도라는 것은 둘의 사이를 대중에게 공개한다는 뜻이고, 그것은 쉽게 받아들일 수 있는 일이 아니었다. 특히나 준비가 되지 않았다면 더욱.

"신중하게 생각해서 결정하기를 바란다, 신은지. 네 이미지가 더 손상되는 걸 막을 방법은 이것밖에 없어. SK 아모레는 벌써 이 일을 알고 있어. 네 광고를 취소하겠다고 오늘 아침 전화가 왔다."

은지는 깜짝 놀라 나를 쳐다보았다. SK 아모레는 어떻게 이 일을 그렇게 빨리 알았을까? 하지만 생각해보면 이 업계는 소식이 빠르다. 나쁜 소식, 또는 적어도 스캔들이 될 만한 소식이라면.

은지가 나를 가리키며 떨리는 목소리로 말했다.

"레이첼은요? 같이 있었어요. 레이첼도 공개해야 해요?"

"레이첼의 사진은 찍히지 않았어. 사진이 없으면 공개할 것도 없다."

믿을 수 없다는 듯 은지의 입이 벌어졌다.

노 대표가 나에게로 매서운 시선을 돌리고는 말했다.

"하지만 은지 말이 사실이라면 행동을 조심하는 게 좋을 거다, 레이첼. 내가 오늘 아침에 너를 여기로 부른 건 경고를 하기 위해서야. 이런 행동이 어떤 결과를 낳는지 네가 직접 볼 수 있도록. 친구와 똑같은 일을 겪고 싶지 않으면 조심하도록 해라."

나는 마른침을 꿀꺽 삼키고는 고개를 숙였다.

"네, 알겠습니다."

죄책감이 가슴을 찔렀고, 《리빌》지에서 연애 기사를 보도해도 좋다는 동의서에 서명을 하는 은지를 쳐다볼 수조차 없었다. 은지와 내가 각기 마주한 결과는 공정하지 않았다.

대표실에서 나오자마자 나는 은지의 손을 잡았다.

"은지야……."

은지는 눈물에 얼룩진 얼굴로 제 손을 휙 빼냈다.

"무슨 이런 개떡 같은 경우가 다 있어! 우리 둘 다 남자 친구랑 있다가 걸렸는데, 왜 너는 괜찮고 나한테만 이래? 왜 너는 나쁜 일이란 나쁜 일은 다 피해 가?"

한마디 한마디 뱉을 때마다 목소리가 높아지며 은지는 짜증을 폭발시켰다.

"나도 속상해, 은지야."

나는 힘없이 손을 제자리로 떨어뜨렸다. 은지는 정말로 이렇게 생각하는 걸까? 나는 나쁜 일을 피해 간다고? 내가 더없이 운 좋은 기회들을 얻은 건 사실이지만, 그렇다고 해서 힘든 일 없는 완벽한 나날들을 살고 있는 것은 아니었다. 다시 솔직한 이야기를 나누고 싶어 입을 열었지만, 은지는 내가 한마디도 뱉을 틈 없이 뒤돌아 성큼성큼 가버렸다.

다음 차례가 나라면?

우리 모두 마음에 품고 있는 질문이었다. 처음에는 지윤이, 다음은 은지였다. 몰래 만나던 남자 친구가 들통나는 다음 걸스 포레버 멤버는 누가 될까? 누구도 대놓고 말하지는 않았지만 다들 그 생각을 하고 있었다. 숙소의 긴장된 분위기와 자꾸 불안하게 은지를 쳐다보는 시선들에서 알 수 있었다. 밤중에 화장실에 가다가 방문 너머로 들리던 누군가와 불안하게 속삭여 통화하던 수민이의 목소리로 알 수 있었다. 은지와 송건우에 관한 《리빌》지 기사를 천 번쯤은 다시 읽고 있는 리지의 표정으로 알 수 있었다. 리지의 얼굴에 떠오른 물음은 분명했다. '내가 이렇게 되었다면?'

그리고 누구보다도 내가 그 생각을 하고 있었다. 앨릭스와 나는 벌써 두 번이나 들킬 뻔했다. 싱가포르에서 처음 만나던 날 팬에게 사진이 찍힌 것을 포함하면 세 번. 더블데이트는 무모하기 짝이 없었고 내가 은지의 입장이 되지 않은 건 순전히 운이었다.

기사가 난 후 앨릭스는 곧장 영상 통화를 걸어왔지만, 나는 받지 않고 음성 사서함으로 넘어가게 했다. 그리고 '지금은 통화 못해'라는 짧은 문자만을 보냈다. 앨릭스와 어느 정도 거리를 두어야 할 때였다. 우리 사이의 경계선을 재건해야 했다. 앨릭스와 만날 때마다 내 심장이 멋대로 그 경계선을 넘어가버렸지만 말이다. 우리의 만남은 불장난과 같았고, 이대로 가다가는 데이고 말 것이 분명했다.

나는 사흘 내내 은지와 대화를 나누려 애썼지만, 은지는 나와 단둘이 같은 공간에 있는 것을 피했다. 어디에 있다가도 내가 들어가면 따가운 눈길로 나를 노려보며 나가버렸다. 더욱이 은지는 미나, 리지를 포함해 어떤 멤버와도 이야기를 나누지 않고 있었다. 최근 은지가 말을 주고받는 유일한 멤버는 지윤이었다. 이전까지 특별히 가까웠던 적이 없지만, 지금 자신이 겪고 있는 일을 누구보다 잘 이해하는 사람이 지윤임을 은지는 알 터였다. 나는 둘 모두에게 위로를 건네고 싶었지만, 요즘 나는 무엇을 하든 환영받지 못하는 듯했다. 그래서 아무에게도 거슬리지 않게 방에 숨어 새 가방 열여덟 개를 디자인하는 데 집중했다. 그럼에도 언제든 터질 수 있는 지뢰를 피하려 늘 조심조심 발끝으로 걷는 기분이었다.

합동 콘서트 장소에 도착했을 때도 그 긴장감이 여전히 우리 주위를 감돌고 있었다.

"수민이 너 오늘은 안무 틀리지 마."

아리가 노란색 스팽글 미니 원피스 위로 까만색 롱 드레스를 끌어 올리며 말했다. 평소와 같은 가벼운 옥신각신과는 다른, 날카로움이 묻어 있었다.

"너 후렴 마지막 발동작에서 박자를 계속 놓치잖아. 제일 쉬운 부분인데, 그걸 그렇게 자꾸 틀리면 어떡해."

수민이가 아리를 노려보며 맞섰다.

"뭐? 너나 잘해. 두 번째 후렴에서 네가 고음 지를 때마다 고막에서 피가 날 것 같으니까."

아리가 받아치려 입을 열었지만 미나가 더 빨랐다. 미나는 아리와 수민이 모두를 쏘아보며 말했다.

"그만 좀 하지. 너희 때문에 머리 아파."

이번만큼은 미나와 나의 생각이 같았다.

잠시 밖으로 나가야만 숨통이 트일 것 같았다. 헤어와 메이크업, 의상 준비를 끝낸 채로 분장실에서 빠져나가 무대 옆쪽의 백스테이지로 가자, 무대에서 세이고가 공연을 막 시작하고 있었다. 완벽한 타이밍. 검정과 흰색으로 된 야구 점퍼를 입고 워커를 신은 레아와 팀 멤버들이 정말이지 귀여웠다. 나는 빙그레 웃음이 나왔고, 자기 파트를 부르러 무대 중간으로 가는 레아의 사진을 찍었다.

"재미있나봐."

누군가의 목소리에 뒤를 돌아보니, 빨간 가죽 재킷에 찢어진 블랙진을 입은 제이슨이 다가오고 있었다. 나는 휴대폰을 집어넣고 웃으며 반겼다.

"오늘 멋지네. 다음 순서야?"

"응, 그런데 긴장돼."

제이슨이 무대로 고갯짓을 했다.

"네 동생 팀이 저렇게 잘하니, 뒤에 나가면 비교되잖아!"

열네 살의 레아가 이 말을 들었다면 얼마나 기뻐했을까 하는 생각에 웃음이 나왔다. 아니, 열여덟 살의 레아도 아마 그리 다르지 않을 테지.

"행운을 빌게. 오빠는 잘할 거야."

제이슨은 윙크를 하고 답했다.

"나야 늘 잘하지."

자신만만한 제이슨다웠다. 나는 제이슨이 스탠드에서 기타를 집어 들고 무대로 향하는 모습을 바라보았다.

"혹시 다시 불이 붙는 건가?"

미나의 목소리에 놀란 나는 펄쩍 뛰다시피 했다.

"뭐? 그런 거 아니야. 다 지난 일이지."

미나는 레이저처럼 날카로운 눈빛으로 나를 마주 보며 말했다.

"다행이네. 지금 다른 아이돌이랑 엮이는 건 이루 말할 수 없이 멍청한 일이니까, 안 그래?"

나는 고개를 끄덕였지만 말은 덧붙이지 않았다. 지난 사흘 동안 모두에게 벽을 쌓고 지낸 은지는 자신과 송건우의 연애 발각 사건에 나도 관련되어 있다는 사실 즉, 나 역시 남자 친구와 함께 있다가 들킬 뻔했다는 사실을 멤버들에게 말하지 않은 듯했다. 이루 말할 수 없이 멍청한 일? 내가 이미 저질러 버렸단다, 미나야.

"가자. 무대 하기 전에 의상 점검이 필요하대."

다시 분장실로 향하던 우리는 분장실 근처에서 멈춰 섰다. 이 공연을 중계하는 텔레비전 방송국인 엠넷의 임원 한 명과 함께 좀 흥분한 듯 이야기를 나누고 있는 노 대표가 보였기 때문이다. 미나와 나는 눈빛을 교환했고, 눈에 띄지 않게 살며시 숨어 대화에 귀를 기울였다. 노 대표는 주위를 의식한 듯 목소리를 낮추어 말했지만 우리에겐 뚜렷이 들렸다.

"절대 안 돼. 이미 말했듯이 용납할 수 없다고."

"그런데 이미 와 있단 말이야. 십 분 후면 무대에 오르게 돼 있다고."

엠넷의 임원은 클립보드까지 보여주고는 말을 이었다.

"우리더러 어떻게 하라는 거야? 무대에 오르지 못하게 해?"

미나와 나는 서로를 쳐다보았다. 두 사람은 지금 누구 이야기를 하는 것일까?

노 대표가 답했다.

"맞아. 정확히 그렇게 하라는 거야."

"억지 좀 부리지 말게, 노 대표."

엠넷의 임원은 어이가 없다는 표정을 지었다.

"N&G의 무대를 취소해. 그러지 않으면, 미안하지만 우리 아티스트의 무대도 뺄 거니까."

"누구 무대를 빼?"

이렇게 물은 엠넷 임원은 걸스 포레버의 분장실 쪽을 초조하게 흘깃 보았다. 노 대표는 내 귀에 익숙한 최후통첩의 말투로 이렇게 대답했다.

"전부 다."

엠넷 임원은 잠시 입을 쩍 벌리고 노 대표를 쳐다보다가 힘없이 대답했다.

"알았네."

그가 서둘러 다른 분장실로 향하는 것은, N&G에게 나쁜 소식을 전달하기 위해서일 터였다.

나는 방금 목격한 일의 의미를 생각하느라 그 자리에서 꼼짝할 수가 없었다. DB 엔터테인먼트가 N&G를 블랙리스트에 올린 것이 분명했다. 즉, 수많은 인기 아티스트를 거느린 회사기 때문에 우리 같은 아티스트들을 이용해 N&G처럼 DB를 떠난 아티스트들에게서 공정한 기회를 모두 차단하는 모양이었다. 작년에 N&G의 활동이 감감무소식이었던 것도 이제야 제대로 설명이 되었다. 새로운 음악을 만드느라고 스스로 숨어 지낸 것이 아니라, DB가 미디어 노출 기회를 막은 것이었다. 행여라도 우리가 DB의 보호 구역에서 벗어나게 되면 무엇을 잃게 되는지를 깨닫게 되는 순간이었다.

"가자."

미나는 말했고, 우리는 마지막 의상 점검이 기다리는 분장실로 돌아갔다. 미나도 걱정하는 기색이 역력한 얼굴이었지만, 재빨리 감쪽같이 아무렇지 않은 표정을 지었다.

우리는 조명이 꺼진 무대로 나가 대형에 맞춰 섰다. 〈미드나이트 프리즘〉의 안무에는 역동적인 발동작이 많이 들어가고, 후렴의 핵심 안무인 슬라이드 동작은 팬들이 가장 좋아하는 부분이다. 춤을 잘 추지 않는 사람들도 따라 할 수 있는 쉬운 동작이어서 팬들이 직접 그 부분을 추는 동영상을 휴대폰으로 훑어보는 것이 나의 낙이었다. 나는 관객을 등지고 섰고, 한 팔을 머리 위로 높이 뻗은 채 손은 살며시 아래로 늘어뜨린 시작 포즈를 취했다. 무대 시작 전 준비 동작을 할 때면 언제나 그렇듯, 아드레날린이 솟구쳤다.

스포트라이트가 켜지면서 음악이 시작되었고, 관객들의 환호가 공연장을 뜨겁게 메웠다.

자, 시작이다.

무대 아래에서는 서로 날이 서 있는 우리였지만, 무대에 오르자 더없는 조화를 이루었다. 아리와 수민이도 프로다운 미소를 보이며 흠잡을 데 없이 모든 동작을 해냈다. 어려운 안무도 마치 쉬운 듯 소화하면서.

공연에 몰입하는 것은 짜릿하도록 즐거운 일이었다. 지난 오 개월 동안 이런 순간을 얼마나 그리워했는지를 실감했다. 후렴에 가까워지면서, 나는 까만색 롱 드레스를 뒤로 던져버리고 슬라이드 동작에 돌입할 마음의 준비를 했다. 우리는 그 부분을 셀 수 없이 여러 번 연습했다. 모든 멤버가 똑같은 순간에 의상을 바꾸는 것, 그리고 아무도 미끄러지지 않도록 까만 드레스를 충분히 멀리 던지는 것이 중요했다. (벗어둔 영은이의 드레스를 밟은 지윤이가 마치 바나나 껍질을 밟은 듯 크게 넘어질 뻔한 일도 있었다.) 이제는 자면서도 할 수 있을 정도로 달인이 돼 있었다. 연습 때 이 부분을 완벽하게 해낸 횟수가 천 번은 될 터였고, 그 노력의 결과를 팬들에게 보여줄 시간이었다.

때가 되자 나는 관객의 눈을 속이며 능숙하게 드레스의 고리를 풀었고, 그 속에 숨어 있던 반짝이는 보랏빛 스팽글 미니 원피스가 드러났다. 예상하지 못했던 의상 교체에 관객들이 숨을 들이켜며 놀라고 또 환호했다. 나는 까만 드레스를 손쉽게 뒤로 던진 다음, 오른발을 먼저 디디고 왼발로 따라가는 슬라이드 스텝을 밟았다. 안무의 일부는 아니지만 즐겁게 윙크도 날렸다. 그런데 그때 갑자기……

아팠다.

눈앞이 하얗게 될 정도로 극심한 아픔이 왼발에서 느껴졌다.

내려다보니 내 왼쪽에 선 은지가 스틸레토 힐의 뾰족한 굽으로 내 왼발 엄지발가락을 완전히 밟고 있었다. 나는 신음하면서 몸이 기우뚱했고, 오른쪽에 있는 영은이에게 부딪힐 뻔했다. 다행히도 쓰러지기 전에 균형을 잡아 안무 대형에서 벗어나지 않았고, 아파서 신음하는 표정을 재빨리 관리했다. 관객들에게는 '우!' 하는 무대용 표정처럼 보이길 바랄 뿐이었다. 노래는 이어지고 우리의 춤은 계속되었으며, 내 얼굴에는 무대용 미소가 걸려 있었지만 발가락은 뜨겁게 욱신거렸다. 너무 아파 눈물이 고이려 해, 빠르게 눈을 깜박거렸다.

젠장, 어떻게 이런 일이 생겼을까? 은지가 일부러 그랬을까?

나는 은지 쪽을 얼른 쳐다보았지만, 은지는 아무 일도 일어나지 않은 것처럼 웃으며 춤을 추고 있었다. 내 발을 밟은 것을 알고는 있을까? 모를 수가 없는데. 제 발밑의 내 발을 어떻게 느끼지 못할 수가 있을까.

다른 사고 없이 춤과 노래는 끝까지 이어졌고, 마지막 포즈와 함께 객석에서는 요란한 환호가 터져 나왔다. 객석은 환히 웃는 얼굴들이 바다를 이루었다. 앤에버들이 우리 콘서트 때 즐겨 쓰고 오는, 불 켜진 걸스 포레버 머리띠도 곳곳에서 보였다. 잠시나마 발가락의 통증은 완전히 잊었고, 무대로 팬들을 기쁘게 하는 즐거움에 구름을 타는 듯했다. 하지만 우리를 기다리고 있는 노 대표를 본 순간 통증은 두 배가 되어 다시 밀려왔다.

노 대표가 내게 추궁했다.

"레이첼, 너 왜 그랬니? 스텝을 놓치고, 거의 자빠질 뻔하고 말이야!"

"죄송해요, 대표님."

나는 입술을 깨물었다. 벌써 발가락이 부어오르고 있었다.

"LA에서 열리는 콘서트 때는 정신 차리고 이런 일 없도록 해."

노 대표는 매서운 눈으로 나를 보며 말하고는 다른 멤버들에게도 경고했다.

"너희들 모두 마찬가지다. 너희는 그룹이야. 한 명이 실수하면 모두의 실수로 보이는 거야."

"알겠습니다, 대표님."

모두가 표정이 어두워져 대답했다.

기분은 끔찍하기만 했다. 나는 분장실에서 은지와 눈을 맞추려 계속 시도했지만 지난 사흘과 마찬가지로 은지는 내 쪽을 보지 않았다. 발가락이 욱신욱신했다. 이미 보라색으로 멍든 발톱 주변에 피가 말라 있었다. 발톱이 빠져버리지 않길 바랄 뿐이었다.

모두가 옷을 갈아입고 백스테이지로 갔을 때, 무대 의상 대신 커다란 흰 후드티를 편안하게 입은 제이슨이 슬렁슬렁 내게 달려왔다.

"애프터 파티에 갈 거지?"

그래, 애프터 파티가 있었지. 나는 망설였다. 레아도 참석할 것이고, 걸스 포레버 멤버들도 모두 갈 테니 나만 가지 않는다면 좋게 보이지 않을 듯했다. 하지만 집으로 가 소파에 눕고 싶은 마음이 간절했다. 따뜻한 차 한 잔을 마시면서 내 발가락을 쉬게 하고, 레인 크로포드 백화점에 보낼 새 가방 디자인을 구상하고 싶었다. 저편에서 은지가 미나, 리지와 함께 웃는 모습이 보였다. 승합차에 오르면서 리지는 과장된 동작으로 제 발에 걸려 넘어지는 시늉을 했다. 내가 무대에서 휘청거렸을 때의 모습이 꼭 저렇지 않았을까. 은지와 미나는 또 한 번 함께 키득키득 웃어댔다.

"아니. 오늘은 그냥 숙소에 가려고."

나는 제이슨에게 말했다.

"그래, 그렇게 해."

제이슨은 가볍게 손을 흔들어 인사했다.

숙소로 가는 차 안에 늘어져 앉은 나는 노 대표가 한 말을 곱씹었다. 틀린 말이 아니었다. LA 콘서트에서는 이런 일이 없어야 했다. 고작 몇 달밖에 남지 않은 그 콘서트는 우리가 아시아 투어 이후로 처음 갖는 큰 공연이었다. 비교적 작은 국내 무대에서 한 곡을 제대로 공연하는 일도 불가능하다면, 무슨 수로 해외 콘서트를 무사히 마칠 수 있을까?

285

나는 한숨을 내쉬고 휴대폰을 잡았다. 잠금을 해제하자 아빠에게서 온 다섯 통의 부재중 전화 기록이 남아 있었다. 심장이 빠르게 뛰기 시작했다. 무슨 일로 이렇게까지 많은 전화를 했을까? 내게 전화한 지 한참인 아빠가 갑자기 다섯 통씩이나?

나는 곧바로 아빠에게 전화를 걸었다. 첫 번째 신호가 가자마자 아빠가 전화를 받았다.

"레이첼?"

"아빠? 혹시 무슨 일 있어요?"

"무슨 일이 있긴 있지, 좋은 일."

아빠의 목소리에서 웃음기가 느껴졌다. 내 심장 박동은 정상으로 돌아왔고, 절로 떠올랐던 병원, 화재, 온갖 재난 상황도 머릿속에서 사라졌다.

아빠 가까이에 있는 엄마 목소리가 들렸다.

"레이첼이야? 지금 말해주려고? 나도 같이 얘기하게 스피커폰으로 돌려!"

곧바로 엄마 아빠 모두의 목소리가 휴대폰 너머로 또렷이 들렸다.

"레이첼, 내 목소리 들려?"

"네, 엄마, 들려요. 무슨 일이에요?"

아빠가 말했다.

"당신이 말해."

이번엔 엄마가 말했다.

"아냐, 당신이 말해."

나는 초조하게 다리를 떨면서 손가락으로 무릎을 두드렸다.

"아, 빨리 좀 말해줄래요? 기다리다가 숨넘어가겠어요."

아빠가 대답했다.

"그래, 같이 말할게. 자, 하나, 둘, 셋⋯⋯."

엄마 아빠가 동시에 말했다.

"우리 청담동으로 이사했어!"

"네? 청담동으로 이사했다니, 그게 무슨 말이에요? 내가 사는 청담동?"

아빠가 기쁜 목소리로 대답했다.

"정확히 말하면 너희 숙소에서 오 분 거리야. 너하고 좀 더 가까운 거리에서 살고 싶어서 옮겼어. 이 집 마련하느라고 아빠가 좀 더 열심히 일했지."

세상에, 청담동의 부동산 가격은 만만치가 않다. 새벽 세 시에 내게 도착하곤 했던 아빠의 문자들이 생각났다. 아마 아빠는 그 문자들을 보낼 때 퇴근도 하지 않은 상태였을 것이다. 나와 좀 더 가까운 거리에서 살고 싶다는 이유로 아빠가 그토록 열심히 일했다는 게 믿기조차 어려웠다.

"너한테 비밀로 하기가 어찌나 어렵던지. 특히 레아 때문에 말이야."

엄마가 웃으며 이어 말했다.

"자꾸 언제 너한테 말해도 되느냐고 묻잖아. 그래도 우린 너를 깜짝 놀라게 하고 싶어서 참으라고 했지."

행복한 눈물이 가득 고였다.

"아니……. 이제 다들 나랑 그렇게 가까운 곳에 산다니 잘 믿기지가 않아요! 너무 좋은 소식이야. 언제 이사했어요?"

아빠가 대답했다.

"지난주에. 집이 이제 막 정리가 됐어. 다 준비된 상태에서 말하고 싶었지. 집 구경은 언제 올 수 있어?"

"주소 찍어주세요. 지금 바로 가요!"

전화를 끊자마자 나는 앞으로 몸을 숙여 종석에게 말했다.

"나 다른 데 좀 내려줄 수 있어요?"

나는 환히 웃었다.

"당연하지. 어디?"

"집이요."

18

새로 이사한 아파트의 문을 열고 들어가자마자 나를 반기는 건 김치볶음밥 냄새였다. 갓 만들어 따끈한, 달걀프라이를 올린 김치볶음밥의 냄새.

엄마는 부엌의 월넛 식탁으로 나를 안내하면서 말했다.

"밥 먹어. 오늘 오는 줄 알았으면 뭘 더 준비했을 텐데!"

"아니, 아니. 완벽해요."

엄마가 만든 음식의 냄새는 그 자체만으로 너무나 큰 위로가 되었다. 담요처럼 포근히 덮고 싶을 정도로.

"그런데 먹기 전에 집 구경부터 하고 싶단 말이에요!"

"집 구경은 나중에 찬찬히 시켜줄 거야."

엄마는 나를 식탁 의자에 앉히면서 단호히 말했다.

"밥부터 먹어."

엄마가 먹으라고 할 때는 이길 수가 없다. 나는 숟가락을 들고 김치볶음밥을 먹기 시작했다. 아아, 천국이다. 이런 집밥을 마지막으로 먹어본 게 언제였을까? 아이돌로서 평소 잘 먹지 못하고 지낸다는 뜻은 아니다. 지난 다섯 달만 돌이켜봐도 상하이에서는 김이 모락모락 나는 군침 도는 샤오룽바오를 먹었고, 싱가포르에서는 너무 싱싱해서 접시에서 걸어나갈 것만 같은 게로 만든 칠리크랩을 먹었고, 파리에서는 입안에서 녹아내리는 초콜릿 무스를 먹었다. 하지만 그 어떤 음식도, 그 어떤 장소도, 집에서 정성스레 만든 이 간단하고 맛있는 음식에는 비할 수가 없었다. 그 집이 아직은 낯선 집이라고 해도.

나는 식탁에 앉은 채 집 안을 둘러보며, 되도록 많은 부분을 눈에 담았다. 아주 커다란 창문으로 도시의 야경이 근사하게 펼쳐져 보였고, 이전의 집보다 좀 더 넓기도 하고 좀 더 새집이기도 했다. 하지만 전에 쓰던 가구 대부분을 가져온 것을 발견하고 기뻤다. 오래 써서 가장자리가 닳은 러그도 눈에 띄었고, 레아가 열네 살이 된 다음에 엄마가 산 흰 소파도 보였다. 엄마는 그때 우리가 충분히 책임감 있는 나이가 되어 그 소파를 더럽히지 않으리라 믿는다고 말했지만, 그러고 십 분 후에 내가 바나나우유를 잔뜩 쏟아버렸다. 거실에는 아빠가 키우는 화분이 가득했고, 벽에 걸린 가족사진들을 향해 그 푸른 잎들이 뻗어 있었다. 그중 호야 덩굴에 휘감겨 있는 사진은, 레아의 사진 중에서도 내가 무척 좋아하는 사진이었다. 바로 앞니 두 개가 다 빠진 시절의 사진. 새집인데도 너무나 익숙하게 느껴지는 이 공간에 가슴이 아렸다.

"너 발이 왜 그래?"

아빠가 붉어진 내 발가락을 보며 물었다.

"공연하다가 누가 실수로 밟아서요."

나는 왼발을 오른쪽 종아리 뒤로 숨기면서 말했다. 아빠를 걱정
시키고 싶지 않았다.

"괜찮아요. 이제 좀 덜 아파요."

아빠가 혀를 차고는 말했다.

"그래도 얼음 좀 가져올 테니까 있어봐."

아빠는 이미 냉장고로 향하고 있었다.

나는 한때 엄마 아빠가 나 때문에 법석 떠는 것을 싫어했다. 하
지만 오늘 나는 그 속에 흠뻑 잠기기로 했다. 엄마가 내 물잔을 다
시 채우게 내버려두고, 아빠가 내 발을 보살피게 내버려두었다. 내
내 엄마 아빠를 지켜보면서 얼굴을 외웠다. 오늘 이전에 엄마 아빠
를 본 적이 오래전이었다. 크리스마스였던가? 아니, 크리스마스 때
는 걸스 포레버가 아직 투어 중이었다. 대만의 호텔 방에서 엄마,
아빠, 레아와 영상 통화를 했고 예전 집에서 크리스마스 선물을 뜯
는 세 사람을 보면서 나는 울지 않으려고 애를 썼다. 지금의 엄마
아빠는 좀 더 나이가 들어 보이는 것 같다. 엄마의 얼굴에는 내가
기억하는 것보다 많은 주름이 보이고, 아빠의 머리는 확연히 더 세
었다. 나의 시간이 쏜살같이 지나갈 때 엄마 아빠의 시간 역시 그
러하다는 사실을 미처 생각하지 못했던 것 같다. 갑자기 엄마 아빠
와의 시간을 너무 많이 놓쳐왔다는 생각이 들었다.

"이제 집 구경 정식으로 할 준비가 됐어?"

내가 김치볶음밥의 마지막 한 숟가락을 먹고 있을 때 아빠가 말했다. 아빠는 기운이 넘쳐 방방 뛰었고, 갑자기 젊은 권투 선수 시절의 아빠와 너무 비슷해 보여 나는 웃음을 터뜨릴 뻔했다.

엄마 아빠는 거실, 안방, 레아의 방을 보여주었다. 레아가 그사이 깔끔한 성격으로 변하지는 않은 듯했지만, 이제 레아의 방은 넥스트 보이즈 포스터가 곳곳에 붙어 있거나 은하수 무늬 이불과 침대 위 동물 인형이 있는 어린 소녀의 방이 아니었다. 뭐, 베개 옆에 토끼 인형이 하나 있기는 했지만.

방과 방 사이 복도에는 엄마와 아빠가 결혼 후 꾸준히 수집해온 미술 작품들이 걸려 있었다. 옛날 《뉴요커》지 커버들, 서울의 모습을 담은 목탄화, 엄마 아빠의 첫 데이트 때 코니아일랜드의 화가가 그린 (엄마의 이마가 나머지 얼굴의 두 배인) 두 사람의 캐리커처. 이 집의 모든 물건에 이야기가 있었다. 이보다 더 좋을 수 없는 우리 가족의 공간이었다.

아빠는 마지막 방으로 나를 이끌며 말했다.

"다음은 손님 방인데, 네가 여기 올 때마다 네 방이라고 생각했으면 좋겠다."

아빠는 문을 연 다음 내가 먼저 들어가도록 뒤로 물러나주었고, 방 안을 들여다본 나는 감격에 젖었다. 침대 옆 탁자 위 꽃병에 내가 좋아하는 라일락이 꽂혀 있었다. 내가 좋아하는 딥디크 베이 향

초의 향기가 짙어, 내가 온다는 전화를 받고 난 뒤 곧바로 달려와 향초를 켰을 엄마가 그려졌다. 창문 아래 널찍한 대나무 책상이 놓여 있고, 그 위에는 깎은 연필이 가득 꽂힌 머그잔이 있었다.

"네가 디자인 할 때 이 책상에 앉으면 좋을 것 같았어."

엄마가 나를 책상으로 이끌며 말했다. 그러고는 서랍 하나를 열어 작고 평평한 그림 그리기용 라이트박스를 꺼내 보였다. 엄마가 전원을 켜자 은은한 불이 들어왔다.

"이건 뭔가를 덧대어 그리거나 할 때 필요할까 해서 샀어. 인터넷에서 읽은 게 있어서."

아빠가 갑자기 생각난 듯 말했다.

"아, 이것도 말해야지! 내가 청담 공원에서 몇 블록 떨어진 곳에서 맛집을 하나 찾았어. 조그만 식당이야."

달걀을 고래나 별 같은 특별한 모양으로 요리해준다느니 하며 그 식당을 설명하는 아빠의 이야기를 들으면서 나는 눈물이 차올랐다. 나는 엄마 아빠가 청담동을 그리 좋아하지 않는다는 사실을 알고 있다. 연습생 시절 초반, 아빠는 나를 사옥에 데려다줄 때마다 청담동의 도로에 메스세데스 벤츠, 마세라티, BMW 같은 고급차들이 즐비하다는 점을 언급하곤 했다. 가볍게 던지는 말이었지만, 서울 최고의 부촌에서는 평범에 지나지 않는 풍요로움에 불편함을 느끼는 것 같았다. 갓 데뷔를 했을 때 나는 '더 클래스' 레스토랑에서 가족들에게 저녁을 대접했다. 내가 거기서 밥을 살 능력이 된다는 것이 몹시도 뿌듯했고 가족들이 고마워한다는 것도 알았지만, 아빠는 내내 어떤 포크를 써야 맞는지 모르겠다는 둥 초조하게 농담을 던졌고, 엄마는 가격이 말도 안 되게 비싸다며 나지막이 불평했다. 엄마가 여기로 이사를 왔다는 것도 대단한 일이다. 엄마는 언제나 실용적인 것, 단순한 것을 몹시도 추구해온 사람인데 청담동은…… 그렇지 않으니까. 그저 나와 가까이 있기 위해서 엄마 아빠가 그 많은 수고를 감내했음이 믿기지 않는다. 하지만 따지고 보면 놀랄 일이 아니다. 오로지 내가 꿈을 이루도록 돕기 위해 뉴욕에서의 삶을 포기하고 한국으로 이사를 온 엄마 아빠다. 세상에서 가장 멋진 부모인 두 사람이니 그저 다른 동네로 이사 온 것쯤은 놀랄 일도 아니겠지.

대문이 쾅 열리는 소리가 나고, 레아의 외침이 들렸다.

"언니, 집에 왔어? 나 왔어!"

나는 달려 나가 레아를 맞았다. 우리는 서로의 얼굴을 보자마자 소리를 질렀고, 레아는 뛰어와 두 팔로 내 목을 감쌌다.

"애프터 파티는 어땠어?"

"뭐, 괜찮았어. 헤븐이 샴페인을 너무 많이 마셨어. 그리고 휴대폰이 없다길래 다 같이 막 찾았는데, 처음부터 클러치 안에 들어 있었던 거 있지. 만날 그렇지 뭐. 그런데 그게 중요한 게 아니지!"

레아는 두 팔을 벌리더니 제자리에서 빙그르르 돌고는 물었다.

"새집을 어떻게 생각하시나요?"

"너무 완벽해. 그런데 너 어떻게 나한테 말을 안 할 수가 있어!"

엄마 아빠가 다가왔고, 레아는 환히 웃으며 대답했다.

"내가 놀라게 하는 데는 소질이 있잖아. 오늘 여기서 자고 가?"

나는 라일락꽃과 머그잔 가득 꽂힌 연필이 있는 내 방을 어깨 너머로 돌아보았다. 이곳은 이미 숙소와는 비할 수 없이 편안한 내 집이었다. 거리도 아주 가깝고……

"그것보다 내가 아예 이사 오는 거, 다들 어떻게 생각해요?"

그날 밤 나는 새 책상에서 늦게까지 스케치를 하다 엄마에게 빌린 잠옷을 입고 잠들었다. 이렇게나 푹 잔 건 오랜만이었다. 다음 날 아침 아빠와 함께 식탁에 앉아 콩나물국을 먹었다. 엄마가 이화여대로 출근하기 전에 만들어두고 간 것이었다. 나는 엄마의 통근 거리가 너무 멀어졌다는 죄책감을 잊으려 애썼고, 엄마가 조금이나마 시간을 아낄 수 있도록 내일은 내가 아침 식사를 만들자고 마음먹었다. 레아는 이미 나가고 없었지만, 새집이 사무실과 가까워진 아빠는 출근 전 나와 함께 아침밥을 먹을 수 있었다.

"괜찮아, 우리 딸?"

젓가락으로 콩나물을 휘저으며 국그릇을 내려다보는 내게 아빠가 물었다.

"걱정이 많아 보여. 집에 들어오기로 한 걸 후회하는 건 아니지?"

"후회 안 해요. 그냥 애들이 어떻게 생각할까 싶어서요."

"멤버들 말이구나."

아빠가 내 마음을 안다는 듯 말했다. 나는 고개를 끄덕였다.

"가십 기사도 걱정되고요."

어젯밤에는 모든 것이 완벽하게 느껴졌지만, 아침에 일어나자마자 멤버들에게 내 결정을 말할 일이 걱정되어 마음이 무거웠다.

아홉 명이 한 집에 살아서 생기는 소소한 문제들이 최근 더 괴롭게 느껴지기는 했어도, 또한 은지에게 생긴 일로 지난 며칠간의 숙소 분위기가 날카롭기는 했어도, 진심으로 나는 숙소를 '나오고' 싶어서가 아니라 집으로 '들어오고' 싶어서 이사를 결정했다.

"그냥, 집에서 하룻밤 잔 걸로도 벌써 컨디션이 훨씬 나아졌는데 한편으로는 끝까지 숙소에서 버텼어야 했나, 하는 생각이 들어요. 아무도 실망시키고 싶지 않아요. 포기하는 것처럼 보이고 싶지도 않고."

아빠는 식탁 너머로 나의 눈을 마주 보았다.

"다른 건 몰라도, 넌 절대 쉽게 포기하는 애가 아냐. 네 방식대로 하는 거지. 항상 그랬듯이."

나는 목이 메었고, 애써 감정을 삼키며 고개를 끄덕였다.

"고마워요, 아빠."

아빠는 싱긋 웃었다.

"이제 콩나물국 좀 먹어."

아빠가 자기만의 방식으로 간단하게 해준 위로가 나에게는 꼭 맞는 위로가 되었다. 아침을 먹고 숙소로 향할 용기를 냈다. 걸어가는 (오 분) 내내 머릿속으로 멤버들에게 할 말을 하고 또 해보았다. 하지만 아무리 말을 고르고 가다듬어도, 멤버들의 반응은 상상이 되지 않았다. 부딪혀서 알아내는 수밖에 없었다.

숙소에 들어서자마자 거실에서 나는 수다 소리와 그릇 부딪히는 소리, 텔레비전 소리가 들렸다. 나는 깊은숨을 들이쉬었다. 어떻게 되든 해보는 것이다.

손을 흔들며 거실로 들어섰다.

"안녕? 좋은 아침이야."

다들 하던 일을 멈추고 나를 보았다. 휴일이라 구겨진 잠옷, 부스스한 올림머리 등의 편한 차림새였다. 리지가 안경을 올려 쓰고는 두 눈썹을 올리며 말했다.

"밤새운 사람이 있나 보네. 지금 집에 들어오는 거야?"

미나도 머그잔 너머로 나를 살피며 물었다.

"그래, 너 어디 있었어?"

미나가 히죽 웃으며 덧붙였다.

"애프터 파티에서 술 마시고 누구랑 눈 맞아 호텔 간 건 아니지?"

파티에 가지도 않았다고 반발하기 전에, 은지가 끼어들었다.

"야아, 레이첼이 설마 그러겠어. 레이첼은 남자 친구 두고 절대 그런 일 안 하지."

갑자기 조용해졌다.

그릇에 숟가락 떨어지는 소리가 났다. 놀라 휘둥그레진 눈들이 보였다.

들리는 소리라고는 텔레비전에서 요란히 흘러나오는 박카스 광고 소리뿐이었다.

마침내 수민이가 물었다.

"남자 친구?"

젠장.

멤버들에겐 은지가 그저 나를 변호해준 것처럼 들렸을지 모르지만, 은지의 눈썹이 움직이는 모양을 보면 그게 아니었다. 은지는 내가 앨릭스와의 관계를 비밀로 하고 싶어 한다는 것을 알면서도 일부러 멤버들에게 그 사실을 흘린 것이었다.

"응, 나 남자 친구 있어."

나는 인정했다. 남자 친구라는 단어는 여전히 내뱉기가 어색했지만 말이다.

"이름은 앨릭스야. 싱가포르에서 처음 만났고, 그 후로 계속 연락을 주고받고 있어."

눈이 초롱초롱해진 선희가 말했다.

"와, 싱가포르에서 만났다니. 거긴 지윤 언니가……."

선희가 말끝을 흐리고는 지윤이에게 미안한 눈빛을 보냈고, 지윤이는 뻣뻣해졌다. 선희는 지윤이가 남자 친구를 들킨 곳이라는 말을 하려 했고, 그걸 모두가 알았다.

"그러니까 싱가포르에서 그날 저녁에 남자랑 있었던 거 맞네."

미나가 한 손을 허리에 짚고 말했다. 그날 따져 묻던 미나에게 나는 친구의 친구와 커피를 마셨을 뿐이라고 둘러댔었다. 실제로 그 당시 앨릭스와 내 사이는 그뿐이었다. 하지만 결코 좋게 보이지 않을 터였다. 특히 그때 지윤이에게 일어난 일을 생각하면 말이다.

나는 천천히 말했다.

"그건 맞아. 내 친구의 친구여서 알게 된 사이야. 그런데 그때는 정말 그냥 친구였어. 좀 더 특별한 사이가 된 건 나중의 일이야."

지윤이의 표정을 보면 이 사실로 달라지는 것은 없는 듯한데, 나는 왜 이 사실을 분명히 알려야 한다고 생각했을까.

"어쨌든, 어젯밤에 앨릭스랑 같이 있었던 거 아냐?"

나는 재빨리 주제를 바꾸기로 했다.

"가족들이랑 같이 있었어. 사실, 너희 모두한테 중요한 할 얘기가 있어."

자, 지금이다.

"나, 숙소에서 나가서 가족들이랑 같이 살려고 해. 갑작스러운 거 아는데, 우리 부모님이 여기서 아주 가까운 곳으로 이사를 오셨고, 내 방도 다 준비해두셨더라고. 우리 팀 활동에 전혀 영향을 미치지 않을 거야. 사실 오히려 더 도움이 될 거라고 생각해! 우리한테 어떤 새 출발이 되어줄 거야."

긴장된 나머지 아무 말이나 뱉고 있다는 생각이 들어, 나는 입을 다물었다. 그리고 조심스러운 미소를 지으며 물었다.

"다들 어떻게 생각해?"

놀람과 어색함으로 잠시 다들 말이 없었다.

지윤이가 먼저 목을 가다듬고는 말했다.

"가족이 그렇게 가까이에 있어서 좋겠다. 가족이랑 살기를 선택할 수 있다는 게 말이야."

부러움이 담긴 목소리로 지윤이가 말했다. 영은이가 말을 보탰다.

"솔직히 나도 우리 가족이랑 산다면 나쁘지 않을 것 같아. 너한테 좋은 변화가 될 것 같아, 레이첼."

차분히 이렇게 말해주는 영은이에게 고마움을 느끼며 나는 고개를 끄덕였다. 이제 내 방으로 가면 되겠다고 생각했는데…….

"그런데 남자 친구 얘기 좀 더 물어봐도 돼요?"

선희였다.

"어떤 사람이에요, 언니? 사진 있어요?"

아아, 그냥 넘어갈 수 있을 줄 알았는데.

"굉장히 다정하고 친절해."

나는 마지못해 대답했다. 은지와 송건우의 연애 발각 후 얼마 지나지 않은 지금, 앨릭스 이야기는 불편한 주제 같았다. 날카로워진 은지의 얼굴을 보니 여전히 건드리면 아픈 상처인 듯했다. 나는 이야기가 길어지지 않게 해야겠다고 생각했다.

"사진은 별로 없어. 뭐, 장거리 만남이잖아."

미나가 미소를 지으며 말했다.

"축하해, 레이첼. 남자 친구도 이사도. 인생에 큰 변화가 많네."

"고마워."

나는 천천히 대답했다. 미나는 아무 말도 덧붙이지 않는데, 어쩐지 마음이 놓이지 않았다. 멤버들은 나의 이사 소식을 아주 잘 받아들여주었다. 하지만 앨릭스와의 관계를 갑자기 밝히게 된 것이 나를 불안하게 했다. 멤버들은 나와 알랙스의 사이를 비밀로 지켜줄 것이다. 그렇지 않을까? 우리 중 밝히지 않은 남자 친구가 있는 멤버가 적어도 한 명 이상은 있다는 것이 내 짐작이다. 은지와 송건우의 연애가 밝혀졌을 때 리지와 수민이는 유독 걱정스러워 보였다. 또 다른 멤버가 연애 소식으로 매체의 주목을 받는 건 아무도 원하지 않을 것이다. 팀이 그렇게 되면 자기들에게도 원치 않는 시선이 따라붙게 될 테니까.

"그럼 나는 가서 짐 쌀게."

앨릭스에 대한 질문이 더 나오기 전에 내 방으로 온 나는 수납

장의 서랍을 하나하나 비웠다. 엄마 아빠는 이삿짐 상자를 빌려주겠다고 했지만 나는 다양한 내 여행 가방들을 총동원해보기로 했다. 티셔츠, 양말, 잠옷을 작게 말아 장거리 여행용 가방 밑에 넣고 있을 때, 문 앞에서 인기척이 느껴졌다. 룸메이트인 지윤이인 줄 알고 올려다봤지만, 은지였다.

표정을 읽을 수 없는 얼굴이었다. 잠시 그렇게 서 있기만 하던 은지가 입을 열었다.

"그럼 너 진짜 나가는 거야?"

"응."

나는 털실 양말 한 켤레를 말면서 대답했다.

"네가 나가면 우리의 스노볼이 깨지는 거야."

은지가 불만스러운 표정으로 말했다. 하지만 따진다기보다는 서운해하는 말투에 가까웠다. 고개를 들어 쳐다보니, 은지의 눈에 희미하게 감정이 비쳤다.

"은지야……."

내가 부르자, 은지의 아랫입술이 떨리기 시작했다. 나는 손을 잡고 은지를 방 안으로 이끌었고, 지윤이의 침대에 나란히 앉았다. (내 침대는 옷으로 뒤덮여 있었다.)

"나, 너한테 그런 일이 일어나서 너무 마음이 안 좋아. 정말 부당한 일이야. 나랑 앨릭스가 그렇게 될 수도 있었는데 너랑 건우 씨가 먼저 나가서 사진이 찍힌 거야. 순전히 운이 나빴던 거야."

새삼 등뼈를 타고 흐르는 서늘한 감각을 느끼며 나는 이어 말했다.

"그 식당 직원 중 누가 건우 씨를 알아보고는《리빌》에 제보했나봐. 그럴 줄 누가 알았겠어."

조심스럽게 은지의 어깨에 팔을 두르자 은지는 순간 몸이 굳었다. 하지만 몸을 빼지는 않았다.

"일이 그렇게 돼서 너무너무 속상해, 은지야. 그 일 전체가 어떻게 말할 수 없을 정도로 부당해."

"그래, 맞아."

떨리고 갈라지는 목소리로 대답하며, 은지가 시선을 멀리 돌렸다.

"그래도 나한테 계속 화나 있지는 말아줘, 은지야. 뭉쳐서 같이 뚫고 나가자. 정말 화내야 할 대상은《리빌》이야. 준비되지도 않았는데 억지로 개인적인 관계를 공개하게 만드는 곳. 그리고……."

노 대표가 숙소 어딘가에 숨어서 들을 수 있기라도 한 것처럼, 나는 본능적으로 목소리를 낮추며 말을 이었다.

"……《리빌》이 하자는 대로 한 DB도 나빠. 그냥 '답변할 수 없다'고 대응하는 게 뭐가 그렇게 어려워서."

소속사도 우리가 잘되기를 우선시할 테고 업계의 방식 안에서 우리를 보호하려는 것일 테지만 그래도 가끔은 우리를, 프라이버시에 대한 권리를 좀 더 옹호해주었으면 좋겠다는 생각이 들었다.

"그래도 지윤이 때처럼 헤어지라고 하지는 않아서 다행이야."

"그래."

은지는 이렇게 대답하고 한숨을 쉬었다. 분노가 패배감으로 바뀌며, 은지의 어깨가 처졌다.

"나만큼 유명한 사람을 사귀었다가 이렇게 돼버렸네. 사실 건우

씨는 나보다 '더' 유명하지. 너처럼 아무도 모르는 사람을 만났어야 하는데. 그랬다면 몰래 만나기 훨씬 쉬웠을 거야."

은지의 말은 일면 옳았지만, 앨릭스를 '아무도 모르는 사람'이라고 표현하는 게 얼마나 무례한지 모르는 걸까? 지금은 거기에 집중할 때가 아니니 넘어가겠지만.

"네 남친 뭐 하는 사람이라고 했지? 금융 쪽 일?"

나는 고개를 끄덕였다.

"패션 회사들에 투자를 해. 사실 내 브랜드를 만드는 데도 아주 많은 도움을 줬어."

이렇게 말하면서 내 눈이 저절로 향하는 곳은 열린 옷장 속, 발렌시아가 가방의 빈자리였다.

그런데 잠깐.

빈자리가 아니었다.

있었다.

나의 파란 발렌시아가 가방이 다시 그 자리에 있었다.

맨 위 칸, 애초에 내가 놓아두었던 바로 그 자리에.

하지만 마지막으로 보았을 때와 같은 모습이 아니었다.

가죽이 갈라져 있었고, 앞쪽 옆 부분에는 펜 잉크로 보이는 얼룩도 생겨 있었다.

확실히 누군가가 이 가방을 사용한 것이었다. 결코 조심스럽게 사용하지 않았고. 나는 침대에서 벌떡 일어나 망가진 그 가죽을 어루만졌다. 가슴이 조여왔다.

"세상에, 누가 너한테 이런 거야?"

나는 작은 소리로 말했다. 가방이 돌아와서 너무나 다행스러운 동시에 그 가방이 사라졌었다는 사실에 다시금 짜증이 났다. 당황스러워하는 은지를 그대로 두고, 가방을 든 채 거실로 나갔다. 아직도 연연하는 게 우습다는 것은 알았지만 내가 이 집에서 사는 마지막 날이었다. 누가 말없이 이 가방을 빌려 갔는지 알고 싶다면, 기회는 지금뿐이었다.

"저기, 이거 빌려 간 사람 정말 누구야?"

말투가 지나치게 날카롭지 않도록 신경을 쓰며 물었다.

"말해줘, 응? 별일 아니니까 누구든 솔직하게 말하기만 해줘."

"너 너무한 거 아냐? 여기 사는 마지막 날을 우리한테 도둑이라고 따지면서 보낼 거야?"

리지의 말에 나는 반박하려 했다.

"따지는 게 아니…….."

"언니가 진짜 나간다는 게 믿기지가 않아요."

선희가 슬픈 눈으로 나를 보며 말했다. 나는 짜증을 삼켰고, 그 감정은 쪼그라들었다. 그래, 더 큰 그림을 보자. 내가 이사를 나간다는 사실과 그것이 모두에게 커다란 변화라는 사실에 초점을 맞춰야 한다. 나로 인해 하나의 시기가 끝나게 되었으니, 더 넓은 마음을 지녀야 하는 사람도 나다.

나는 말했다.

"괜찮을 거야, 선희야. 오히려 우린 지금까지보다 더 가까워질 거야. 화장실을 놓고 경쟁해야 하는 멤버가 한 명 준 것만으로도 다들 얼마나 편해지겠어. 내가 장담해."

"그렇겠네요."

"아, 그리고 리지야."

나는 리지를 돌아보았고, 리지는 무슨 말을 하려나 싶어 경계하는 눈으로 나를 보았다.

"너도 여동생이랑 사이가 정말 좋잖아. 만약 너도 집에 들어가 살고 싶으면, 소속사 허락받는 거 내가 도울게."

리지가 아주 약간은 누그러진 표정으로 눈을 내리깔았다.

지윤이가 명랑하게 말했다.

"맞아, 긍정적인 면을 보자고. 이제 나는 방을 혼자 쓸 수 있어!"

수민이도 얼른 거들었다.

"우리, 돌아가면서 독방 쓰자."

우리에겐 오래된 독방 경쟁의 기억이 있다. 숙소에는 방이 다섯 개인데 멤버는 아홉이니, 독방을 쓰는 미나를 빼고는 모두가 둘씩 방을 함께 써야 했다. 지금까지는 말이다.

"지윤이 다음 독방은 내가 찜."

아리가 손을 들어 올리며 말했다.

"그런 게 어디 있어. 내가 찜하려고 했는데!"

수민이가 말했다.

아이들이 싸우는 사이, 나는 가방의 갈라진 가죽을 내려다보았다. 물리적 거리를 두면 마음은 더 가까워진다는 말이 있다. 우리의 경우도 부디 그렇기를.

19

영원한 소녀들이 더는 영원하지 않게 되다 – 솔로 활동을 준비하는 레이첼 김!

지금으로부터 약 육 년 전 걸스 포레버가 케이 팝 신에 폭발하듯 등장했을 때 우리는 그들과 사랑에 빠졌다. 하지만 아무리 좋은 일에도 끝이 있다고들 한다. 육 년이란 시간 탓에 레이첼 김은 걸스 포레버를 더는 사랑하지 않게 된 것일까? 측근에 따르면, '레이첼은 나머지 여덟 멤버들에게 오랫동안 불만이 많았다. 사실 제이슨, 미나와 얽힌 삼각관계의 상처에서 벗어나지 못했고, 오랫동안 멤버들에게 한쪽 편을 들라고 강요했다'고 한다. 또 다른 제보에 따르면 지난 주말에 걸스 포레버 숙소에서 크게 다투는 소리가 들렸고, 화가 난 레이첼이 여행 가방을 들고 숙소에서 나오는 모습이 목격되었다고…….

이것은 내가 가족들과 함께 살게 된 후로 쏟아져 나온 말도 안되는 가십 기사 중 하나일 뿐이다.

문제가 커지지 않게 하려고 DB 엔터테인먼트는 우리 아홉 명의 단체 화보와 광고 촬영을 두 배로 많이 잡았다. 행복한 하나의 가족으로서의 우리 모습을 세상에 확실히 보여주려 했다.

가장 최근의 촬영에서 한 이사는 우리에게 말했다.

"조금만 버텨보도록 해요. 곧 정상적인 스케줄로 돌아갈 거니까. 하지만 지금은 뭉쳐서 활동하는 게 중요합니다. 걸스 포레버의 끈끈한 자매애에 대한 대중의 믿음이 최근에 많이 흔들렸으니까요."

나는 그의 말이 거슬려 얼굴을 찌푸렸다. DB는 언론 보도 방향을 좌우할 수 있는 힘이 있는데, 그렇지 않은 양 말하니 말이다.

한 이사와 함께 촬영장에 온 노 대표는 말했다.

"그리고 너희의 컴백을 축하하기만 해도 모자랄 팬들이 너희를 걱정하게 만들지 마라. 그걸 명심해."

적어도 이것은 내가 동의할 수 있는 말이다. 아직은 유월 하순이지만 눈 깜짝할 사이에 구월과 LA 콘서트가 다가와 있을 것이다. 우리는 앤에버들을 위해서 잘 해내야 한다. 지금까지 모든 여정을 함께하며 우리를 지지해준 앤에버들을 이제 와서 실망시켜선 안 된다.

기쁜 점은 내가 숙소를 나온 후 팀의 분위기가 실제로 나아졌다는 것이다. 늘어난 스케줄 때문에 피곤하기는 했지만, 나는 촬영장소에 도착해 멤버들을 만나면 실제로 신이 나고 반가웠다. 모두와 이야기를 나누며 그 전날 숙소에서 일어난 일들을 하나하나 전해 듣고 싶었다.

"난리도 아니었어. 네가 직접 봤어야 해."

자동차 광고 촬영을 위해 까만색과 흰색으로 디자인된 레이싱 복으로 옷을 갈아입으며, 아리가 말했다.

"사방이 딸기우유였다니까. 리지가 그렇게 많이 웃는 거 처음 봤어."

코카콜라 촬영장에서 과감한 빨간색 립스틱을 수정하는 동안에는 선희가 이렇게 속삭였다.

"둘이 완전히 껴안고 자고 있었다니까요! 진짜 너무 귀여웠어요. 지윤 언니가 안긴 쪽이더라고요. 미나 언니한테는 제가 말했다고 말하지 마세요."

걸스 포레버 일정으로 빡빡한 하루를 보내고 집에 오면, 엄마는 현미차 한 잔과 따뜻한 음식으로 나를 맞이해주었다. 주말에는 아빠와 함께 별 모양으로 만든 오믈렛을 먹고, 세이고의 첫 중국어 앨범을 위해 중국어 가사를 외우는 레아를 도와주었다. 그리고 걸스 포레버 스케줄이 없거나 가족과 시간을 보내지 않을 때는 새 방의 대나무 책상에 붙어 앉아서 가방 디자인을 스케치했다.

브랜드를 론칭하는 시점에 두 번째 시즌 디자인이 이미 완성되어 있어야 한다는 레인 크로포드 백화점의 조건을 처음 들었을 때, 솔직히 해낼 수 없다고 생각했다. 하지만 놀랍게도 유월이 끝나가는 이때, 약속된 열여덟 점의 가방 중 절반쯤의 디자인이 이미 끝나 있었다. 숙소의 긴장된 분위기에서 벗어난 덕분인지, 가족들에게 둘러싸여 지내는 편안함 때문인지, 아니면 엄마가 나를 위해 준비해준 대나무 책상과 라이트박스라는 완벽한 작업 환경 때문인지 몰라도, 집으로 들어오고 난 뒤로 창의력의 수문이 열린 것만 같았다. 연필의 속도가 따라잡기 어려울 만큼 많은 아이디어가 빠르게 쏟아져 나왔다. 레이첼 K.의 론칭 날짜는 빠르게 다가오고 있었고 끝까지 가봐야 알게 되는 부분들도 있을 터였지만, 처음으로 내가 정말 할 수 있겠다는 느낌이 들었다.

칠월 초 어느 저녁, 내 어깨 너머를 내려다보면서 레아가 말했다.

"우아, 멋진데. 그건 어떤 가방이야?"

내가 작업 중인 몇 개의 가방은 DB 엔터테인먼트에 캐스팅된 후 한국으로 이사 왔던 시기와 그 이후 몇 년간의 연습생 시절에서 영감을 받았다. 가방끈을 떼었다 달았다 함으로써 크로스백도 되고 클러치도 되는, 세련된 사각형 미니백들이었다. 서로 다른 색상과 다양한 가방끈 덕분에 믹스 앤 매치가 가능하기도 했다. 칠 년의 연습생 기간 동안 나라는 사람이 너무나 많이 바뀌었기 때문에 성장, 진화의 느낌을 가방들에 반영하고 싶었다.

무엇에서 영감을 받았는지에 대한 내 설명에 레아는 말했다.

"음, 알겠다. 낮에서 밤으로 바뀌는 거네. 언니가 평범한 여자아이에서 케이 팝 슈퍼스타로 바뀐 것처럼."

"맞아, 딱 그거야."

나는 웃었다.

"이거 진짜 예쁘다."

레아가 최근 롯데 백화점과 함께 촬영한 샘플 사진들을 집어 들며 말했다. 롯데 백화점은 내 브랜드 론칭을 위해서 커다란 광고를 준비하고 있었다. 레아가 말하는 사진이 무엇인지 확인하니, 내가 흰색 배경 앞에서 활짝 웃으며 머리 위에 삼각형 가방을 올려두려 하는 사진이었다.

"이건 뉴욕 가방 맞지?"

나는 고개를 끄덕였다. 가장 디자인하기 어려운 가방 중 하나였다. 너무 뻔하게 느껴지지 않으면서도 뉴욕을 생각나게 하고 싶어 지퍼 손잡이에 어떤 장식을 달지 몹시 고민했다.

"내 거 하나 미리 챙겨줘. 뭔가 진짜 근사한 느낌이 나."

나는 빙그레 웃으며 말했다.

"셀레스트는 이 가방이 '향수를 불러일으키면서도 신선하다'고 표현했어."

레인 크로포드 백화점에서 내 가방들을 판매하기로 했다는 소식을 앨릭스에게서 전달받은 후, 나는 셀레스트의 팀과 직접 긴밀하게 연락을 주고받아왔다. 앨릭스가 내 브랜드의 투자자기는 해도, 나와 레인 크로포드 사이의 소통을 앨릭스에게 의존하고 싶지는 않았다. 특히나 지금은.

바로 그때 휴대폰이 진동했고, 내 심장 박동이 갑자기 빨라졌다. 앨릭스가 내게 문자를 보낼 때마다 휴대폰에서 레이저빔이 나오는 것만 같았다. '여길 봐! 레이첼 김이 남자와 문자를 해! 그 남자와 키스도 했어! 그 남자는 레이첼을 여자 친구라고 불렀어!' 은지의 연애 공개와 나의 숙소 생활 종료 이후로 미디어의 의심과 추측이 증폭되자, 앨릭스와 시간을 함께 보내기란 점점 더 불가능한 일처럼 느껴졌다. 하지만 앨릭스와 문자를 주고받거나 영상 통화를 할 때마다 그가 더욱 보고 싶어졌고, 그 유혹에 넘어가지 않기 위해 나는 앨릭스와의 소통 빈도를 줄이려 애썼다. 우리 사이를 규정하기를 주저하는 내 마음을 앨릭스에게 솔직히 털어놓아야 한다는 걸 알았지만, 스스로도 갈팡질팡하는 마음이니 앨릭스에게 설명하기란 더욱 막막했다. 그러니 지금으로서는 앨릭스와 어느 정도 거리를 유지하는 편이 더 쉬웠다.

'미안, 요즘 너무 바빴어'라는 메시지를 보내려고 손가락을 들었는데, 휴대폰 화면에 뜬 것은 앨릭스의 메시지가 아니었다.

정유진: 오랜만이야! 사옥에서 다음 주에 커피 한잔 어때?

연습생 시절의 멘토 유진을 다시 만난 건 정말 오랜만이었지만 유진은 정말로 여전했다. 활기가 넘치고 솔직담백했지만, 동시에 따뜻하고 편안했다. 눈은 호기심으로 빛나고 머리칼은 선명한 파랑색으로 환했다. 우리는 DB 사옥 옥상 카페의 흰 파라솔이 드리워진 빛나는 유리 탁자에 마주 앉아 차가운 커피를 마셨다.

내 근황을 모두 들은 뒤 유진이 말했다.

"아주 잘 지내고 있었네."

"네, 언니. 그리고 정말 바빴어요. 게다가 팔월 초에 브랜드 론칭이 있어서 지금부터는 더 바빠질 거예요."

내가 승인해야 하는 마케팅 자료들과 다음 달에 준비해야 하는 론칭 인터뷰가 떠올랐다.

"회사가 잡은 걸스 포레버 스케줄도 당연히 있고요."

"그래, 너희 요즘 쉴 없이 스케줄이 있더라."

유진이 한쪽 눈썹을 올리며 물었다.

"그리고 너 최근에 집으로 들어가서 산다며?"

갑작스레 많아진 걸스 포레버 활동이 나의 이사와 관련이 있다고 생각하듯 유진은 물었다.

"회사에서 들으셨어요, 아니면《리빌》에서 보셨어요? 저에 대한 가짜 기사가 너무 많이 나오고 있어요."

유진은 커피를 내려놓고는 몸을 숙였다.

"레이첼, 세상이 너를 주시하고 있어. 너도 알지? 그래서《리빌》이나 다른 연예 매체들이 너에 대한 기사를 쓰는 거야. 너한테 근사한 일들이 많이 일어나고 있잖아."

나는 기쁘기도 하고 부끄럽기도 해 얼굴이 조금 붉어졌다.

"정말 잘됐어. 넌 그 성공을 누릴 자격이 있어, 그런데 내가 연습생 지도를 하면서 배운 게 있다면 팀 안에서 일어나는 멤버들 간의 경쟁 때문에 굉장한 악감정이 생길 수 있다는 거야. 특히나 팀이 어느 정도의 위치에 올라서고 난 다음에는 더 그렇지. 처음에는 최고의 위치에 오르려고 다 같이 똘똘 뭉쳐서 노력하는데, 일단 그 목표를 달성하고 나면 팀 안에서 최고가 되려고 애쓰는 경우들도 종종 있거든. 너희 팀은 데뷔한 지 몇 년 됐지? 오 년?"

"다음 달에 육 년이 돼요. 그런데 솔직히 저랑 멤버들 사이는 문제 없어요. 제가 이사를 나오고 나서 더 좋아졌어요. 언론에서 사실이 아닌 이야기들을 보도해서 그렇죠. 그런 매체들은 보도할 만한 큰 문제가 있어야 만족하잖아요."

유진은 미심쩍은 표정이었다.

"말이 나온 김에 말인데……."

유진의 눈이 가늘어졌다. 그 시선을 마주하니 마치 연습 시간에 몰래 휴대폰을 쓰다가 걸린 연습생처럼 꼼짝할 수 없었다.

"……그날 너 은지랑 그 식당에 같이 있었다면서?"

잠시 나는 대답할 수가 없었다. 그리고 갑자기, 이 자리는 그저 옛 멘토 언니와 편안하게 근황을 나누는 자리가 아닐지도 모른다는 생각이 들었다. 유진은 소속사의 경고를 전달하려고 나를 만난 것일까? 나는 커피 한 모금을 더 마시고 천천히 대답했다.

"맞아요. 맞긴 한데……."

나는 말을 고르느라 잠시 멈추었다. 나와 언제나 사이가 좋기는 했지만 이 사람 역시 DB 엔터테인먼트의 관리자였다.

"그쪽으로는 전혀 걱정하지 않으셔도 돼요, 언니. 제가…… 신중하게 행동하고 있어요."

이 상황의 무게를 마주하기 버거워 앨릭스를 아예 피해버리는 것이 신중한 행동이라면 말이다.

나는 크게 숨을 들이쉰 다음 유진의 눈을 보았다.

"걸스 포레버 멤버로서, DB 소속 아이돌로서 제 책임이 뭔지를 잘 알고 있어요."

사실이었다. 그리고 유진이 노 대표에게 긍정적인 보고를 하기 위해 내게 들어야 할 말이기도 했다.

조금은 부드러워진 듯한 얼굴로 유진은 말했다.

"그래, 그렇다니 다행이다. 다만 너도 잘 알다시피 '진실'과 '남들에게 보이는 바'가 항상 일치하는 것은 아니야. 우리 업계에서는 후자도 전자만큼 중요해. 후자가 더 중요할 때도 있고."

유진이 의자에 기대어 앉아 옥상 카페를 둘러보았다. 연습생, 아이돌, 관리자들이 카페라테와 페이스트리 따위를 놓고 함께 이야기를 나누고 있었다. 겉으로 보기에는 다들 커피를 마시며 편안한 휴식을 즐기는 듯 보였지만, 대부분은 지금 우리처럼 심각한 대화를 나누고 있음이 분명했다. 유진이 말했듯, 겉으로 보이는 바가 언제나 진실은 아니니까.

"아, 그게 좋겠다!"

유진이 한 손으로 유리 탁자를 내려치며 갑자기 말했다.

"다음 달 너희 팀 육 주년 기념 파티를 네가 나서서 준비하면 어때? 회사도 뭔가를 준비하고 있겠지만 네가 주선할 수 있다면 네가 어디 살든, 어떤 '부수적인 일'을 하든, 너한테 최우선은 언제나 걸스 포레버라는 걸 확실히 보여줄 수 있을 거야."

'부수적인 일'이라는 말을 할 때 유진은 한쪽 눈썹을 실룩거렸고, 나는 그 말의 이중적 의미에 볼이 붉어졌다.

나는 유진의 제안을 생각하면서 마지막 한 모금의 커피를 마셨다. 그의 말이 옳았다. 유진과 이야기를 나누다 보니 연습생 시절의 기억들이 많이도 떠올랐는데, 그 기억들 속에는 거의 늘 아카리가 있었다. 내가 아카리와의 우정을 망쳤다는 것은 가슴 아픈 사실이다. 우리 팀 멤버들과도 같은 일이 일어나도록 내버려둘 수는 없다. 걸스 포레버 멤버들 사이에 균열이 생겨났다는 얘기가 지금으로서는 추측성 기사에 불과하지만, 그런 기사들은 몹시도 큰 힘을 지난다. 가짜 기사도 자꾸 보다 보면 진실일지도 모른다고 생각하게 된다. 걸스 포레버가 내게 가장 중요하다는 것을 멤버들에게서 의심받고 싶지 않다. 내가 육 주년 기념 파티를 연다면, 멤버들은 자신들이 내게 얼마나 중요한 존재인지를 실감할 수 있을 것이다. 또한 연예 매체들도 그쪽으로 관심의 방향을 옮길지 모른다.

나는 웃어 보이며 말했다.

"정말 좋은 아이디어 같아요."

"오늘 진짜 근사하네, 레이첼."

커다란 쇼핑백을 어깨에 걸치고 뒷좌석에 오르는 나에게 종석이 말했다. 나는 오늘 저녁 단순하지만 클래식한 흰색 슈트를 입고 금빛 링 귀걸이를 착용했다.

유진의 추측대로, 소속사는 나에게 걸스 포레버 육 주년 파티 주최자 역할을 기꺼이 맡겨주었다. 그리고 그 사실을 모든 연예 매체에 확실하게 알렸다. 나는 지난 삼 주간 많은 시간을 할애해 이 파티를 준비했다. 메뉴를 정하고(수민이는 딸기에 알레르기가 있고 지윤이는 아티초크를 싫어한다), 스케줄을 상의해(선희의 라디오 방송, 아리의 뮤지컬 활동, 미나의 연기 활동 시간과 겹치지 않아야 했다) 아홉 멤버 모두가 모일 수 있는 시간을 정했다(DB의 지시에 따라 아홉 명 중 누구도 빠져서는 안 됐다). 물론 그사이에 어느새 일주일 앞으로 다가와 있는 나의 브랜드 론칭 준비도 마무리해야 했다. 레스토랑으로 출발하기 전에, 나는 레이첼 K.의 두 번째 시즌에 선보일 가방 열

여덟 점의 디자인 스케치 마지막 작업분을 레인 크로포드에 보냈다. 허니버터칩과 함께 밤을 새우는 날들이 필요했지만, 결국 해냈다. 이날 오후 셀레스트에게 디자인들을 보내는 메일의 '보내기'를 클릭했을 때, 큰 짐을 벗어낸 듯 마음이 후련했다. 어서 우리의 육 주년을 축하하며 멤버들과 편안한 시간을 보내고 싶었다. 우리만을 위해서가 아니라 연예 매체의 기삿거리를 위한 자리기도 함을 알지만 말이다.

레스토랑 앞에 차를 댔을 때, 휴대폰에 문자메시지가 도착했다.

앨릭스: 육 주년 축하해!

앨릭스가 보낸 이 말에 가슴이 설레었다. 걸스 포레버의 기념일을 축하하는 메시지라는 걸 알면서도, 나는 상상 속에서 우리 둘의 기념일을 축하하는 어느 훗날에 도착해 있었다. 이제는 익숙해져버린 죄책감과 그리움에 마음이 아팠다. 앨릭스에게 하고 싶은 말이 너무 많았다. 우리와 우리의 미래에 관해서, 나의 두려움과 희망에 관해서. 하지만 수많은 다른 책임들이 내 팔을 당기고 파파라치들이 기회마다 우리를 노리니, 어제도 오늘도 그런 이야기를 할 때가 아니라는 생각만이 들었다. 나는 앨릭스에게 여러 개의 하트 이모티콘만을 답으로 보내고, 휴대폰을 주머니에 넣었다.

내가 도착했을 때 레스토랑 'OASIS411' 앞에는 이미 기자들이 와 있었다. 그 호화롭고 궁전 같은 레스토랑에 걸스 포레버 모두가 함께 들어가기 위해, 나는 멤버들이 도착할 때까지 차 안에서 기다렸다. 이곳은 은지와 내가 더블데이트를 한 마리골드 하우스와는 정반대였다. 화려하고 값비싸게 꾸며져 있었고, 오붓하기보다는 보여주기 위한 공간이었다. 이내 다른 멤버들도 도착했다. 우리는 포옹으로 인사를 나누었고, 신나고 들뜬 마음으로 칠월의 더운 공기 속에 머무르며 요란한 카메라 세례를 받았다. 육 주년을 기념해 서로서로 팔짱을 낀 공식 포즈로도 사진을 찍은 다음, 우리는 기자들에게 손을 흔들고 안으로 들어왔다.

우리가 식사할 공간은 분리되어 있었지만 은지와 더블데이트를 했던 방과는 딴판이었다. 전체가 유리창으로 된 벽면이 있어, 설사 그 너머의 수풀에 우리 사진을 찍으려 숨은 기자가 몇 명 있어도 놀랍지 않을 것 같았다. 하지만 문이 닫히고 나자 잔뜩 들떴던 분위기는 사라져버리고, 시들한 고요함만이 남았다. 카메라 앞에서 우정을 과시하느라 바쁜 몇 주를 보내고 나니, 오로지 우리끼리 솔직한 우정을 나누는 법은 잊은 것만 같았다.

그렇게 잠시 어색함이 흘렀을 때 미나가 물었다.

"여기 오기 전에 쇼핑이라도 한 거야?"

미나는 내가 의자 옆 바닥에 내려놓은 쇼핑백으로 고갯짓을 했다. 그걸 본 리지는 냉랭한 말투로 말했다.

"쇼핑할 시간도 다 있고 좋겠다. 요즘 나는 거의 잘 시간도 없는데, 레이첼은 갤러리아 백화점에 갔다 왔네."

나는 반박하려고 했지만 그때 여자 종업원이 들어와 식탁에 미리 차려져 있던 메뉴를 하나하나 설명했다. 내가 오늘을 위해서 구성한 메뉴들 말이다.

종업원이 주요리인 구운 넙치 요리를 안내했을 때 지윤이가 코웃음을 쳤다. 나는 가슴이 조금 덜컥했다. 멤버들 한 명 한 명이 좋아하는 음식들을 염두에 두고 오래 고민해 메뉴를 결정했는데, 내가 잘못 짚었나?

종업원이 나가자 나는 말했다.

"미안해. 넙치 요리가 먹고 싶지 않으면 아마 주방에서 뭐 다른 걸 만들어줄 수 있을 거야……."

나는 오늘의 만찬이 완벽하길 바랐다. 언론 보도에서만이 아니라 우리에게도 말이다. 걸 그룹이 육 년간 활동했다는 것은 대단한 성취였고, 오늘은 우리가 그것을 축하하는 자리였다.

"아냐, 아냐."

지윤이가 웃으며 말을 이었다.

"난 넙치 좋아해. 메뉴 잘 골랐어, 레이첼. 그게 아니라, 우리가 삼 년 전에 찍은 해산물 광고가 갑자기 생각나서. 다들 그거 기억나?"

리지가 대답했다.

"으아, 그 얘길 왜 꺼내? 난 그걸 기억에서 삭제했단 말이야."

"살아 있는 랍스터랑 찍었던 그거? 선희가 한 마리 가져가서 키우고 싶어 했잖아."

영은이가 이렇게 말하면서 선희의 팔을 콕 찔렀다.

"나 안 그랬……."

선희는 끝까지 말하지 못했는데, 지윤이가 말했다.

"아니 젠장, 누가 그 광고 아이디어를 좋다고 생각한 거야?"

아리가 배를 잡고 웃음을 터뜨렸고, 그때 여자 종업원이 들어와서 크로스티니에 에어룸 토마토와 가지 처트니를 올린 아뮈즈 부슈를 한 사람 한 사람 앞에 내려놓았다.

수민이가 말했다.

"그래, 랍스터랑 찍은 그 광고도 나쁘긴 했지. 그런데 빼빼로 데이라고 녹은 초콜릿 위에 굴러다녀야 했던 촬영보단 나았어. 그건 정말 너무 비위생적이었어."

리지는 말했다.

"아악, 그것도 내 기억에서 지웠단 말이야. 사실 그게 최악이긴 했어."

레아와 나는 예전부터 빼빼로 데이에 초콜릿 막대 과자를 교환해서 먹기를 좋아했다. 하지만 인간 빼빼로로 분장해야 했던 그날 이후로, 빼빼로를 먹고 싶은 마음이 확연히 줄어버렸다.

"나는 지금도 빼빼로를 볼 때마다 약간 토할 것 같아."

미나가 말했다. 이번에는 우리 모두 웃음이 터졌고, 아리는 그만하라고 손을 내저으면서 더 세게 배를 잡았다.

"진짜 그만 좀 해! 배 아파!"

그 말에 우리는 더 큰 웃음이 터졌다. 첫 번째 코스 요리가 나오는 동안 우리는 계속해서 지난 육 년간의 기억들을 이야기하고, 가장 끔찍했던 순간들부터 가장 웃겼던 순간들, 가장 무서웠던 순간들까지 추억했다.

"내가 가장 무서웠던 때는 대만 공항에서 선희를 잃어버린 줄 알았을 때야."

나는 그다지 우아하지 않게 굴 하나를 후루룩 먹고는 이어 말했다.

"이륙할 때가 다 됐을 때였잖아. 그때 우리가 얼마나 겁났었는지 기억나? 우리는 네가 납치된 줄 알았어, 선희야."

얼굴이 빨개진 선희가 말했다.

"미안해요. 그날 아침 먹은 게 속이 안 좋아서."

나는 웃으며 말했다.

"화장실 간다고 우리한테 말을 하지! 미나가 공항 보안요원을 부를 뻔했다니까!"

미나는 눈을 흘겼지만 작은 미소를 참지 못했고, 결국 애정 어린 눈으로 선희를 보았다.

수민이가 말했다.

"내가 제일 무서웠던 때는 어떤 팬이 우릴 만나고 너무 흥분해서 기절했을 때. 그때 영은이가 탁자에 올라가서 심폐소생술 하려고 했잖아."

영은이는 진지하게 대꾸했다.

"그럴 때 쓰려고 응급 처치 교육을 받는 거야."

아리는 말했다.

"기억나. 그 팬이 한 십 초 후에 스스로 정신을 차려서 엄청 민망해했잖아. 그런데 우리가 다 가서 안아주고 사진도 같이 찍고 했더니 결국 자기 인생 최고의 날이 되었다고 그랬어."

"좋은 기억이었지. 우리 팬들은 정말 최고야."

미나의 말에, 은지가 싱글거리며 말했다.

"잠깐만, 지금 추미나가 감상에 젖은 거야?"

미나가 어깨를 으쓱하고는 포크로 라비올리를 찍어 입에 넣은 다음 말했다.

"못 들은 걸로 해."

우리가 먹고 떠들고 추억을 공유하는 사이에 몇 시간이 훌쩍 흘렀다. 나는 언론 매체들도 우리의 이런 모습을 볼 수 있었으면 좋겠다고 생각했다. 긴장이 풀린 채 거침없이 말하고, 함께해온 시간을 추억하고, 같이 있는 이 순간을 진심으로 즐기고 있는 우리를 말이다. 하지만 생각해보면, 그래서 이런 순간이 특별한 것이었다. 오로지 우리끼리만 나누는 것이어서. 세상에서 이 아이들만큼 나를 속 터지게 하는 존재들도 또 없지만, 결국 지난 육 년 동안 모든 것을 나와 함께해온 것도 이 아이들뿐이었다. 우리는 정말로 하나의 가족이었다. 그 사실을 좋아하든 싫어하든 말이다. 그리고 오늘 밤 식탁을 둘러보면서 나는 생각했다. 내가 그 사실을 많이 좋아한다고.

"나 말할 게 하나 있어. 집에 들어가서 가족들이랑 살아도 된다고 회사에서 허락받았어. 다음 주에 숙소에서 나갈 거야."

리지가 말했다. 리지는 아주 잠깐 일부러 나와 눈을 마주친 다음, 손을 뻗어 음료를 마셨다.

"나도."

이번엔 영은이었다. 영은이가 나에게 고맙다는 듯한 미소를 짓고는 말했다.

"그래서 우리 엄마가 진짜 신났어. 다들 카페에 꼭 한번 오래. 그럴 만한 계기를 만들려고 대표님한테 벌써 열네 번은 전화했다고 하니까, 아마 곧 스케줄에 추가될 거야."

영은이는 못 말린다는 듯 어중간하게 웃고는 이어 말했다.

"아무튼, 우린 진짜 레이첼한테 고마워해야 해. 집에 들어가서 사는 거 생각만 해봤지, 레이첼 네가 먼저 하지 않았으면 회사 임원들한테 절대 말 못 꺼냈을 거야. 영감을 줘서 고마워, 레이첼."

안도감이 밀려왔다. 내가 숙소에서 나온 일이 DB 엔터테인먼트에 골칫거리라는 악의적인 보도를 수없이 접한 뒤라서, 그 일이 우리 팀에 조금이라도 긍정적인 영향을 주었다는 것이 너무나 다행스러웠다.

나는 말했다.

"잘됐다. 정말 잘됐어. 그리고 영감이란 말이 나와서 말인데……."

나는 들고 온 커다란 쇼핑백으로 손을 뻗었고, 가슴이 울렁거렸다. 오늘 밤 이 순간을 내내 기다려 왔지만 막상 닥치니 긴장됐다.

"……너희한테 줄 선물이 있어."

나는 쇼핑백에서 여덟 개의 핸드백을 하나하나 꺼냈다.

"내 브랜드에서 출시할 가방들이야. 전부 내 인생의 중요한 순간이나 시기에서 영감을 받아서 만들었어. 그런데 지난 육 년 동안 내 삶의 모든 중요한 순간들을 너희가 함께했잖아. 그래서 이 가방들을 제일 먼저 가지는 사람들이 너희가 됐으면 했어."

가방을 하나하나 식탁 위에 배열하며 나는 초조함으로, 어쩌면 약간의 자랑스러움으로 얼굴이 붉어졌다. 뉴욕 시절 가방, 연습생 시절 가방, 첫 투어 가방, 그리고 내가 가장 좋아하는 '지금의 레이첼' 가방. 지금의 레이첼 가방은 버터처럼 부드럽고 둥근 구의 형태다. 지구 곳곳을 돌아다니는 케이 팝 스타인 지금의 내 삶을 나타내고 싶었다.

어떤 것을 서로 가지겠다고 옥신각신하는 멤버들을 보면서 내 얼굴에서 미소가 사라지지 않았다. 멤버들이 이 가방을 마음에 들어 한다는 사실이 기뻤다. 때로는 너무나 예측할 수가 없는 멤버들이어서 나는 너무 큰 기대를 품지 않는 습관을 들였다. 그런데 이 아이들의 지지가 이렇게나 커다란 의미로 다가올 줄이야. 은지가 크로스백도 클러치도 될 수 있는 연습생 시절 가방을 메어보고 있었다. 나는 칠 년의 연습생 기간 동안 내가 참 많이 변했다고 생각했다. 하지만 지난 육 년, 데뷔한 이후부터의 시간도 나라는 사람을 바꿔놓은 시간이었다. 나는 온 마음으로 케이 팝을 사랑하는 동시에 다른 일도 열심히 해나갈 수 있는 다채로운 사람이 되었다.

다채롭다. 지금의 레이첼 가방을 설명하는 딱 좋은 표현이 될 것 같았다. 나는 그 표현을 홍보에 사용해야겠다고 머릿속에 메모한 다음, 이 순간에 집중하자고 스스로에게 말했다. 우리가 벌써 육 년이나 되었다니. 이곳의 우리를 다시 한번 둘러보니 눈물이 고였다. 이 여덟 아이들과 나는 얼마나 많은 일을 함께해왔는가.

나는 잔을 들어 올리고 말했다.

"걸스 포레버의 육 주년을 위하여."

우리는 건배하고 외쳤다.

"그리고 더 긴 시간을 위하여!"

20

"쉿, 깨겠다."

"좀 비켜봐."

"자, 준비됐지? 셋 세고 한다."

"레이첼 K.의 생일을 축하해!"

시끄러운 파티 나팔 소리에 눈이 번쩍 뜨인 나는 침대에서 벌떡 몸을 일으켰다.

"세상에, 심장 마비 오는 줄 알았네! 진짜 너무 놀랐다고!"

모두가 깔깔거리는 소리를 들으며 나는 잠을 털어내고 주변을 둘러보았다. 금빛과 분홍빛의 색종이 조각들이 머리 위로 쏟아져 내리고 있었다. 엄마는 방 문틀에 기대어 서 있고, 아빠는 대나무 책상의 의자에 앉아 있었다. 내 발치를 보니 생일 축하 모자를 쓴 레아와 혜리, 주현이가 매트리스 끝에 옹기종기 앉아 있었다.

"이게 다 뭐야?"

나는 웃으며 물었고, 금색 테가 둘러진 분홍색 생일 모자를 내 머리에 씌우며 레아가 대답했다.

"레이첼 K.의 생일을 축하하는 거지. 보면 몰라? 이런 날에 늦잠 자는 사람은 언니밖에 없을 거야!"

"지금 겨우 여덟 시야!"

"알아. 그래도! 우린 두 시간 전부터 준비했단 말이야!"

"주현이랑 나는 가야 해. 잠깐이라도 응원 인사하려고 왔어."

혜리가 말했다. 단순하고 꼭 맞는 회색 바지와 긴소매 블라우스 차림에 명찰을 단, 연구실 출근 복장이 이제야 눈에 들어왔다.

주현이가 한쪽 팔로 나를 안으며 말했다.

"넌 아주아주 잘할 거야, 친구. 내 브랜드 매니저랑 커피 약속이 있는데, 이야기 마치고 그 사람도 끌고 압구정 로데오길로 직행하려고. 네 가방 내 손으로 직접 하나 사게. 브이로그 찍을 준비도 다 해놨지."

"그렇게까지 안 해도 되는데."

조금은 부끄러워진 기분으로 나는 작은 미소를 지었다.

"안 해도 된다니, 당연히 해야지!"

제정신이냐는 듯이 나를 보면서 주현이가 말했다. 혜리는 덧붙였다.

"절친의 법칙에 따르면 안 해도 되긴 하지만, 네 가방들이 장난이 아니어서 어차피 할 일들이야!"

"뭐, 정 그렇게 고집한다면."

나는 이렇게 말하며 더 밝게 웃었다. 이토록 멋진 친구들을 얻게 된 게 얼마나 행운인지, 초등학교 사 학년 때 처음 만난 뒤로 백만 번째쯤 또 생각했다. 그때 혜리의 애플 워치에서 알람이 울리기 시작했다.

"나 정말 늦겠다. 우리 이제 진짜로 가야겠어."

혜리가 침대에서 일어섰다. 주현이는 혜리를 따라나서며 내게 물었다.

"저녁에 축하주 한잔?"

솔직히 저녁이 올 때까지의 일과를 제대로 생각하기도 어려웠다. 오늘 펼쳐질 일들을 생각하면 너무 긴장됐기 때문이다. 그래도 고개를 끄덕인 나는 침대에서 나가 쌍둥이를 한 번씩 꼭 안았고, 둘은 손을 흔들며 서둘러 방에서 나갔다.

레아와 엄마 아빠만 남았을 때 나는 말했다.

"고마워요. 이렇게까지 생각해주고."

엄마가 내 어깨를 살며시 쥐었다.

"너 정말 열심히 했잖아. 그냥 평범한 날처럼 보내기가 아까웠지."

아빠는 자랑스럽다는 듯 말했다.

"우아, 우리 딸이 디자이너라니!"

마음이 벅차올랐다. 드디어 브랜드 론칭의 날이라는 게 믿기지 않았다. 내가 이 일을 해냈다니. 어젯밤, 침대에 누운 채 몇 시간이나 오늘을 생각했다. 내가 디자인한 가방을 메고 길을 걷는 사람을 보게 되면 어떤 기분이 들까? 또 반대로 아무도 내 가방을 사지 않는다면? 팔리지 않아 백화점 진열대에서 먼지만 쌓이는 가방들을 상상하면서 잠을 이루지 못했다. 혼자 하는 일이어도 내가 하는 모든 일이 DB 엔터테인먼트나 걸스 포레버의 이미지에 영향을 준다. 그리고 아빠의 얼굴에 떠오른 뿌듯한 표정을 보니, 우리 가족에게도 영향을 준다는 게 분명해졌다. 물론 우리 가족은 내 새로운 모험의 결과가 성공이든 엄청난 실패이든 조건 없이 나를 사랑할 테지만, 모두를 실망시키는 것은 내게 여전히 너무나 두려운 일이었다.

레아가 부는 파티 나팔 소리에, 나는 초조한 상념들에서 깨어났다.

"언니를 위한 특별한 아침 식사도 준비했어! 길 건너 새로 생긴 브런치 레스토랑에서 사 온 아침 식사용 달걀 치즈 크루아상."

레아는 '크루아상'을 과장된 불어 발음으로 말했다.

"겹겹이 부드럽고 너무 맛있어. 따뜻할 때 와서 먹어봐."

나는 웃으며 대답했다.

"버터 맛이 벌써 나는 것 같아. 그런데 먼저 뭐 좀 하고. 금방 부엌으로 갈게."

엄마, 아빠, 레아가 방에서 나가자 나는 휴대폰을 쥐었다. 그러고는 오늘 올리려고 임시 저장해둔 인스타그램 포스트를 마지막으로 확인했다. 내가 우리 브랜드의 가방 여섯 개를 모두 어깨에 메고 포즈를 취한 사진이었다. 사진이 잘 나와 만족스러운 기분으로 한참 들여다보았다. 그 가방들은 색상, 기발함, 저마다가 살아가는 최선의 삶이라는 메시지로 눈길을 끈다는 점에서 서로 닮아 응집성이 있지만, 동시에 각기 뚜렷한 개성을 지니기도 했다. 그래서 그 모두와 조화를 이루는 배경과 의상을 선택하는 데 그만큼 신중해야 했다. 결국 우리는 배경을 흰색으로 결정했고, 바닥에 온갖 색상의 꽃들을 뿌려 장식했다. 나는 옅은 색 워싱 데님으로 된 세련된 슈트를 입었다.

레이첼 K.에서 새로운 근사함을 만나보세요.

사진 아래에는 이런 글과 함께 @rachel.k.shop을 팔로우 해달라고 썼다.

나는 심호흡을 했다.

자, 지금이다.

올리기 버튼 클릭.

됐다. 세상에. 끝났다. 제대로 포스트가 올라갔음을 확인한 다음, 수천 번은 더 확인해보고 싶은 유혹을 다스리기 위해 나는 휴대폰을 베개 밑에 넣었다. 그렇게라도 하지 않으면 끊임없이 피드를 새로고침할 테니까. 휴대폰을 집어 반응을 확인하고 싶어 손가락이 근질거려, 재빨리 방을 나가서 씻고 식탁으로 향했다.

하루를 시작하기에 크루아상보다 좋은 음식은 없다. 레아의 말대로 버터 향 가득하고 겹겹이 부드러운 그 크루아상을 나는 한입에 절반이나 흡입해버렸다. 이렇게 느긋한 아침이면 내가 주로 마시는, 우유를 듬뿍 넣은 얼그레이도 한 모금 먼저 마시지 않고 말이다. 아침 식사를 하며, 나는 가슴속 긴장과 울렁거림을 대체로 무시하고 가족들과 오늘을 축하할 수 있었다. 하지만 크루아상은 너무 금방 사라져버렸고, 열 시쯤이면 인터뷰 준비를 도와줄 스타일리스트가 집으로 오는데도 나는 너무 초조해 집중할 대상이 필요했다. 그래서 다가오는 세이고 팬미팅에서 입을 의상을 고르는 레아를 도왔다. 그런 다음 거실 소파에 털썩 기대어 앉아서 텔레비전 채널을 이리저리 돌렸지만, 화면에 무엇이 나오고 있는지가 눈에 들어오지도 않았다. 아빠가 다가와서 왜 동물 채널을 보고 있느냐고 물었을 때 나는 한참이나 미어캣의 짝짓기 의식을 틀어놓고 있음을 깨달았다.

휴대폰을 확인해보고 싶어 못 견딜 것 같던 참에 스타일리스트 미시가 도착했고, 우리는 의상과 머리와 화장이라는 복잡한 준비를 시작했다. 그러는 사이에도 휴대폰의 알림음이 내 방에서 들려왔다.

"제가 먼저 슬쩍 한번 볼까요?"

준비를 마무리할 때쯤, 휴대폰을 확인하고 싶어 안달인 나를 눈치챈 미시가 말했다. 종석이 오 분 후면 도착할 터였다. 나는 근처의 예쁜 카페에서 인터뷰가 약속되어 있었다.

"괜찮아요. 내가 할게요."

육 년 동안 연예 산업에 종사하면서 알게 된 것이 하나 있다면 결국엔 대중들의 평가를 대범하게 마주하는 법을 배워야만 한다는 것이었다. 스스로 마주하는 수밖에 없다. 설사 아무리 다른 누군가가 대신해주었으면 하는 마음이어도.

집을 나서는 마지막 순간에서야 나는 휴대폰을 집어 들었고 나를 기다리던 집 앞 차에 오르며 화면을 슬쩍 보았다. 잠금화면에 너무나 많은 메시지가 도착해 있었다.

갑자기 아침으로 먹은 샌드위치가 다시 넘어올 것만 같았고, 지금까지 애써서 달랜 초조함이 나를 압도할 것만 같았다.

나는 얼른 잠금을 해제하고, 도착한 메시지를 훑어보았다.

칼리 맷슨: 레이첼, 가방들이 정말 마음에 들어요! 축하해요! 내가 너무 자랑스럽고 신나네요.

주현: 레이첼, 네 브랜드 멋져 죽겠어! 지금 롯데 백화점에서 내가 디자이너랑 친구라고 아무한테나 다 자랑하는 중.

혜리: 맞아! 나 점심시간에 잠시 나왔는데 가방 하나를 고를 수가 없어…….
전부 다 내 인생에 필요해!

내 인스타그램 포스트에는 초 단위로 너무 많은 댓글과 좋아요가 달려 모두 확인하기조차 어려웠다. 내 가방이 '신선하면서도 실용적'이라고 칭찬한 기사가 떴고, 또 다른 기사에서는 '독특한 관점'이 있어서 좋다고 했다. 나는 《나일론》 계정에 올라온 기사 하나를 읽기 시작했다.

레이첼 K.는 케이 팝 아이돌이 만든 첫 패션 브랜드다. 예상할 수 있다시피 걸스 포레버(한국 최고의 걸 그룹으로 미국에서의 인기 급상승에 관한 기사는 이 링크에서 확인할 수 있다)의 스타가 만든 이 브랜드에 전 세계 팬들의 관심이 몰리고 있지만, 레이첼 K.는 이미 케이 팝 팬들 이상의 폭넓은 대중에게 어필하고 있는 것으로 보인다. 이 기세라면 레이첼 김은 가수로서뿐 아니라 떠오르는 패션 디자이너로서의 그를 좋아하는 새로운 팬들의 유입을 기대할 만할 것이다.

꿈을 꾸는 것만 같았다. 어마어마한 실패가 아니기만을 바랐는데, 내 기대를 한참 넘어서는 결과였다. 하지만 이런 호평 기사가 나온다는 것이 소비자들이 실제로 내 가방을 산다는 뜻은 아니었다.

언론 기사도 비현실적으로 느껴졌지만, 가게에 진열된 내 가방들을 실제로 보는 일은 더욱더 비현실적이었다. 롯데 백화점에 들어간 나는 수영복 판매대에서 서성거리면서 몇몇 사람들이 내 가방을 들어보고 전신 거울 앞에서 메어보는 모습을 훔쳐보았다. 사람들이 떠나고 난 후, 나는 직접 가방들을 보기 위해 매장 안으로 들어섰다. 매장의 조명을 받으며 프라다나 펜디 같은 명품 가방과 함께 진열된 레이첼 K.의 가방들을 보니, 짜릿하게 설레고 아드레날린이 치솟았다. 이 일이 정말로 일어나고 있다는 사실이 믿기지 않았다.

내 가방을 진열하기 위해 열기구 모양의 근사한 디스플레이가 준비되어 있었다. 각각의 풍선 아래에 나무 바구니 대신 핸드백이 하나씩 달려 있었다. 풍선은 반짝이는 크리스털로 제작되어, 금빛 스팽글로 이루어진 배경 앞에 떠 있었다. 나는 얼른 사진을 찍어 앨릭스에게 보냈다.

"어머, 레이첼이야!"

내 이름이 들려 돌아보니 액세서리 매장에 몇몇 사람이 모여 있었다. 점점 더 많은 팬들이 소리를 지르고 내 쪽으로 손을 흔들기 시작하자 경호원이 끼어들어 거리를 확보했다.

"레이첼! 가방 정말 예뻐요!"

나는 두 손을 흔들었고 광대뼈가 아플 정도로 함박웃음을 지었다.

"응원해줘서 다들 고마워요!"

나는 한 명 한 명과 악수를 나누고 고맙다는 인사도 건네면서 그들 앞을 지나갔다. 그중 한 젊은 여성은 로스쿨 졸업을 자축하려고 레이첼 K. 가방을 사러 왔다고 말했다. 나에게서 꿈을 따라가야 한다는 영감을 받고 법조계의 커리어에 도전하기로 결정했다면서 말이다. 생애 첫 일자리를 구했다고 말하는 여고생도 있었다. 요거트 아이스크림 가게에서 아르바이트를 하는데, 내 가방을 살 돈을 모으려고 기회가 있을 때마다 대타 근무까지 했다고 말했다. 함께 줄을 서 있던 그 학생의 엄마는 자기 딸이 나 때문에 처음으로 성실하게 일할 줄 알게 되었다고 농담했다. 모두가 너무나 사랑스럽고 신이 난 모습이어서, 그들을 보는 나도 마음이 벅찼다.

다시 차에 올랐을 때, 나는 어서 집으로 가 편안한 니트 바지를 입고 침대에서 팥빙수 한 그릇을 먹고 싶었다.

그런데 휴대폰이 진동했고, 나는 팥빙수의 환상에서 번뜩 깨어났다. 내가 앨릭스의 전화를 세 통 놓쳤다는 안내 메시지였다. 나는 곧바로 영상 통화를 걸었다. 첫 번째 신호음에 앨릭스는 전화를 받았다.

"레이첼?"

앨릭스가 화면에 나타났다.

"드디어 보네. 계속 연락했는데!"

"음…… 이거 실화야?"

나는 이렇게 말하고 한 손으로 입을 가렸다. 정말 무슨 말을 해야 할지 알 수 없었다.

"그럼, 당연하지!"

너무나 환한 표정으로 웃으며 앨릭스는 말했다.

"이건 현실이야. 레이첼 K.는 정말 대단하고, 레이첼이 정말로 열심히 노력해서 이룬 거야. 아아, 내가 가서 직접 축하해줄 수 있었으면 좋겠다."

"맞아."

나는 애석하게 대답했다. 앨릭스는 지난 몇 주 동안 홍콩의 집에 박혀서 까다로운 사업 협상을 처리하느라 바빴고, 그것은 내게 축복인 동시에 저주처럼 느껴졌다. 이 순간을 앨릭스와 나누고 싶은 마음이야 가득했지만 나는 오늘 언론 인터뷰를 하느라 진이 쏙 빠졌고, 우리가 사람들의 눈에 띄지 않고 시간을 함께 보낼 방법도 없었다.

"저기, 아주 좋은 소식이 있어."

스크린 속 앨릭스가 말했다.

"롯데 백화점의 초기 판매 수치가 꽤 좋아."

"정말? 얼마나?"

"몇 년 후 레이첼이 직접 부티크를 여는 것도 고려해볼 수 있는 수치야."

내가 직접 부티크를? 어떻게 그런 일이 가능하단 말인가. 흥분과 두려움으로 아드레날린이 뿜어져 나왔다. 이 사업이 '성장'하고 있고, 모든 일이 너무나 빠르게 이루어지고 있다. 물론 기쁘다. 이루 말할 수 없이 기쁘지만, 두렵기도 하다. 이제는 되돌아갈 수 없다. 작은 실험으로 시작한 일이 이제 세상에 모습을 드러냈다. 그리고 탄력이 붙었다. 좋건 나쁘건 앞으로 이 일이 진행되는 방향을 내가 모두 통제할 수는 없을 것이다.

21

브랜드를 론칭하기 전까지 나는 너무나 바쁘다고 생각했다. 하지만 일단 론칭을 하고 나니, 이전은 바쁜 것도 아니었다. 걸스 포레버의 스케줄, 레이첼 K. 관련 인터뷰, 새 가방의 디자인과 주문 계획, SNS 광고 준비 등으로 하루하루가 정신없이 지나갔다.

원하는 일이 모두 이루어지면 원래 이런 것일까?

대부분의 사람들은 모르지만, 성공의 아주 희한한 부분은 그 성공이 아무리 대단해도 당사자의 일상은 그리 크게 변하지 않는다는 점이다. 여전히 팀 일정에 늦지 않기 위해 서둘러 샤워를 하고 나와 준비하고, 아이스모카를 테이크아웃 하려는데 줄이 길면 짜증이 나고, 남들에게 좋은 인상을 주고 있는지 걱정하고, 가족이 그립고, 미래를 생각할 때마다 솟는 불안을 어찌해야 하는지 모른다. 나는 준비가 되지 않았는데 온 가족 앞에서 나를 여자 친구라고 부른 한 멋진 남자를 생각할 때 그렇듯이 말이다.

우리 관계에 관한 내 고민을 앨릭스와 직접 의논해야 한다는 것을 알았다. 앨릭스가 나를 여자 친구라고 부를 때마다 기쁨과 불안이 마치 쌍둥이처럼 동시에 마음속에 솟구친다는 것을 말이다. 하지만 지금 이대로가 너무 좋아서, 위험한 일은 아무것도 하고 싶지 않은 것도 사실이었다. 내 브랜드는 내가 감히 바랄 수 없었을 정도로 좋은 반응을 얻고 있었다. 걸스 포레버는 갓 육 주년을 맞았고, 나는 그 어느 때보다도 멤버들과 가까워진 기분이었다. 또한 집에서 가족들과 함께 살게 되었다. 그리고 원하는 만큼 자주 보지는 못하지만 아주 멋진 남자가 내 인생에 들어와 있었다. 어려운 대화를 시도해 이 모든 것을 망치고 싶지 않았다. 적어도 지금만큼은 내 삶이 어떤 평형 상태에 이른 것 같았다. 완벽하고도 무너지기 쉬운 상태 말이다. 즉, 나는 지금 열두 개쯤의 접시를 무사히 들고 있으며, 조금만 잘못 움직여도 모든 접시가 떨어져 깨질 것 같았다.

지구상에서 팔월의 상하이만큼 더운 곳도 없을 것이다. 푸동 공항에서 나오자마자 짙은 습도가 느껴졌고, 피부에서 땀이 솟았다. 샤워가 너무나 간절했지만 이번 일정에는 페닌술라 호텔에서의 숙박이 포함되어 있지 않다. 여덟 시간도 지나지 않아서 나는 다시 이 공항으로 와 서울로 가는 비행기를 타야 한다.

이번 주 일정은 걸스 포레버의 활동으로 가득 찼지만, 레인 크로버드 백화점의 상하이 대표 매장 개점 행사에서 브랜드를 소개하는 기회를 놓칠 수는 없었다. 멤버가 개인 활동 때문에 팀 일정에 불참하는 일은 원래 종종 있었다. 예를 들면 선희는 라디오 시상식 때문에 합동 콘서트에 참가하지 못했고, 미나는 〈내가 너를 사랑했을 때〉 재촬영 일정 때문에 그날 잡혀 있던 일곱 건의 스케줄에 불참했다. 하지만 LA 콘서트가 다가오고 있는 지금, 나는 이미 정해진 걸스 포레버의 일정을 하나도 놓치고 싶지 않았다. 그래서 하루 만에 상하이에 갔다가 돌아올 수 있다고 회사에 말했다. 이제 남은 일은 이 빠듯한 출장을 잘 버텨내는 것뿐이었다.

레인 크로포드 백화점에 도착하자 종석이 나를 분장실로 이끌었다. 스타일리스트가 내 머리를 세련되고 복잡하게 꼬느라 애쓰는 동안, 설레스트가 그날 행사의 순서를 차례대로 말해주었다. 그다음 나는 백화점 한가운데 반짝이는 유리 아트리움 아래 설치된 무대로 급히 나섰다. 걸스 포레버 티셔츠와 빛나는 머리띠를 자랑하는 팬들의 인파 속에서 카메라 플래시가 빠르게 터졌다. 나는 그곳에 모인 사람들에게 레이첼 K.의 여섯 가지 가방을 소개하고 무엇에서 영감을 받아 각 가방을 디자인했는지 설명한 다음, 한국에 있는 걸스 포레버 멤버들에게 고마움을 표했다. 그런 뒤 번갯불에 콩 볶듯 에스프레소를 원샷하고 돼지고기 만두를 몇 개 먹은 다음, 분장실로 돌아가 여러 뉴스 매체와 일대일 인터뷰를 했다. 자연스럽게 중국어, 영어, 한국어로 인삿말을 바꾸어 가면서 말이다. 그후 눈 깜짝할 사이에 나는 푸동 공항에서 집으로 가는 비행기를 타고 있었다.

차가 우리 아파트 앞에 다다랐을 때에야 나는 잠에서 깼다.

"레이첼, 잘 자고 내일 보자."

나를 보내면서 종석이 말했다. 하지만 나는 그의 말이 거의 귀에 들어오지 않았다. 반쯤은 다시 잠든 상태로 터덜터덜 아파트로 들어가 엘리베이터를 탔다. 내 침대가 마치 세이렌의 노래처럼 나에게 손짓했지만, 나는 오늘의 행사를 마련해주어서 고맙다는 이메일을 설레스트에게 보내기 위해 대나무 책상에 앉았다. 하지만 노트북을 열기도 전에, 잠이 나를 덮쳤다.

데뷔하던 해, 걸스 포레버가 밤새 다섯 시간 동안 서해안 고속도로를 달려 서울에서 전남까지 간 적이 있었다. 보통은 비행기로 이동하지만 공항 파업으로 모든 비행기가 발이 묶였고, 소속사는 우리의 팬사인회를 취소할 뜻이 없었다. 마침내 전남에 도착했을 때 찍힌 모든 사진 속에서, 나의 고개는 이상한 각도로 기울어져 있었다. 밤새 버스 창문에 기대어 잠을 자려고 애쓰다 목이 심하게 꺾였기 때문이었다.

오늘 아침 내 목에서 느껴지는 통증은 그때보다 열 배쯤은 심했다.

나는 책상에 엎드린 채로 잠에서 깨었고, 공책 한 장이 내가 흘린 침으로 젖어 얼굴에 붙어 있었다.

세상에, 지금 몇 시지?

겨우 휴대폰을 들어 화면을 눌렀지만 전원이 완전히 나가 있었다. 당연한 일이었다. 어젯밤에 충전기에 꽂지도 않고 잠이 들었으니까. 가방에서 꺼낸 충전기를 휴대폰에 꽂고, 다시 전원이 켜지기를 애타게 기다렸다. 앨릭스에게 전화해 어제의 일들을 이야기하고 싶었다. 브랜드 론칭 당일에 나눈 사업 이야기를 빼면 몇 주 동안 앨릭스와 대화다운 대화를 한 적이 없었다. 그저 앨릭스의 목소리를 듣고 싶었다. 고작 영상 통화여도, 앨릭스의 웃는 얼굴을 보고 싶었다. 마침내 휴대폰이 살아났다. 앨릭스에게 전화를 걸려는데, 화면에 알림 메시지가 떴다.

오늘 오전 9시 – 걸스 포레버, 영은이네 카페

잠시 나는 그저 어리둥절하기만 했다. 그러다 갑자기 기억이 떠올랐다.

영은이는 육 주년 파티 때 말했다. 어머니가 우리를 카페에 초대하려 한다고. DB는 이번 주 우리의 일정에 영은이의 카페 방문을 포함시켰다.

어제 종석은 나를 내려주면서 '내일 보자'고 말했다.

휴대폰이 남은 잠에서 깨어나는 동안 매니저에게서 8시 45분, 8시 50분, 8시 55분에 부재중 전화가 왔었다는 알림이 떴다.

지금은 8시 57분이었다.

"젠장, 젠장."

나는 이렇게 내뱉으며 급히 엉킨 머리카락을 빗으며 방에서 뛰어나갔고, 서둘러 운동화를 신었다.

"고운 말 써, 딸!"

문 밖으로 뛰어나가는 나에게 엄마는 소리쳤다. 아파트 로비를 서둘러 나서자 종석의 차가 아파트 앞에서 기다리고 있었다.

"미안해요! 미안해요!"

나는 차에 타고 문을 쾅 닫았다. 종석은 아무 말도 하지 않았지만 백미러로 나를 쳐다보는 표정이 좋지는 않았다. 나는 심호흡을 하고 등받이에 등을 기대었고 종석은 몇 번쯤 속도위반을 했다.

마침내 영은이의 카페에 도착하자, 나는 안으로 뛰어 들어갔다. 멤버들이 단단히 한 소리를 할 것이 분명했기에 마음의 준비를 하면서 말이다. 하지만 나를 보자 다들 반가운 표정을 지었다. 정말로 내가 와서 기쁘다는 듯이 말이다. 환히 웃으면서 이리 오라고 손짓하는 멤버들을 보며, 나는 오히려 불안해졌다.

창가에 있는 커다란 칸막이 식탁으로 가서 앉으며, 나는 전기톱 살인마에게 죽을 줄은 꿈에도 모르는 공포 영화 속 여자아이가 된 기분이었다.

"다들 안녕? 영은아, 여기 진짜 예쁘다."

나는 카페의 식탁들을 장식한, 유리잔에 꽂힌 들꽃을 보면서 말했다. 그때, 주위에서 DB의 사진가 몇 명이 눈에 띄지 않게 자리한 채 '카메라를 의식하지 않는' 우리의 사진을 찍고 있는 것을 발견했다. 멤버들이 왜 그토록 기분이 좋아 보이는지를 깨달았다.

사진을 위해 환한 표정을 짓는 것이었다.

커피바 근처에 팬들 몇 명이 모여 있었다. 우리가 나누는 이야기는 들리지 않지만 우리가 보이기는 하는 그곳에서 카페라테에 설탕을 지나칠 정도로 한참 저어 넣으면서 안 보는 척 우리를 보고 있었다. 그중 한 팬이 손으로 입을 가리고 속삭이면서 나를 본 다음 자신의 손목시계를 확인했다. 내가 늦게 도착한 것을 목격한 모양이었다.

우리가 괴로울 정도로 명랑한 대화를 십 분쯤 나누었을까, DB의 사진가들은 필요한 사진을 다 찍었다고 말했다.

그들이 가자마자 영은이가 나에게로 몸을 돌렸다.

"레이첼 너 뭐야? 도대체 어디 있었어?"

영은이의 거친 말투에 놀랐다. 평소 아주 차분하고 사려 깊은 영은이가 이렇게 화를 내는 모습을 처음 보았다. 나는 더듬더듬 대답했다.

"아 미안……. 정말 미안. 어제 상하이에서 늦게 와서는 알람 맞추는 걸 완전히 잊어버렸어. 늦어서 너무 미안해."

영은이는 가슴에 팔짱을 끼며 말했다.

"이 카페가 나한테 중요한 거 너도 알잖아. 네가 네 브랜드 만든다고 할 때 우린 다 응원해줬는데, 이렇게 모처럼 나한테 응원이 필요할 땐 신경도 안 쓰는 거야?"

"아냐, 영은아. 정말 순전히 실수였어. 너무 미……."

"자."

영은이가 리본으로 입구를 묶은 작은 투명 비닐 주머니를 내게 던졌다.

"우리 엄마가 멤버들 한 명 한 명에게 주려고 만든 거야. 다들 이것 가지고 사진도 찍었어. 와 있었던 멤버들은 말이지."

내려다본 비닐 주머니 속에는 크림으로 섬세하게 장식된 쿠키가 있었다. 그건 나였다. 쿠키로 만들어진 나. 식탁 위를 둘러보니 다른 멤버들도 각자의 모습을 담은 쿠키를 가지고 있었다. 옅은 노랑색 크림을 얹은 리지의 금발도 보이고, 통통하고 붉게 표현된 선희의 볼도 보였다. 영은이의 어머니가 우리를 위해 이렇게까지 애를 썼다는 것이 믿기지 않을 정도로 감격스러웠다. 무슨 말로 사과를 해야 할지 알 수 없는 심정으로 영은이를 보았다. 하지만 내가 사과를 할 틈도 없이, 영은이는 식탁에서 일어나 거친 발걸음으로 부엌으로 들어갔다.

나는 어깨를 웅크린 채 카푸치노를 한 모금 마셨다. 이미 차가워져 있어, 에스프레소의 쓴 맛이 혀에 남았다. 미나가 몸을 숙이고는 내 쿠키의 포장을 벗겼다. 나는 말리지도 않았다.

"음, 네 패션 브랜드가 우리 팀 활동에는 전혀 영향을 안 미칠 거라고 했지? 정말 그런 것 같네."

이렇게 속삭인 미나는 내 머리를 크게 한 입 베어 물었다.

나는 영은이네 카페 화장실에서 정확히 십삼 분 동안 숨어 있으면서 고민했다. 나가서 멤버들을 다시 마주할 것이냐, 아니면 어떤 소화기관의 문제로 화장실에 눌러 앉았는지 앤에버들이 추리하게끔 할 것이냐. 결국 나는 전자를 선택하기로 했다. 늦잠을 잔 건 악의 없는 실수였지만 어쨌건 영은이의 마음을 상하게 한 걸 인정하고 감당해야 했다. 화장실에서 나와 창가의 칸막이 식탁으로 향하는데, 대화가 들려왔다. 리지의 목소리였다.

"정말 깜짝 놀랐어. 가방 몇 개라며. 이렇게까지 크게 될 줄은 몰랐어."

나는 발길을 멈추고, 멤버들에게 보이지 않도록 벽에 몸을 붙였다. 이번엔 은지가 말했다.

"내 말이. 가방이 귀엽긴 하지만, 이렇게까지 반응이 대단할 만한가?"

나는 서늘함을 느꼈다.

"말도 안 되는 일이지."

미나의 목소리였다. 어이없다는 표정이 보이는 듯한 말투로 미나는 이어 말했다.

"DB가 걔한테 이걸 허락해줬다고 우리 아빠가 엄청 열 받았어. 영화나 뮤지컬에 출연하는 거랑은 차원이 달라. 직업을 하나 더 갖는 거나 마찬가지라고."

"아니면 직업을 바꾸는 중이거나."

쏩쓸한 지윤이의 목소리였다. 그리고 영은이가 말했다.

"패션 쪽 일을 하고 싶다면 뭐, 그럴 수 있어. 그런데 이건 특별 대우 같잖아. 나한테는 고작 유튜브 채널을 만드는 것도 허락을 안 해주면서, 레이첼은 국제적인 회사를 차려도 된다? 그 가방들 홍콩에서도 판매한다는 거 들었지?"

선희가 울적한 목소리로 대답했다.

"네. 그리고 솔직히, 레이첼 언니가 걸스 포레버보다 패션 사업을 더 우선시한다고 생각하고 싶지 않은데, 그렇게 느껴지는 게 사실이에요."

"난 예상했어."

아리가 그것 보라는 듯한 말투로 말했다. 그리고 수민이가 무거운 한숨을 내쉬고는 말했다.

"그냥 우리끼리 하는 얘긴데, 레이첼이 하는 일마다 술술 풀리는 게 좀 싫다는 생각이 들 때가 있어. 별 노력도 할 필요 없이, 그냥 웬 떡인가 하고 누리게 되는 것 같지 않아?"

뒤이어 리지가 말했다.

"그리고 오늘 아침에 레이첼이 한 인터뷰 봤어? 자꾸만 걸스 포레버 어쩌고 걸스 포레버 저쩌고. 그렇게 걸스 포레버가 소중한 거야, 아니면 자기 사업에 우리를 이용하는 거야?"

여전히 구석에 몸을 숨긴 나는 얼굴이 달아올랐고, 놀랍게도 눈물이 고였다. 미나나 리지가 그런 말을 하는 것은 놀랄 일이 아니었지만, 은지와는 이제 가까워졌다고 생각했었다. 또한 다른 멤버들은······.

걸스 포레버가 내 영감의 일부였다고 말한 걸 어떻게 내 이득을 위해서 걸스 포레버의 유명세를 이용했다고 할 수 있을까? 터무니없게도! 그 말이 가장 저열했다.

주먹으로 배를 맞기라도 한 기분으로 카페로 들어서려는데, 리지의 목소리가 들렸다.

"걱정 마. 우리한테 계획이 있어."

그 계획이라는 것을 설명하면서 리지의 목소리가 작아졌고, 나는 내용을 들을 수 없었다. 듣고 싶어서 모퉁이 쪽으로 좀 더 몸을 숙였을 때, 나는 내 쪽을 본 미나와 눈이 마주쳤다. 젠장.

미나가 리지를 건드려 이야기를 중단시켰다. 나는 마른침을 꿀꺽 삼켰다. 이제 숨는 것은 의미가 없었다. 재빨리 눈물을 닦고 모퉁이에서 나왔다.

미나가 한쪽 눈썹을 움직이며 말했다.

"저기 레이첼, 십 분 있다가 매니저들이 데리러 온대. 늦지 않고 차에 탈 수 있겠어?"

나는 미나를 보았고, 잠시 시선을 떼지 않았다. 미나가 물러서기를 바랐다. 하지만 미나는 똑바로 나를 마주 쳐다볼 뿐이었다.

결국 나는 먼저 눈을 피하고 문으로 향했다.

"밖에서 기다릴게."

눈싸움에서는 졌어도, 우는 모습을 보여줘야 하는 건 아니었으니까.

22

나야. 요즘 전화가 계속 엇갈렸지? 그럼 내 소식을 업데이트 할게. 드디어 시어슨과 계약을 맺게 될 것 같아. 그러니까 나도 조금은 인간다운 생활로 돌아갈 수 있을지도 몰라. 그리고…… 우리 할머니가 네가 고른 고양이 스웨터를 진짜 좋아하시더라. 안타깝게도 엘비스는 그걸 입으려면 살을 좀 빼야 해. 그래도 할머니가 다이어트 사료를 좀 사두셨으니까 걱정 마. 음…… 아무래도 이제 남은 소식은 내가 레이첼을 많이 보고 싶어 한다는 것뿐인 것 같아. 시간 될 때 전화해줘.

DB 사옥 로비에서 레아를 기다리면서, 나는 앨릭스가 남긴 음성메시지를 또 한 번 들었다. 음성메시지일 뿐인데도 앨릭스의 목소리를 들으면 마음이 차분해졌다. 요즘 내게 간절히 필요한 것이었다. 끔찍했던 영은이네 카페 방문이 다행히도 이번 주 마지막 팀 일정이었기에, 멤버들을 다시 만나기 전에 마음을 진정할 시간이 있었다. 아직도 그날의 충격에서 완전히 헤어나오지는 못했다. 영은이의 기대를 져버린 내가 몹쓸 아이 같다고 느끼기도 잠시, 부엌칼로 등을 찔린 듯한 기분을 느꼈던 그날의 충격에서.

참 오랫동안 내 브랜드가 충분히 성공하지 못할까봐 걱정했다. '우리 중 하나가 삐끗하면, 전체가 나쁜 시선을 받는다'던 미나의 말도 머릿속을 떠나지 않았다. 하지만 내 브랜드가 '지나치게' 성공해서 멤버들에게 문제가 될 줄은 꿈에도 예상하지 못했다. 유진이 커피를 마시면서 했던 말이 생각났다. 아무리 사이가 좋았던 팀이라도 팀 안에서의 경쟁 때문에 사이가 틀어질 수 있다던 말. 지금 우리에게도 그런 일이 일어나는 걸까?

중앙 계단으로 사람들이 내려오는 소리가 들렸고, 이른 아침부터 녹음 일정이 있었던 레아와 세이고 멤버들일 거라 생각하며 고개를 들었다. 단팥 도너츠를 사서 기다리다, 녹음이 끝나자마자 건네주기로 레아와 약속이 되어 있었다. 하지만 세이고가 아니라 화가 나 보이는 한 무리의 어른들이 내려오고 있었다.

"……가 진지하게 안 받아들이기만 해봐, 그냥. 내가 수년 동안 돈을 얼마나 갖다 바쳤는데. 거의 별장을 지어준 수준이지."

파란 양복을 입은 남자가 말했다.

"나는 그 와이프 쌍꺼풀 수술을 반값에 해줬다고."

단발에 반듯한 앞머리를 내린 여자가 이렇게 말했다. 어딘지 낯이 익어 보였지만 왜 그런지는 알 수가 없었다.

"언니!"

레아의 목소리에 고개를 돌려보니, 다른 계단으로 레아와 팀 멤버들이 내려오고 있었다.

"사 왔지, 응?"

나는 웃으며 도넛 상자를 흔들었다.

"여기 대령이오."

로비에서 나가려는데, 내 휴대폰이 진동했다. 나는 도넛 상자를 레아에게 건네고 이번만은 앨릭스의 전화를 놓치지 않겠다는 다짐으로 서둘러 휴대폰을 꺼냈다. 그런데 모르는 국제 전화번호가 떠 있었다. 나는 이럴 때 보통 전화를 받지 않고, 음성 사서함으로 연결되게 내버려두지만, 앨릭스가 어떤 이유론가 다른 번호로 전화를 걸지도 모른다는 생각이 들었다. 나는 밖으로 나가서 가까운 벤치에 앉은 다음 전화를 받았다.

"여보세요?"

"레이첼 김 씨 맞으신가요?"

영국식 억양의 영어로 한 여자가 말했다.

"맞아요."

"연락이 닿아서 정말 기쁘네요. 저는 신시아 반스라고 합니다. '디서플린'의 임원진 중 한 명이에요."

나는 허리를 꼿꼿이 펴고 앉았다. 디서플린 스포츠웨어는 칼리의 남편인 올리 맷슨의 운동복 회사였다.

"아, 네. 무슨 일이세요?"

"저희의 새로운 스키복 라인을 홍보하려고 스위스 알프스에서 화보 촬영을 하는데요, 레이첼 씨께서 모델을 해주시면 정말로 영광이겠습니다."

알프스에서 화보 촬영을? 그것도 올리 맷슨의 브랜드를 위해? 오래 생각할 이유가 없었다.

"네! 아주 긍정적으로 검토해보겠습니다."

"아, 잘됐네요. 그리고 만약 일이 잘되면 레이첼 씨와 올리 맷슨 대표의 팬미팅 이벤트도 구상하고 있어요. 그렇게 되면 물론 레이첼 씨의 노래 무대도 청하고 싶고요!"

화보 촬영, 거기에다 내 팬미팅? 이다음에는 평생 먹을 수 있는 초코파이 교환권이라도 주시려나? 정말이지 이보다 더 좋을 수는 없으니 말이다.

"이렇게 직접 연락을 드려서 죄송합니다."

신시아의 말에 나는 초코파이의 꿈에서 깨어났다.

"좀 전에 DB 엔터테인먼트의 매니지먼트 부서에 연락을 했는데, 담당자가 모두 회의 중이라 전화를 받을 수 없다고 하더라고요. 연락을 기다리고 싶었지만 화보 촬영 일정이 얼마 남지가 않아서, 이렇게 직접 연락을 드렸습니다. 구월 십오 일까지 스위스에 와주셔야 촬영이 가능하거든요. 정말 얼마 남지 않아, 괜찮으실지 모르겠습니다."

"네, 정말 얼마 남지 않았네요."

나는 입술을 잘근거리다 말했다.

"회사와 이야기를 해서 그때 스위스로 갈 수 있는지 확인을 해봐야겠어요."

"네, 확인해보시고 최대한 빠른 통보를 부탁드리겠습니다, 레이첼 씨."

통화를 마치고 멍하니 휴대폰을 내려다보았다. 믿어지지 않았다. 혹시 꿈인가?

레아에게 재빨리 이 일을 알린 나는 다시 회사로 뛰어 들어갔다. 디서플린의 화보 촬영 날짜는 고작 한 달밖에 남지 않아, 한시라도 빨리 회사의 허락을 받아야 했다.

나는 대표실의 열린 문을 살며시 두드렸다.

"실례합니다, 대표님. 불쑥 와서 죄송합니다. 밖에 비서가 없고, 종석 오빠는 오늘 오전에 강아지를 데리고 동물 병원에……."

"아…… 그래."

책상에 앉아 있던 노 대표가 고개를 들었다. 무언가에 골몰해 있었던 것 같았지만, 곧바로 내게 들어오라고 손짓했다.

"어서 오렴, 레이첼."

"디서플린 스포츠웨어에서 저한테 광고 화보 촬영을 제의했어요."

나는 자리에 앉자마자 말했다.

"구월 중순에 스위스로 와서 촬영해주었으면 좋겠다고 하네요. 혹시 제 스케줄에 이 일을 추가하는 게 가능할까요?"

노 대표는 뻣뻣해졌다.

"디서플린에서 그런 제안을 받은 적이 없는데."

나는 조심스럽게 말했다.

"그쪽에서 저한테 직접 연락했어요. 회사로 먼저 연락했는데, 오늘 오전에 모두 회의 중이었다고 하던데요?"

잠시 어색한 공기가 흐르고, 노 대표는 책상 위 서류들을 내려다보더니 서둘러 그 서류들을 엎어 놓았다.

"그래, 그렇다면 우선 정확한 날짜부터 알려줘야 한다. 너희가 LA 콘서트 때문에 십삼 일에 출국하는데, 그 일정에 방해가 되면 안 되겠지."

나는 고개를 끄덕였다.

"그렇지만 일정에 문제가 되지 않는 걸로 확인된다면, 또 네가 벌써 하겠다고 했다면…… 거절할 수는 없을 것 같구나."

나는 속으로 안도의 한숨을 내쉬고는 고개 숙여 인사했다.

"정말 감사합니다, 대표님."

돌아서려는데, 노 대표가 한 손을 들어올리며 나를 멈춰 세웠다.

"이미 알고 있겠지만 상기시켜 주고자 하는 말인데……."

안경 너머로 노 대표의 눈이 빛났다.

"우선순위를 헷갈려서는 안 된다. 더 중요한 게 무엇인지 잊지 않기를 바란다."

우선순위. 이 말이 이후 몇 주 동안 내 머릿속에서 맴돌았다.

내가 정말 중요한 것들을 우선시하고 있을까? 내가 맡은 일들에 합당하게 최선을 다하고 있을까? 하지만 이런 번민 속에서도 그나마 조금 마음이 편할 수 있었던 이유는 멤버들이 전에 없이 조용해졌기 때문이었다. 내 패션 브랜드에 관해 멤버들이 한 부당한 말들이 여전히 상처로 남아 있었지만 나는 그 일을 머릿속 한

구석으로 밀어두려 애썼다. 고맙게도 레이첼 K.의 일들로 너무나 바빠 괴로워할 시간이 없었다. 다만 내가 모르는 어떤 '계획'이 있다는 것을 엿들은 뒤로는 내내 그것이 과연 무엇일지 두렵고 긴장됐다. 하지만 이제는 내가 다른 데 신경을 쓰고 있는 사이에 잘 모르고 지나가버린 또 한 번의 작은 소동이 아니었을까 하는 생각이 들었다.

디서플린의 화보 촬영에 관해 들었을 때도 멤버들은 놀라울 만큼 침착한 반응이었다.

"디서플린? 그거 올리버 왓슨이 하는 운동복 브랜드 아니야? 잘됐다."

지윤이는 이렇게 말하고, 의미가 잘 드러나지 않는 짧은 미소를 지었다. 각자 본인의 스케줄을 빤히 보고 있는 다른 멤버들은 여러 일을 모두 잘 해내기 위해 고민하는 듯했다. 어쩌면 마침내 모든 멤버들이 나만큼이나 바빠져, 감정 소모를 할 시간이 없는 것도 같았다.

어쩌면 처음부터 내가 걱정할 일은 없었는지도.

어쩌면 멤버들은 그날 카페에서 그저 쌓인 감정을 분출했던 것뿐인지도.

하지만 불안한 직감이 들었다. 내가 겪어온 멤버들을 생각할 때 절대로 그리 단순할 리 없다는 직감 말이다.

"종석 오빠."

종석이 걸스 포레버의 보컬 연습을 위해 사옥으로 나를 데려다 주고 있었다.

"왜?"

"요즘 애들 행동이 좀…… 다른 것 같지 않아요?"

정말로 나쁜 계획 같은 것이 있다면, 종석도 들은 게 있을지도 몰랐다.

"달라?"

"그냥, 저한테 별말이 없어요. 예전에 비해서 너무 잠잠해요."

나는 알지 않느냐는 의미의 미소를 지었다. 백미러로 나와 눈이 마주친 종석은 미소를 지어 보였다. 종석은 그 어떤 매니저보다도 숙소에서 일어나는 드라마를 많이 목격한 사람일 것이다. 하지만 짜증을 내거나 싫은 소리를 하는 일은 가장 적은, 과묵한 매니저기도 했다. 모든 상황에서 차분했고, 그래서 나는 개인 스케줄 관리나 이동을 다른 매니저가 아닌 종석이 담당하게 했다.

"뭐, 그렇지. 요즘에 애들이 부모님들 때문에 이것저것 하느라 바쁘잖아. 뭐, 그래도 네가 해낸 일들에 견주긴 어렵겠지만!"

"멤버들 부모님 때문에요? 그게 무슨 말이에요?"

종석은 웃었다.

"네 브랜드 론칭하고 나서 며칠 후에, 너를 뺀 모든 멤버들이랑 멤버들 부모님들이 회사랑 만났잖아. 다들 귀에서 막 분노의 김이 뿜어져 나오는 것 같은 상태더라고."

그 말을 듣자마자 회사 로비에서 레아를 기다리던 날이 떠올랐다. 화가 잔뜩 난 어른들이 계단을 성큼성큼 내려왔던 날. 단발에 일자 앞머리를 한 여인은 유독 낯이 익어 보였는데. 분노에 찬 그 사람의 표정을 떠올리던 나는 낯익음의 이유를 갑자기 깨달았다. 꿰뚫어보는 듯한 눈빛의 그 얼굴은 화가 났을 때 리지의 얼굴과 몹시도 비슷했다.

"네가 패션 브랜드를 세울 기회를 얻었다는 걸 알고, 다들 많이 화가 나셨더라고. 전혀 몰랐다면서 말이야."

이럴 수가.

"말도 안 돼요. 제가 패션 브랜드 만드는 거 멤버들은 처음부터 다 알고 있었어요. 일이 진척되는 과정을 제가 다 알려줬어요. 증명할 수 있는 문자메시지도 많아요!"

카페에서 엿들은 '계획'이라는 말이 생각났다. 이것이 그 계획이었을까?

"그래서 회사가 어떻게 대응했어요?"

"네가 애초에 회사의 허락을 받고 브랜드를 시작했다고 설명했지. 그리고 다른 멤버들도 자기 브랜드를 만들어도 좋다고 했어. 정말 원한다면 말이야."

종석은 어깨를 으쓱했다.

"아, 네……."

나는 진심으로 놀랐다.

"잘됐네요. 좋은 소식인데요."

생각할수록 이것은 가장 좋은 방향의 결과였다. 모든 멤버가 원하는 분야의 일을 할 수 있는 허가와 지지를 받았다니. 내가 두 마리 토끼를 잡아도 된다면, 나머지 멤버들에게도 같은 일이 허용되어야 한다.

결국에 우리 중 한 명이 잘되면 그 결과가 모두에게 가는 것이 아닌가.

"자, 다들 오늘은 여기까지 하자."

LA 콘서트 세트 리스트에 있는 신곡들을 처음부터 끝까지 부르는 연습이 끝난 후, 보컬 선생님은 말했다.

"아주 잘하고 있어."

실제로 우리의 노래는 훌륭했다. 오늘 저녁 경험한 멤버들과의 조화로운 화음은 마침내 관계가 회복되기 시작할 거라는 완벽한 상징처럼 느껴졌다. 다만 종석에게서 들은 이야기가 마음에 얹혀 있었다. 우리에겐 아직 풀고 해결해야 할 일들이 남은 듯했다. 그런데 다행스럽게도 멤버들 역시 같은 생각인 모양이었다.

연습이 끝난 후 선희가 거의 수줍어하듯 조심스럽게 나에게 다가왔다.

"언니, 오늘 오랜만에 만나서 좋았어요. 요즘에는 도통 언니 얼굴 볼 기회가 없는 것 같아요. 오늘 저녁에 숙소에 오실래요? 리지 언니랑 영은 언니도 와요. 영은 언니는 떡볶이를 만들 거래요. 언니도 오세요. 예전 기분이 날 거예요."

"그래."

나는 선희에게 작은 미소를 지어 보였다. 멤버들의 부모님 일에 관해 이야기를 나눌 수 있는 기회 같아 반가웠다. 어쩌면 그저 오해일지도, 종석이 잘못 안 부분이 있을지도 몰랐다. 오늘 숙소에 가면 불필요한 오해를 바로잡을 수 있을지 모른다는 기대가 들었다.

"갈게. 우선 집에 가서 샤워부터 하고 숙소로 갈게."

"네."

이미 승합차에 타서 기다리고 있는 나머지 멤버들을 한 번 본 뒤, 선희는 말했다.

"그럼 이따가 봐요, 언니."

몇 시간 후, 나는 엄마가 들려 보낸 꽈배기를 들고는 숙소 대문 으로 들어갔다. 영은이가 떡볶이를 만들 거라 따로 음식을 가져갈 필요 없다고 내가 말했지만, 엄마들은 (적어도 우리 엄마는) 도통 빈 손으로 보내지를 못한다.

"얘들아, 나 왔어!"

하지만 안에서 아무런 소리도 들려오지 않았다. 이상했다. 다들 나갔나? 오는 길에 선희에게 도착 예정 시간도 문자로 보냈는데…….

거실로 걸어 들어갔을 때, 나는 깜짝 놀라 뒤로 넘어질 뻔했다. 모든 멤버들이 팔짱을 낀 채 거실 가운데 서서 나를 기다리고 있었 기 때문이다. 희한한 디스토피아 영화 속에 떨어지기라도 한 기분 이었다. 또는 공포 영화 속에 들어온 기분. 모두가 나를 쳐다보고 있었지만, 내가 선희를 보자 선희는 미안한 듯 내 눈을 피했다.

이 아이들은 놀려고 모인 게 아니었다. 나를 유인한 것이었다.

미나가 냉랭하게 말했다.

"앉아, 레이첼. 우리 이야기 좀 하자."

나는 미나가 손짓하는 소파에 천천히 앉으며, 가져온 꽈배기를 내려놓았다.

"무슨 일이야?"

나는 멤버들을 올려다보며 물었다. 심장이 세차게 뛰었다. 그렇게 함께 서 있는 그들을 보니 마치 뚫을 수 없는 벽 같았다. 한 번도 느껴본 적 없을 정도로 깊이, 팀에서 소외된 기분을 느꼈다.

리지가 말했다.

"우리가 의논을 좀 했어. 우린 네가 걸스 포레버 활동을 더는 충실하게 하지 않는다고 생각해."

"그건 사실이 아냐. 요즘 바빴던 건 맞는데, 걸스 포레버는 나한테 최우선 순위로 중요해. 지금까지도 그랬고 앞으로도 그럴 거야."

미나는 말했다.

"그런데 우리한테는 그렇게 느껴지지 않았어. 그러니까 네가 우리한테 그걸 증명해 보여줘야 할 것 같아."

미나가 다른 멤버들을 보았다가 다시 나를 보고 말했다.

"우린 네가 패션 사업을 일시 중단해줬으면 좋겠어."

나는 잘못 들은 것이라고 생각했다. 그리고 되물었다.

"중단해?"

미나는 단호하게 말했다.

"그래, 적어도 우리와 DB의 계약 기간이 끝날 때까지는 말이야."

속이 울렁거렸다. 계약 종료는 사 년이나 남았다. 내 브랜드는 이제 막 출발했다. 갓 시작된 이 사업을 일시 중단하면 내가 감당할 수 없는 손실이 일어난다. 또한 레이첼 K.는 말 그대로 끝나버리게 될 것이다. 정말로 멤버들은 내게 최후통첩을 전하는 것인가?

패션과 걸스 포레버 중 하나만 선택하라고?

"나는…… 너희…… 이거 좀 지나치다고 생각하지 않아?"

나의 물음에 리지가 대답했다.

"너는 그동안 너한테 최선이 무엇인지 생각했겠지만, 우리는 우리 팀한테 최선이 무엇인지 생각했어."

상처를 받은 나는 반박했다.

"그건 부당한 말이야. 너희도 전부 다른 활동을 하잖아. 미나는 영화, 아리는 뮤지컬. 그리고……."

이들이 내게 요구하는 내용을 생각하면 할수록 상처는 짜증으로 변해갔다.

"……너희랑 '너희 부모님'도 알다시피, 브랜드 론칭은 내가 회사 허락을 받고 시작한 일이잖아."

리지가 미나를 흘긋 보았다. 다들 자신들의 부모님과 회사 측과의 만남을 내가 모른다고 생각했을 테다. 리지는 얼버무렸다.

"그게 핵심이 아니잖아."

이번엔 수민이가 나서 말했다.

"우리는 너처럼 패션쇼다 화보 촬영이다 하며 끊임없이 외국에 나갔다 오진 않잖아. 며칠 후에는 스위스로 간다고 하지 않았어? 우리 대형 콘서트 직전에?"

그때 아리가 한 손으로 허리를 짚고 말했다.

"그리고 넌 여름 내내 팀 활동에 늦었잖아. 너무 무례한 일이었어. 안 그래, 영은아?"

나는 반박하고 싶었다. 영은이의 카페 일을 빼면 다른 일에는 지각하지 않았다고. 적어도 일이 분 이상 늦은 적은 없었다. 그리고 몇몇 다른 멤버는 개인 활동 때문에 걸스 포레버의 행사나 공연을 아예 불참하기도 했다. 그런데 왜 나에게만 이러는 것일까? 하지만 브랜드 론칭 이후의 수많은 일들로 레이첼 K.가 내 머릿속에서 꽤 큰 비중을 차지해온 것 역시 부인할 수 없었다. 또한 앨릭스와의 관계에 대해 심각하게 생각하지 '않으려' 애쓰는 데 에너지가 많이 소진되기도 했다. 물론 내게 걸스 포레버는 전과 다름없이 중요하지만, 어쩌면 여러 일 사이의 균형 잡기를 내가 썩 잘 해내지 못했는지도 모른다. 어쩌면 멤버들의 말에는 어느 정도의 진실이 있는지도 모른다.

영은이가 냉랭하게 말했다.

"넌 요즘 늘 너무 피곤해 보여. 하는 일이 너무 많은 거야. 이대로는 안 돼. 뭔가 하나는 포기해줘야 해."

"미안하지만, 애들 말이 틀리지 않아."

지윤이가 어깨를 으쓱하고는 이어 말했다.

"너무 기분 나쁘게 생각하진 마. 하지만 우린 정말로 네가 선택을 해줬으면 좋겠어."

선희가 입술을 깨물었고, 나는 선희가 나를 변호할지도 모른다고 생각했다. 하지만 선희는 침묵을 지켰다.

미나가 두 눈썹을 올리며 말했다.

"자, 그럼 어느 쪽을 선택할래?"

나는 믿기지 않아 멤버들을 바라보기만 했다.

멤버들은 마치 내가 둘 중 하나를 선택할 수 있는 것처럼 제안하고 있었지만, 나는 당연히 걸스 포레버를 떠날 뜻이 없었다. 만 열한 살 때 캐스팅된 이후 오로지 케이 팝이 내 인생이었다. 나는 케이 팝 없이, 걸스 포레버 없이는 아무것도 아니었다. 또한 앞서 말했듯 걸 그룹은 젠가 퍼즐과 같아 내가 팀에서 나간다면 나머지 멤버들에게 악영향이 미칠 테고, 나는 그렇게 되기를 원하지 않는 다. 미나는 한 명이 실수하면 팀 전체가 나쁜 시선을 받는다고 줄 곧 말해왔다. 내가 걸스 포레버를 떠나는 일도, 론칭한 패션 브랜 드를 한 달 만에 접는 일도 걸스 포레버에게 절대로 좋은 시선을 불러올 수 없다. 우리가 지금은 회사의 빛나는 별인지 몰라도, 인 기가 시들기 시작하면, 혹은 이미지에 지나친 타격을 받게 되면 DB 엔터테인먼트는 주저 없이 걸스 포레버를 해체할 것이다. 멤 버들은 정말로 그런 위험을 감수할 각오로 내게 선택을 요구하는 것일까?

"생각할 시간이 좀 필요해."

나는 말했다. 리지가 응수하려는 듯했지만 미나가 막았다. 미나 는 내게 말했다.

"좋아. 네 우선순위가 뭔지 확실해지면 우리한테 알려줘."

우선순위.

또 그 말이 나를 마주하고 있었다.

23

"으아, 언니."

"레아! 깜짝 놀랐잖아!"

나는 하이라이터 브러시를 떨어뜨리고 돌아서서 외쳤다. 레아는 화장실 문틀에 기대어 있었다. 지금은 새벽 여섯 시, 나는 레아가 자는 사이에 집에서 나가게 될 줄 알았다. 이른 아침에 스위스행 비행기를 타야 했기 때문이다.

"언니 때문에 내가 더 놀랐지. 그냥 큰 촬영 잘하고, 잘 갔다 오라고 인사하려고 왔는데 요즘 왜 이렇게 깜짝깜짝 놀라? 무슨 일 있어?"

나는 어깨를 으쓱하고는 메이크업을 계속하며 말했다.

"아니야. 그냥 쉴 틈이 없어서 그래. 요즘 신곡 안무를 배우는데,

너무 엉망으로 하는 바람에 회사에서 눈총이 장난 아니야. 정신 차리고 나아지지 않으면 LA 콘서트를 취소하겠다는 협박을 받는 지경. 최고로 잘해야 해. 알다시피 최근 일어난 일들 때문에 그 어느 때보다도 더."

레아가 이해한다는 듯 고개를 끄덕이고는 화장실로 들어와, 덮인 변기 뚜껑 위에 앉았다.

"힘들겠다. 그런데 기분 나빠 하진 말고 들어. 언니 꼴이 그게 뭐야. 꼭 이 층 버스에 치인 사람 같아. 잠은 자는 거야?"

나는 끔찍하게 구체적인 비유에 코웃음을 치고는 대답했다.

"세상에나. 고맙다, 동생아."

레아는 웃음을 내뱉고는 말했다.

"그냥 언니가 걱정된다는 말이야. 솔직히 말해봐. 진짜 괜찮은 거 맞아? 혹시 나한테 말 안 하는 다른 일 있는 건 아냐?"

젠장. 자매들 사이의 직감이란 왜 이리도 예리한 걸까? 레아에게 말하지 않는 일이 물론 있다. 멤버들이 내 활동에 다정하게 개입한 지……. 그러니까 '최후통첩'을 내린 지 나흘이 지났다. 나는 너무 큰 충격을 받아 음식을 제대로 먹지도 못했고, 가슴속이 조이다 못해 단단한 매듭 같은 것이 생겼다. 그리고 레아의 추측처럼 잠도 제대로 자지 못하고 지냈다.

나는 한숨을 쉬고 레아를 마주 보았다.

"응, 약간 있어."

"내 그럴 줄!"

레아가 조금은 의기양양한 얼굴로 벌떡 일어나 세면대 가장자리에 기대어 앉았다. 나는 레아의 무릎을 찰싹 치고는 말했다.

"나도 아직 정리가 안 되는 부분이 있어서 말을 안 한 거야."

"계속 나 불안하게 할 거야? 정확히 뭐가 정리가 안 되는데?"

그래서 나는 털어놓았다. 모든 것을. 영은이의 카페에서 들은 '계획'에 관해서도, 회사에 모여 있던 분노한 부모님들에 대해서도, 그리고 최후통첩에 관해서도. 멤버들은 그저 내가 먼저 회사를 차려서 화가 난 것일까? 아니면 진심으로 내 정신 건강과 지나치게 바쁜 일정을 걱정하는 것일까?

그리고 그런 것이 중요하기는 할까? 멤버들이 내게 한 말이 옳다면 말이다. 나는 이 부분이 가장 괴로웠다.

이 마음을 이야기했을 때, 레아는 말했다.

"잠깐만, 잠깐만. 언니 너무 성급한 거 아냐? 미안하지만 내가 보기에 언니는 멤버들 말을 너무너무 지나치게 수긍하고 있어. 언니가 지금 잘못하고 있는지 아닌지 아는 사람은 언니 본인뿐이야. 물론 한 배를 탄 사람들이기는 하지. 멤버들이 어떻게 생각하는지를 언니가 중요하게 생각하는 것도 사실이고. 그래도 멤버들은 언니의 상사나 고용자가 아니야. 언니의 고용자는 DB야. 언니가 언니 자신의 고용자기도 하고. 본인은 어떻게 생각해? 지금 감당하기 힘들 만큼 많은 일을 동시에 하고 있다고 생각해?"

"모르겠어."

나는 솔직히 말했고, 목이 메어왔다. 젠장. 지금 울지 말자. 마르지도 않은 눈화장을 수정할 시간이 없다.

"그리고 내가 그걸 어떻게 알지? 하는 생각이 들어. 그 부분이

제일 힘들어. 지난 며칠이 정말 너무너무 힘들었어. 지난 몇 주도. 아무 말도 안 해서 미안해. 그냥, 난 아무것도 망치고 싶지 않아. 아무도 실망시키고 싶지 않아."

이때 처음으로 든 생각이 있었다. 지난 십 년 동안 내게는 케이 팝 스타라는 분명한 목표가 있었다. 하지만 그 목표가 처음 생긴 뒤부터 나의 길은 언제나 남이 내 성공과 운명을 대신 결정해주는 길이었다. 이미 정해진 규칙에만 따르면 언제나 한 걸음 앞서 나갈 수 있었다. 하지만 지금은 그처럼 정해진 길을 보여주는 지도가 없다. 내가 직접 지도를 그려나가고 있다. 직접 탐색하면서. 게다가 요즘 나는…….

"레아."

외면했던 감정들이 밀려와 마음이 무거워지는 동시에 레아에게 털어놓았다는 후련함에 마음이 가벼워졌다.

"요즘 나, 항상 겁에 질려 있어. 내가 가진 걸 다 망쳐버릴까봐 두렵고, 남들을 실망시킬까봐 두렵고, 최선을 다하지 못할까봐 두려워. 그 부담감이 너무 심해. 내가 선택하는 다음 단계가 옳은지 그른지를 도대체 어떻게 알 수 있는 걸까?"

"음, 앨릭스는 뭐래? 앨릭스는 늘 좋은 조언을 해주는 것 같던데."

"그게…….""

목이 메었다. 숨길 수가 없었다. 특히 레아 앞에서는. 레아가 내 두 어깨를 잡으며 부드럽게 물었다.

"언니, 앨릭스랑…… 헤어졌어?"

"아냐, 아냐."

나는 서둘러 레아를 안심시켰다.

"그런 건 아니고…… 나 이런 이야기 앨릭스한테도 안 했거든."

"왜? 이유가 뭐야? 이해가 안 돼. 그냥 앨릭스한테 털어놓고……."

"왜냐하면……!"

생각보다 더 거센 목소리가 나왔다. 나는 아이브로우 펜슬을 내려놓고 레아와 나란히 세면대 가장자리에 기대었다. 그리고 좀 더 작은 목소리로 이어 말했다.

"왜냐하면, 나는 인생 절반쯤 되는 시간 동안 우리 멤버들을 알아왔지만, 앨릭스는 그렇지 않잖아. 나 혼자서 답을 찾는 게 멤버들에 대한 도리인 것 같아."

앨릭스는 언제나 내 목표들을 지지했다. 또한 온 마음으로 걸스 포레버를 지지했다. 하지만 멤버들에겐 그리 보이지 않을 것 같았다. 내가 앨릭스의 조언을 받아 결정을 내린다면, 그 결정이 무엇이든 문제 삼지 않을까?

"그러니까 마법처럼 모든 정답을 아는 상태가 아니라는 이유로 앨릭스를 피하고 있다는 소리야?"

감정에 치우치지 않는 현실적인 레아의 말투가 엄마와 많이 비슷했다.

"그런 셈이야."

사실 나는 요즘 앨릭스의 메시지에 '지금 너무 바빠서, 나중에 얘기해!', '하하, 그래', '가야겠다' 같은 답만을 보냈다. 앨릭스는 뭔가 있다는 생각이 들었을 텐데도 나에게 캐묻지 않았다. 나는 앨릭스가 너무나 그리울 뿐, 내 무거운 고민들을 문자로 나누는 건 너무도 부적절한 일 같았다.

"앨릭스도 언니 감정을 알 자격이 있지 않아? 남자 친구잖아, 안 그래?"

아아, 어렵고도 중요한 질문이 등장했다. 앨릭스는 내 남자 친구가 되고 싶어 한다. 아니, 이미 내 남자 친구라고 생각한다. 그리고 나도 그러기를 원한다. 하지만 현실에서, 그러니까 내가 사는 현실에서 누군가를 '남자 친구'로 삼는 일은 위험한 영역에 발을 디디는 일이다. 고등학생 때 주현이는 친구, 성적, 잠 중에서 하나는 포기해야 한다고 말하곤 했다. 케이 팝 세계에서는 그룹 활동, 개인 활동, 연애 중에서 선택을 해야 하는 것 같다. 그중에서 선택을 한다는 건 다섯 손가락 중 없어도 살 수 있는 손가락이 무엇인지를 억지로 고르는 일과 같지만, 결국에는 자신에게 무엇이 더 중요한지 파악해야 한다.

"난……."

대답을 하려다 멈추었다.

"차 탈 시간 늦겠다. 들어줘서 고마워, 레아. 사랑해."

레아가 속삭여 답했다.

"나도 사랑해, 언니. 언니는 답을 찾을 거야. 늘 그러니까."

화장실에서 나온 나는 그대로 여행 가방을 집어 들고 문 밖으로 달려나갔다.

"제네바로 떠나는 872번 항공기의 탑승이 시작되겠습니다."

게이트에 가까워졌을 때 안내 방송이 들려왔다. 나는 종석과 여권 스캔을 받은 다음 서둘러 통로로 들어갔다.

오늘 공항에 도착하자 평소의 두 배 아니, 세 배쯤의 사진 기자와 파파라치들이 와 있었다. 레이첼 K.의 론칭 이후 더 많은 카메라가 나를 따라다녔다. 비행 전에 주로 마시는 아몬드 버터 치아시드 스무디를 사려고 네이처앨리에 들렀을 때는 에스프레소 머신 뒤에서 누군가가 튀어나와 카메라를 들이대는 바람에 스무디를 통째로 하얀 실크 블라우스에 쏟을 뻔했다. 걸스 포레버가 다 함께 비행할 때는 소속사가 일정을 빠듯하게 짰다. 하지만 혼자 비행을 할 때면 나는 비행기에서 읽을 신간 잡지나 껌 등을 사면서 공항에서 느긋하게 시간을 보내는 쪽이 좋았다. 하지만 오늘은 늦어서 서두르는 것이 차라리 다행스러웠다. 어서 빨리 공항을 통과하고 싶을 뿐이었다.

마침내 비행기에 오른 뒤 이어버드와 즐겨 쓰는 베개를 꺼내 쉴 준비를 했지만, 편안한 비행 음악의 볼륨을 높이려고 쳐다본 휴대폰 화면에 내 이름이 들어간 연예 속보 제목이 떠 있었다. 휴대폰을 비행 모드로 바꾼 뒤 착륙할 때까지는 그 제목을 머리에서 지워버릴까 하고도 생각해봤지만…… 그러지 못할 것이 뻔했다. 나는 곧바로 기사를 클릭했다.

레이첼 김의 비밀 연인 정체 밝혀지나?

아아, 이럴 수가.

이젠 읽을 수밖에 없었다.

지난 몇 달간 네티즌들은 걸스 포레버의 메인 보컬인 레이첼 김이 비공개 연애를 하는 것 같다고 추측해왔다. 올봄 갑작스러운 서울 호텔 숙박 사건부터, 언론에 노출된 신은지 송건우 커플의 데이트 현장에 레이첼과 남자친구도 동석해 더블데이트를 했다는 소문까지, 레이첼이 특별한 인연을 만난 것 같다는 정황이 여럿 포착되었다. 하지만 아직 그 대상으로 추측될 만한 남성과 함께 있는 사진이 찍힌 적은 없다. 정말로 레이첼이 비밀리에 연애를 하고 있다면 그 남자는 누구일까? 한 익명의 측근이 제보한 바에 따르면, 레이첼의 비밀 연인은 한국계 미국인 거물 사업가인 앨릭스 전이다. 레이첼의 팬들은 레이첼과 앨릭스 전이 몇 차례 동시에 같은 도시에 머물렀다고 주장한다. 걸스 포레버가 <하나둘셋 윈>을 촬영할 때는 싱가포르에, 레이첼이 넬 크레머의 패션쇼에 참석했을 때는 파리에, 레이첼이 레인 크로포드 백화점과 브랜드 관련 미팅을 했을 홍콩에 함께 있었다는 것. 앨릭스 전의 회사가 레이첼의 패션 브랜드인 레이첼 K.의 투자자라는 점도 주목할 만하다. 증거가 될 만한 사진은 없으나, 측근의 제보자에 따르면 두 사람의 사업적 관계는 로맨스로 발전했다고 한다. 네티즌들의 생각은 어떠한지? 앨릭스 전이 과연 레이첼의 비밀 연인일까?

그렇지 않아도 매듭이 조여 있던 내 가슴속은 이제 치아시드 스무디와 두려움이 뭉쳐진 단단한 돌덩이가 되었다.

이 '측근의 제보자'라는 사람은 도대체 누굴까? 내 인생에서 앨릭스의 존재를 아는 사람들은 두 무리뿐이다. 첫째는 우리 가족과 주현, 혜리. 둘째는 걸스 포레버 멤버들. 우리 가족이 타블로이드 지에 내 이야기를 제보했을 리는 없다.

하지만 우리 멤버 중 누군가가 그랬을 리 있을까? 혹 의도하지 않은 제보였을까? 말하지 말아야 할 사람 앞에서 실수로 말해버렸 다거나…….

혹, 멤버들은 내가 패션 브랜드를 포기하는 것만으로는 부족하 다고 생각하는 걸까?

내가 앨릭스까지 포기해야 한다고 생각하는 걸까?

앨릭스와 헤어진다는 생각만으로도 구토가 나올 것 같다. 멤버 들의 최후통첩에 어떻게 답할 것인지, 어서 결정해야 한다. 상황이 더욱 통제할 수 없어지기 전에.

아니, 상황은 결국 통제할 수 없어질 것이다. 내가 속한 세계는 원래 그런 곳이기 때문이다. 그리고 그 누구도 내 다음 선택을 대 신해주지 않을 것이다.

체르마트에 있는 호텔에 도착했을 때는 이미 밤 열 시가 넘어 있었다. 내 몸은 한국 시각인 새벽 여섯 시에 맞추어져 있었고, 내 머리는 다른 행성을 돌고 있었다. 공항에서 기차를 타고 네 시간을 달린 다음에야 차 없는 이 마을에 도착했고, 촬영지인 산장 근처에 자리한 호텔까지는 케이블카를 타고 올라왔다. 디서플린은 공항에 서부터 승용차로 데려다주겠다고 제안했지만, 기차 안에서 반짝이 는 마을 야경을 볼 생각에 신이 난 내가 그 제안을 거절했다. 물론 나는 거절을 후회했다. 신체적으로도 정신적으로도 너무나 지치고 신경도 예민해져 차창 밖의 아름다운 풍경을 감상하기는커녕, 어서 따뜻한 목욕물에 몸을 담근 다음 침대에 누워야겠다는 생각만 가득했다. 구월인데도 눈에 덮인 산꼭대기가 저무는 햇빛을 반사해, 복숭아빛과 라벤더빛의 줄무늬를 하늘에 드리우고 있었는데도 말이다.

호텔 방에서 벨보이가 나간 후, 나는 여행 가방을 열고 캐시미어로 된 고무줄 바지와 후드티 세트를 찾기 시작했다. 나를 부르는 그 옷을 찾아 가방을 뒤지는 동시에, 입고 있던 스웨터를 벗고 상의 단추를 풀었다.

똑똑똑.

뭐지? 나는 여행 가방에서 고개를 들었다. 로비에 전화해 룸서비스를 주문해야겠다고 생각하기는 했지만 아직 주문하지 않았는데……. 하지만 지칠 대로 지친 내가 좀비처럼 야식용 프렌치프라이 따위를 주문했을 가능성을 배제하긴 싫었다.

나는 호텔방 문을 아주 조금 열어보았다. 하지만 아무도 없었다. 둘 중 하나였다. 체르마터호프 호텔에 사는 귀신이 있거나, 수면 부족으로 내 귀에 헛것이 들렸거나.

똑똑똑.

앗, 이 소리는 호텔 방 문에서 들려오는 것이 아니었다. 그게 아니라…… 벽장에서?

나는 벽장 문으로 다가가면서 침대 옆 탁자에 놓인, 과꽃이 꽂힌 화병을 집어 들었다. 누군가가 (파파라치가?) 벽장 안에 숨어 있다면 머리를 내려친 다음에 도망가서 도움을 구해야겠다고 생각했다. 하지만 말도 안 되는 생각이었다. 내가 아무리 파파라치를 싫어해도 그렇게 극단적인 방법을 쓸 순 없었다.

게다가 귀신이 낸 소리일 가능성도 절반인데, 형체도 없는 존재는 꽃병 따위에 타격을 받을 리 없었다.

나는 심호흡을 한 다음 벽장 문을 활짝 열었다.

"그걸로 나를 치려고?"

"엄마야!"

잡고 있던 앞섶을 놓치면서 확 벌어진 셔츠를 나는 재빨리 붙잡아 여몄다.

"아, 저는 '엄마'가 아니고 앨릭스 전이라고 합니다. 만나 봬서 반갑네요."

이제 보니 내가 벽장 문이라고 생각했던 것은 내 방과 나란히 붙은 옆방의 문이었고, 앨릭스가 그 문틀에 기대어 서서 천연덕스럽게 악수를 청했다.

"아, 난 또 귀신…… 파파라치인 줄 알았잖아."

꽃병을 내려놓은 나는 방금 일어난 일을 충분히 이해하려 애쓰며 눈을 비볐다.

나의 브래지어 노출만큼은 언급 없이 넘어가준 앨릭스가 두 눈썹을 휙 올리며 놀리듯 물었다.

"방금 귀신인 줄 알았다고 말하려고 했어?"

얼굴이 조금 붉어진 채 눈을 흘긴 뒤, 나는 두 팔로 앨릭스를 감쌌다.

"정말 잘 왔어, 앨릭스!"

기쁨에 눈물까지 고이는 스스로에게 놀랐다. 한참만에 서로의 얼굴을 직접 보는 데다, 지난 몇 주는 내게 잔인하도록 힘들었다. 앨릭스를 보고 앨릭스의 익숙한 화장수 냄새를 맡으니, 아프도록 예민해져 있던 신경에 진정 크림을 바르는 것만 같았다.

숨이 막히도록 꽉 안긴 채 웃으며, 앨릭스가 말했다.

"놀라게 해주고 싶었어. 몇 달 만에야 보네. 내가 이렇게 찾아온 거, 괜찮아?"

"뭐? 당연하지!"

이상한 질문이었다. 그렇게 당연한 것을 묻다니! 하지만 그 순간 《리빌》에 뜬 기사가 떠올랐다. '레이첼 김의 비밀 연인 정체 밝혀지나.' 나의 측근이 우리 둘에 관해 언론에 제보를 했는지도 모르는 상황이었다.

"와줘서 정말 고맙지……."

나는 앨릭스의 팔을 살며시 쥐었다가 놓으며 말을 이었다.

"……그런데 앨릭스가 여기 오는 거 아무도 못 봤겠지? 기사가 하나 났는데…… 지금까지 우리가 만났던 도시와 시기들을 다 밝혀놨어."

나는 침대에 털썩 누워버리고는 셔츠 단추를 다시 끝까지 잠갔다. 캐시미어 잠옷을 입는 일은 나중으로 미루어야 했다.

앨릭스가 나를 따라와 침대 가장자리에 앉았다.

"응, 나도 봤어. 오늘 오후에 제네바에 내린 다음에야 보긴 했지만."

제네바. 이 도시 역시 우리 둘이 만난 곳으로 기사에 나올 수 있을 것이다.

"앨릭스……."

나는 침대에 얼굴을 묻었다. 앨릭스는 내 어깨에 손을 얹었고 나를 안심시키려는 듯 재빨리 말했다.

"내 인스타 계정을 곧바로 삭제해버렸어. 어차피 팔로워가 일곱 명에 전부 가족이어서 아무것도 없는 계정이긴 하지만."

나는 어쩔 수 없이 몸을 돌려 천장을 보곤 웃었다. 우리 주변의 세상이 점점 통제할 수 없어져만 가는데도, 앨릭스는 나를 기운 나게 할 수 있었다.

나는 앨릭스를 올려다보았고, 마주친 앨릭스의 눈에는 오직 진실함과 걱정만이 담겨 있었다. 앨릭스는 조심스러운 사람이었다. 나는 그걸 이미 알았다. 그저 파파라치와 타블로이드 신문들이 내 사생활을 캐내어 떠벌리겠다는 일념으로, 아무것도 아닌 일들조차 집요하게 파고드는 것이 문제였다.

또한 멤버들에게 최후통첩을 받은 뒤부터 나는 너무나 힘이 부치고 버거운 기분이었다. 수많은 책임들 속에서 숨 쉬기가 어려웠다. 앨릭스가 여기에 와 있는 것은 예상치 못한 선물과도 같았다.

"고마워."

나는 속삭여 말했다.

"우리 둘은 뭐든 헤쳐 나갈 수 있는 한 팀이야. 알지?"

부드럽게 말한 앨릭스는 내가 수긍해주기를 기대하듯 나를 보며 가만히 기다렸다. 내 심장은 앨릭스의 말이 옳다는 걸 알았지만, 내 머리는 할 말을 찾지 못했다. 홍콩에서 도로를 거의 날아다니며 파파라치를 따돌렸을 때는 그 말을 쉬이 믿을 수 있었다. '우리 둘은 한 팀이야.' 하지만 지금은 우리 뜻대로만 될 것 같지가 않았다.

앨릭스가 먼저 말했다.

"그래……. 그럼 내일 화보 촬영장에는 내가 가지 말까? 외부의 눈에 띌 가능성이 줄도록? 이 '비밀 연인'은 그냥 호텔에서 쉬어도 돼."

앨릭스가 씁쓸하게 웃었고, 앨릭스가 나를 생각하는 마음이 또한 번 내게 밀려들어왔다. 그저 내 곁에 있기 위해서 기꺼이 이 먼 길을 온 것이다.

나는 더 생각하지 않고 대답해버렸다.

"아냐, 그러지 마. 올리랑 칼리가 앨릭스를 보고 싶어 할 거야. 차를 따로 타고 가서……."

"오두막에서 만나는 거지."

내 마음을 훤히 읽은 앨릭스가 나 대신 말을 맺었다.

"그렇지."

"알았어. 그렇게 하자. 잘 자, 레이첼."

나는 마침내 여행 가방 깊숙이 있던 캐시미어 잠옷 세트를 찾아내고 세수를 했고, 계획했던 느긋한 목욕은 하지 않았다. 종일 피곤했는데 막상 자려고 눕고 나니 머릿속이 협조해주지 않아, 잠들지 못하고 뒤척이면서 앨릭스를 생각했다. 앨릭스가 이곳에 온 것은 커다란 선물이었다. 오랜만에 숨통이 트이는 기분이 들었다. 하지만 고작 호텔 벽 하나 너머에 앨릭스가 있으니 애써 떨친 불안들이 다시 스멀스멀 머릿속으로 돌아왔다. 멤버들에게서 받은 최후통첩에 관해 앨릭스에게 말했더라면 좋았을걸. 그 일이 아직도 가슴에 덤벨처럼 무겁게 얹혀 있어 이 모든 상황이 더 복잡했다. 앨릭스가 옆방이 아니라 내 곁에 있으면, 그래서 우리가 서로의 품에 안겨 잠들 수 있으면 얼마나 좋을까. 얼마나, 얼마나 좋을까.

이런 기분은 처음이었다. 앨릭스는 내 사람이라는 굳은 확신이 온 마음을 채웠다. 앨릭스가 나의 짝이라는 확신이. 짜릿하기도 두렵기도 한 일이었다. 물론 머릿속 한구석에서는 '미디어에 들키면 안 돼. 지금까지 얻은 모든 것을 망치면 안 돼'라는 경고가 들려 왔지만, 적어도 지금은 두려움에 잠식되지 않기로 했다. 침대에서 뒤척이며 좀 더 편안한 모양으로 베개를 고쳐 베고 있는 내가 느끼는 수많은 감정 중 하나일 뿐이었다. 두려움 너머에는 기쁨도 혼란도 설렘도 있었고, 무엇보다 이루 말할 수 없는 피곤함이 있었다. 이불 속으로 더 깊게 파고들면서 앨릭스의 보조개와 내일 입을 운동복, 부드럽고 하얀 눈을 생각하다 보니 나는 어느새 잠에 빠져들었다.

24

내가 가족들과 함께 살기 시작한 후, 레아는 몰래 내 휴대폰을 가져가서 알람 소리를 제 목소리로 바꿔놨다. 그래서 스위스의 이 새벽에, 나는 '언니, 일어날 시간이야! 언니, 일어날 시간이야! 언니, 일어날 시간이야!' 하고 끝없이 되풀이되는 레아의 목소리를 들으며 잠에서 깼다.

나는 앓는 소리를 내며 휴대폰을 집어 들고는 알람을 껐다. 레아의 목소리가 멈추자마자 알림 메시지들을 무심코 확인하다가 내가 무엇을 하려 했는지를 깨달았다. 매일 아침 그래왔듯이 앨릭스의 메시지를 확인하려 했던 것이다. 하지만 앨릭스의 메시지는 없었다. 지금은 그저 노크만 하면 어떤 이야기든 직접 할 수 있는 옆방에 있기 때문이다. 앨릭스가 그토록 가까이에 있음이 설렜지만 여전히…… 무언가가 해결되지 않은 기분이었다. 어떤 이가 내 사람이라고 확신하게 되면, 그때부터는 무엇을 해야 할까? 커다란 자각이 한 번 더 뚜렷이 밀려오기 시작했지만, 지금은 그 의미를 생각하고 있을 시간이 없었다. 화보 촬영 시간이 다가오고 있었다.

나는 침대에서 내려와 준비했다. 구월의 온난한 날씨 때문에 눈이 녹아 질척해지지 않도록 이른 아침부터 산에 올라가야 했다. 거울 속 내 눈 밑에 진한 다크 서클이 드리워져 있었다. 젠장. 이걸 다 가려야 하니 오늘 촬영의 메이크업 아티스트는 고생 예약이었다.

디서플린에서 보내준 차를 타고 촬영 장소로 가던 중 내 휴대폰 화면이 밝아지며 메시지가 도착했다.

선희: 언니, 《리빌》에서 언니 남자 친구에 관해 낸 기사 봤어요…… 언니,
괜찮아요?

나는 '그 기사'라는 말을 보자마자 내용이 떠오르며 한숨이 나왔다. 하지만 선희가 이런 문자를 보내준 게 놀랍고 기뻤다. 이렇게 나를 걱정한다면, 나에 관한 이야기를 언론에 제보해버렸을 리도 없지 않을까? 답 문자를 입력하려는데, 화면에 여러 문자가 연이어 도착했다.

선희: 두 사람 사이 공개할 거예요?
선희: 우리 회사에서도 알아요?
선희: 남자 친구랑 결국 헤어지게 될 것 같아요?

선희: 언니 이거 봤어요?

마지막 문자에는 어떤 웹사이트 링크가 담겨 있었지만 로딩이 느려 미리보기가 얼른 뜨지 않았다.

역시 그랬구나. 나는 왜 선희가 진심으로 나를 걱정해서 그런 문자를 보냈다고 믿었을까. 선희에게 우리의 시련은 그저 흥미진진한 이야기일 것이다. 언론에 제보한 사람이 우리 멤버 중 한 명일지도 모른다는 걱정도 되돌아왔다. 선희가 보낸 링크는 무엇일까? 나와 앨릭스가 함께 있는 사진이나 우리 관계를 부인할 수 없는 증거 같은 것이 뜰까봐 가슴을 졸이며 로딩을 기다렸다.

하지만 그것은 네티즌들이 《리빌》 기사에 관한 추측과 생각을 올리는 인터넷 게시판이었다. 내 프라이버시를 존중해야 한다는 의견도 있었고, 우리가 정말 커플이라면 잘 어울리겠다는 사람들도 있었다. 또 어떤 이유에서인지 내가 미국의 한 팝 스타와 약혼을 했다고 믿는 사람도 한 명 있었다. 사실 대부분은 비난이 아닌 친절한 의견들이었고, 나는 세상에서 가장 좋은 팬들이 있음이 또 한 번 고마웠다. 하지만 내 눈길을 붙잡는 다른 글들이 있었다. 아마 선희가 내게 보여주려 한 부분인 듯한 그것은 앨릭스에 관해 나쁘게 말하는, 앨릭스가 그저 유명세를 위해서 나를 사귄다는 주장들의 타래였다.

그저 다 가십일 뿐이라고 선희에게 답 문자를 보내려는데, 손가락이 화면에서 멈추었다. 앨릭스에게 상처가 될 가십으로 인터넷이 떠들썩하도록 내버려두는 것이 옳지 않은 일 같았다. 앨릭스는 나와 달리, 대중의 시선 속에 살아가기를 선택한 사람이 아니다. 하지만 내가 나서서 앨릭스에 대한 소문들이 사실이 아니라고 표명한다면, 우리 관계를 대중에게 확인시켜주는 일이 된다. 나도 앨릭스도 준비되지 않은 단계로 나아가게 되는 것이다. 나는 한숨을 쉬고 휴대폰을 집어넣어버렸다. 이제 나는 소통이 얼마나 중요한지를 아는 나이가 되었다. 오늘 앨릭스를 만나면 마주 보고 앉아 모든 것을 이야기하리라.

하지만 마터호른 산꼭대기 근처 근사한 스키 산장인 촬영지에 도착하자마자 분장 트레일러로 이끌려가 머리 세팅과 화장을 해야 했다. 그런 다음 곧 디서플린에서 출시될 메탈릭한 올리브그린색 겨울 파카를 입고 산장의 로비로 들어갔다. 고기능성과 하이 패션을 모두 추구하는 이 옷에 맞춰 스타일리스트는 단순한 까만 레깅스와 거의 군화 같은 부츠를 신겼다. 디서플린의 겨울옷 라인은 입는 사람에게 강해지는 기분과 모험심을 고취하면서도 유행을 선도하는 느낌이었다. 말하자면 그걸 입고 스키 난코스를 탈 수도 있고, 그다음 곧바로 오성급 스키장 레스토랑에 가서 한잔할 수도 있달까. 나는 촬영장에 그런 에너지를 품고 가야겠다고 다짐했다.

"왔네요, 레이첼!"

오늘 나와 함께 광고 사진을 찍을 파트너인 칼리가 디서플린의 검정색 파카를 입은 채 로비로 들어왔다. 그 대단한 칼리 맷슨과 옷을 맞춰 입었다는 사실에 어깨가 조금 으쓱해졌다.

칼리는 내 볼에 입을 맞춰 인사하고는 뒤따라온 턱수염 난 남자를 가리켰다.

"이쪽은 내 남편 올리예요. 올리, 이쪽은 레이첼 김이야."

올리는 따뜻하게 나와 악수하며, 약간의 스위스 억양이 묻은 영어로 말했다.

"우리 광고를 촬영하러 와주셔서 정말 기쁘네요. 레이첼의 칭찬을 아주 많이 들었답니다."

"저도 만나 뵈어 반갑습니다."

그 칭찬이 무엇일지 궁금해졌다. 앨릭스도 내 이야기를 했을까? 지금 그는 어디에 있을까? 주위를 둘러보자 때마침 앨릭스가 산장 문으로 들어오고 있었다.

"좋은 아침입니다, 여러분."

앨릭스가 인사했다. 내 다크서클도 만만치 않았지만 앨릭스는 말 그대로 너구리 같았다. 앨릭스 역시 잠을 제대로 자지 못한 것이리라. 앨릭스는 내게 잠시 미소를 보였지만 눈은 웃지 않았고 보조개도 들어가지 않았다. 그리고 내가 다가가 말을 걸 틈도 없이 종석과, 촬영을 위해 와 있는 디서플린 스태프들과 인사를 나누었다. 불안함으로 가슴 한구석이 조여옴을 느꼈다. 혹시 무슨 일이라도 일어났을까? 《리빌》기사 같은 것이 하나 더 뜨기라도 했을까?

나는 초조하게 파카 옷단을 만지작거리면서 앨릭스에게 다가갔다. 이미 스태프들과의 인사는 마친 후였지만 앨릭스는 휴대폰을 몰두해서 보고 있었다. 중요한 일 관련 문서를 읽고 있는지도 모른다는 생각에 나는 다가가기를 멈추고 기다렸지만, 앨릭스가 이내 휴대폰을 주머니에 넣은 후 산장 밖으로 나가버렸다. 내가 뒤따라 가려는데, 사진가가 나에게 외쳤다.

"준비됐어요, 레이첼?"

"그럼요!"

마치 내 목소리로 프로그래밍된 로봇이 외치듯 내 입에서 대답이 튀어나왔다.

하지만 그렇게 로봇 레이첼이 조명 앞에서 귀여운 크롭트 파카와 보온 레깅스를 뽐내려고 애쓰는 동안, 실제의 문제투성이 레이첼은 촬영에 집중하기가 어려웠다. 칼리는 역동적인 동작으로 몸을 숙이기도 하고 발로 눈을 차기도 하며 나의 질투와 존경심을 불러일으켰지만, 옆에서 호흡을 맞추는 나는 '로봇' 그 자체였다.

"자, 이제 몸을 좀 더 움직일 차렙니다. 스키에 타볼까요?"

사진가가 말했다. 우리가 스키 장비를 착용하러 가는 사이에 사진가는 잠시 휴식을 취했고, 앨릭스와 몇몇 회사 임원들은 산장 안 어딘가로 들어간 모양이었다. 이내 촬영팀 모두가 스키장으로 나갔다. 가짜 눈으로 덮인 작은 스키 연습장이지만 높은 경사 때문에 실제로 산에서 내려오는 스키 코스처럼 보이는 그 언덕 꼭대기에서 우리는 포즈를 취했다.

"레이첼, 좀 더 느긋한 모습을 연출해볼까요? 우리가 찍으려는 건 겨울 휴가에 와 있는 모습이지 올림픽 스키 시합이 아니거든. 눈썹에 힘 빡 줄 필요가 없어요."

사진가가 내게 외쳤다. 나는 장난스러운 그 말에 웃고 긴장을 풀려 애썼지만, 이 로봇 레이첼은 미소만 딱딱한 게 아니라 다리까지 무겁고 뻣뻣했다. 나는 최선을 다해 균형을 잡으려 애썼다. 발이 미끄러지지 않게 오른쪽 스키 안쪽에 모든 몸무게를 실으면서도 칼리를 자연스럽게 마주 보는 포즈를 유지하려 애썼다. 다만 '포즈를 유지하는' 것이라기보다는 '답답할 정도로 빳빳이 서 있는' 것이 문제였다. 지금의 내 모습이 꼭 동시에 여러 일을 해내려 진땀을 빼는 내 상황에 대한 짓궂은 비유처럼 느껴지기 시작했다.

"신선한 산 공기를 느껴 보세요. 지금은 편안하게 쉬는 시간이고, 또…… 레이첼?"

사진가가 '쉬는 시간'이라고 말할 때 오른발의 스키가 더 버티지 못했다. 나는 재빨리 균형을 잡으려 애썼다. 스키를 꽤 잘 타기 때문에 쉬운 일이어야 했다. 하지만 순간적으로 너무 당황한 나머지 두 다리가 서로 다른 방향으로 뻗어나가기 시작했고 내가 바닥에 세게 넘어지면서, 오른쪽 부츠는 결국 스키에서 분리되었다.

수치심으로 타오르는 얼굴을 느끼며 자세를 추스르다 보니 오른쪽 발목이 생각보다 더 심하게 꺾인 모양이었다. 일어서려고 하자 욱신욱신 아팠다. 의사가 필요한 정도는 아니었지만 갑자기 모든 스태프가 나를 에워싸고는 상태를 확인했다.

"괜찮아요. 별일 아니에요."

일곱 가지쯤의 서로 다른 언어로 이렇게 되풀이했지만 다들 내가 깨지는 유리인 양 안절부절못했고, 두 남자가 나를 들어 올려 산장 안으로 데려다놓기까지 했다. 칼리와 종석이 따라 들어와, 호텔에서 얼음 팩을 구해다주겠다고 했다.

나는 홍당무처럼 빨개진 얼굴을 가리도록, 그 뒤에 평생 숨을 수 있도록 얼음 팩을 하나 더 구해달라고 하고 싶은 것을 참았다. 신시아는 '일이 잘 진행되면 레이첼을 초대하는 이벤트를 계획해볼게요!'라고 말했다. 나는 솔로 팬미팅에게 속으로 작별을 고했다. 일이 '잘 진행되지' 않고 있으니까. 내가 잘 보이고만 싶었던 칼리는 나를 한없이 너그럽게 대하고 있지만, 나로 인해 촬영이 망해버린 것이나 다름없음을 우리 모두 알고 있었다. 나는 몸을 웅크리고 울고 싶은 것을 최대한 참을 뿐이었다. 너무나 피곤했다. 몇 주 동안 잠을 제대로 못 자면서 다리의 힘도 사라진 모양이었다. 어쩌면 정말 번아웃인 것도 같았다. 그리고 또 한 번, 멤버들의 말이 옳았는지도 모른다는 생각이 고개를 들었다. 이렇게 아무것도 포기하지 않으려 하다가는 결국 모든 일에 실패하게 될 것이라는 생각이 말이다.

아니 어쩌면 벌써 그 실패가 시작되고 있는 것도 같았다.

칼리는 내 감정이 엉망진창인 것을 눈치챘는지, 잠시 쉬는 시간을 받아냈다. 그리고 이 차림 그대로 라운지 안에서 자연스러운 사진을 몇 장 찍자고 제안했다.

"그러면 오늘 사진을 좀 건질 수 있을 거예요. 어때요?"

촬영팀도 휴식을 취하기로 해, 오직 우리만이 일광욕실의 가죽 소파에 앉아 있었다. 촬영을 위해 대여한 곳이라 사람이 없었고, 나는 디서플린의 눈길 부츠를 신은 두 다리를 유리 탁자에 올렸다.

"정말 괜찮아요?"

칼리가 물었다. 칼리의 머리 뒤로 후광처럼 동그랗게 빛나는 해를 보며, 나는 이 공간에 사진 찍기 완벽한 빛이 들어온다는 사실을 깨달았다. 적어도 몇 장 정도는 여기에서 괜찮은 사진이 찍히기를 바랐다.

"네. 초보자용 연습장에서 그렇게 넘어진 체면이 말이 아니라 그렇지, 그것만 빼면 다 괜찮아요."

나는 작은 웃음을 지으며 이어 말했다.

"솔직히 그냥 엄청나게 부끄러워요. 제가 다 망친 게 아니었으면 좋겠는데 말이에요."

내 목소리가 떨렸다.

"다 망쳐요? 참 나, 무슨 소리."

칼리가 머리카락을 휙 뒤로 넘기고는 이어 말했다.

"우리가 수상 스키 화보를 찍었던 때 이야기를 해줘야겠네."

"하하, 감사하긴 하지만 제 기분 달래려고 노력하지 않으셔도 돼요."

"기분 달래려고 그러는 게 아녜요. 안 하고 넘어가기에는 너무 재미있는 이야기라 그러지. 사실 이야기할 필요도 없다. 유튜브로 보면 되니까."

칼리가 칠 년 전의 유튜브 동영상 하나를 찾아냈다. 엄청난 흔들림, 꼬이는 다리, 몸에 꼭 붙어 있지 못하는 비키니 수영복, 그리고 엄청난 자빠짐이 칠 초 안에 모두 담긴 동영상이었다. 누군가이 장면을 GIF로도 만들어두어, 자빠지는 부분이 슬로 모션으로 계속 되풀이되었다. 매우…… 끔찍했다.

하지만 동시에, 매우 웃겼다.

"웃어도 돼요."

칼리가 말했다. 눈부신 성취들을 이루어온 시대의 아이콘이자 내가 되고 싶은 모든 존재가 이미 되어 있는 이 성숙한 사람이, 곁

눈길로 나를 보며 그렇게 말했다. 우리는 주체할 수 없이 키득거리기 시작했다.

스태프와 사진가가 돌아왔을 때 우리는 웃다 흘린 눈물을 닦고 있었고, 그날의 마지막 촬영을 위해서 서둘러 화장 수정을 받았다.

"정말 씩씩하게 하던데요. 발목은 어때요?"

촬영을 마친 후, 칼리가 나를 포옹하며 물었다.

"벌써 훨씬 나아졌어요. 걱정해주셔서 감사해요."

나는 빙그레 웃으며 대답했다. 다른 건 몰라도 마음만은 좀 더 편해져 있었다. 최선을 다하려고 미친 듯이 애쓰는 로봇 레이첼은 사라지고, 있는 그대로의 진짜 레이첼만이 좋든 싫든 남아 있었다. 나는 주위를 둘러보았다.

"앨릭스 어디 갔는지 못 보셨죠?"

"앨릭스?"

칼리 곁에 나타난 올리가 되물었다.

"아까 일 문제로 호텔로 돌아가야 한다고 했어요. 그리고 레이첼한테 저녁 여덟 시에 '클라우드 나인'에서 만나자고 전해달라고 부탁했어요."

칼리가 눈을 빛내며 말했다.

"클라우드 나인? 거기 진짜 아름다워요. 음식도 너무너무 맛있고. 레이첼, 근사하게 차려입고 가요! 대신 구두만 좀 낮은 걸로 신어요. 여기 있는 동안 사고가 더 나면 안 되니까. 올리, 레이첼한테

소송 안 하겠다는 각서 받아놔야 해."

칼리의 농담에 나는 웃었다. 하지만 웃으면서도 가슴 속에 서늘한 걱정 한 줄기가 피어올랐다. '사진이 찍히면 안 되는데.'

"그래야겠어요. 앨릭스 말 전해주셔서 고마워요, 올리. 그리고 오늘 제 실수 다 참아주셔서 모든 분들께 감사해요. 칼리와 함께, 그리고 디서플린과 함께 작업할 수 있었던 경험에 정말 감사해요. 너무나 좋았어요."

사실이었다. 그리고 촬영 중 내가 대단하게 넘어지기는 했지만, 이렇게 긴 시간을 곁에서 보내며 칼리라는 사람을 흡수할 수 있었던 것만으로도 더할 나위 없이 가치 있는 시간이었다. 설사 다시는 화보 촬영 캐스팅을 받지 못하게 된다 해도 말이다.

클라우드 나인 레스토랑에서 여덟 시. 마침내 때가 온 것 같았다.

앨릭스에게 마음을 터놓고, 내가 품어온 모든 생각들을 말해줄 때가.

진실을 이야기할 때가.

이제 남은 것은 '어떤' 진실을 이야기할지 선택하는 일이었다.

내가 떠나오기 직전에 레아는 말했다. '언니는 답을 찾을 거야. 늘 그러니까.'

부디 레아의 말이 맞기를.

25

호텔 방 바닥에는 내게 선택받지 못한 약 오천칠십한 벌의 옷이 흩뿌려져 있었고 시간은 벌써 일곱 시 오십육 분이었다. 앨릭스와 만날 시간을 사 분 앞두고도 아무것도 결정하지 못한 채 속옷 차림으로 침대에 웅크리고 있는데 휴대폰에서 메시지 알림음이 울렸다.

오지 않을 것인지, 혹 내가 정신이 나간 것은 아닌지 궁금해하는 앨릭스가 보낸 문자일 듯했다. 앨릭스는 스키장에서 일어난 소동을 전해 들었을 것이고 실망했을 것이다. 실내에서 진행된 후반부 촬영 때는 한결 자책감이 덜했다. 하지만 나는 칼리의 밝은 격려에 마음을 빼앗긴 나머지, 실제로 상황이 얼마나 나빴는지를 눈치채지 못한 건 아니었을까? 레이첼 K.를 어떻게 할지, 그리고 앨릭스와의 관계를 어떻게 할지 결정부터 내려야 하는데, 할 수가 없었다. 옴짝달싹할 수 없는 기분이었다.

나는 끙 소리를 내며 돌아누워 휴대폰을 확인했다. 이제는 일곱시 오십칠 분. 하지만 문자메시지의 주인공은 앨릭스가 아니었다. 엄마였다.

어쩌고 있어, 딸? 산에서 일하고 있을 네 생각이 나서. 너는 눈을 참 좋아
하잖아. 스키장에서 미끄러지지 말고. 사랑해.

참을 새도 없이 눈물이 고였다. 나는 엄마에게 전화를 걸었다.
"엄마."
나는 엄마가 받자마자 불렀다.
"레이첼, 무슨 일 있는 거 아니지?"
나는 눈물 반 웃음 반인 숨을 내뱉고 코를 훌쩍였다.
"아닐걸요. 엄마는 이 새벽에 깨어 있네요!"
"세 시밖에 안 됐어."
엄마는 새벽까지 깨어 내 안부를 확인하는 일쯤은 아무것도 아니라는 듯 말했다. 놀랄 일은 아니었다. 내가 가장 필요로 하는 순간마다 곁에 있어준 엄마였으니까.
"무슨 일인데?"
엄마는 참을성 있게 내 대답을 기다렸다. 미간을 찌푸린 채 무릎에 손을 얹고 내가 말할 준비가 될 때까지 기다리는 엄마의 모습이 보이는 듯했다.

"앨릭스가 내 짝인 것 같아요."

나는 불쑥 말해버렸다. 엄마는 잠시 말이 없다가 혀를 차는 것 같기도 웃는 것 같기도 한 작은 소리를 냈다.

"좋은 소식이네, 우리 딸."

"엄마도 그렇게 느꼈어요? 아빠한테?"

엄마가 이 질문에 대답을 하기도 전에 나는 말을 쏟아냈다.

"앨릭스가 내 삶에서 너무 큰 의미인데, 난 너무 겁이 나요. 그냥 가끔, 세상이 우리를 함께이기를 바라지 않는 것 같아요. 상황이 복잡하니까 마음이 너무 버겁고, 앨릭스한테 어떻게 말을 해야 할지도 모르겠고, 또⋯⋯."

내가 말을 멈춘 건 엄마가 소리 내어 웃고 있기 때문이었다.

"엄마! 지금 비웃는 거예요? 나 진지해요!"

"알아. 그런데 말야, 완전무결하게 확실한 일 같은 건 없어."

나는 침대에서 몸을 일으키고 침대를 탕 치며 말했다.

"네? 그럼 평생 나한테 거짓말한 거예요?"

엄마는 혀를 차고 대답했다.

"아니, 거짓말을 한 건 아니지. 나도 네 아빠 만날 때, 내가 이 사람 사랑하는구나, 하는 걸 알 수 있었어. 그런데 그렇다고 해서 꼭 세상이 내 편이 되어주는 건 아니거든. 그냥 너 자신, 네 느낌을 믿는 수밖에 없어. 남의 말은 이제 듣지 마. 머리로는 몰라. 마음으로 알지."

나는 성마르고 어리석은 아이가 된 기분으로 앉아 있었다. 저녁을 다 먹어야만 디저트를 먹을 수 있다는 걸 처음 배운 아이처럼 말이다. 이제 시간은 여덟 시 이 분이었고 앨릭스가, 그 훌륭한 앨릭스가, 수많은 면에서 내 삶을 더 낫게 만든 사람인 동시에 함께 있는 모습이 목격당하면 내 세계를 무너뜨릴 수도 있는 사람인 앨릭스가 일 층 레스토랑에서 나를 기다리고 있었다.

"엄마, 나 앨릭스랑 한 저녁 약속에 늦었는데, 어떻게 해야 할지 무슨 말을 해야 할지 뭘 입어야 할지도 모르겠어요."

아기처럼 행동하고 있다는 걸 깨달았다. 하지만 엄마의 바짓가랑이를 놓아줄 수가 없었다. 엄마가 부드럽게 웃음을 내뱉었다.

"뭘 할지, 뭐라고 말할지는 내가 정해줄 수 없지. 그리고 옷도 패션 아이콘인 네가 잘 알지, 내가 뭘 알겠어. 그런데 정 모르겠으면 까만 원피스를 입어. 자, 가서 준비해. 잘생긴 남자를 그리 기다리게 해서 쓰나."

그리고 대화 종결에 있어 노련한 장인인 엄마는 내 대답을 듣지 않고 전화를 끊었다.

현재 성공한 케이 팝 그룹 중 하나의 멤버로서 세계 곳곳의 내로라하는 레스토랑을 두루 가보았지만 클라우드 나인 레스토랑에서 보이는 스위스 시골 풍경보다 아름다운 전망을 가진 곳은 없었다. 내가 도착하자마자 지배인은 나를 레스토랑 뒤쪽에 따로 마련된 야외 식탁으로 데려갔다. 산 너머로 지는 석양과 굽이굽이 펼쳐진 푸른 산봉우리들이 보이는 자리였다. 줄에 달린 조명이 서까래에 걸려 따뜻한 야외 공간에 낭만적인 빛을 드리웠다. 그 공간은 작아서 우리 테이블을 빼면 세 자리밖에 없었지만 모두 비어 있었다. 생각해보면 지배인을 따라 이곳까지 오는 동안에도 식당 안에는 손님이 보이지 않았다.

앨릭스는 이미 구석 테이블에 앉아 내가 오기를 기다리고 있었다. 새하얀 와이셔츠에 은색과 파란색이 섞인 가느다란 넥타이를 맨 모습이 근사했다. 나를 보고 자리에서 일어난 앨릭스의 눈이 커다래졌다. 나는 크리스털 단추와 목 주변 러플 장식, 하트 모양의 큐빅 벨트가 재미있는 미우미우의 까만 원피스를 입고 있었다. 머리는 땋아서 높게 틀어 올렸고, 달랑거리는 진주 귀걸이를 하고 힐을 신었다.

앨릭스가 너무 오랫동안 말을 하지 않아, 나는 내 옷차림이 그리 괜찮지 않을지도 모른다고 생각하며 원피스 소매를 만지작거렸다.

"근사하다."

앨릭스가 이렇게 말하는 동시에 나도 이렇게 말했다.

"넥타이가 잘 어울린다."

우리는 어색하게 웃으며 자리에 앉았다. 둘 다 어디서부터 말을 시작해야 할지 몰라 잠시 조용했다.

"여기 음식이 그렇게 맛있다던데."

앨릭스가 말했다. 나는 덧붙였다.

"전망도 좋고. 정말 예뻐."

"맞아."

다시 우리는 말이 없었다. 아아, 이렇게 어색할 수가. 속이 울렁거렸다. 냅킨을 만지작거리며 오늘 밤 날씨가 얼마나 좋은지에 관한 토론에라도 돌입하려던 참에 다행스럽게도 앨릭스가 먼저 말했다.

"보르도 한 병을 시켰어. 괜찮아?"

"괜찮지."

나는 안심하며 대답하고 이렇게 덧붙였다.

"난 레드와인 정말 좋아해."

답답하다, 레이첼, 제대로 좀 하자. 이제는 말해야 할 때였다. 내 감정을. 내가 사랑한다는 것을. 우리가 함께여야 한다는 것을! 하지만 그전에, 내가 받은 최후통첩과 모든 고민을 털어놓고, 결정을 내려야 했다.

어서 와인이 나와서 손을 둘 곳이라도 있었으면 좋겠다고 생각했다. 눈빛을 보니 앨릭스도 할 말이 있는 것 같은데, 우리 둘 다 섣불리 어색함을 깨고 이야기를 시작하지 못하고 있었다.

"촬영 후반은 순조로웠다던데."

종업원이 와인을 따서 잔에 따라주고 간 뒤, 앨릭스가 와인을 한 모금 마시며 말했다.

"발목은 어때? 하필 그때 내가 거기 없어서. 지금은 괜찮아, 레이첼?"

앨릭스가 없었다는 게 너무 다행스러웠다. 스키 연습장에서 바지 엉덩이에 구멍이 날 뻔하도록 다리를 쩍 벌리며 미끄러지다니, 그것도 그 바지 디자이너가 보는 앞에서. 내 생에 가장 민망한 순간 중 열 손가락 안에 꼽혔다. 오디션을 보다가 제이슨 리의 신발에 구토한 이력이 있는 나인데도 말이다.

"괜찮아. 안무 연습하다가 더 심하게 넘어지기도 해."

나는 앨릭스를 안심시키려 웃는 얼굴로 손을 내저었다. 메뉴판을 보니 너무나 많은 종류의 음식이 있었고, 대부분이 무언가의 허릿살 고기였다. 하지만 다행히 좀 가벼운 음식인 듯한 뇨끼 전채 요리를 발견했다. 지금처럼 초조할 때 주요리를 주문하면 제대로 소화시키지 못할 게 분명했다. 저기요, '어쩌면 나는 너무 겁이 나는 것 같아' 으깬 감자와 '이쯤에서 패션 사업을 접는 게 좋을지도 몰라' 샐러드를 좀 주문할 수 있을까요?'

주문한 음식이 나왔고, 우리는 그 뒤로도 몇 분 동안 소소한 이야기를 나누었다. 나는 캣스킬스에서, 앨릭스는 킬링턴에서 자라면서 스키를 배운 이야기를 나누는 내내 나는 긴장을 다스리려 애를 썼다. 레아와 내가 어린 시절 스웨덴과 스위스를 혼동해서 가족들이 스웨덴을 미트볼, 스위스를 치즈라고 불러 해결했다는 이야기에 앨릭스는 예의 바르게 웃었지만, 괜한 잡담으로 시간만 끌고 있음을 나도 알았다. 와인을 한 모금 더 마시고 보니 이미 내 잔의 와인은 조금밖에 남아 있지 않았다. 자, 이제는 더 미룰 수 없다. 예의 바르고 자연스럽게 말하기 어렵더라도, 어색하지 않게 말할 방법이 없더라도.

"오늘 촬영하는 동안 앨릭스는 뭐 했어?"

겁을 먹은 내 입에서 또 딴소리가 흘러나왔다. 나는 내 잔에 남은 와인을 모두 마시고, 앨릭스의 잔을 조금 채워주었다. 점점 알코올 기운이 머리로 올라가는 것이 느껴졌다. 조심해야 했다. 치즈냐 미트볼이냐 하는 이야기가 아니라 내 인생 가장 큰 선택, 와인 한 모금을 더 마시는 지금까지도 하지 못한 선택의 이야기를 해야 하니까.

"사실 이걸 처리했어."

앨릭스가 이렇게 말하며 휴대폰을 꺼냈다. 화면에서 무언가를 두드리고는 휴대폰을 내게 스윽 밀었다. 나는 놀라 눈을 깜박였다. 각종 뉴스 매체에서 앨릭스에게 보낸 여러 이메일이었다. 몇몇 제목을 확인해보니 나와의 관계에 관해, 그리고 내 패션 사업에 앨릭스가 관여하고 있는지에 관해 질문을 퍼붓고 있었다. 또한 앨릭스의 SNS 계정에서 셀 수 없는 알림 메시지가 와 있었다. 네티즌들은 앨릭스에게 따지고 있었다. 앨릭스 때문에 걸스 포레버의 스노볼이 깨지고 있다고, 내가 앨릭스와 함께 살기 위해 숙소를 나간 거라고.

"아, 앨릭스…… 너무 미안해."

내게는 이런 일이 익숙하지만 앨릭스는 평범한 사람일 뿐이다. 미나의 표현을 빌리면 '일반 시민'. 앨릭스는 이런 종류의 일을 겪은 적이 없고, 겪어서도 안 된다.

앨릭스가 부드럽게 내 턱을 들어 올려 나와 눈을 마주 보았다.

"미안해할 것 없어. 진심이야. 인터넷은 원래 말도 안 되는 이야기들이 떠도는 곳이잖아. 그래도 우리가 조심해야 한다는 건 알아. 오늘 이 레스토랑은 올리한테 말해서 통째로 빌렸어. 파파라치가 접근할 가능성 없이 편안하게 저녁 먹고 싶어서. 그리고 아까 촬영 중에 몇몇 뉴스 매체에 있는 지인한테 전화로 자문을 좀 구했어.

내가 공식적으로 입장을 밝히거나 하는 게 나은지 어떤지에 관해서. 그냥 레이첼한테, 레이첼의 이름에 최선이 되는 방향으로 대처할 방법을 알고 싶었어. 뭔가를 잘못 말해서 나쁜 결과가 생긴다거나 하지 않게 말이야. 그런데 어쩌면 그냥 레이첼한테 묻는 게 나았을지도 모르겠다."

앨릭스가 쑥스럽게 웃었다. 하지만 이내 다시 진지한 얼굴이 되었다.

"그런데 이번에 깨닫게 됐는데 말이야, 우리가 서로에게 완전히 솔직해야 할 것 같아. 꼭 지금만이 아니라 항상. 그러지 않으면 우리 사이에 오해가 끼어들기가 너무 쉬울 것 같아."

앨릭스의 말이 옳았다. 오해가 생겨나기 쉽다. 한쪽은 상대와 함께 있고 싶어서 지구 절반을 날아왔는데, 다른 쪽은 꽃병으로 상대의 머리를 내려칠 뻔했던 상황처럼.

"아무리 《리빌》에 그런 기사가 떴어도, 나는 앨릭스가 여기 와줘서 기뻐. 오늘 촬영장에 같이 있어서 좋았고. 앨릭스와 만나서 나는 삶이 변했어. 난 그냥⋯⋯."

"레이첼, 나 할 말이 있어."

"식사 나왔습니다!"

그 순간 종업원이 샴페인 소스를 뿌린 랍스터와 뇨끼를 가지고 나타났다. 앨릭스는 괴로움을 미소 뒤로 숨기며 말했다.

"감사합니다."

종업원이 떠나자마자 앨릭스와 나는 식탁 너머로 서로를 응시했다.

"아까 하려던 말이 뭐야?"

내가 물었지만, 앨릭스가 갑자기 좀 창백해지더니 손짓했다.

"아냐, 아냐. 내가 레이첼 말을 끊었잖아. 레이첼이 하려던 말이 뭐야?"

나는 내 모든 생각과 감정을 진실하게 앨릭스와 나누고 싶다는 희망으로 이 자리에 왔다. 그런데 왜 할 말이 몽땅 날아가버렸을까. 멤버들이 내게 요구한 선택에 관해 말해야 하나? 멤버들이 우리 사이 역시 끝나길 바란다고 말해야 하나? 어디서부터 말을 꺼내지? 이렇게까지 확신이 없는 건 지나치게 많은 일들을 해왔기 때문일까? 생각이 너무 많기 때문일까?

앨릭스는 내게 확신을 주는 사람이었다. 더 바랄 수 없을 만큼 좋은 사람. 내게 확신이 없는 건 앨릭스 때문이 아니라 나 때문이었다. 엄마 말이 떠올랐다. 머리로는 몰라, 마음으로 알지.

"아냐."

이렇게 내뱉은 나는 내 마음이 하는 말을 들으려 잠시 더 기다렸다.

"나는, 음, 할 말을 잊어버렸어. 앨릭스가 먼저 말해."

"알았어."

앨릭스는 표정이 진지해졌고, 식탁 위의 내 손을 향해 손을 뻗었다. 나는 그 손을 잡았다.

"내가 하려던 말은…… 내가 당신과 사랑에 빠지고 있다는 거야, 레이첼."

앨릭스가 내 눈에서 눈을 떼지 않았다.

잠시 나는 숨이 멈추었다.

'앨릭스가 나를 사랑해.'

앨릭스가 내 손을 꼭 잡았고, 세상에서 가장 아름다운 미소를 지으며 눈을 반짝였다. 세상의 요구에 순응하고픈 마음, 포기하고 싶은 마음이 사라져버렸다. 앨릭스가 이런 눈으로 나를 볼 때면 정답에 대한 생각을 잊게 되었다. 아니, 모든 생각을 잊게 되었다. 엄마가 말한 것이 바로 이런 것일까?

나는 나도 모르게 함박웃음을 짓고 있었다. 이렇게나 기분 좋은 웃음은 정말 오랜만이었다. 로봇 레이첼의 미소와는 정반대인 미소를 참을 수가 없었다. 앨릭스는 웃음을 전염시키는 능력이 있었다. 나는 앨릭스의 눈가에 지는 주름을 사랑했다. 왼쪽 뺨에 생기는 보조개를 사랑했다. 거칠음과 따뜻함이 완벽하게 섞인 앨릭스의 목소리를 사랑했다. 앨릭스의 모든 것을 사랑했다.

'나는 앨릭스를 사랑해.'

이토록 간단한 것이었다. 이제 나도 같은 말을 앨릭스에게 돌려주어야 했다. 지금까지 말하지 않았던 모든 것, 모든 감정을 말하면서. 이건 정말로 커다란 일이었다. 그래, 심호흡을 하자. 그리고 말하자.

"앨릭스, 나…… 나……."

당신을 사랑해, 앨릭스. 나와 만나기가 너무나 복잡하고 수고로워서 미안해. 나 잘 모르는 게 너무 많은데, 하나만은 확실해. 당신이 나한테 완벽한 사람이라는 거. 당신과 내가 한 팀이라는 거.

"……이 와인 정말 입에 맞아!"

말이 나오지 않았다. 마음속에서는 그것이 진실임을 아는데, 말로 뱉고 나면 부인할 수 있는 가능성이 영원히 없어질 테니까. 나는 아직도 준비가 되어 있지 않았다. 다행스럽게도 앨릭스는 어색함을 장난스레 넘겼고, 앨릭스의 사랑 고백에 내가 같은 고백으로 답하지 않았는데도 아무 일 없는 듯 자연스레 행동했다. 상처를 받았을지도 속상했을지도 모르지만, 겉으로는 드러내지 않았다. 자기 접시의 랍스터를 한 입 먹어보라면서 권하는 그의 얼굴에는 여전히 보조개가 깊게 팼다. 그래도 나는 앨릭스의 눈빛에서 실망의 기색이 보이지 않는지를 살폈고, 비록 소리 내어 말할 준비는 되지 않았지만 내 감정이 앨릭스과 같음을 눈빛으로 전달하려 애썼다. 멤버들도 떠들썩한 가십 기사도 앨릭스와의 사이를 끝낼 이유가 될 수 없다는 것이 내겐 너무나 분명해졌다. 사랑하는 사람은 포기할 수 없다.

소리 내어 말할 준비가 된 부분도 있었다.

우리가 몇 잔의 물을 마시면서 머리를 식힌 뒤에, 나는 마침내 멤버들에게서 받은 최후통첩과 레이첼 K. 사업을 지속해나가도 좋을지 알 수 없는 내 마음을 털어놓았다.

앨릭스는 거의 포크를 떨어뜨리다시피 했다.

"최후통첩? 농담하는 거 아니지? 그게 무슨 아놀드 슈워제네거 영화 같은 소리야. 하아, 참 나. 자매로서 응원을 해줘야 할 멤버들이 당신이 가장 사랑하는 것 둘 중에서 하나만 고르라고 했다고?"

나는 '내가 가장 사랑하는 것 셋 중에서'라고 정정하고 싶었지만 하지 않았다.

"음, 앨릭스가 그렇게 표현하니까 나쁜 일처럼 들리긴 한다."

앨릭스는 내 눈을 똑바로 보면서 진지해졌다.

"패션 사업을 하는 게 너무 힘들어서, 행복하지 않아서 그만두 겠다는 건 괜찮아, 레이첼. 그런데 위험을 감수하는 게 두려워서, 팀 멤버들이 어떻게 생각할지가 두려워서 그만두겠다는 거라면 내 가 이 말만은 해주고 싶어. 두려움이 시키는 대로 해서는 절대로 삶 에서 원하는 걸 얻을 수 없어. 우리 어머니가 늘 해주신 말씀이야."

"우리 엄마랑 당신 엄마는 아마 서로를 마음에 들어할 거야."

나는 미소를 지으며 말했다. 앨릭스는 의자 등받이에 기대어 앉 았다.

"하나만 물어볼게, 레이첼. 패션 사업을 하는 게 행복해?"

"물어볼 필요도 없잖아. 정말로 행복해. 다만……."

"알아, 당신이 다른 사람들이 정해준 규칙에 따르면서 살아왔다 는 거."

정곡을 찌르다니.

"정해진 규칙에 따른 덕분에 오늘의 내가 있는 거야, 앨릭스. 난 그 규칙들을 무시해버릴 수 없어."

"그러라는 게 아니야, 레이첼. 단지, 당신이 행복한 방향을 선택 하라는 거야. 다른 사람들 말은 그만 듣고, 당신 마음에 따라. 당신 마음이 뭐라고 하는데?"

아까는 엄마, 그리고 이제는 앨릭스. 나만 빼고 다들 '자기 마음 에 귀 기울이는 법' 안내서라도 받았나?

내 마음은 내가 앨릭스의 얼굴에 키스를 퍼붓고 싶어 한다고 말한다.

내 마음은 내가 앨릭스를 사랑한다고 말한다.

내 마음은 여러 꿈을 다 이룰 수 있다면, 하나만 선택할 필요는 없다고 말한다.

나는 앨릭스에게 말했다.

"나도 남의 규칙이 아니라 스스로의 규칙에 따라서 살고 싶어. 난 내가 행복한 일을 할 자격이 있어. 내가 행복한 일을 '할 거야.'"

"아자!"

앨릭스가 야구 경기에서 응원하는 팀이 득점이라도 한 것처럼 공중에 주먹을 휘두르고 환호성을 냈다. 이곳에 우리 말고 다른 사람이 한 명이라도 있었다면 나는 조금 부끄러웠을 것이다. 하지만 아무도 없어서 나는 소리 내어 웃었고, 안도감이 파도처럼 밀려왔다.

앨릭스는 다시 단정한 자세로 앉아 말했다.

"우리를 위해서 건배하자. 우리는 무엇이든 같이 헤쳐 나갈 수 있을 테니까. 파파라치든 인터넷의 악플러든 호텔의 귀신이든, 도시 철도와 스키 연습장에서 벌어지는 생명을 위협하는 사고든, 전부 다. 당신과 나, 우리는 한 팀이야, 레이첼."

나는 웃음을 내뱉고는 말했다.

"하여간."

앨릭스는 경고했다.

"건배 안 해주면 일어나서 잔을 딩딩 두드릴 거야. 이 안에 있는……"

주변에 사람이 아무도 없다는 것을 기억한 앨릭스는 종업원 쪽으로 고갯짓을 하고 이어 말했다.

"……마르타 앞에서 망신 당하고 싶은 건 아니겠지."

"알았어, 알았어."

나는 웃으며 잔을 들었다. 앨릭스의 눈을 바라보며, 나는 강해진 기분이 들었다. 다른 건 아무것도 중요하지 않다는 기분이 들었다. 앨릭스와 함께라면 괜찮을 테니까. 설사 항상 정답을 알지 못하더라도 말이다. 온통 모르는 것 투성이인 나여도 그 정도는 알수 있었다.

나는 말했다.

"우리를 위하여 건배."

호텔로 돌아와 서로에게 잘 자라는 인사를 한 우리는 각자의 방으로 들어갔다. 그로부터 고작 이 분도 지나지 않았을 때 나는 옆방으로 연결되는 문으로 다가가 세 번 노크했다.

"어, 누구지? 귀신이 아니었으면 좋겠네. 이 호텔에 귀신이 있다던데."

앨릭스가 문 너머로 나를 놀리듯 말했고, 나는 까칠한 웃음으로 대답했다.

"하하."

앨릭스가 문을 열었고, 넥타이를 끄르며 빙그레 웃었다. 나는 입술을 깨물었다. 앨릭스의 이 행동이 왜 이리도 섹시할까. 나는 한 손으로 허리를 짚고 문틀에 기대어 서서 말했다.

"물어볼 게 하나 있어."

"물어봐."

"이 지퍼 좀 내려줄 수 있어?"

나는 아무것도 모른다는 표정으로 앨릭스에게로 등을 돌렸고, 방금 푼 긴 머리카락을 쓸어 어깨에 걸쳤다.

앨릭스가 마른침을 꿀꺽 삼키는 모습이 보이는 듯했다.

"당연하지."

앨릭스가 지퍼로 손을 뻗었다. 앨릭스의 따뜻한 손가락이 내 피부에 닿자 지퍼를 따라 소름이 돋았다.

나는 의도대로 착착 행동하고 있었다.

"아까 레스토랑에서 내 옷차림을 보고 왜 그렇게 반응이 늦었어? 내가 신경 써서 더 꾸민 거 알았잖아. 마음에 안 들었어?"

나는 다시 아무것도 모르는 눈빛을 하고는, 어깨 너머로 앨릭스를 보았다.

앨릭스는 한쪽 입꼬리를 올리면서 내게 다가섰고, 내 허리에 손을 올렸다.

"아니, 마음에 들었어. 사실 지나칠 정도로 마음에 들었지. 머릿속이 하얗게 될 정도로. 그래서 말이 안 나온 거야."

"말솜씨 한번 좋으시네."

"진짜야."

앨릭스가 몸을 숙였고, 앨릭스의 입술이 곧 내 입술에 닿을 듯했다. 하지만 앨릭스는 눈을 감더니 내 입술 대신 목에 입을 맞추었고, 짜릿한 느낌이 내 등뼈를 타고 흘러내렸다.

"그런데 뭘 입든 관계없이, 늘 아름다워."

앨릭스는 계속 내 목에 키스했고, 나는 긴 숨을 내쉬며 두 팔로 앨릭스의 어깨를 감쌌다. 내 원피스의 지퍼는 절반쯤 내려가 있었다. 앨릭스의 입술이 목을 떠나 내 입술 가까이로 왔고, 나는 앨릭스에게 키스했다. 처음에는 부드럽게, 그러고는 좀 더 격렬하게. 앨릭스의 입술과 맞닿은 내 입술이 점점 더 부드럽고 예민해져갔다.

앨릭스가 뒤로 물러나 욕망이 맺힌 눈으로 나를 보았다. 나는 앨릭스의 목에 걸쳐진 넥타이를 잡아서 앨릭스를 내 방으로 이끌었다. 앨릭스는 등 뒤로 부드럽게 문을 닫았고, 우리는 함께 침대로 쓰러져 한 번 더 서로의 입술을 물었다.

어젯밤 나는 앨릭스가 곁에 있었으면 좋겠다고 생각하며 잠을 이루지 못했다. 내가 해온 모든 결정들이 실수가 아닐까 걱정했다.

하지만 오늘 밤은 그러지 않았다.

오늘 밤은.

26

한국에 돌아와 인천 공항을 나온 후, 나는 집으로 먼저 가지 않았다. 종석에게 곧장 걸스 포레버 숙소로 데려다 달라고 말했다.

숙소에 도착하니 내 바람대로 멤버들 대부분이 식탁에 모여 앉아 있는 듯했다. 바나나 팬케이크로 주말 아침 식사를 즐기고 있는 멤버들 사이에 영은이와 리지도 와 있어, 다행히 빠진 사람이 한 명도 없었다.

"결정했어?"

모두가 자리에 앉자마자 미나가 내게 물었다.

"응."

내가 이렇게 대답하는 순간, 모두가 나를 쳐다보았다.

"지난 며칠 동안 많이 고민했어. 그리고 결정을 내렸어."

정적이 흘렀다.

"나는 패션 사업을 그만두지 않을 거고, 걸스 포레버도 그만두지 않을 거야."

대답이 끝나자마자 마치 도미노 효과처럼 멤버들의 날숨소리가 잇따랐다. 일부 멤버들은 안도하는 듯했고, 일부는 공감하는 듯했고, 또 일부는, 그러니까 리지와 미나는 짜증이 나 보였다.

리지가 반어법을 썼다.

"우리의 염려가 네 맘에 충분히 가닿은 모양이네."

나는 말했다.

"너희의 염려, 아주 진지하게 받아들였어. 정말이야. 그런데 나는 두 가지 일 모두 너무 사랑하기 때문에 어느 쪽도 포기할 수 없어. 나는 한 번도 우리 팀에 충실하지 않았던 적이 없고, 언제나 너희를 실망시키지 않으려고 최선을 다했어."

고요함만이 대답으로 돌아왔다. 잠시 뒤 아리가 더는 참지 못하겠다는 듯 말했다.

"그러니까 우리가 한 말은 무시한다는 거네? 넌 그냥 해온 대로 할 거고, 우리가 그냥 받아들여줬으면 좋겠다고?"

텔레비전 토크쇼를 녹화하다 시시한 질문에 반항적인 대답을 했던 일이 생각나 잠시 웃음이 나올 뻔했다.

"그래, 맞아. 바로 그 말이야."

나는 레아가 한 말을 떠올렸다. '멤버들은 언니의 상사나 고용자가 아니야.'

"그냥 우리 모두 서로를 지지해주면 안 될까? 솔직히 나는 우리가 이 문제는 이쯤에서 마무리했으면 좋겠어. 괜히 감정만 상해."

나는 목소리를 가다듬고 이어 말했다.

"내가 너무 많은 일을 하는 것 같다고 걱정해줘서 고마워."

여기서 나는 말을 멈추었다. 다음 말을 어떻게 해야 좋을지 알 수 없었다. 앨릭스와 나의 관계를 신문사에 제보했느냐고 직접적으로 따져 묻고 싶지 않은데, 제보하면 참지 않겠다는 뜻을 확실히 전하고도 싶었다.

"하지만 제발……."

내 사생활에 간섭할 생각 마. 그 말이 입에서 나오지 않았다.

"앨릭스와 내 관계는 팀에서 논의할 문제가 아니라는 거 알아 줘. 그리고 우리 사이는 '우리'가 준비됐을 때 공개할 거야."

'측근의 제보자'가 드러나지는 않을까 하는 마음으로 둘러보았다. 하지만 멤버들은 표정에 아무것도 드러내지 않았다.

내 입에서 긴 숨이 흘러나왔다. 비어 있는 식탁 의자에 털썩 앉고 싶었지만 그러지 않았다. 이제 여기는 내 집이 아니니까. 팬케이크 접시를 하나 집어 시럽을 바르고 멤버들과 텔레비전 드라마 이야기를 나누고 싶었다. 예전의 우리로 돌아가고 싶었다.

나는 그저 우리 모두가 행복하기를 바랐다.

내 바람은 그렇게 단순했다.

"나는 그냥 우리 모두 행복하기를 바라."

어느새 소리 내어 멤버들에게 말하고 있었다.

"정말이야. 난 내가 행복한 일을 하려고 노력하는 거고, 너희들도 모두 그렇게 했으면 좋겠어."

아직도 멤버들에게 많이 짜증이 났지만, 이 말은 진심이었다.

"우리 이제는 일 년에 앨범 한 장씩밖에 안 내잖아. 그래서 각자 하고 싶은 일들을 시도할 수 있는 시간과 여건이 생겼잖아. 너희들 모두 패션 사업이든 뭐든 하고 싶은 일을 시작할 자유가 있잖아. 너희가 뭔가를 시작한다면 내가 천 퍼센트 같이 지지할게. 그런 만큼 내 일도 지지해줬으면 좋겠어."

멤버들은 아무 말을 하지 않았다. 하지만 선희의 눈에 눈물이 고여 있었다. 내가 전하고 싶은 진심이 멤버들에게 전달된 걸까? 적어도 일부에게는?

하지만 미나가 말했다.

"그런데 너 때문에 우리는 이미 불리해. 뭐든 처음 하는 사람만 성공할 수 있는 거야. 그걸 생각했어야지."

나는 한숨을 내쉬었다. 그 말이 옳은지도 몰랐다. 하지만 모두가 처음 하는 사람이 될 수 있었다. 미나는 우리 팀에서 처음으로 연기를 시도한 멤버였고, 선희는 처음 라디오 디제이를 한 멤버였다. 게다가 내가 일부러 누구의 성공을 방해하려 한 것도 아니고, 이런 반박을 하는 데 신물이 났다.

은지가 가르치듯 말했다.

"솔직히 패션 사업을 시작한 거 너무 이기적이야, 레이첼. 이제 다른 핸드백 브랜드에서는 우리에게 화보 촬영이나 광고를 맡기려 하지 않을지도 몰라. 이해관계가 상충한다고 볼 테니까. 넌 그런 부분은 생각하지 않았겠지."

리지가 맞장구치며 말했다.

"네가 무슨 일을 하는지 처음부터 알았더라면 절대 동의하지 않았을 거야."

"너희는 처음부터 다 알았잖아!"

나는 소리쳤다. 커다란 목소리에 나 자신도 놀랐다. 감정이 격해지지 않고 대화하려 애썼지만, 레이첼 K.가 무엇인지 처음부터 알고 있었으면서 아닌 듯 말하는 것을 더는 참을 수 없었다.

"너희가 왜 자꾸 내 패션 사업에 대해서 몰랐던 일처럼 말하는지 모르겠어. 처음부터 과정을 공유하면서 이 일을 시작했잖아."

나는 온몸이 떨리고 있었다.

깊은숨을 들이쉬고 마음을 진정시키려 애썼다. 나를 빤히 쳐다보는 모든 멤버들의 얼굴에 놀람과 긴장이 서려 있었다. 나는 할 말이 있는 멤버가 있는지 잠시 기다렸지만 나서는 사람은 없었다.

"이제 짐을 풀어야 해. 그래서 가봐야겠다."

나는 이렇게 말하고 돌아섰고, 조금은 떨리는 상태로 숙소에서 나섰다. 내가 그 모든 말을 내뱉었다는 사실이 잘 믿기지 않았다. 하지만 물러서지 않고 진실을 말한 것이 뿌듯하기도 했다. 무대에서 느끼는 감정과도 같았다. 조명이 쏟아지는 무대에 서 있을 때는 초조함과 걱정이 가득하지만, 일단 음악이 시작되고 나면 머리는 생각을 멈추고 마음이 모든 것을 지휘한다. 나는 자신만만해진다. 하지만 멤버들에 관해서는 누군가 재생 버튼 누르기를 잊어, 아무리 기다려도 음악이 시작되지 않는 것만 같은 기분이었다.

멤버들은 나의 활동에 대해 더는 따지지 않았다. 이어지는 열흘 동안 내게 관여하지 않았고 나도 멤버들을 볼 일이 없었다. 걸스 포레버 일정이 없는 시간 동안 나는 앨릭스와 짧은 제주도 여행을 떠나 머리를 식혔다. 물론 멤버들과 내가 영원히 서로를 피할 수 있는 건 아니었다. LA에서의 대형 콘서트를 위해 출국하기까지 고작 이틀이 남았을 때, 우리는 다급하게 많은 연습을 하게 되었다.

마지막 연습은 새벽 여섯 시에 시작됐고, 나는 정확히 여섯 시 이 분에 연습실에 도착했다. 다른 멤버들과 안무 선생님은 이미 모두 도착해 있었다. 내가 문으로 달려 들어가자 모두가 휙 내게로 고개를 돌렸다. 미나가 날카롭게 말했다.

"늦었네."

"미안해."

복도를 달려온 나는 숨을 고르며 대답했다. 리지는 물었다.

"어젯밤 늦게까지 밖에 있었어?"

잠시, 거짓말을 할까 하고도 생각해보았다. 솔직하게 말하면 멤버들이 좋게 받아들일 것 같지 않았다. 하지만 그냥 사실대로 말하기로 했다.

"레이첼 K. 광고 시안을 좀 검토했어. 그래도 아직 연습 시작 안 했지?"

돌아보니 은지는 아직 퓨마 운동화의 끈을 묶고 있었고, 아리와 수민이는 바닥에 앉아 스트레칭을 하면서 인스타그램을 확인하고 있었다.

미나가 말했다.

"시작했고 안 했고가 중요한 게 아냐. 원칙이 중요한 거지. LA 콘서트가 얼마나 중요한지 다들 알잖아. 다들 시간 맞춰 왔는데,

너는 그런 건 상관없나봐."

지금까지의 나였다면 큰 반발 없이 넘어갔을 것이다. 하지만 이 위선적인 상황이 점점 더 짜증이 나기 시작했다.

"미나 네가 영화 찍느라고 스케줄 일곱 건에 불참했던 건 뭐였는데? 이 중에 늦거나 불참해보지 않은 사람은 아무도 없어."

나는 내 편을 들어주기를 바라며 다른 멤버들을 보았지만, 말없이 발을 내려다보거나 서로를 흘깃흘깃 쳐다보고 있었다. 침묵 속에서 모두가 미나와 동의하고 있거나, 어쩌면 미나에게 맞서기를 두려워하는 것일 테다.

"뭐 어쨌든, 어서 시작하자. 레이첼 공주를 기다리느라고 낭비할 시간은 더 없으니까."

미나가 내뱉은 내 예전 별명이 아프게 나를 찔렀다. 하지만 결국, 변하지 않는 것도 있는 법이다. 우리의 육 주년 파티에서 걸스 포레버를 위해 건배를 제안하던 미나를, 함께 잔을 부딪치던 멤버들을 떠올렸다. 우린 그때로 돌아갈 수 있을까? 나는 한숨을 내쉬고 연습에 돌입할 준비를 했다. 지금이야말로 내가 팀 활동을 충실히 해내고 있다는 것을 증명해야 하는 때였다. 레이첼 K.와 관계없이 걸스 포레버 활동에 충분히 집중하고 있다는 것을.

"저 준비됐어요. 시작해요."

나는 서둘러 말했고, 안무 선생님은 음악을 틀었다.

그 뒤로 두 시간 동안 우리는 신곡의 안무를 연습했다. 콘서트 고작 일주일 전에 추가된 곡이었는데, 솔직히 걸스 포레버가 연습 때 이 정도로 헤매는 건 참으로 오랜만이었다. 괴로울 정도로 합이

맞지 않아, 대형을 바꾸다가 서로에게 부딪히기 일쑤고 같은 동작
도 박자가 조금씩 어긋났다. 안무 선생님은 노래를 도중에 끄고 처
음부터 다시 시키기를 되풀이했다. 우리가 헤매면 헤맬 수록 선생
님의 인내심도 바닥났다.

"노력하긴 하는 거야?"

선생님이 음악 소리 너머로 외쳤다.

나는, 우리는 노력하고 있었다. 하지만 우리 사이에 이상한 기
류가 흘렀고, 모두가 집중하지 못하는 것 같았다. 최정상의 자리에
서 몇 년이나 활동해왔으면서 콘서트 직전에 이토록 삐거덕거리
다니 우리답지 않았다.

"이 정도로는 안 돼! 너희가 정상의 걸 그룹이 맞긴 해? 다들 연
습생들이야? 다시 해! 이번에는 박자 좀 맞춰, 레이첼."

언젠가부터 한 이사도 연습실에 와서 연습 상황을 지켜보고 있
었다. 우리는 마음을 더 단단히 먹고 처음부터 다시 시작했지만,
서로 흩어져 해시태그처럼 네 줄로 교차해 서야 하는 부분에서 내
가 틀린 줄에 서고 말았다. 그 실수가 처음이 아니었다. 결국 리지
가 두 손으로 내 어깨를 밀다시피 해 나를 제자리로 보내야 했다.
나도 이 부분이 잘 안 돼 종일 속이 터졌는데, 다른 멤버들도 그렇
게 느끼는 모양이었다. 선생님이 노래를 껐고, 미나가 나를 홱 돌
아보며 외쳤다.

"야, 너 뭐야! 어느 줄에 서야 하는지도 못 외워?"

나 원 참. 오늘 실수를 연발하는 사람은 나뿐만이 아니었다. 아
리는 노래 도입부에서 오른발 대신 왼발을 구르는 실수를 세 번

되풀이했다. 세 번째 실수를 하면서는 팔꿈치로 영은이를 세게 밀쳐 영은이가 눈물이 찔끔 날 정도였다. 나는 미나에게 반박하려다가 입을 다물었다. 그냥 넘어가자, 레이첼.

"뭔데? 말해. 할 말 있는 것 같은데 하라고."

미나가 나를 조롱하듯 말했다.

"없어."

연습실의 긴장감을 더 끌고 가기 싫어, 거짓말했다.

"있잖아."

"없다니까."

"차라리 할 말을 뱉어버리고 나면 한 번이라도 연습에 집중할 수 있지 않을까요, 레이첼 공주님?"

"자, 여러분."

우리 사이에 한 이사가 끼어들었다. 실망과 걱정이 동시에 어린 얼굴이었다.

"십 분간 휴식합시다. 물 좀 마시고 머리 좀 식혀요. 오늘 한참은 더 연습해야 할 것 같으니까."

미나는 나를 노려보다가 물을 집어 들고 쿵쿵거리며 연습실에서 나갔다. 나머지 멤버들도 흩어져 물과 간식을 먹었고, 나는 화장실로 가서 얼굴에 찬물을 뿌렸다. 한 이사 말이 옳았다. 머리를 식혀야 했다. 얼굴을 닦고 거울 속 나를 본 다음 혼자서 처음부터 끝까지 안무를 해보았다. 이렇게 혼자 화장실에서 해볼 때는 실수 없이 모든 동작을 해낼 수 있었다. 할 수 있다고 마음을 다잡았다. 안무 순서에만 집중하고 미나의 말에 신경 쓰지 말자. 집중력을 잃지 말아야 했다. LA 콘서트를 위해서. '우리'를 위해서.

화장실에서 나와 단백질 바라도 하나 사 먹을 시간이 있기를 바라며 자판기로 향했다. 그런데 미나와 미나의 아버지를 마주칠 뻔했다. 나는 재빨리 모퉁이로 몸을 숨긴 채 벽에 몸을 붙였고, 이야기에 몰두한 두 사람은 나를 발견하지 못했다.

"투자자들이 네 브랜드에 투자를 철회하고 싶어 해. 네가 지금 개발하고 있는 제품과 디자인이 거의 똑같은 선글라스 라인이 얼마 전 시중에 출시됐다면서. 네가 베낀 게 아니길 바란다. 우리 집안에서 그런 일은 있을 수 없어."

"안 베꼈어요! 정말 우연이에요. 선글라스가 서로 달라봤자 얼마나 다르다고 그러세요?"

미나는 기가 막힌다는 듯 말했지만 아버지의 매서운 눈초리에 움츠러들었다. 미나의 아버지는 말했다.

"레이첼 김에게는 이런 일이 절대 일어나지 않았겠지."

"아빠, 선글라스 브랜드는 그냥 안 하면 안 돼요? 전 연기하고 싶어요. 연기를 잘한다고요."

미나의 아버지는 잘라 대답했다.

"안 돼. 바로잡아라, 추미나. 우리 집안의 이름에 먹칠하지 말고."

나는 미나에게 들키지 않게 한 번 더 몸을 숨겼고, 단백질 바로 열량을 충전하려던 계획은 포기했다. 멤버들이 다시 모여드는 연습실에는 어색함이 흘렀다. 우리 중 마지막으로 돌아온 사람은 결의에 찬 얼굴의 미나였다. 그 뒤 우리는 안무에, 오로지 안무에만 집중했다. 몇 시간이 흐르면서 우리는 서서히 나아졌다. 나는 연습이 끝날 때까지 더는 대형 이동을 틀리지 않았고, 점차 동작이 연마되어가는 것을 느꼈다.

한 이사가 마침내 말했다.

"연습은 여기까지 합시다. 출국까지 남은 이틀간 꿈속에서도 연습하기를 바랍니다. 잘 자고, 출국하는 날 봅시다."

그날 밤 침대에 누운 나는 휴대폰 화면을 훑었다. 보통은 자기 전에 앨릭스와 영상 통화를 했지만 오늘 앨릭스는 레이첼 K.에 관심을 보이는 홍콩의 바이어와 술을 마시고 있었다. 나는 짧은 메시지를 보냈다.

나: 재미있는 시간이길 바라! 내가 하지 않을 만한 일은 하지 말고.

나는 한숨을 내쉬고 이불을 덮었다. 오늘 하루의 스트레스와 다음 주면 미국에서 완전히 다른 시간대를 살아야 한다는 자각 속에서, 앨릭스를 향한 그리움은 어떻게 해도 달랠 수 없는 통증 같았다.

하지만 조금은 도움이 되는 것들이 있었다. 휴대폰에서 위치 공유 앱을 불러왔다. 우스울 수도 있지만 때로 지도 위 아바타로 표시된 우리의 위치를 보고 있으면 그리 멀리 떨어져 있지 않은 것 같았다. 그런데 앱을 열자마자 앨릭스가 아니라 멤버들의 아바타가 눈에 들어왔다. 여덟 명의 아바타가 모두 한 장소에 모여 있었다.

나는 얼굴을 찌푸리고 일어나 앉았다. 연습이 끝나고 모두 집에

간 줄 알았는데. 이제는 숙소에서 살지 않는 멤버가 많아 모두가 숙소에 있을 리 없었다. 나를 제외하고 모두 모여 시간을 보내기로 한 것이 아니라면 말이다.

더 확대해보니 멤버들이 모여 있는 곳은 숙소가 아니었다. DB 사옥이었다.

나는 연습 일정을 머릿속으로 점검했다. 한 이사는 분명 연습이 끝났으니 집으로 돌아가라고 했다. 다 같이 집에 갈 준비를 한 것이 고작 몇 시간 전이었다. 나는 뺀 멤버들은 연습실에 남았던 걸까?

곧바로 종석에게 전화했다. 갑작스럽게 연습이 추가됐다면 당장 달려갈 수 있도록 침대에서 내려와 양말을 찾으면서 말이다.

"종석 오빠, 레이첼인데요, 오늘 밤에 걸스 포레버 앞으로 예약된 연습실 있어요?"

"오늘 밤? 없어. 연습생이랑 크라운 주얼, FMK 같은 일 년차 그룹 몇 팀 빼고는 다 나갔어."

나는 고맙다고 인사하고 전화를 끊었고, 또 한 번 연습을 놓친 게 아니라 안도하며 다시 침대에 누웠다. 하지만 도무지 짐작되는 바가 없었다. 연습을 하는 것도 아닌데, 멤버들은 이 늦은 시간에 무엇을 하는 걸까? 나는 다시 위치 공유 앱을 열었다. 여전히 여덟 개의 작은 아바타가 삼성로에 모여 있었다. 하지만 생각해보면 이 앱이 언제나 정확한 건 아니었다. 앨릭스의 아바타가 홍콩의 빅토리아베이에 둥둥 떠 있을 때도 얼마나 많았는지. 숙소는 사옥과 가까워, 앱이 이번에도 조금 부정확한 장소를 보여주고 있을 가능성이 있었다. 멤버들은 지금 숙소에 있거나 힘든 연습 후에 한잔하러 찾곤 하는 숙소 앞 바에 있는지도 몰랐다.

나만 제외되었다는 사실은 조금 아픈 일이지만 심호흡을 하고 잊기로 했다. 가끔 혼자만 빠지게 되는 경우는 어쩔 수 없었다. 멤버 모두에게 이따금 생기는 일이었기에, 그냥 이번은 내 차례라고 생각했다. 전체의 평화를 지킬 수만 있다면 혼자 제외되는 것도 그리 나쁘지만은 않았다.

나는 불을 끄고 모든 생각을 털어버린 다음 잠에 빠져들었다. 잠이 너무나도 필요했다.

하지만 늦잠으로 잠을 보충할 수는 없게 됐다. 그다음 날의 출국을 위한 짐을 쌀 생각조차 아직 하지 못한 이른 아침에 문자메시지 알림음을 듣고 잠에서 깨어났기 때문이다. 휴대폰을 본 나는 가슴이 철렁 내려앉았다.

노 대표에게서 온 문자였다.

노 대표: 급한 일이니 곧바로 회사의 임원 회의실로 오너라. 어머니를 모시고 오도록 해.

노 대표가 이런 문자를 보낸 것은 이로써 두 번째였고, 첫 번째는 은지와 송건우에 대한 기사 때문이었다. 아침도 먹지 않았는데 토할 것 같은 느낌이 들었다. '나와 앨릭스에 관해 알게 된 것이 분명해.'

그것이 분명했다. 이런 문자를 보낼 다른 이유는 없었다.

수많은 형태의 두려움과 자책이 몰아쳤고, 기절할까 걱정될 정도로 머릿속이 핑 돌았다.

심호흡을 몇 번 했다. 스위스 촬영에서 돌아온 뒤로 샅샅이 뒤진 인터넷에서는 앨릭스와 나의 사진이 나오지 않았다. 그래서 들키지 않은 줄 알았는데…….

내 짐작이 틀린 모양이었다.

나는 잔뜩 긴장한 채 뉴스 피드와 구글 알림을 확인했다. 하지만 나와 앨릭스에 대한 기사는 없었다. 안도의 한숨을 쉬었지만, 준비 중인 기사도 없다는 보장은 없었다. 대표실에 들어가면 앨릭스와 함께 찍힌 사진이 기다리고 있을까? 사진을 싣지 않아줄 테니 기사를 내게 해달라는 어느 연예 신문사의 협박과 함께?

하지만 협박을 받는다고 해서 앨릭스와 이별하지는 않을 것이다. 결코 할 수 없는 일이다. 앨릭스와 나는 한 팀이다. 우리는 함께 답을 찾을 것이다.

이런 생각들을 품으려 애쓰는데도 속이 조여왔다. 느낌이 좋지 않은 부분이 하나 더 있었다. 바로 엄마를 데려오라고 했다는 것. 도대체 왜? 다른 부모들과 달리 엄마 아빠는 내 커리어를 거의 뒷짐 지고 바라보았다. 엄마 아빠가 마지막으로 회사와 면담을 한 때가 기억나지도 않았다.

나는 출근한 엄마에게 문자를 보내고 재빨리 옷을 갈아입으며, 추측에 빠지지 않아야겠다고 생각했다. 가죽 바지와 옅은 분홍색의 재킷을 입었다. 몇 번을 입어도 입을 때마다 강해지는 기분이 들었던 옷차림이었다. DB 회의실에서 나를 기다리고 있는 것이 무엇인지 몰라도, 마주할 자신감을 조금이라도 더 북돋아야 했다.

DB 사옥에 도착하자 정문 앞에서 나를 기다리고 있던 엄마는 나만큼이나 어리둥절한 표정으로 내 손을 꼭 잡았다. 임원 회의실로 가는데 휴대폰이 울렸다. 선희에게서 온 전화였지만 나는 벨소리를 무음으로 돌렸다. 선희가 전화를 건 이유가 무엇이든, 지금은 통화를 할 수가 없었다.

나는 회의실 문을 두드리고 들어갔다.

노 대표와 한 이사, 그리고 몇몇 다른 임원들이 앉아 있었다. 이제 내 심장은 거의 목구멍까지 올라와 침을 삼키기도 어려웠다. 왜 이렇게 많은 임원들이 모였을까? 연습생 시절, 바로 이 회의실에서 기회를 한 번만 더 달라며 임원들을 설득해야 했던 일이 생각났다. 다만 그때는 멘토였던 유진이 함께 와서 나를 지지해주었다. 이번에 함께 온 사람은 엄마라서 오히려 더욱 걱정이 되었다.

나는 고개 숙여 인사했다.

"안녕하세요?"

노 대표가 대답했다.

"왔구나, 레이첼. 오셨군요, 어머님. 앉으십시오. 그리고 이 회의는 녹음하지 말아주시기를 부탁드립니다."

나는 의자에 앉으면서 관절이 뻣뻣해졌다. 면담 전에 녹음을 하지 말라는 요구를 받은 건 처음이었다. 어차피 녹음 생각은 하지도 않을 우리인데 말이다. 도대체 무슨 일일까? 나는 엄마를 보았지만, 엄마도 혼란스러워 보이기는 마찬가지였다.

노 대표의 얼굴이 몹시도 심각했으며, 충격으로 멍해 보이는 듯한 표정도 있다는 점이 나를 놀라게 했다. 마치 내게 무언가를 말하려고 불렀지만 노 대표 자신도 그 말을 할 준비가 충분하지 않은 것 같은 느낌이었다. 노 대표가 목을 가다듬고 두 손을 책상에 포개어 얹었다. 다른 임원들은 딱딱한 표정을 한 채 아무런 말도 하지 않았다. 나는 내가 앨릭스와 체르마트의 기차역에서 키스하는 사진이 있는 것은 아닌지 노 대표의 책상을 흘깃 보았다. 하지만 책상에는 놀랍도록 아무것도 없었다.

"와줘서 고맙다."

노 대표가 나와 눈을 마주쳤다가 시선을 떼었다. 이렇게 불편해 보이는 노 대표는 처음이었다.

"오늘 여기로 부른 건 아주 중요한 일에 관해서 이야기를 하기 위해서야."

노 대표의 목소리가 이상했다. 목이 옥죄는 소리 같기도 했다.

"내일을 시작으로, 너는 팀 활동에 참여할 필요가 없다. 이런 이야기를 하게 되어 유감이지만 달리 돌려 말할 방도가 없구나……."

노 대표는 자신의 말을 이해했기를 바라듯 나를 보았다. 하지만 나는 이해가 되지 않았다. 전혀. 무엇을 돌려 말할 방도가 없다는 것일까? 노 대표가 심호흡을 한 다음 이어 말했다.

"정말로 유감이지만, 레이첼, 넌 이제 걸스 포레버의 멤버가 아니다."

27

내 머릿속은 완전히 백지가 되었다.

방금 노 대표의 입에서 나온 말들을 하나도 이해할 수가 없었다.

나는 잘 모르는 외국어를 들은 것처럼, 알아들은 단어 몇몇으로 의미를 추론하는 듯 노 대표를 바라보았다.

'이제 걸스 포레버의 멤버가 아니다.'

"제가…… 무슨……."

나는 말을 꺼내려 했지만 표현할 수 있는 말을 찾을 수가 없었다. 그때 엄마가 아주 단단한 목소리로 나를 대신해서 물었다.

"무슨 뜻이죠? 레이첼이 걸스 포레버에서 빠지게 됐다는 겁니까?"

나는 엄마가 곁에 있는 것이 너무나 고마우면서도, 엄마가 이 순간을 함께 목격해야 한다는 사실이 끔찍했다. 내 커리어를 위해서 너무나 많은 부분을 희생해야 했던 엄마인데 그 커리어가, 뭐라고? 끝났다고?

흔들림 없는 엄마의 눈을 노 대표가 마주 보았다. 그의 표정이 그렇다고 대답하고 있었다. 나는 나의 그룹에서 빠지게 된 것이다.

"저희도 이러한 결과가 유감이지만, 안타깝게도 다른 방도가 없었습니다. 물론 레이첼 너는 앞으로도 우리 회사의 소속 아티스트일 거다. 너와 DB와의 계약은 아직 사 년 남았기 때문에……."

노 대표는 말끝을 흐렸다.

삶에는 너무나 희한하고 믿기지 않는 순간들이 있다. 지금이 그랬다. 내가 여기에 앉아 있는 것은 분명 현실인데, 팔 밑에서 가죽 회전의자의 감촉이 느껴지고 마호가니 책상에 반사되는 회의실의 조명도 보이는데, 여전히 기이한 꿈처럼 느껴졌다. 혹은 악몽처럼 느껴졌다. 웃어야 할지 울어야 할지 알 수가 없었고, 둘 다 조금씩 하고 있는 것 같았다. 내 입에서 이상한 소리가 흘러나오자 심 이사가 시선을 피했다.

그러니까 이것은 현실이었다. 나는 이제 걸스 포레버의 멤버가 아니었다. 육하원칙 중 '무엇이' 부분이 서서히 이해되자, 나는 '왜'를 묻게 되었다.

갑자기 강지나의 얼굴이 머릿속을 스쳤다. 강지나가 소속된 일렉트릭 플라워는 최정상의 성공 가도를 달리고 있었지만, 갑자기 회사는 강지나를 팀에서 방출시켰다. 나는 그날 그 뉴스가 터진 후의 강지나를 떠올렸다. 소주에 취해 번들거리는 눈으로 내게 말했다. '그들이 너를 망쳐놓을 거야.'

강지나의 말이 옳았다.

그들이 이렇게 하는 이유는 앨릭스 때문일까? 강지나는 몰래 만나던 남자 친구 때문에 팀에서 쫓겨났다고 말했다. 하지만 생각해보면 데이트가 발각된 은지가 받은 처분은 훈계와 울며 겨자먹기로 연애를 공개하는 데 그쳤다. DB는 은지의 광고 촬영이 취소된 것, 개인사가 매체의 먹잇감이 된 것 자체로도 처벌이 되었다고 보는 듯했다. 왜 누구는 규칙 위반을 해도 또 한 번의 기회가 주어지고, 누구는 방출되는 것일까?

육 년 동안 나는 내가 가진 모든 것을 DB에 바쳤다. 휴일에도 생일에도 쉬지 못했고, 매진된 콘서트에서 한 시간밖에 잠을 못 자며 공연하기도 했고, 한 번은 열이 삼십팔 도여도 무대에 올랐다. 회사 역시 내게 많은 것을 주었다. 내가 꿈을 실현하고, 세계를 돌아다니게 해주었다. 걸스 포레버가 되지 않았다면 만나지 못했을 수많은 사람들과 멋진 앤에버들을 만나게 해주었다. 끝없는 노력과 어려운 선택이 필요했지만, 육 년 동안 DB와 나는 서로에게 충실했다. 어떻게 DB는 이제 와서 그 모든 것을 내던질 수 있을까, 내가 사랑에 빠졌다는 이유 하나 때문에.

티슈 상자 하나가 회의실 책상 위를 미끄러져 다가왔다. 고개를 들자 한 이사가 나를 마주 보았다. 마치 키우는 고양이가 사냥해서 물고 온 새를 쳐다보듯 안타까움과 충격이 모두 담긴 눈빛이었다. 동정하는 듯한 그 눈빛에 어째서인지 용기를 얻은 나는 마침내 이렇게 물었다.

"적어도 이유는 말씀해주시겠어요?"

"이유는 너희 멤버들이다."

머릿속을 세차게 흐르던 생각들이 끼익 급정거했다.

나는 내내 앨릭스와 함께 찍힌 사진이 있을까봐 걱정했다. 《리빌》의 기사가 준비되고 있거나 DB의 엄격한 연애 금지 규칙을 다시 마주하게 될지 모른다고 생각했다. 이번에도 내 머리는 내 귀가 들은 것을 이해하지 못했다. 걸스 포레버 멤버들이 이유라고?

내 머릿속에서만 윙윙거리던 질문을 엄마가 소리 내어 뱉었다.

"이 일하고 팀 멤버들이 무슨 관계가 있지요?"

노 대표는 한 이사에게 고개를 끄덕였다. 나쁜 소식, 적어도 그중 가장 나쁜 부분을 전달하는 역할은 한 이사에게 맡기고 싶은 듯했다. 한 이사는 그 역할만은 맡고 싶지 않은 듯 얼굴을 찌푸렸지만 이 방에 모인 모든 이들과 마찬가지로 노 대표가 내린 결정을 따르지 않을 권한이 없었다. 한 이사는 한숨을 내쉰 다음 말했다.

"어젯밤에 걸스 포레버 여덟 멤버들이 제게 찾아왔습니다. 레이첼의 패션 사업 때문에 매우 당황스럽다고 말했고……. 레이첼이 LA 콘서트에 참가한다면 자신들은 그 콘서트에 가지 않을 거라고 했습니다."

한 이사는 어깨가 처지며, 미안한 눈빛으로 나를 보았다.

"우리도 유감이지만, 멤버들이 레이첼과 한 무대에 서고 싶어 하지 않는다면, 레이첼은 더 이상 걸스 포레버와 함께할 수가 없습니다."

마치 누군가 갑자기 내 배를 가격해 피멍이 들고 숨이 쉬어지지 않는 느낌이었다. 눈물이 솟아나왔고, 그런 내가 싫었다. 이 임원들 앞에서 울고 싶지 않았다. 지금은, 이렇게는 울기 싫었다. 하지만 다른 반응을 할 방법이 없었다.

그것은 최후통첩이었다. 멤버들이 얼마 전 나에게 시도했던 것과 동일한 방식. 나에게 그 방법이 통하지 않자 나 몰래 DB와 거래를 한 것이다. 노 대표가 DB의 모든 아티스트들을 이용해서 N&G의 활동을 막은 방식과 똑같이 자신들을 이용해 뜻을 관철한 것이다. 위치 공유 앱 속 아바타가 갑자기 떠올랐다. 멤버들은 실제로 어젯밤 회사에 있었던 것이다. 내가 자려고 누워 있는 사이에 멤버들이 이곳에서 내 커리어에 마침표를 찍고 있었다는 사실이, 우리의 자매애를 허물어뜨리고 있었다는 사실이 믿기지 않았다.

멤버들이 걸스 포레버와 패션 사업 중 하나를 고르라고 요구했을 때, 그저 패션 사업을 그만두게 하려는 압박일 거라고 생각했다. 실제로 나를 팀에서 빼내려 한다고는 생각하지 않았다. 나는 내내 앨릭스와 레아에게 멤버들의 행동을 이해시키려 애썼다. 나 자신에게도. 계속해서 좋은 쪽으로 해석하려, 멤버들의 관점에서 바라보려 애썼다. 내가 우습도록 순진했던 것일까, 아니면 마음 깊숙한 데서는 정해진 결말을 알면서도 받아들이지 못했을 뿐일까?

하지만 받아들일 수가 없다. 정해진 결말 같은 건 없고, 있더라도 이렇게까지 나쁜 결말은 아니었을 것이다. 이것은 내가 조금도 예상할 수 없었던 종류의 일이었다. 전례가 없는, 들어본 적 없는 일이었다. 또한 아주 잔인한 일이었다.

나는 손톱이 손바닥에 파고들 지경으로 주먹을 꽉 쥐었다. 상처, 슬픔, 분노 같은 감정을 억누르고 생존 모드에 돌입했다. 분홍색 재킷의 소맷자락을 가다듬고 엄마를 쳐다보면서 엄마가 곁에 있다는 사실에서 힘을 얻었다. 나는 엄마처럼 현실적으로 이 일을 마주해야 했다.

노 대표가 약간의 걱정이 담긴 목소리로 말했다.

"짚고 넘어가고 싶은 부분이 있다면, 우린 여전히 레이첼 네가 잘해나가기를 바란다는 거다. 우리가 이 상황을 잘 관리해서, 네 대외적 이미지에 최대한 손상이 덜 가도록 도우마. 너는 여전히 DB의 가족이야."

'가족'이라고? 그 단어가 거슬렸다. 나는 걸스 포레버를 자매들이라고 불렀다. 수많이 질투와 다툼이 있었음에도, 나는 멤버들이 이런 식으로 등을 돌릴 줄은 결코, 꿈에서라도 짐작하지 못했다. 지금 받은 상처가 얼마나 아픈지를 나는 채 다 느끼지 못하고 있었다. 충격으로 마비된 상태를 거쳐 그 끔찍한 상처를 온전히 느끼게 될 때, 아마 나는 완전히 무너질 것이다.

회의실로 들어오는 순간부터 여실히 보였던 노 대표의 표정으로 미루어, 그는 이러한 처분을 하고 싶지 않으나 해야 한다고 느끼는 것 같았다. 그는 이제 나를 격려하려 애쓰고 있었지만, 그런 말들이 텅 빈 약속처럼 느껴졌다.

노 대표가 가죽 서류 폴더를 닫았고, 그것은 모두가 알다시피 대화가 끝났음을 알리는 신호였다. 임원들이 어색하게 자리에서 일어서려는데 노 대표가 다시 입을 열었고, 임원들 모두가 다시 털썩 엉덩이를 의자에 붙였다.

"너희, 아니, 걸스 포레버는 LA에서 콘서트가 있지. 그 아이들은 내일 출국한다."

'너희'가 아니다. 나는 걸스 포레버가 아니니까.

"너는 집에 머무르고, 몸이 아프다고 하렴. 나머지는 우리가 알아서 할 테니까."

그 말을 끝으로 대표석에서 일어난 그는 성큼성큼 회의실에서 나갔고, 다른 임원들도 뒤따라 나갔다.

이것으로 끝이 났다.

내게 LA 콘서트는 없다.

나는 걸스 포레버가 아니다.

케이 팝 스타로서의 내 커리어는 끝났다.

구월 삼십 일.

내가 멤버들과 함께 LA로 떠나야 하는 날짜였다.

하지만 이제 그날은 내가 걸스 포레버에서 퇴출된 다음 날일 뿐이었다.

한강에 새벽 첫 햇살이 드리우기 시작했고, 엄마, 아빠, 레아와 나는 모두 거실에 둘러앉아 내 손에 든 휴대폰을 내려다보고 있었다. 엄마와 나는 레아와 아빠에게 모든 일을 말했고, 나와 가족들 중에서 어느 쪽이 더 충격을 받았는지 알 수 없었다.

"그렇게 할까? 내가 아프단 글을 올릴까?"

노 대표는 내게 건강 문제로 LA 콘서트에 불참하는 척하라고 말했다. 물론 그런 거짓말을 원하는 이유를 안다. DB는 걸스 포레버 아홉 명으로 콘서트를 열어야 하는 사업적 책임이 있다. 내 불참에 정당한 이유를 대지 못하면 회사가 곤란한 처지에 놓일 테다. 하지만 이렇게나 진실과 거리가 먼 거짓을 공공연한 방식으로 말해도 되는 것일까?

진심으로 조언이 간절해, 나는 모여 있는 가족들을 둘러보았다. 우리는 밤새 이렇게 모여 있었는데, 나는 아직도 어떻게 해야 할지를 몰랐다. 시간이 가고 있었다. 멤버들이 LA를 향해 출국하는 아침이 다가오고 있었다. 결정을 내려야 했다.

"우선은 아프다고 해두는 것도 괜찮을 것 같아."

아빠가 부드럽게 말했다.

"넌 좀 쉬어야 해, 레이첼. 아프다는 건 매체의 주목을 덜 받을 수 있는 가장 단순한 불참 이유일 수 있어. 그리고 실제로 네 몸 상태가 말이 아니기도 하고."

지금 내 겉모습도 가슴속만큼이나 탈진된 몰골이라면 가족들의 걱정도 당연했다. 그 무엇보다 내 건강을 걱정하는 가장 아빠다운 말이기도 했다.

"글쎄, 아닐 수도 있어."

레아가 회의적인 말투로 말했다.

"그렇게 하면 언니가 원치 않는 매체의 주목을 더 많이 받을 수도 있어. 아프다고 하면, 패션 사업에 기력을 다 써서 걸스 포레버 활동을 할 여력이 없다는 식으로 기사를 지어낼 수도 있단 말이야."

케이 팝 시스템 안에 있는 레아는 그 세계의 작동 방식을 아빠보다 더 잘 알았다. 자기가 아는 업계 내부의 사정을 알려주면서 무례하지 않게 아빠의 의견에 반박하는 모습을 보며, 또 한 번 레아의 성장을 실감했다.

"회사가 멤버들의 최후통첩을 그렇게 수용해버렸다는 게 정말 이해가 안 돼."

앨릭스가 내 노트북 화면 속에서 말했다. 우리 가족들의 대화에 앨릭스도 동참할 수 있도록, 어젯밤 화상 채팅으로 연결해두었다. 앨릭스도 우리와 함께 밤을 새웠고, 좋은 사업가였다면 멤버들의 협박에 좀 더 잘 대처하는 방법을 알았을 것이라면서 DB의 문제점을 성토했다. 지금도 같은 맥락으로 말했다.

"만약 내가 DB 대표였다면 멤버들에게 '좋다, 우리는 예정대로 LA로 출국할 거다. 너희가 공항에 나온다면 그것으로 된 거다. 하지만 나오지 않겠다면 왜 콘서트에 불참하는지를 너희가 팬들에게 설명해라'고 했을 거야. 대표가 그렇게 나오면 멤버들도 결국 협조했을 거라고."

앨릭스는 늘 나를 지지했고 자기만의 조용한 방식으로 내 편이 되어주었지만, 평소 차분하던 내 남자 친구가 (이제는 이 금지된 단어를 피할 필요가 없다) 이렇게 열변을 토하는 모습을 보니 어째 기분이 이상했다. 이제 나는 앨릭스가 이토록 젊은 나이에 성공할 수 있었던 이유가 보였다. 사업적인 판단이 예리했고, 그 판단을 뒷받침하는 의지가 있었다.

나는 밖을 내다보았다. 아침 해가 계속해서 떠오르고 있었고, 곧 걸스 포레버 멤버들은 인천 공항에 도착할 터였다. 앤에버들과 연예 매체들이 내가 공항에 나타나지 않았음을 발견하기까지 남은 시간이 많지 않았다. 그전에 내가 SNS에 아무것도 올리지 않는다면 DB 엔터테인먼트가 공식 입장을 낼 테고, 그들이 말하는 불참 이유가 무엇이든 나는 그것을 받아들일 수밖에 없다.

그 생각을 하니 속이 울렁거렸다. 만약 레이첼 김이 '지나친 과로'를 했거나 '너무 일이 많아서' 콘서트에 불참한다고 기사가 나간다면 팬들은 어떻게 생각할까? 내가 다른 일로 너무 바빠 가수 활동, 나아가서는 팬들에게 마음을 쏟을 시간이 없다고 알려진다면? 앤에버를 실망시킨다는 생각만 하면 멤버들의 배신으로 인한 상처보다도 더 큰 아픔을 느꼈다. 도저히 팬들에게 그런 짓을 할 수 없었다.

하지만 대안이 있을까?

"네 입장은 네가 말해, 레이첼."

엄마가 내 어깨 너머에서 말했다. 나는 안락의자에 조용히 앉아 있었던 엄마를 바라보았다. 엄마는 내 커리어에 대한 의논이 벌어질 때마다 거리를 두는 편이었다. 이미 오래전에 우리는 서로를 이해하게 되었고 엄마는 내 일을 지지했지만, 케이 팝 산업 자체에 대한 엄마의 회의적인 시선은 연습생 시절부터 변하지 않았다. 또한 내가 꿈을 좇아 이루어낸 걸 자랑스러워하면서도, 엄마는 여전히 내가 좀 더 쉬운 길을 택했더라면 좋았을 거라고 생각하곤 했다. 엄마와 함께 회사에서 통보를 받은 뒤, 나는 엄마가 당장에라도 "내가 뭐랬어"라고 할 것만 같았다. 하지만 물론 엄마는 그럴 사람이 아니었다. 지금 나는 엄마를 향해 몸을 내밀고, 또 한 번 엄마의 힘을 끌어다 쓰려 애써 보았다.

엄마가 되풀이해서 말했다.

"네 입장은 네가 말해야 해. 네 입장이 뭔지를 남이 멋대로 정하게 하지 마. 네가 하고 싶은 말을 해."

"난 그냥 더는 문제를 일으키기가 싫어요."

나는 소파에서 몸을 웅크리며 말했다. 진심이었다. DB와 걸스포레버가 내게 한 일들에도 불구하고, 복수는 하고 싶지 않았다.

"그냥 조용히 있으면서, 시키는 대로 하는 게 나을 수도 있어요."

이렇게 말하는 내 목소리는 아주 작았다. 두 번 쳐다보지도 않고 밟아버릴 수 있는 작은 개미의 목소리처럼. 나는 손바닥으로 두 눈을 눌렀다. 너무나 피곤했는데, 밤을 새웠기 때문만은 아니었다. 뼛속 깊은 피로였다. 정말로 침묵하는 편이, 이 모든 일이 잠잠해지도록 기다리는 편이 더 좋지 않을까?

"아, 그건 안 되지, 안 돼."

내 패배감을 감지한 아빠가 말했다.

"아프다는 글을 올려도 괜찮지만, 네가 그렇게 하고 '싶은' 경우에 괜찮은 거지. 그냥 포기하고 DB 요구대로 하는 게 좋겠다는 생각 때문이면 안 돼. 아빠가 늘 뭐라 그랬어? 유연하게 대처하는 것과 항복해버리는 건 다르다고 했잖아."

"내가 일어난 일을 사실대로 알리면 DB는 폭로한 저를 그냥 두지 않을 거예요."

나는 마른침을 꿀꺽 삼키고 이어 말했다.

"DB는 내가 좋게 마무리하면 후폭풍을 알아서 처리해주겠다고 제안한 거잖아요. 내가 입을 다물지 않으면 그 제안을 공개적으로 거절하는 게 돼요. 그렇게 되면⋯⋯."

나는 끝까지 말하지 못했다. 말할 필요가 없었다. 모두가 알고
있었다.

그렇게 되면 그다음은?

나는 홀로 설 수 있을까, DB 없이?

DB를 떠난 후 지금까지 DB의 알력 행사 때문에 텔레비전 무대
에 설 수도 없는 N&G가 떠올랐다.

지금 진실을 말하면, 나는 앞으로 성공의 가능성을 모두 잃을
위험에 처하는 걸까?

"어떻게 결정하든 우리는 지지할 거야, 레이첼."

앨릭스가 말했다.

"이 시기를 잘 헤쳐 나갈 수 있을 거야. 그것만 알아둬. 레이첼
은 계속해서 앞으로 나아갈 거고, 지금까지 상상했던 무엇보다 더
나은 길을 스스로 만들어갈 수 있을 거야."

"이하동문."

레아가 고개를 끄덕이며 맞장구쳤다. 놀랍게도 나는 웃음이 새
어나왔다.

"앨릭스 말이 옳아."

엄마도 맞장구치고는 이어 말했다.

"네 전성기는 지나가지 않았어. 미래에서 너를 기다리고 있어.
너는 대단하고 강인한 내 딸이니까 어떤 역경이 와도 잘 대처할
수 있을 거야."

나는 심호흡을 했고, 이 말들이 가슴에 와닿기 시작했다. DB와

멤버들은 나를 포기했지만, 나까지 나를 포기할 수는 없었다.

"고마워요, 모두들. 여러분들이 없었다면 난 어떻게 했을까?"

"결정하는 데 도움이 되도록 객관식 보기를 내줄까?"

앨릭스가 다정히 물었고, 나는 고개를 젓고 말했다.

"뭘 해야 할지 이제 알겠어."

어떻게든 평화를 유지하고만 싶어 하는 내 성향과는 완전히 반대되는 일이지만, 그렇게 해야 옳았다. 가슴으로 느낄 수 있었다.

앨릭스와 작별 인사를 한 후, 나는 휴대폰을 켜 인스타그램 포스트 내용을 입력하기 시작했다.

엄마가 말한 대로, 내 입장을 진실하게 썼다. 말해도 안전하다고 느껴지는 정도까지는 말이다.

"소중한 앤에버 여러분, 저는 지금 몹시 괴로운 심정으로 글을 올립니다. 걸스 포레버의 멤버로 살아가는 일은 언제나 제 삶의 최우선 순위였고, 제가 진심으로 사랑하는 일이었습니다. 하지만 정당화될 수 없는 어떤 이유로, 저는 원치 않는 퇴출을 당했습니다……."

몇몇 문장을 더 쓰며 눈물이 흐르기 시작했고, 나는 마음을 다잡으려 애썼다. '팬들을 위해서 이렇게 하는 거야. 팬들은 진실을 알 권리가 있어.' 그런 다음 휴대폰을 내려놓았고, 이제 남은 것은 세상이 폭발하는 일뿐이었다. 내 세상이 이미 폭발했듯이.

28

칠십이 시간이 지났다. 하지만 칠십이 주가 지난 것일지도 몰랐다. 시간의 의미가 사라졌다. 나는 집에서 가장 후줄근한 고무줄 바지를 입고 머리를 아무렇게나 올려묶은 채 샤워도 하지 않고 뒹굴뒹굴했고, 사실을 집어삼켜선 희한한 추측들로 내뱉어놓는 연예 가십 신문과 소문들을 무시했다. 그렇게 지내는 시간이 몇 시간에서 며칠로 이어졌고, 처음에는 이해했던 엄마 아빠도 결국에는 샤워는 좀 고려해보면 안 되겠냐고 애원하기 시작했다.

내가 걸스 포레버에서 나가는 일에 관해 인스타그램에 글을 올린 후, 나에 관한 언론 보도는 난장판이라는 말로밖에는 표현할 수 없었다. 처음에 팬들은 내가 농담을 했거나 내 계정이 해킹당했다고 생각했다. DB 엔터테인먼트가 나를 걸스 포레버에서 내쫓는 일은 세상이 뒤집혀도 있을 수 없다고 생각하면서 말이다. 하지만 내가 멤버들과 함께 LA 콘서트에 가기 위해 공항에 나타나지 않자, 그제야 그 글이 사실임을 알았다.

후폭풍은 대단했다. DB는 내가 가수 활동을 그만두고 패션 사업을 하기 위해 걸스 포레버를 떠났다는 공식 입장을 내놓았다. 가족이라더니. 그들이 나에 관해 그 정도로 거짓말을 했다는 것은 상처가 되었지만, 놀라운 일은 아니었다. 나는 그들의 입장에 반박했지만, 언론 보도는 수많은 루머와 함께 휘몰아쳤다. 그 진흙탕 속에 앨릭스의 이름이 거론되자 사람들은 내가 걸스 포레버를 떠난 이유로 앨릭스를 지목하기 시작했다. 앨릭스를 걸스 포레버의 오노 요코라고 부르기도 했다. 언론의 백래시가 더 나빠지는 것을 피하기 위해 나는 앨릭스에게 홍콩에 머무르며 조심히 지내달라고 부탁했다. 바로 지금 앨릭스가 내 곁에 있었으면 좋겠다고 바라기는 했지만, 지금은 앨릭스가 나타나 영웅이 되려 할 때가 아니었다.

"그런 기사 좀 그만 읽어."

앨릭스에 관해 인터넷에 떠도는 끔찍하고 사실이 아닌 말들에 관해 내가 또 한 번 성토하기 시작하자 앨릭스는 말했다.

"읽어봤자 좋을 것 없다는 거 알잖아."

앨릭스의 말이 옳았다. 정말로 나는 인터넷을 끊어야 했다.

하지만 도무지 멈출 수가 없었다.

나는 매일같이 몇 시간인지도 모르는 오랜 시간을 기사들을 읽으며 보냈다. DB 엔터테인먼트의 주가가 크게 떨어졌다는 (적어도 이 소식은 조금 고소했다) 비즈니스 기사에서부터 연예 게시판에 올라온 네티즌들의 의견들까지. 나를 흔들림 없이 지지해주는 몇몇 팬들은 내 편을 들어주고 진실을 믿어주는 글로 나를 울렸지만, 그 외에는 이 모든 사태의 원인이 나라고 말하고 있었다.

왜 나는 그런 글을 읽으면 기분이 나아질 거라 생각했을까. 파고들면 파고들수록 더 괴로워지는데, 이상하게도 읽기를 멈출 수가 없었다.

그러다 나의 괴로움이 더 깊은 바닥을 치게 된 것은 DB에서 새로운 서브 유닛의 활동을 발표했을 때였다. 그룹명은 LM. 리지와 미나였다. 적어도 몇 달은 준비해온 일일 것이 분명했다. 앨범의 트랙 리스트가 미리 공개됐는데…… 타이틀곡의 제목이 〈어둠 속에서 더 빛나〉였다. 내가 미나와 함께 만든 그 곡. 나머지 곡들의 제목도 낯익기는 마찬가지였다.

〈빛나는 너〉

〈오늘 나는〉

〈로켓선〉

모든 곡의 제목이 내 파란 공책 속에 있던 것이었다.

한 곡도 빠짐없이.

그날 밤, 나는 내 공책을 망가뜨린 것이 지윤이의 실수라고 생각하고는 남자 친구와 헤어져 우는 지윤이를 달래주었다. 하지만 지금 생각해보면, 그 페이지들을 찢어서 미나와 리지에게 주었던 걸까? 진실이 무엇인지는 결코 알 수 없을 것이다. 내 발렌시아가 가방을 가져간 사람이 누구였는지, 《리빌》지에 나와 앨릭스에 관해 제보한 사람이 누구인지를 결코 알 수 없는 것과 마찬가지로.

이제 그런 것이 중요할까. 결국 나는 이렇게 되었는데.

또한 어째서 이런 일이 가능한지를 알았다. 엄밀하게 말해 DB는 소속 아티스트가 만든 모든 음악 관련 창작물의 권리를 소유했다. 그러니까 내가 그 곡들을 만들었어도, DB는 어떤 방식으로든 그 곡을 사용할 권리가 있다.

LM에게 그 곡을 줄 권리도 있는 것이다.

DB는 하던 대로 자신들이 판단하는 바에 따라 기회를 재배분했지만, 이번 일은 차원이 달랐다.

내가 무엇을 할 수 있을까? 또 SNS에 입장을 밝힐까? 누가 내 말을 믿어주기는 할까?

"나라면 그 휴대폰 내려놓겠어. 앞으로 적어도 이 주, 아니면 영원히 내려놔도 좋고."

방문 쪽에서 들려오는 목소리였다. 내가 아주 오랫동안 듣지 못했던 목소리. 고개를 든 나는 깜짝 놀라 휴대폰을 떨어뜨렸다.

이 상황에서 나를 찾아올 사람이 누구일지를 짐작해봤다면, 결코 아카리 마스다를 떠올리지 못했을 것이다. 연습생 시절, 아카리는 회사에서 나와 가장 가까운 친구였다. 하지만 다른 회사로 보내졌고, 아카리가 나를 가장 필요로 했던 때 나는 곁에 있어주지 못했다. 그런데 힘들어하는 지금의 내 앞에 아카리가 마치 환영처럼 나타난 것이다.

"아카리?"

"레아가 DM으로 너희 새집 주소를 가르쳐줬어. 너희 어머니도 나를 들여보내주셨고. 지금 끓이시는 순두부찌개도 맛보여주셨는데, 뉴스 속보를 말하자면 진짜 맛있어."

아카리가 방 안으로 들어와 내 침대에 걸터앉았다. 마치 수없이 해본 일처럼 아무렇지 않은 표정이었지만 아카리가 우리의 새집에 온 것은 물론 처음이었다. 나와 대화를 하는 것도, 아니, 나와 이렇게 가까이에 있는 것도 〈하나둘셋 윈〉 촬영 때의 짧은 눈맞춤을 제외하면 육 년 만에 처음이었다. 가까이서 보니 놀랍게도 내 기억 속과 똑같은 모습도 있고 전혀 다른 모습도 있었다. 얼굴도 다르고 짧은 머리 모양도 새롭고 전에 없던 성숙함과 자기 확신에 차 보였지만, 아카리만의 분위기와 태도가 너무도 뚜렷하게 눈앞에 있었다. 내게 익숙한 패션프루트 향기와 함께.

그리움이 밀려왔다. 전에 살던 집의 내 방에서 우리는 지금처럼 침대에 함께 앉아, 유튜브를 본다거나 연습실에서 일어난 일들로 불평하거나 웃으며 얼마나 많은 시간을 보냈던가.

"맛있다니 잘됐네."

나는 말했다. 엄마가 내 어린 시절에 요리한 횟수를 통틀어도 최근 몇 주간 요리한 횟수보다는 적을 것이다. 나는 식욕이 없었지만 말이다. 내가 추리닝을 입고 누워 인터넷의 어두운 구석구석을 탐험하는 사이 회전 속도가 느려진 머리가 지금 속도를 점점 회복하며 아카리가 여기에 있는 상황을 이해하려 애쓰고 있었다.

아카리가 말했다.

"네 기사를 보고 꼭 와봐야겠다고 생각했어. 너 지금 상황이 최악이더라. 기분이 말이 아니겠어."

아카리의 말이 따가웠다. 이미 이런 상태인 나에게 독설을 하려고 온 것은 아니길. 만일 그렇다면 견딜 수 없을 것 같았다.

"아카리, 우리 사이가 마지막에 그리 좋지 않았던 건 알지만, 그렇다고 해서……."

아카리가 고개를 갸웃하며 나를 보았다. 아카리의 눈꺼풀이 메이크업으로 반짝였다.

"상처나 건드리자고 온 거 아니니까 걱정 마. 그래도 뭐, 네가 친구로서 좀 너무했던 건 사실이지."

아카리가 슬픈 눈빛으로 말했다. 나는 미안함을 견디기가 어려웠다. 하지만 내가 사과할 틈 없이 아카리가 말했다.

"얘기를 좀 하고 싶어서 온 거야. 난 이해하거든."

예상 밖이었다. 하지만 아카리가 내 방에 들어와 있는 것이나 아무렇지 않게 내 베개의 술 장식을 만지작거리고 있는 것을 포함해, 지금 이 상황은 통째로 예상 밖이었다.

"고마워."

"이 업계는 참 말도 안 되는 일들이 터지곤 한단 말이지."

"내가 잘 알지."

중얼거리는 듯한 내 대답에, 아카리가 맞장구쳤다.

"나도."

이 순간이 마치 조금만 건드려도 깨질 듯 위태롭게 느껴졌다. 그런데 아카리가 한숨을 내쉬고 어깨를 늘어뜨리더니, 자신의 이야기를 하기 시작했다.

"난 DB에 있을 때부터 연습생 생활이 늘 힘들었어. 그런데 다른 소속사로 보내지고 난 뒤에는 더 힘들어졌지. 틴밸런타인으로 데뷔하기로 이미 결정되었었는데, 데뷔 직전에 회사에서 나를 빼겠다는 거야. 그래서 엄마가 회사로 가서 날 다시 받아달라고 애걸했어. 회사에서 나한테 시키고 싶어 하는 성형 수술을 엄마가 자비로 다 시키겠다고 약속하면서."

"아카리, 전혀 몰랐어."

"아는 사람 별로 없어. 그래서 그 성형 수술을 다 받았어. 팀에 다시 합류가 됐지. 엄마가 나한테 억지로 시킨 눈 수술, 코 수술, 이마 수술 덕분에. 그런데 그 일에 관해서 내가 아무한테도 말 안 한 부분이 하나 있어. 엄마한테도 말 안 한 부분."

나를 보는 아카리의 눈이 너무 슬프고 깊어, 나는 숨을 죽였다.

"아무한테도 말 안 했는데 나한테 말한다고? 왜?"

나는 진심으로 궁금해서 물었다. 가슴이 조여들었다. 우리 업계에서 늘 일어나는 일임은 알았지만, 아카리가 담담히 들려준 본인의 이야기가 솔직하고도 가슴이 아려, 그런 일의 의미가 전에 없이 와닿았다. 자기 선택으로 성형 수술을 받을 수야 있지만, 가장 사랑하는 일을 계속해서 하기 위해 어쩔 수 없이 성형 수술을 하는 것은 전혀 다른 일이다.

"글쎄. 이만큼 시간이 흐르고 나니까 나도 후회되는 부분이 있어서 그런가? 모르겠어. 아마도 그 시절 나한텐 네가 필요했는데 그걸 인정하기 두려웠던 것 같아. 그러다 시간이 흘러서 너와 정말 멀어지니까 되돌리기에는 늦었다는 생각이 들었던 것 같고."

나는 아카리를 와락 감싸 안고 싶었지만 참았다.

"말해줘. 듣고 싶어."

"아무한테도 한 적 없는 그 얘기가 뭐냐면, 성형 수술하고 회복한 뒤에 굉장히 이상한 트라우마가 생겼어. 드러내고 말하는 사람은 없지만 사실 나한테만 생긴 일은 아닌가봐. 비교적 간단한 성형수술을 한 사람한테도 생각보다 흔하게 일어나는 일이래. 몇 달 동안 거울을 봐도 나를 보는 것 같지 않았어. 꼭…… 내 일부가 잘려 나간 것 같달까. '나 자신'이 잘려 나간 느낌. 더는 내가 온전한 사람이 아닌 것 같은 느낌. 나에 대해 알던 모든 게 사라져버린 느낌. 그런 느낌에 시달렸어. 틴밸런타인으로 데뷔하고 나서 계속 바빴지만 바쁘다고 해결되는 문제도 아니더라고. 틴밸런타인 활동은 전부 '새로운' 내 인생이었고, 중심을 잡아주거나 원래의 내가 누구인지를 기억하게 해주는 게 하나도 없었어. 네가 없었어."

"아카리……."

나는 울지 않으려고 애썼다. 요즘 유독 쉽게 무너지는 나였지만 지금 이 순간은 내가 아닌 아카리의 순간이었다. 내 감정은 누르고 든든하게 아카리 앞에 있어주어야 했다.

"미안해. 내가 알았더라면, 곁에 있었더라면 좋았을걸. 그래야 친군데, 내가 친구로서 완전히 실패했어."

그걸 인정하는 것은 물론, 말로 내뱉는 일도 어려웠다. 나는 실패하는 데 익숙하지 않았다. 특히 이렇게 중요하고 의미 있고 무거운 일에 관해서는.

"전부 다 미안해. 그런데 특히 너한테 상처 줬던 게 가장 미안해. 시간을 되돌려서 내 행동을 바꿀 수 있다면 좋겠어."

무거운 후회를 느끼며 나는 고개를 숙였다. 괴로웠지만, 마침내 아카리에게 말할 수 있어서 후련하기도 했다.

"네가 견딘 시간을 내가 모두 함께했더라면 좋았을 텐데."

아카리는 목을 가다듬고 말했다.

"괜찮아. 정말 괜찮아. 사과 받아내려고 온 거 아니야. 나 정말 이젠 잊었어."

아카리는 짧막한 머리칼을 귀 뒤로 넘기고 내 눈을 마주 보았다.

"나아지려고 도움을 좀 받았어. 전문적인 도움을."

케이 팝의 세계에서 정신 건강의 문제를 이야기하는 일은 아직도 어느 정도 터부시된다. 이 업계의 답답하도록 구시대적인 측면 중 하나다. 그럼에도 자기에게 필요한 도움을 구한 아카리의 용기가 자랑스러워, 나는 가슴이 벅찼다.

아카리는 말했다.

"아무튼, 곧 새 앨범이 나오는데 선공개 반응이 엄청 좋아. 그러니까 솔직히 난 지금 그 어느 때보다 잘되고 있는 중이야."

눈은 아직 조금 젖어 있었지만, 아카리는 허리를 더 꼿꼿이 펴고는 심드렁한 미소를 지어 보였다. 내가 본 가장 아카리다운 미소를 말이다.

"사실 그래서 여기 온 거야. 내가 아주 대단한 사람이고, 성공 가도를 달리고 있다는 걸 말해주려고."

장난스럽게 손가락에서 딱 소리를 내며 아카리는 말했다. 나는 놀라서 웃었다.

"아, 그렇구나. 정말 잘됐어! 내가 널 축하해주기에는 좀 상태가 안 좋아서 미안하긴 하지만……."

"아, 그게 아니야, 레이첼."

아카리가 내 손을 잡고 이어 말했다.

"그래서 내가 온 거라니까. 바닥을 친다는 게 어떤 건지 내가 아니까. 나도 겪어봤으니까. 복수하고 싶을 정도로 괴로웠으니까. 이 업계에 화가 났어. 배신당한 느낌이었어. 앞으로 무슨 일이 기다리고 있을지도 알 수 없었고, 그 일이 나한테 무슨 의미일지도 알 수 없었어. 다시는 누군가를 못 믿게 될까봐 걱정됐어. 나를 좋아하는 그 누구도 진짜 '나'를 좋아하는 것 같지 않았거든. 그런데 그렇게까지 길을 잃었다가도 제자리로 돌아올 수 있다는, 살아 있는 증거가 바로 나야. 뭐, 돌아온 정도가 아니라 훨씬 대단해졌지만."

어둠을 뚫고 다시 솟아오른 내 친구가 너무 자랑스러워, 나는 더 환히 웃었다. 다만 나도 그럴 수 있다는 확신이 들지는 않았다.

"글쎄, 아카리. 그건 그냥 네가 아주 강한 애여서 가능했던 거 아닐까? 모든 사람한테 그게 가능할지는 모르겠어."

"뭐, 그래, 내가 좀 차원이 다른 강인함이 있긴 하지."

아카리는 허세를 부리는 척 또 한 번 나를 웃기려 했다.

"그래도 분명 삶은 더 나아져. 레이첼 너처럼 한낱 평범한 인간에게도 말이지. 왜냐하면, 사람이 바닥을 치고 나면, 그러니까 가장 두려워하던 일을 마주하고 나면 그때부터는 두려워하던 그 일로부터 자유로워지거든. 그 일을 이겨내면, 그 어떤 일에도 무너지지 않는다는 걸 느끼게 돼. 말이 되나? 이제 나는 '새로운 나'를 좋아하게 됐어. 그리고 우리가 더 어렸던 시절에는 못 느꼈던 자유를 느껴. 연습생 땐 늘 네 그늘에 가려졌는데, 이제는 절대 그런 일이 일어나게 하지 않아. 하하."

우리 둘 다 소리 내어 웃었고, 몇 주 만에 처음으로 깊은 어둠 속에 가느다란 햇빛 한 줄기가 비집고 들어오는 듯했다. 희망이 있다는 느낌이 들었다. 아카리는 다른 사람, 변해버린 사람처럼 보였지만 그건 물리적인 변화 때문이 아니었다. 성숙했기 때문이었다. 자신감 때문이었다. 아카리가 느끼는 편안함 때문이었다.

나는 속삭였다.

"고마워. 네 얘기 해줘서."

그때 내 휴대폰이 울려 나와 아카리 모두 놀랐다. 나는 요즘 전화를 별로 받지 않았지만, 전화를 거는 사람이 누구인지를 확인하고는 놀라서 눈을 크게 떴다.

"칼리 맷슨이야."

내 말에 아카리가 놀라며 물었다.

"우아, 세상에! 왜 전화한 건데?"

"나도 몰라."

나는 솔직하게 말했다. 그러나 곧바로 가슴이 철렁 내려앉았다. 내가 두려워하던 소식이 분명했다. 디서플린이 결국 내 팬미팅을 열지 않기로 했다는 소식. 이런 상황 속에 있는 나를 주인공으로 행사를 열고 싶을 리 없었다.

"그럼 어서 받아. 난 어차피 가야 해. 그래도 다시 봐서 좋았어."

아카리는 짧은 포옹을 건넸다. 편안한 친구로서의 포근하고 긴 포옹은 아니었다. 그저 가볍게 건네는 다정한 인사였다. 나와의 지난날을 갈무리한 것처럼 느껴지는 포옹.

"여보세요? 여보세요? 칼리! 칼리?"

전화벨이 끊기기 전에 전화를 받은 나는 조금 숨이 찬 상태였다. 예상하지 못했던 아카리와의 대화로 아직도 동요되어 있었다.

칼리가 웃으며 대답했다.

"나 여기 있어요."

"전화 주셔서 너무 반가워요."

다소 지나치게 밝게 인사한 나는 애써 심호흡을 한 다음 나쁜 소식을 들을 마음의 준비를 했다.

"레이첼, 최근 소식들 듣고는 어떻게 지내나 확인하고 싶었어요. 요즘 어때요?"

"요즘…… 힘들었어요."

솔직하게 대답하는 내 목소리가 떨렸다. 나는 또 한 번 크게 숨을 들이쉬고 말했다.

"그래도 괜찮아요. 다시 조금씩 희망을 느끼고 있어요."

이 말도 사실이었다. 삶이 어떻게든 계속되리라는 생각이 들기 시작했다. 어쩌면 나도 나를 추스를 수 있을 것이라는 생각. 어쩌면 나는 운이 좋은 사람 같다는 생각도 들었다. 나를 알고 나를 사랑하는 사람들에게 둘러싸여 있다는 것을 알게 되었으니까.

"아, 정말? 너무 다행이에요, 레이첼. 왜냐하면 레이첼은 어서 솔로 무대를 준비해야 하거든요."

"네?"

나는 놀라서 물었다. 솔직히 그런 일을 기대할 수 있는 처지가 아니니 말이다.

"그 행사는 없었던 일이 됐을 거라고 생각했어요. 아무래도……."

나는 뒷말을 차마 하지 못했다. '디서플린에서 그 제안을 한 이후로 제 삶이랑 명성이 거의 무너져버렸으니 말이죠.'

"무슨 소리. 내가 지금 그 행사 때문에 전화한 건데요. 우리가 아직 그 행사에 백 퍼센트 뜻이 있다는 걸 알고 있으면 했어요. 우리에게 레이첼과의 협업이 좋았던 이유는 레이첼이라는 사람 때문이지, 레이첼의 소속 때문이 아니었어요. 그리고 나도 가십성 기사들의 광풍을 뚫고 살아남은 적이 있어요. 그것도 여러 번. 그것 때문에 커리어가 끝나지는 않아요. 레이첼의 커리어는 이미 진행 중이고. 레이첼 K.의 반응이 아주 좋아요! 기분 좋겠어요, 레이첼. 특히 지금 같은 악조건 속에서는요."

말도 안 되는 얘기 같기는 하지만 칼리의 말은 틀리지 않았다. 이 악조건 속에서도 레이첼 K.는 잘되고 있었다. 나는 내가 걸스 포레버에서 퇴출된 일 때문에 레이첼 K.가 이룬 초반의 성공들이 모두 도루묵이 되리라 예상했다. 하지만 내 이름이 매체를 가득 장식하는 바람에 오히려 레이첼 K.의 인지도가 높아졌고, 많은 사람들이 내 가방을 사러 왔다. 나의 충실한 팬들보다 훨씬 폭넓은 대중들에게 브랜드를 알게 된 셈이었다. 매일 내 가방을 취급하고 싶다는 백화점이 늘어났고, 디자인 협력사들은 이미 다음 시즌 때 선글라스 제품들을 추가하는 문제로 상의를 해왔다.

"네. 이 컴컴한 안개 속에서 제 브랜드가 한 줄기 빛인 건 사실이에요."

"안개는 걷힐 거예요. 이 아픈 시기는 오래 가지 않을 거예요.

장담해요."

아카리가 해준 말과 무척이나 닮은 그 격려에, 갑자기 나보다 훨씬 큰 어려움들을 뚫고 나온 여성들에 대한 존경심과 경외심이 밀려왔다. 하지만 사람이 바닥을 치면 일어나는 일 중에 내가 알게 된 것, 그리고 아카리가 말하지 않은 일이 하나 있었다. 그때는 인생에서 정말 중요한 사람들, 우리를 우리 '자신'으로 바라봐주는 사람들을 알아보는 눈이 생긴다는 것. 먼저 다가와 손을 내밀며 '나도 겪었어' 하고 격려해주는 강인한 여성들을 만나게 된다는 것.

"네, 그 말씀 믿어요."

나는 살며시 웃으며 대답했다.

"그럼 내 부탁은 끝났어요. 아, 아니에요. 하나 더 있어요."

칼리는 자기만의 명랑하고 빠른 말투로 이야기를 이었다.

"레이첼한테 전화한 가장 중요한 이유인데요, 디서플린은 레이첼 K.와 아시아 지역 브랜드 파트너십을 맺고 싶어요. 어떻게 생각해요?"

어떻게 생각하냐고? 디서플린 화보 촬영을 망쳤다고 생각했다. 뻣뻣하게 버티다가 다리를 벌리며 미끄러져 눈 속에 얼굴을 처박은 순간이 GIF로 만들어져 인터넷에 떠돌지는 않았지만, 내 기억 속에서는 꽤 빈번하게 재생되고 있었다. 그런 촬영 사고에다 걸스포레버에서 방출된 뒤의 일들까지 겹쳐······. 칼리의 친절한 말들에도 불구하고, 솔직히 어째서 아직도 나와 협업을 하고 싶어 하는지 이해가 되지 않았다.

"그런데······ 왜요?"

나는 내뱉어버렸다.

"뭐, 우선은, 이번 겨울 화보 반응이 굉장히 좋아요."

"그래요?"

나는 걸스 포레버 탈퇴를 둘러싼 언론 보도에만 초점을 맞춘 나머지, 그나마 남은 뇌세포는 가방 납품 시기와 재질을 확정하는 데 모두 사용한 나머지, 디서플린 광고 화보의 반응은 고사하고 그 화보가 공개되었다는 사실조차 알지 못했다.

칼리와 통화를 하면서 나는 노트북으로 달려가 화보 이미지를 검색해보았고, 하나하나 사진을 확인하면서 내 눈은 점점 커져 갔다. 경사진 눈밭에서 찍은 사진들은 거의 사용되지 않았다. 하지만 우리가 산장 안에서 찍은 사진은 꽤 여러 장이 최종 화보로 채택되어 있었다. 유리창으로 쏟아져 들어오던 햇빛 아래서 마치 오랜 친구처럼 웃는 칼리와 나의 모습이 무척이나 자연스러워 보였다. 어쩌면 실수 덕분에 가장 좋은 사진들이 나왔는지도 모른다는 생각이 들었다. 이때는 이미 대형 실수를 저질러버린 뒤여서, 더는 실수할까 두렵지가 않았다. 그냥 쉬면서 기운을 내는 것밖에는 할 수 있는 일이 없었으니까.

그래도…….

나는 단독으로 무대에 서본 적이 없었다.

물론 걸스 포레버 공연의 일부로 혼자 노래를 부른 적은 있지만, 등장부터 퇴장까지 나 혼자 무대를 책임진 적은 없었다. 머릿속이 빙글빙글 돌았다.

인터넷상에서 끝까지 내 편을 들어주는 팬들이 일부 있기는 했지만, 그 팬들이 나를 보러 행사에 와주리라 기대할 수는 없었다. 단독 무대는 커다란 의미로 해석될 만하고 누군가는 걸스 포레버에 대한 배신이라고 생각할 수도 있을 테니까. 나는 어떨까? 배신자처럼 보일까? 걸스 포레버를 떠나고 싶어 했다는 증거를 들키는 것처럼 보일까? 실제로는 그런 적이 없는데도? 그리고 DB는 어떻게 생각할까?

"그건…… 신중하게 생각해봐야 할 것 같아요."

나는 솔직히 대답했다.

"물론이죠. 충분히 생각하세요. 그런데요, 레이첼……."

"네?"

"너무 많이 생각하지는 마요."

"어떤 의미에서요?"

"'여기까지 온 방법으로는 저기까지 못 간다'는 말 들어봤어요?"

"네, 그런 것 같아요."

"레이첼은 걸스 포레버의 일원으로서 참 멋진 커리어를 쌓았죠. 그런데 말이에요, 이미 해낸 일보다 더 큰 가능성이 있다는 걸 알려주려고 우주가 우리의 엉덩이를 냅다 걷어차기도 하는 것 같아요. 지금까지 해온 일을 앞으로도 계속한다면 같은 결과만을 얻을 거예요. 그런데 마지못해서라도 새로운 걸음을 디디게 되면, 새로운 결과를 얻어요. 내 말 무슨 뜻인지 알겠어요?"

칼리는 내가 걸스 포레버에서 방출된 일이 어찌 됐든 운명이라고 말하려는 걸까? 그건 받아들이기 쉽지 않은 생각이었다. 하지만 스위스에서 스트레스로 웅크리고 있던 내게 엄마가 해준 말이 생각났다. 머리가 아니라 가슴으로 좀 더 생각해야 한다던 말. 예전의 레이첼은 모든 일을 작은 부분 하나하나까지 계획했다. 모두를 만족시키려 했다.

그 결과 여기에 이르렀다.

"레이첼?"

"네, 듣고 있어요. 무슨 말씀이신지 알겠어요. 과거의 방법으로는 새로운 곳으로 나아갈 수 없다는 걸요."

"바로 그 말이에요. 그럼 결정하면 전화 줘요."

전화는 끊겼고…… 앞으로의 모든 것이 내 손에 달려 있음을 마음으로 깨달았다. 어쩌면 지금까지 틀린 질문들만을 해왔는지 모른다. 모두가 어떻게 느낄까? DB는 어떻게 생각할까? 사실 정말 중요한 질문은 '내가' 어떻게 느끼느냐일 것이다.

나를 둘러싼 루머가 나를 집어삼키고 주저앉히게 내버려둘 것이냐, 아니면 일어나서 머리를 감고 힘이 나는 옷을 입고 나의 길을 만들어갈 것이냐는 내가 결정할 수 있는 일이다.

29

인천 공항의 수하물 찾는 곳에 다다른 앨릭스가 도착 대합실에서 기다리는 나를 발견하고 지은 표정은 정말이지 볼 만했다. 어안이 벙벙해진 그 얼굴은 내가 달려가 두 팔로 감싸 안자, 그리고 수많은 카메라가 우리에게 플래시를 터뜨리며 찰칵거리자 점점 더 기막히게 변했다.

"레이첼!"

앨릭스는 놀란 목소리로 이름을 내뱉은 뒤 귀에 대고 속삭였다.

"파파라치가 사방에 있어, 우린 포위됐다고."

나도 앨릭스에게 속삭였다.

"알아. 상관 안 해. 우린 뭐든 헤쳐 나갈 수 있는 한 팀이잖아, 아냐?"

앨릭스가 고개를 빼고 잠시 내 얼굴을 빤히 보다가…… 놀란 듯한 웃음을 내뱉었다. 나도 키득거리기 시작했다.

"우리 구경거리를 선사하자."

이렇게 말한 나는 카메라 플래시와 사람들의 외침 한가운데서 앨릭스에게 입을 맞추었다.

"아, 그리고 말인데……."

잠시 입술을 뗀 내가 속삭였다.

"……사랑해, 앨릭스 전."

잠시 그대로 굳어버렸던 앨릭스는 눈이 점점 커졌고, 결국 허공에 주먹을 휘둘렀다. 내가 본 중 가장 귀여운 주먹질이었다.

그리고 물론, 나는 또다시 키스했다.

구경하려고 모인 사람들이 시끄러워졌다. 이 사진이 퍼지자마자 화를 펄펄 낼 사람들이 있겠다는 생각이 머리 한구석에 떠올랐다. 사진은 한 시간이면 퍼질 터였다. 나를 광고 모델 후보에서 배제하는 브랜드도, 더는 나를 지지하지 않기로 하는 팬도 있겠지.

위험은 있다. 하지만 그 모든 위험을 나는 이제 감수한다.

'진짜 나'를 싫어하는 사람이 생기는 만큼 '진짜 나'를 이해하는 사람도 생겨날 것이기 때문이다. 이전 삶의 문이 하나 닫힐 때마다 열 수 있는 새로운 문을 하나씩 찾을 것이기 때문이다.

게다가 가장 두려워하던 일을 마주하고 나면 그 일에서 자유로워질 수 있다던 아카리의 말이 나에게도 해당되었다. 이미 언론의 포화를 맞고 있으니, 나쁜 보도가 하나쯤 더 나온다 해도 두렵지가 않았다. 나는 이미 최악의 상황을 경험했다. 그런데도 내 브랜드는 잘되고 있었다. 주식이 엄청나게 하락하고 있는 건 DB지 레이첼 K.가 아니었다.

떠들고 싶으면 떠들라지. 이제 더는 두려움 속에 살지 않을 테다. '여기까지 온 방법으로는 저기까지 갈 수 없다.'

나는 앨릭스와 손을 잡았고, 앨릭스는 나머지 한 손으로 배낭을 어깨에 둘러멨다. 나는 앨릭스에게 말했다.

"자, 이제 집에 가자."

함께 군중들 사이를 가르고 나아가며, 우리는 마치 왕실의 부부라도 되는 양 사람들에게 웃어 보이고 손을 흔들었다.

어떤 일이 기다리고 있을지는 몰라도, 우리의 미래는 반짝일 것이다. 우리를 둘러싼 카메라의 플래시가 불꽃놀이처럼 내 시야에서 반짝이듯이.

다음 날 아침, 내가 제일 먼저 한 일은 휴대폰을 드는 일이었다.

"칼리? 레이첼이에요."

나는 깊은숨을 쉬었다. 자, 모험을 하자.

"전에 이야기하신 그 행사 말이에요, 저 할게요."

걸스 포레버가 아닌 나는 누구일까?

팀에서 방출된 후에도 나는 혼자 성공할 수 있을까?

팬들이 나를 보러 와줄까?

이 질문들이 지난 몇 달 동안 내 머릿속을 맴돌았다. 솔직히 답은 알 수 없었다. 아직은 말이다. 하지만 이제 그 답을 향해 한 발을 내디디려 하고 있었다.

디서플린 스포츠웨어가 주최하는 팬미팅 행사의 날이었다. 나는 분장실에 앉아서 나의 첫 솔로 무대를 하러 나갈 순서를 기다리고 있었다. 내가 좋아하는 정윤아의 유명한 발라드를 몇 곡 부른 다음 팬사인회를 하고, 마지막으로 광고 화보 촬영을 하는 것이 오늘의 계획이었다. 촬영 때 우리는 디서플린의 운동화와 내 가방을 함께 코디하여, '바쁘게 일하는 사람의 패션'을 선보이기로 했다. 올리는 내게 벨트가 달린 스포티한 가방을 함께 디자인하자는 아이디어도 제안했다. 하지만 그건 나중의 일이다. 오늘은 색색의 빈티지 운동화를 멋지게 소화할 것이다.

그렇다면 오늘의 가방은? 지금까지 디자인한 모든 가방을 사랑하기는 하지만, 이번에 내 마음의 소리를 따라 디서플린만을 위한 가방을 새로 디자인했다. '새로운 레이첼' 가방이라 이름 붙인 명랑한 미니 탑 핸들 백으로, 윗부분에 조그마한 무한대 기호가 있다. 칼리가 말했듯, 쇼는 끝없이 계속되어야 하기 때문이다. 또한 아빠가 늘 말하듯, 우리는 삶의 시합에 유연하게 대처하더라도 끝내 항복하지는 않을 것이기 때문이다.

심장이 망치처럼 쿵쿵 가슴을 두드렸고, 손바닥에서는 축축하게 땀이 났다. 나는 마스카라가 번지지 않았는지, 립스틱이 지워지지 않았는지를 확인했다. 솔로 공연과 팬미팅을 위해서 오늘은 단순한 모양의 반짝이는 까만색 머리띠를 하고, 반짝이는 까만색 드레스를 입었다. 약간의 반짝임을 더한 클래식함이랄까. 때로는 '약간'만으로도 더할 나위가 없다.

노크 소리가 들리고 보안요원이 머리를 내밀었다.

"무대로 모실 준비가 되었습니다."

나는 크게 숨을 들이쉬고 자리에서 일어났다.

칼리의 초대에 응한 이후, 스스로와 한 약속이 있다. 오늘 관객의 반응이 어떠하든 그들에게 최선의 공연을 선사할 것. 단 한 명의 팬밖에 없더라도 그 팬에게 평생 가장 잊지 못할 공연을 만들어줄 것. 나는 누군가와 끝까지 함께하는 일의 의미를 배웠고, 지금까지의 일들에도 불구하고 여전히 나와 함께하려는 팬이 있다면 열 배로 돌려주겠다는 결심을 했다. 오늘, 그리고 앞으로 다가오는 모든 날을 통해서 말이다.

나는 보안요원의 안내를 따라 무대로 가는 통로를 나아갔다. 잠시 가슴에 손을 얹고 멈췄다. 심장이 요동치고 있었다. 하지만 이제는 불안 때문이 아니었다. 설렘 때문이었다.

내가 그리워해온 기분.

나는 무대 밑에 설치된 승강기에 올라섰다. 이것이 트랩 도어를 통과하여 나를 무대 위에 세워줄 것이다. 승강기의 조종사가 초읽기를 시작했고, 나는 한 번 더 깊은숨을 쉬었다.

셋, 둘, 하나.

머리 위로 무대의 바닥이 열렸고, 그곳으로 조명이 쏟아져 들어왔다.

그리고 승강기가 올라가기 시작했다.

곧바로 관중들의 천둥 같은 응원의 함성이 나를 압도했다. 스포트라이트의 눈부심에 눈을 가늘게 뜬 채, 나는 헛것을 보는 모양이라고 생각했다. 하지만 실제였다.

관중들이 끝이 없어 보일 만큼 많았다. 수없이 많은 팬들이 응원의 함성을 외치고, 마음을 담은 슬로건을 흔들었다. 직접 만든 티셔츠를 입고, 빛나는 LED 머리띠를 쓰고 있었다.

그런데 그 머리띠가 좀 더 자세히 보였을 때, 나는 가슴이 터질 듯했다. 바로 '레이첼'이라는 글씨가 빛나고 있었기 때문이다.

"사랑해요, 레이첼! 너무 보고 싶었어요!"

환호성과 발 구르는 소리, 손뼉 소리 너머로 한 팬의 말이 들렸다. 나는 벅차도록 고마운 마음에 눈물이 가득 고였다. 그 순간 내 가슴속은 그득히 차오르다 못해 흘러넘쳤다.

오래전 갓 데뷔했을 때, 내 덕분에 자신의 삶이 바뀌었다는 팬의 말을 듣고 울었던 일이 생각났다. 어쩌면 결코 변하지 않는 것도 있는지 모른다.

그리고 어쩌면 영원한 것도 있는지 모른다.

내 팬들은 여전히 나를 울게 만들며, 여전히 세상에서 가장 멋진 사람들이다.

팬들 덕분에 '내' 삶이 바뀌었다.

눈물이 흐르지 않도록 눈을 깜박이며 마이크 앞에 선 나는 팬들이 사랑하는 웃음을 보여주었다. 마음 깊숙한 곳에서 나오는 내 진짜 웃음을.

에필로그

"이건 어디에 놓으면 좋을까?"

앨릭스가 보여주는 액자 속에는 왕관을 쓴 두 요정이 축구를 하면서 동시에 불을 뿜고 있는 듯한 그림이 있었다.

'음, 아무 데도 안 놓으면 안 될까?' 하고 대답하고 싶었지만 참았다.

"내 사촌들이 그 먼 시애틀에서 부쳐준 거야."

앨릭스가 자랑스레 말했다.

'아, 그렇다면 좀 이해가 되는군.'

"그러니까 이건 노라와 제러미 작가의 원화지. 액자는 내가 직접 샀어. 그래도 서명이 진짜인지는 확인을 해봐야 해."

앨릭스는 너스레를 떨며 한구석에 휘갈겨 쓴 이름들을 가리켰다.

"맞아, 초등학생들 사이에 서명 위조가 만연하니까."

진지한 척하는 내 말에 앨릭스가 싱긋 웃었다.

"책장에 두면 되겠네. 앞쪽 가운데."

"알았어."

이른 봄이었고, 나는 서울의 새 아파트로 이사하는 앨릭스를 돕고 있었다. 잠시 서울에서 머무르는 동안 한국에서 일하는 생활도 가능함을 알게 된 앨릭스는 이사를 하기로 결심했다. 나는 최근 앨릭스의 이사를 돕고 내 새로운 일정에 적응하느라 분주했다.

레이첼 K.는 국제적으로 활발히 성장해왔고, 나는 앞으로 발매할지도 모르는 솔로 앨범을 위해 곡을 써보기 시작했다. 다만 곡 쓰기는 잘 풀리지 않고 막막했다. 집중하려 할 때면 찢어진 파란 공책의 기억들이 떠올랐다. 그래도 괜찮았다. 스스로에게 너무 큰 부담을 지우지 않으려 했다. 지금으로서는 음악을 사랑하는 법을 다시 배우고, 내가 만들고 싶은 음악이 무엇인지를 발견해가는 일이 중요했다.

앨범 준비 시작과 레이첼 K.를 빼면, 최근 내가 해온 창조적인 일은 레아에게 선물할 스크랩북을 조금씩 만들어가는 일뿐이었다. 세이고에게 세 번째 차트 일 위 곡이 생겼고, 나는 어떻게든 축하해주고 싶었기 때문이다. 레아는 팀 멤버들과 친했고 아마도 멤버들과 함께 축하를 할 터였다. DB 엔터테인먼트가 파티 같은 걸 열어줄 가능성도 있었다. 데뷔한 해에 세 곡이나 일 위를 한다는 것은 아주 대단한 일이니까. 하지만 나는 레아가 팀 멤버들과 소속사의 지지에만 의존하지는 않기를 바랐다. 그것은 순식간에 사라져버릴 수도 있음을 나도 레아도 배웠으니까. 하지만 가족은 영원하다.

내가 노트북 속 예전 사진들을 훑어보는 동안 앨릭스는 새집의 책장을 정리하면서 〈렛 잇 고〉를 휘파람으로 불었다. 주현, 혜리, 앨릭스와 나는 며칠 밤을 온라인으로 함께 영화를 보았는데, 쌍둥이가 영화 선택지를 고집스럽게 한정하는 바람에 이 노래가 앨릭스의 머리에 박혀버렸다. 앨릭스의 아파트는 갓 이사 온 공간인데도 벌써 편안하고 포근한 느낌이 들었다. 나는 우리 집과 왔다 갔다 하면서 이곳에서도 많은 시간을 보냈다.

노트북에서 걸스 포레버 콘서트 사진들이 나타나, 나는 잠시 그대로 멈추었다. 사진이 정말 많았다. 아마 내가 삶에서 다른 사람들과 찍은 모든 사진을 통틀어도 미나, 리지, 은지, 아리, 수민, 지윤, 영은, 선희와 찍은 사진이 더 많을 것이다. 우리 아홉 명이 한 사진에 담기는 일이 다시는 없으리란 걸 생각하면 이상한 기분이 들었다. 그 생각에 가슴이 조였고, 목이 메었다.

DB가 나를 걸스 포레버에서 퇴출한 이후로, 나는 걸스 포레버 멤버들과 전혀 연락을 나누지 않았다. 그들을 생각하면 여전히 아팠지만, 그 아픔은 매일 줄어들고 있었다. 나는 언젠가 안개가 걷히고 힘든 시기가 끝날 것이라는 칼리의 말을 믿게 되었다. 엄마가 한 말도 비슷했다. 내 전성기는 지나간 게 아니라 미래에서 나를 기다리고 있다는 말. 그렇게 믿는 일이 늘 쉬운 건 아니지만, 나는 아직 여기에 있고, 그것만으로도 계속 나아갈 수 있었다.

콘서트 사진 몇 장을 클릭하다 보니 그리움이 밀려왔다. 관객석을 보여주는 사진들이 가장 좋았다. 멈춰 있는 사진인데도 팬들의 에너지가 화면을 뚫고 나왔다. 빛나는 '레이첼' 머리띠도 몇 개 보였다. 나는 싱긋이 웃음이 나왔다.

팬들은 언제나 고마운 존재였지만, 올해 일어난 사건들을 거치며 팬들을 향한 내 고마움은 더욱 깊어졌다. 말 그대로 팬들 덕분에 가장 어두운 시간을 무사히 통과해 나올 수 있었다. 내게 할 수 있다는 것을 일깨워준 팬들에게 나 역시 같은 의미가 될 수 있기를.

문자가 도착했다는 신호음이 울렸고, 레아의 문자인지도 모른다는 생각이 들자 나는 괜스레 노트북을 급히 닫았다. 내가 레아의 스크랩북을 위해 고르고 있는 사진을 레아가 문자 너머로 볼 수 있는 것도 아닌데 말이다. 하지만 발신자는 내가 모르는 번호였다.

> 다 끝났다고 착각하지 마. 아직 갚아줄 게 남았으니까 기대해. 조심하는 게 좋을 거야.
>
> PS. 네 동생도 아직 DB 소속이지? 네 동생도 조심하는 게 좋을 거야…….

나는 별일 아니라는 듯 곧바로 메시지를 지웠지만 몸이 떨리는 건 어쩔 수 없었다. 이런 메시지를 보고도 불안해지지 않기란 어려웠다. 이런 종류의 문자가 꾸준히 왔다. 누가 보냈는지 알 수 없는 협박이 도착할 때마다, 앞으로 나아가는 일이 쉽지 않으리라는 생각이 들었다.

나는 다시 노트북을 열고 팬들의 사진을 보았다. 혐오자^{hater}의 문자를 받을 때마다 나는 빛을 바라보며 나다운 마음을 되찾으려 노력했다. 나는 앨릭스의 거실에 있는 커다란 창문으로 시선을 옮겼고, 그곳에는 환한 햇살이 쏟아져 들어오고 있었다. 그 빛을 보니 잠시 팬들이 생각났다. 어둠 속에서도 빛을 밝혀주고 내가 무대에 서는 근본적인 이유를 기억하게 해주고, 계속 나아갈 수 있는 힘을 주는 존재들. 그저 그렇게 팬들을 떠올리는 시간이 필요했다. 그러면 앞으로 나아갈 길이 있다는 것을 느낄 수 있었다.

그동안 작곡 아이디어가 좀처럼 떠오르지 않던 내게 번개처럼 영감이 솟았다. 재빨리 펜을 잡고, 책상 위에 흩어져 있던 노란색 공책 하나를 집어 새로운 페이지가 나올 때까지 넘겼다.

제목이 먼저 떠올랐다.

〈금빛 하늘Golden Sky〉.

나의 팬들, 그 어떤 별보다 밝게 빛나는 그들에게 바치는 노래였다.

'이건 여러분을 위한 노래예요.'

감사의 말

언제나 그랬듯 그 누구보다도 나의 골든 스타에게 먼저 고마움을 표합니다. 여러분이 끊임없이 응원해주시고, 설렘과 사랑으로 기대해주신 덕분에 저는 이 연작 소설을 계속해서 써나갈 수 있었습니다. 저에게 영감을 불어넣어주셔서 감사합니다.

사이먼&슈스터의 팀 전원에게도 한없이 감사한 마음입니다. 그중에서도 편집자 제니퍼 웅Jennifer Ung, 예리한 조언을 해주고 긴 여정 동안 이 이야기의 방향을 인도해주셔서 감사합니다. 편집자 앨릭사 패스터Alexa Pastor, 이 창작의 여정에 합류하여 나의 비전을 실현하게 해주셔서 고맙습니다. 이 책이 독자들에게 가닿을 수 있도록 노력해주시는 마케팅과 출판 팀의 크리시 노Chrissy Noh, 캐런 매스니카Karen Masnica, 애나 자재브Anna Jarzab, 에밀리 리터Emily Ritter, 리

사 모럴레다Lisa Moraleda, 밀레나 준코Milena Giunco에게도 고마움을 전합니다. 새로운 디자인으로 이 소설들 속 레이첼의 내적, 외적 여정을 완벽하게 포착해주신 폴 오클리Paul Oakley에게도 감사드립니다.

이 책이 세계 곳곳의 팬들에게 가닿을 수 있도록 노력해주신 유나이티드 탤런트 에이전시의 맥스 마이클Max Michael, 앨버트 리Albert Lee, 메러디스 밀러Meredith Miller에게도 고맙습니다. 잉크웰 매니지먼트의 팀원들에게도 감사드리며, 처음부터 이 책의 가치를 알아보고 옹호해주었던 스티븐 바버라Stephen Barbara에게도 정말로 고맙습니다.

글래스타운 엔터테인먼트의 멋진 여성분들이 너무나 큰 도움을 주셨는데, 놀라운 상상력과 깊이로 제 아이디어들에 활기를 불어넣어준 렉사 힐리어Lexa Hillyer, 플롯에 관한 대단한 감각과 예리한 통찰력을 나누어주신 제나 브리클리Jenna Brickley, 최선을 다해 세부 사항들까지 신경을 써준 올리비아 리우Olivia Liu에게 깊은 감사를 드립니다. 또한 이 이야기가 영상화될 수 있도록 열정적으로 노력해주시는 로라 파커Laura Parker와 린리 버드Lynley Bird에게 감사드립니다. 그리고 물론, 이 이야기가 밝게 빛나도록 해주신 세라 석Sarah Suk에게 특별한 감사의 마음을 전합니다!

너무나 사랑하는 내 가족, 저는 여러분들 덕분에 여기에 있어요. 엄마, 아빠, 조건 없는 사랑과 지원에 감사드려요. 크리스탈, 너는 세상에서 가장 멋진 여동생이자 가장 힘이 되는 응원단이야.

그리고 마지막으로 타일러에게 고마움을 전합니다. 당신이 아니었다면 이 책을 비롯한 나의 여러 꿈은 현실이 되지 못했을 거예요. 이 여정에서 언제나 곁에 있어주어 고마워요. 나에게는 그 자체로 완벽한 여정이었습니다.

제시카 정

^{옮긴이} 강나은

영미권의 좋은 책을 직접 찾아내는 일에도 열의를 품은 번역가. 셀 수 없이 다양한 정답들 가운데 또 하나의 고유한 이야기를 언제나 기쁘게 전달할 수 있기를 바란다. 옮긴 책으로 『호랑이를 덫에 가두면』 『소녀는 어떻게 어른이 되는가』 『소리 높여 챌린지』 등이 있고, 한국 다큐멘터리 영화 「간지들의 하루」 「잔인한 나의, 홈」의 자막을 영어로 옮겼다.

브라이트 *Bright*

1판 1쇄 인쇄 2022년 7월 11일
1판 1쇄 발행 2022년 7월 28일

지은이 제시카 정
옮긴이 강나은

발행인 양원석 **편집장** 차선화
디자인 정세화, 김미선 **해외저작권** 임이안
영업마케팅 윤우성, 박소정, 정다은, 백승원

펴낸 곳 ㈜알에이치코리아
주소 서울시 금천구 가산디지털2로 53, 20층(가산동, 한라시그마밸리)
편집문의 02-6443-8861 **도서문의** 02-6443-8800
홈페이지 http://rhk.co.kr
등록 2004년 1월 15일 제2-3726호

ISBN 978-89-255-7790-6 (03840)